原先在树下找树荫的人,现在住在了房子里。夜晚我们不再于外面露宿,而是在大地上定居了下来,忘记了天堂。

湖泊是自然景观最美最具表现力的特征。它是大地的眼睛;在望向湖中时,观湖的人也在测量着自己本性的深度。

哪怕是从同一个角度看,瓦尔登湖也是一会儿蓝,一会儿绿。位于天地之间,瓦尔登湖兼具天地之色。

请问,孤寂的瓦尔登湖有谁陪伴呢?然而,在它蓝色的湖水中并没有忧郁这个魔鬼,只有蓝色的天使。

因为我发现自己突然成了鸟儿的邻居,不是我有了圈在笼子里的鸟儿,而是我在自己的屋子里与它们为邻。

我到树林中去,为的是有目的的生活,只面对生活中最本质的要素。

正如我们其他的河流湖泊一样，每当天气晴朗，有风吹皱了水面时，水波表面会从合适的角度倒映出蔚蓝的天空，或者，因为其糅合了更多的光，从稍远处看湖面比天空本身呈现出的蓝色更深。

我早年曾沿着这条河溯流而上,那时房屋都掩翳在满目红叶的枫树林中,从枫林那边传来他们家狗的吠声。

俯瞰倒映着天空和树木的瓦尔登湖,仔细观察那一圈圈不断生成和荡漾着的涟漪,真是一件令人心怡的事情。

在九月或是十月的一天里,瓦尔登湖俨然就是嵌在森林中的一面明镜,它的四周镶嵌着宝石般的石头,在我看来,它们比宝石还稀缺,还珍贵。

随着一个星期一个星期地过去,每株枫树都渐渐地显示出它们的本色,它们美滋滋地欣赏着自己映在平静湖面上的倒影。

没有什么天气能阻止我外出散步，我经常在深雪中跋涉八到十英里，去赴一棵山毛榉或黄桦树或是松林中一个好朋友的约会。

一层薄薄的雾气使对岸显得朦朦胧胧，此时立在瓦尔登湖东端沙岸上的我，顿悟到了这"湖面如镜"的说法从何而来。

春天来临的时候,其冰层由于从湖底反射上来的太阳的热量,以及从地面传过来的热量,会首先融化,围绕着仍然封冻的湖中央形成一圈窄窄的水沟。

冰雪压弯松树的枝条,露出它们的顶端,让它们变成了冷杉的形状。

与周围山中的土拨鼠一样,瓦尔登湖一合上眼帘,就会冬眠三个多月。

我的房子周围突然被银装素裹起来。我也蜗居在了自己的壳里,努力让明亮的火苗持久地燃烧在我的屋子里和心田里。

Walden

[美] 亨利·戴维·梭罗 / 著

王晋华 / 译

瓦尔登湖

民主与建设出版社
·北京·

© 民主与建设出版社,2023

图书在版编目(CIP)数据

瓦尔登湖/(美)亨利·戴维·梭罗著;王晋华译. --北京:民主与建设出版社,2023.8
ISBN 978-7-5139-4305-5

Ⅰ.①瓦… Ⅱ.①亨… ②王… Ⅲ.①散文集-中国-当代 Ⅳ.①I712.64

中国国家版本馆CIP数据核字(2023)第143986号

瓦尔登湖
WAERDENG HU

著　者	[美]亨利·戴维·梭罗
译　者	王晋华
责任编辑	彭　现
封面设计	海　凝
出版发行	民主与建设出版社有限责任公司
电　话	(010)59417747　59419778
社　址	北京市海淀区西三环中路10号望海楼E座7层
邮　编	100142
印　刷	三河市同力彩印有限公司
版　次	2023年8月第1版
印　次	2023年10月第1次印刷
开　本	880毫米×1230毫米　1/32
印　张	11.25
彩　插	16P
字　数	233千字
书　号	ISBN 978-7-5139-4305-5
定　价	49.80元

注:如有印、装质量问题,请与出版社联系。

译本序

美国浪漫主义文学运动发展到19世纪三四十年代时产生了相应的理论——美国超验主义[①]，它的主要代表人物就是爱默生（1803—1882）和梭罗（1817—1862），而后者又是这一思想的主要践行者。和爱默生一样，梭罗也生长在当时美国的思想、文化中心康科德。他二十岁从哈佛大

[①] 爱默生保存了唯一理教派中的积极成分，强调人在宇宙万物中的地位和作用，又吸收了欧洲唯心主义的思想材料，发展成为超验主义的观点体系。爱默生的一个基本出发点就是反对权威，主张人凭自己的智慧和理解力就可以直接获得知识，掌握真理。这实际上就是他所说的"直觉"，也是他所提倡的"自助"精神。他有几句名言："我们要用自己的脚走路，我们要用自己的手操作，我们要说出自己的心里话。"这都集中表达了他要求打破传统束缚、解放思想的进步立场。爱默生始终把希望寄托于普通人的智慧和力量，他以对人的赞美代替了对神的膜拜，为美国思想界吹来一阵清新的春风，驱散了长期萦绕在人们头脑中的加尔文教的"命定论""人性恶"等僵死教条的迷雾。其次，超验主义思想还大力倡导发扬个性，推崇精神万能，歌颂精神的力量，呼吁人们不要为了沉湎于物质而丢掉了"美、真理、艺术和诗歌……"

学毕业后一度从事教书工作，还曾在自家经营的工厂里参加过制作铅笔的劳动。当时正是超验主义运动兴起的时候，青年梭罗和爱默生过从甚密，直接受到爱默生思想的影响。他大量阅读柯尔律治、卡莱尔等人的文艺理论和历史哲学著作，接触了东方的哲学思想，在超验主义影响下逐渐形成了自己的思想观点。梭罗于其不太长的一生中，一贯努力实践自己的理论。他的著作都是根据他自己在自然界广阔天地中的亲身体验写出来的。梭罗始终是一位积极的实践家、劳动者。制作铅笔、测量土地、种植豆谷、粉刷油漆、木工园艺等活计他样样都很拿手。他还是一位热心的旅行家，在旅行中努力用科学眼光观察自然界、搜集资料、思索问题。总之，梭罗的实践活动与他的思想、创作活动始终是交融在一起的。

梭罗最著名的一次实践活动，便是1845年至1847年间在康科德附近树林中的瓦尔登湖畔度过的二十六个月，而他的《瓦尔登湖》正是对这段生活的记录和描写。梭罗这一次对大自然的回归，与我们传统意义上的隐居和归隐是完全不同的。我国一些古代诗人的归隐山林可以说是一种"遁世""出世"的方式，而梭罗之所以去瓦尔登湖居住，用他自己的话来说，则是"我到树林中去，为的是有目的的生活，只面对生活中最本质的要素"。也就是说，若是能摒弃那种世俗的奢华和享受，甘心过一种简朴的生活，一个人因此只需要少量的劳作和工作的时间便可以做到自立、自助，如此一来，他便不会为物所累，受物的奴役，他便有大量的时间，进行观察和思考，从事阅读和写作，陶冶心灵和性情，以便将来能更好地投入工作和社会中去。关于这一点，作者在该书第一章《俭朴生活》中便有详尽的记录和证明。他在文中说，"第二年我做得比第一年还好，因为我只翻挖了我需要用的土地，大约三分之一英亩，而且，我一点儿也没被阿瑟·扬等人的许多颇有名气的农业书籍吓到。从这两年的生活经历中我体会到，如果一个人能简朴地生活，只吃他自己打的粮食，所耕种的只够他自己吃就行，而不是用来去交换那些永远难以满足的更奢侈更昂贵的物品，那么，他只需耕作几平方杆（1平方杆等于30.25平方码）的土地就够了，另外，用铁锹翻地比用牛犁地要便宜得多，每年换一块新地来种，这样便省下了给已耕种过的土地施肥，这些必要的农活，他就是光用左手，抽夏天的一些空闲时间，捎带着也就做了。这样，他就不用像现在的农夫那样，把自己跟一头牛，或是一匹马、一头猪，拴在一起。我虽然对现今的经济和社会措施是成功还是失败并不感兴趣，可还是希望在这个问题上我所讲的话是公允的。在康科德，我比任何一个农民都更加独立，因为我没有一个农场，或是住宅，来牵绊住我，我随时都能遵循自己的天性行事……"

也许主要就是出于这样的一个原因，作者向往原始、淳朴的田园生活，他在一首小诗中写道：

> 袅袅的炊烟，你是伊卡洛斯似的鸟，
> 你于腾飞中将你的羽翼融化，
> 你是无声的云雀，黎明的信使，
> 把村舍当作你的巢在它们的上空盘绕；
> 你与睡梦和深夜的阴影作别，
> 并把你的行装整好；
> 在夜里你可遮住星辰，在白昼，
> 你可暗了天光，掩起太阳；
> 从炉火边升起吧，炊烟，我的香火，
> 请诸神对这一明亮的火焰宽恕。

梭罗诗歌（散文）中的一景一物都浸透着作者的情感。在这首看似对乡村炊烟描写的小诗中，梭罗用充满诗意的拟人化的语言（如伊卡洛斯似的鸟、羽翼、腾飞、盘绕、作别、信使、行装整好等）含蓄地歌颂了劳动者的田园式的生活，表达了作者对劳动和淳朴生活的热爱和向往，因为作者认为这种清心寡欲的简朴生活是对现代社会所造成的道德滑坡和物欲横流的有效抵制，过这样一种生活有助于净化社会风气，洗涤人们思想中的污垢。

对每一种自然现象，梭罗也有着自己独特的理解和思考，他的一首小诗《雾》是这样写的：

雾是低处落脚的云团，
山野中的岚气，
泉水和河流的源头，
是露水做衣，梦做帷幔，
仙女丢下的手帕；
是大气中浮动的草坪，
那儿有团团的雏菊和紫罗兰开放，
在它沼泽地的迷津里，
有野鸭鸣叫，苍鹭涉水；
这一湖泊、大海和河流的神灵，
唯把提神医病的草药的清香，
带到人们耕作的田里！

凭借其丰富的想象力，梭罗总能把大自然中的万物描绘得惟妙惟肖，于字里行间表达出他对大自然的挚爱和崇敬以及对大自然丰厚馈赠的感激之情，表达出他对事物的富于哲理的看法。《瓦尔登湖》的语言风格恰似作者的诗歌，是一种饱蘸着作者情感的诗化的语言，因此尽管书中浸透着作者对诸多问题的哲学思考和对自然界诸现象的极其细腻的描写，可仍然能吸引着读者一直读下去，绝不会使读者产生枯燥和乏味之感。

随着岁月的流逝，梭罗的《瓦尔登湖》越来越受到各国读者的喜爱，它被美国国会图书馆誉为"塑造读者人生的25本书之一"，美国批评家约瑟夫·伍德·克鲁奇说它是"美国文学中无可争议的六本或八本传世之作之一"，英国作家乔治·艾略特更是称《瓦尔登湖》是一部超凡入圣的好书。随着人类与自然和谐共生的理念日益深入人心，梭罗的这部不朽之作《瓦尔登湖》也必将一直伴随着人们存在下去，直到永远。

中北大学人文社会科学院
王晋华

目 录

001　俭朴生活

084　生活在何处，生活的目的

104　阅读

117　声

136　独处

147　来客

162　我的豆田

176　村庄

183　湖泊

211	贝克农场
221	更高的法则
235	动物邻居
250	户内取暖
269	以前的居民和冬天的客人
285	冬季里的动物
297	冬天的瓦尔登湖
314	春天
335	结束语

俭朴生活

在我写作下面的篇什或者说这下面的大部分内容时,我正独自住在马萨诸塞州康科德瓦尔登湖岸边的林子里,我在那里给自己搭建了个屋子,离我最近的邻居也在一英里之外,完全靠自己的双手劳动为生。我在那里生活了两年零两个月。如今,我又是文明生活中的一个寄居者了。

如果不是镇上的人好奇我的生活方式,向我提出许多询问,我也不会这样贸然跟读者讲述我的事情。一些人会说我的生活方式是对文明社会的不敬,可在我看来它却一点儿也不显得粗莽,而且,考虑到我的具体情况,可以说是很自然、很适宜的了。有人问我在那里吃些什么,是否感到孤独,感到害怕,诸如此类的问题。还有一些人想要知道,我捐给慈善事业的钱占据我收入的多少;一些孩子多的家庭问我抚养了多少个贫困儿童。因此,要是我在这本书中对这些问题作出回答,还望那些对我不是特别感兴趣的读者多多见谅。在很多书里,第一人称的"我"都被省略掉了,而本书中,这个"我"将被保留下来;

这一自我主义正是本书的一大特点。其实,说到底,不管什么书,都是第一人称在说这说那,我们只是常常忘记这一点罢了。如果我对别的任何一个人也能像对自己这么了解,便不会如此多地谈论自己了。遗憾的是,由于阅历浅,经历也少,我只能将自己局限在我所谈的这一题目里了。再说,我还想要求每个作家都能忠实、简朴地记述他自己的生活,而不只是讲述他所听到的有关别人的生活;这些记录就像是他从远方寄给他亲戚的信息。因为在我看来,一个人必须生活在遥远的国度,才可能真诚地生活。或许,我的这本书更像是特别针对贫寒的学生们写的。至于其他读者,他们可以接受那些适合他们的部分。我相信,没有人硬要去撑破他穿不上的衣服,而对穿着合身的人来说,却可能有用。

我想讲的主要不是关于中国人或桑威奇岛人①,而是关于你们,正在阅读本书的新英格兰人。我想谈谈你们的生活状态,尤其是关于你们在这个世界上这个镇子里所处的外部环境和条件,你们的状况到底怎么样,会不会就一直像现在这么糟糕,是不是能够得到改善。我在康科德走过了许多地方,可以说转遍了它的每一个角落,无论商店、办公场所,还是田野,在我看来,这儿的人们都在以各种各样令人悚然的方式进行忏悔。我听说过婆罗门②的信徒在烈火中打坐,眼睛直视太阳;或是身子倒悬于火焰之上;或者侧转脑袋仰望天空,直到他们的脖颈再也转回不到它们原来的位置,脖子这样扭曲后,除了流食什

---

① 指现在的夏威夷人。——文中脚注均为译者注,此后不再一一说明。
② 婆罗门,印度四大种姓中的最高种姓。

么食物也进不到他们的胃里去了；或是终身被拴着链子，栖身在一棵树下；或是像毛毛虫那样，用他们的身体丈量广袤的国土；或是用一条腿站立在柱子顶端，甚至就是婆罗门信徒这样的苦行忏悔，也不见得比我每日所看到的情景更令人诧异和难以置信了。赫拉克勒斯[①]的十二大苦役，跟我的邻居们所从事的苦差相比，都会显得微不足道，因为那毕竟只有十二种，总有个完结的时候；可我却从未看到过我的邻居们杀死或捉住任何怪兽，或是服完任何苦役。他们没有像伊俄拉俄斯[②]那样的朋友，能用烧红的铁杵来烙印被砍掉了头颅的九头蛇的脖颈，若不烙印，一个头砍下去，马上又会长出两个来。

我发现，我年轻同乡们的不幸在于他们继承了祖辈的农场、房屋、谷仓、牛群和农具。因为这些东西得到很容易，而想要摆脱掉却很难。他们还不如生在旷野之中，由狼给喂养大，这样他们也许就能够有更明亮的眼睛，来看清需要他们耕作的那片土地了。是谁让他们变成了土地的奴隶呢？为什么他们要贪吞下那六十英亩耕地，而其实人们注定只需吃他们的一方寸土[③]？为什么他们刚刚降临人世就要开始挖掘坟墓？他们应该过真正的人的生活，撇下他们眼前这些事务，尽可能充实地去生活。我曾见到多少可怜而又不朽的灵魂，几乎在重负下被压得透不过气来，被重负压垮，在人生的道路上吃力地跋涉，前面推着他七十五英尺长、四十英尺宽的谷仓，还有从未清扫过的

[①] 古希腊和古罗马神话中的神，力大无比，曾不畏艰难完成了12件苦差事。
[②] 伊俄拉俄斯，希腊神话中伊菲克勒斯的儿子，塞萨里的国王，赫克里斯的朋友。
[③] 这句话至少能回溯到18世纪的谚语，"人生在世，必吃寸土"。

奥吉厄斯①牛圈，一百英亩的田地，以及牧场和木材厂，一边还得耕种和收割！而无祖产的人，虽说没有这一财产之累，不必为此操劳，可也得拼力干活，才能维持和供养他们的七尺之躯。

人们的劳作陷入一个误区。人身上更好的那一部分很快便被犁入泥土里化作肥料。正如一部老书中说的那样，似乎是受着命运（通常被称为需求）的驱使，人们不断积累着财富，而飞蛾和灰尘会来侵蚀，盗贼会破门而入偷走这些财富。这是一种傻瓜过的生活，到其生命结束时——如果不能在此之前发现的话——他们终将会看明白这一点。据说，是丢卡利翁和皮拉②通过从肩头往后丢石头创造了人类：

> *Inde genus durum sumus, experiensque laborum,*
> *Et documenta damus qua simus origine nati.*③

或者，就像罗利用他铿锵的韵脚翻译过来的：

> 从此我们任劳任怨，心灵坚硬如石，
> 证明我们的身体源自岩石。

就这样，他俩盲目遵从着这个荒谬的神谕，从头顶向身后

---

① 赫克里斯的第五种苦役就是打扫奥吉厄斯牛圈，这牛圈里有三千头牛，很久没有清扫过了。赫克里斯将两条河流改道使河水流过牛圈，从而完成了这项劳役。
② 希腊神话中的人物。丢卡利翁（普罗米修斯之子）和妻子皮拉二人逃脱了宙斯所发的洪水后，从肩头向身后扔石头（他们认为石头是母亲大地的骨头）。丢卡利翁扔出的石头变成了男人，他的妻子皮拉扔出的石头变成了女人。
③ 引自奥维德的《变形记》。梭罗可能是从瓦尔特·罗利爵士的《世界史》中转引的这段拉丁文。

扔着石头，全然不管它们落到了哪里。

即便是在我们这个较为自由的国度，多数人由于无知和惘然，还是被人为的忧虑搅扰着，忙于粗鄙的劳作，以至于使他们无法采撷到生命中更美好的果实。因为过度劳作，他们的手指变得笨拙、粗糙，颤抖得厉害，根本无法去采摘。事实上，整日从事劳动的人根本没有闲暇每天去关注真正完整的生活；他没有能力维持与别人之间的关系；他的劳动在市场上也难免贬值。他只能是一台机器，没有时间再去顾及其他。一个耽于使用自己一技之长的人，怎么可能会记得自己的无知呢？而人要成长是须牢记这一点的。有时我们应该无偿地让他得到温饱，为他提供补品，使他尽快恢复健康，然后才好去评断他。我们天性中最好的品质就像水果外皮的粉霜，需要最为细心的呵护，才能够保存下来。然而，无论是对待自己，还是对待他人，我们都没有这份温存。

我们知道，本书的读者当中有些人很穷，日子过得艰难，有时生活窘迫得甚至喘不过气来。我毫不怀疑，你们中间的部分人有时候甚至支付不起自己的饭钱，衣服、鞋子快要穿破或是已经穿破了，也买不起新的，就连读这一页书的时间也是从债权人那里借来或偷来的。很显然，你们中许多人过着卑贱、苟且的生活，因为我的阅历砥砺了我的洞察力，所以我是看得出来的；你们常常受到行动限制[①]，总想着做上一门生意来还清债务，而深陷一个古老的泥淖，拉丁语称 aes alienum——别

[①] 行动限制，意指对因债务坐牢的人的行动自由所加的限制。

人的铜币,因为他们有些钱币是用铜铸造的;你们无论活着、死了,还是被埋葬,都得用别人的铜钱;总是答应着还债,明天就还,可今天就死了,债还是没能还上;你们百般乞求关照,恳求只按惯例①判,只要不进州监狱就行;你们撒谎,谄谀,投票,缩进繁文缛节的硬壳,或者膨胀,假装出一副慷慨大度的样子,以便说服邻居让你给他们做鞋帽、衣服、车子,或是帮他们进货;你们把自己累得病倒,只是为了能攒些钱日后生病了好用,你们把攒下的一点钱藏在旧箱子里,或是泥灰墙后面的袜子里,或者为了更加保险,塞进银行的砖柜里,也不管这钱是多,还是微乎其微。

可以说,有的时候,我真的感到很纳闷,我们为什么会如此轻率地接受这一野蛮而又有些异域色彩的蓄奴制。无论南方,还是北方,都有许多贪婪、精明的奴隶主在奴役黑人。南方有监工,就够糟的了,北方现在也有了监工,这就更加糟糕了;然而,最糟糕的还是,当你成为自己的监工的时候。奢谈什么人的神性!看看路上的车夫,日夜兼程地赶往市场,在他们的内心,有任何神性的骚动吗?他们的最高职责就是给马喂料饮水!跟他们运输的利益相比,他们的命运又算得了什么呢?他们不就是想要成为一个"声名显赫"的绅士吗?他们有多少神性,有多少不朽呢?瞧瞧他们那唯唯诺诺、躲躲闪闪,整天提心吊胆的样子,哪里还有半点不朽和神圣,他们简直就成了奴隶和囚犯。奴役和囚禁他们的正是他们对自己的看法——他们

---

① 循例的生意保护。

凭借自己的行为所获得的那点儿声誉。相较于我们对自己的看法，公众舆论只是个虚弱的暴君。一个人如何看待自己，才是决定或者说指明其命运的关键。试想一下，在我们幻想和想象中的西印度群岛人的自我解放——需要一个什么样的威尔伯福斯①才能带来这一解放呢？再想一想那些为世界末日编织着梳妆台垫的妇女们，她们对自己的命运竟然没有表示出丝毫兴趣！仿佛你可以任意消磨时光而不会有损于永生似的。

很多人默默地过着绝望的生活。人们通常所说的认命，就是一种真真切切的绝望。从绝望的城市到绝望的乡村，到处都是绝望的氛围，你只好用水貂和麝鼠的勇敢来安慰自己。即便在人们的游戏和娱乐当中也隐伏着类似的和下意识的绝望。在这中间，没有乐趣可言，因为这些都来自工作之后。可智慧的一个特征就是不做绝望之事。

如果我们使用教理问答的语言来思考，什么才是人生的主要目的，什么才是生活中真正的必需品和资料，我们就会发现人们似乎都不约而同地选择了一种共同的生活方式，这就是因为相较于其他方式，他们都更喜欢这一种。当然，他们也都真诚地认为，除此之外，他们别无选择。可警觉和健康的天性仍使人们记得太阳每天都会灿然升起。摈弃我们的偏见，永远不会太晚。无论什么样的思维方式与做事方式，不管年代多么久远，没有经过实践证明的，都不能相信。大家今天附和或默认的真理，到了明天可能就会被证明是虚妄的，只是一团谬误的

---

① 威廉·威尔伯福斯（1759—1833），《废除奴隶制度法案》的提案人，该法律于1833年通过，解放了大英帝国的所有奴隶。

烟云,尽管有人曾相信那是能给他们的田野降下甘霖的云彩。老人们说的无法做到的事情,如若你去试试,你会发现其实可以做到。老人有老做派,新人有新作为。以前的人不知道还能找到新的燃料使火持续燃烧;今天的人已经懂得给锅子①下面添上干柴,还可以像鸟儿那样飞,绕着地球转,正如俗话说的一代新人胜旧人。年长者虽然年长,但不一定有资格做年轻人的导师,而且他们不见得强于年轻人,因为他们失去的远比他们得到的多。我们甚至怀疑,即便最聪明的人,也不一定就能从生活中学到什么绝对有价值的东西。实际上,老年人并不能给予年轻人什么重要的忠告,他们自己的经验那么有限,他们的生活充满了痛苦和失败,他们一定得知道这些都是他们自己的原因;也许,他们还留存着一些超越了这些经验的信仰,只是他们已不再年轻。我已在这个星球上生活了三十多年,至今还没有从长者那里听到过一点儿有价值的或是真挚的忠言。他们没有告诉过我任何东西,或许他们就给不了我任何真知灼见。生活是什么,是一个大部分我还没有尝试过的实验;他们尝试过了,可那于我有何益呢?如果我有了什么我觉得有价值的经验,我也敢断定我的导师们从未曾提及过。

一个农夫告诉我:"你不能只吃素食。因为素食不能给予你骨骼生长所需的营养。"为此,每天他都虔诚地花去一部分时间,好为自己的骨骼提供滋养;他走在牛的后面跟我说着话,而他的牛,这一食草动物,却能拖着他和他笨重的铁犁一个劲

---

① 这里的锅子指的是发动轮船、火车等的蒸汽发动机。

儿地前行。一些东西，对有些人来说——比如病人和无所依靠的人——是他们生活中必需的，而对别的人来说，只是奢侈品，或者是闻所未闻的。

在一些人看来，他们生活的所有领域似乎都已被他们的前人涉足，无论是高山还是峡谷，以及其他所有事物都被考察关注过了。伊夫林①曾经说："睿智的所罗门为树与树之间应相隔的距离制定了条令；罗马执政官规定了你多长时间可以去一次邻居的地里，捡拾落在田里的橡实而不算擅自闯入，而且，规定了其中多少份额是属于你的邻居的。"希波克拉底②甚至对如何剪指甲都做出过指示，也就是指甲剪得应与手指的前端齐平，不要短也不要长于手指头。毫无疑问，那些自以为已经穷尽了生活的多样性和生活的快乐的无聊乏味之人，古已有之，可以说和亚当一样古老了。然而，人的各种能力还从未被真正地考量过；我们也不能用任何一个前人来对今人加以评价，一切还有待去尝试。无论你迄今为止有过多少次失败，"不要悲伤，我的孩子，有谁还会把你的未竟之事再交还给你呢？"

我们可以用上千种简单的方法来测试我们的生活，譬如说，使我的四季豆成熟的太阳，同时也照耀着太阳系中像地球一样的其他天体。我只要记住了这点，就可以少犯一些错误。我在之前锄草时尚没有这样的想法。那些星星就是许多个神奇三角形的光顶！在天上众多的宫阙中，有多少相距遥远，多样的物种，会在同一时刻瞩望着同一颗星体呢！大自然和人生如同我

---

① 约翰·伊夫林（1620—1706），英国作家，园艺学家。
② 希波克拉底（约前460—前377），希腊医生，人称医学之父。

们的各种体制一样，也是丰富多彩的。谁能知道生活会给一个人展现出怎样的前景呢？让我们彼此用对方的眼睛观察一瞬间，世界上难道还有比这更伟大的奇迹吗？我们应该在一个小时内，过完这个世界所经历的所有时代；是的，经历完所有时代中的所有世界。历史，诗歌，神话！——我知道，阅读别人的经验，绝对没有阅读历史、诗歌和神话那样令人惊奇和富于启迪。

我的邻居们称之为好的，我心里会认为它们大部分都是坏的，如果要说有什么事让我感到后悔的话，那很可能就是我的循规蹈矩了。我也不知道是中了什么邪，竟然会如此中规中矩。你可以讲出你最睿智的话来，老头儿——你毕竟已经活了七十年，也获得了一定的荣誉——可我却听到一个不可抗拒的声音，在召唤我离开这一切。一代人会抛弃另一代人的事业，就像人们会离弃搁浅了的船只一样。

我想，我们可以放心地去相信，比现在相信的更多一点儿。我们可以弃掉许多对自己的顾念和关心，把心思更多地放到别的地方去。大自然既能适应我们的长处，也能适应我们的短处。有些人的无休止的焦虑和紧张，几乎成了一种无法治愈的疾病。我们生性就喜欢夸大自己的工作的重要性，可世上有多少工作都并非我们所为！我们要是生病了怎么办？在某些方面我们是多么警觉啊！只要能避开，我们就坚决不去过有信仰的生活；白天我们忐忑不安，晚上我们不情愿地做着祷告，陷入迟疑和忧虑之中。我们就这样谨小慎微、充满敬畏地生活着，拒绝任何变化的可能性。我们说，这就是唯一的生活方式；可正如从一个中心点可以画出好多条半径一样，生活方式也是有许多种的。所有的变化都是值得去审视的奇迹，这是一种每时每刻都会发生的奇迹。孔子说："知之为知之，不知为不知，是知也。"当一个人把想象的事实变为他所理解的事实时，我能预想到所有人最终都将以此为基础，来构建他们的生活。

让我们用一点时间来考虑一下，我前面提到的大多数困扰和焦虑是什么，以及在多大程度上是我们必须面对的。尽管我们身处向外延展的文明之中，可过一过原始的拓荒生活也是有一定益处的，至少它可以使我们了解到生活最基本的必需品是什么，通过何种方式可以获得它们；甚至只是浏览一下商人们的老旧账本也是好的，这样便可以知道人们在商店里最常买的东西有哪些，商店里摆得最多的货物是什么，也就是说，最基本的生活必需品是什么。因为时代的改变和进步并没有怎么影响到人类生存的基本法则，就像我们的骨骼与我们祖先的骨骼或许并没有什么差别一样。

我这里所说的"生活必需品"，是指在人们通过自己的努力所获得的一切物品中，有一些从一开始，或者在长期的使用过程中，对人类而言已变得必不可少，乃至于很少有人——除非是由于落后、贫困，或是出于哲学上的考虑——在想着去放弃它们。从这一意义来说，许多生物都只有一种生活必需品，那就是食物。草原上的野牛，需要的就是几英寸长的可口青草，再加一点可饮用的水；此外，还要有森林或山荫做它的庇护之所。除了食物和栖息之地，野兽们不再需要任何东西。就本地的气候而言，人类生活的必需品可较为精确地分为这样几项：食物，房屋，衣物和燃料；因为只有具备了这几样东西以后，我们才能自由地去面对生活中那些真正的问题，并有望取得成功。人类不仅建起房屋，还做出了衣服和熟食；或许是偶然发现火具有很高的热度，便开始使用火，起初是将它作为一种奢侈品，而如今取暖已成为一种必需。猫和狗也渐渐获得了这样的第二天性。凭借适宜的住房和衣着，我们很好地保持了自己体内的热量；但是，如果屋内太热，衣服穿得太多，或者火烧得太旺，也就是体外的温度大大高于体内的温度，那我们不是在炙烤自己吗？自然学家达尔文在提及火地岛上的居民时说，他们一行人穿戴整齐地坐在火边，也没有感觉到热，可他却惊讶地发现，那些远离火堆、光着身子的野蛮人却"被热得大汗淋漓"。人们还告诉我们，那些新荷兰人裸着身体还像没事似的，可欧洲人穿着衣服还被冻得瑟瑟发抖。有没有可能把这些野蛮人的坚韧和文明人的知识结合起来呢？依照李比希[①]的观点，人的身体就是一个火炉，食物是燃料，以保证肺内部的燃烧。天气寒冷时，我们吃得多；天气炎热时，我们吃得少。动物身体的热量是其体内缓慢燃烧的结果，当这种燃烧太快时，便会出现疾病和死亡；而当缺少燃料，或者通风效果不佳时，火就会熄灭。当然啦，生命的热量不能与火混为一谈。从前文所述来看，"动物生命"这一表达似乎可以说是"动物热量"这一表达的同义语。因为食物可以被看作保持我们体内热量的燃料——燃料用来准备食物，或者用来从外部使我们的身体温暖——而住所和衣着也只是为了保持由此产生和吸收的热量。

因此，对我们的身体来说，最大的需求便是保持温暖，保

[①] 贾斯特斯·冯·李比希（1803—1873），德国化学家。

持我们体内的热量。我们为此要做的，不仅是获得食物和衣着，还有我们的床铺，它们是我们夜晚的衣服。我们从鸟巢和鸟的胸脯上掠夺来羽毛，打造我们住房中的这一卧榻，就像鼹鼠在洞的最里面用草和树叶做它的窝儿一样！穷人总在抱怨这是个寒冷的世界，这一寒冷不仅是身体上的，也是世态人情上的，我们把我们大部分的疾病都归咎于此。在有些地区，夏天可以让人们过上一种极乐世界的生活。在这一季节，除了烧饭，人们很少再需要燃料，太阳就是他们的火；许多果实，太阳的光线便足以将它们晒熟；此时的食物更加丰富，多样化，也更容易获得，衣服和住所也不再或是部分上不再需要。在这个季节的美国，根据我个人的经验，有一些工具就够了，比如一把小刀，一把斧子，一把铁锹，一辆手推车；不过，对于爱学习的人来说，可能还得再加上一盏台灯，一些文具和一些书，所有这些，花很少的钱就全能买到。可有些不太聪明的人跑到地球的另一边，到蛮荒和环境恶劣的地方去做生意，一做就是十年二十年，为的是他们将来回到新英格兰可以生活得舒服一些，并最终能葬在故土。这些追求奢华的富人并不是为了简单地保持身体的温暖，而是为了一种不自然的热，就像我前面提到的，他们是被炙烤了。当然，他们的生活方式很时尚。

大部分的奢侈品，以及所谓的能为生活提供种种舒适的物品，不仅不是必需的，而且很可能会阻碍人类的崇高向上。说到奢侈和舒适，智者往往过着比穷人更为简朴和清贫的生活。像印度、中国、波斯和希腊的古代哲学家们差不多成了一个单独的阶层，在物质财富上，他们可以说是最贫穷的，可他们的内心却是最富有的。关于他们，我们了解得不多。不过，我们能对他们有现在的了解，也已经很不错了。他们的后继者，即近现代以来的改革家和做出较大贡献的人，也是过着那样的生活。一个人如果不能站在我们称为安贫乐道的有利立场上，他就不可能对人类生活做出客观公正或是富于预见的观察。从奢侈的生活中，只能结出奢侈的果实，不管是在农业、商业，还是文学艺术上都是如此。当今时代已不再有哲学家，有的只是哲学教授。不过，能做教授也是令人艳羡的，因为即便在从前能以讲授学术为生也是让人羡慕的。做一个哲学家，不仅要有深刻的思想或是能创立一个学派，而且要对智慧充满热爱，按照智慧的要求去生活，去过一种简朴、独立、豁达和有信仰的生活。不但从理论而且从实践上，能解决生活中的一些问题。学者和思想家们的成功往往是一种朝臣似的成功，而不是帝王似的或男子汉大丈夫似的。他们只是像他们的父辈一样，一味地去趋同，绝对不会成为人类高尚一族中的先驱。可人类为什么在退化呢？是什么导致家族难以延续？是什么样的奢侈之风使得一些民族衰败和消亡？我们能肯定在我们的生活中就没有一点儿它的影子？即便是在生活的外部形式上，哲学家也是站在他时代前列的。他没有像他的同时代人那样去居住、穿衣、饮食、取暖。作为哲学家，在维持生命的热量方面，怎么能没有比其他人更好的方式呢？

当一个人用我上面提到的几种方法获得了热量时，他接下来需要的是什么呢？肯定不是更多的同类的热，不是更多更丰富的食物和更大的房子，也不是更漂亮更多的衣服和烧得更旺更持久的火炉等。在得到这些生活的必需品之后，他可以在这一方面不再去奢求更多，而是做出别的选择，即放下卑微的劳作，腾出手来，开始进行生活方面的探索和冒险。土壤看上去很适合这种子，因为它的胚根已经深深扎在泥土中，现在它可以充满自信地往上生长了。为什么人要让自己这么坚实地往泥土中长呢，本来他同样可以向上生长呀？——高一些的植物之所以珍贵，是由于它们把果实结在了大气和阳光之中，远远地离开了地面，不像是那种长得很低的食用植物，人们耕种它们只是为了得到它们完好的根部，为此常常把它们的顶部剪掉，以至于到开花季节时，好多人都认不出它们了。

　　我并不打算给那些坚强和勇敢的人制定什么规条，不管在天堂还是地狱，他们都能关照好自己的事务，或许还能盖起更辉煌的建筑，出手比富人们更为阔绰，也不会搞穷了自己，真不知道他们是怎么生活的——如果世上真有这样的人的话。我也不为这样的人制定什么，因为他们从目前的环境条件中便能获得勇气和灵感，怀着恋人般的挚爱和热情珍视现实——从某种程度上说，我认为自己也属于这一类。我也不针对那些在任何情况下都能应对自如的人，他们知道自己是否过得好；而是主要针对那些心怀不满，总是抱怨自己命运艰难、生不逢时的芸芸众生。其实，这些都是可以得到改善的。有一些人抱怨得最起劲，最觉得委屈，因为如他们自己所说，他们是在尽自己的职责。我脑子里还想着这样一个阶层的人，他们看上去很富有，可实际上最穷的就是他们。他们攒下了多得要发霉的财富，却不知道如何去使用它，或是摆脱它，于是，他们就这样为自己锻造了一副金银的镣铐。

我要是讲一讲,我曾希望自己在过去几年中过一种什么样的生活,那些对我的生活有所了解的读者或许会感到诧异;对我的生活毫无了解的人肯定会感到惊诧。所以我只将我认为较为重要的几件事略微提一下。

不管什么天气,不管在白天或夜晚,任何时候我都急切地想要改善我眼下的境况,并把这刻在我的手杖上;站在过去和未来这两个永恒的交汇点上,也即此时此刻,把脚尖抵在起跑线上。请原谅我讲话有些晦涩,因为我的行当比起别人的行当有着更多的秘密,不是我有意要保密,而是我这一行当的性质使然。我乐意把我知道的我这一行当的一切都讲出来,绝不会在我的门口写上"不准入内"的字样。

很早以前我丢失了一条猎狗,一匹栗色马和一只斑鸠,直到今天我还在寻找它们。我询问过好多从外面来的人,向他们描述它们以往的行踪,以及如何喊它们,它们便会做出回应。我曾遇到过一两个路人,他们说曾听到过猎狗的吠声和马儿的蹄声,甚至看见过我的斑鸠消失在一朵云彩后面。看他们那副着急要找到它们的样子,好像是他们自己丢失了它们似的。

我每日期盼的不单单是日出和黎明,如果可能的话,是大自然本身!有多少个夏天和冬天的早晨,当我周围的邻居都还没有起来忙乎的时候,我就起来做自己的事了!毫无疑问,我的许多同乡,无论是拂晓起身赶往波士顿的农夫,还是出门去砍柴的樵夫,都碰到过我已做完自己的事情而返回的身影。诚然,我从未能为太阳的升起出过什么力,然而,更重要的,无疑是能身临其境感受日出。

好多个夏日和冬日,我去到城外,努力在那里听从风中传来的消息,并将它迅速地传播开来!为此我几乎花光了我所有的钱,我迎头冲向它,不惜拼尽全力。如果我听到的消息与国内的两个政治党派有关,那么,它一准会出现在《农民公报》最新消息那一栏里。别的时候,我会从某个崖顶或是树上的观察台上瞭望,用电报发出新来的人的消息;或是傍晚时立在山顶,等待天色渐渐暗下来,心里想着自己可能会捕捉到点儿什么——尽管我捕获到的东西很少——而就是这点儿东西,也会像天堂降下的甘露①,在阳光下很快被蒸发掉。

在很长一段时间里,我都是一家刊物的记者,这家刊物发行量不大,那里的编辑一贯觉得我的文章不适于刊印。像许多作者一样,我辛辛苦苦地写作,换来的常常只有痛苦。不过,在这件事情上,我的痛苦便是它们自身的回报。

多年以来,我自愿做着暴风雪和暴风雨的观察员,并一直忠实履行着我的职责;我也是一名测量员,测量除公路以外的林间小道和所有的捷径,还有沟壑上搭建的桥梁,并使它们一年四季都畅通无阻,人们频繁的往来证明了它们利用率不低。

我照管过镇上的野生动物,它们常常越过围栏,给恪尽职守的牧民造成很大的麻烦;我查看过农场里鲜少有人去的犄角旮旯,尽管我不知道乔纳斯或所罗门②今天在哪块田里干活,那

---

① 天堂降下的甘露,是上帝在西奈沙漠中为以色列人提供的食物。见《出埃及记》。
② 均为《圣经》中的人物。

根本不关我的事。我浇灌过红越橘、沙樱桃、荨麻、红松和黑桦树、白葡萄和黄色紫罗兰，否则的话，它们在干燥的季节可能早被旱死了。

总之，我这样子做了很长一段时间（我这么说并不夸张），可谓尽忠尽职，直到这一点越来越明显：镇上的居民终归不愿意让我进入镇政府当公务员，也不愿意让我挂个闲职，哪怕只是挣上一份微薄的薪水。我的账本，我敢打赌都是毫不含糊、忠实公正地记录下来的，可却从未被核对、接受过，更没有被支付、还清过。不过，对此我并不在意。

前不久，一个四处游荡的印第安人到我的邻居——一个著名的律师家门口，去兜售他的篮子。"你想要买篮子吗？"他问。"不，我们不需要这东西。"律师回答说。"天哪！"这位印第安人在走出人家院门时大声地嚷着，"你们是成心想要饿死我们吗？"原来，看到这位勤奋的白人邻居生活得那么滋润——看到这位律师只是整理辩词，动动嘴皮子，财富和地位便神奇地接踵而至——于是他对自己说：我也要找事情做，我要编篮子，这个活儿我能做得了。他以为他只要编好篮子，干完他的那份活儿，买这些篮子就是白人们该做的事了。他不知道他必须把篮子做得值得人家去买，或者至少让人家认为这么做值得，或者是做出些别的值得人家去买的东西。我也曾编织过一种很精巧的篮子，可我没有想让任何人觉得它值得购买。但我仍然认为我编织它们是值得的，我没有去琢磨如何把我的篮子做得值得让人们去买，而是想着如何能避免非得把它们卖出去。人们所称赞和认为成功的生活，那只是生活的一种方式。为什么我们要夸大其中的一种，而贬低另外的生活方式呢？

既然镇上的公民已不大可能给我在法庭里安排个职务，即便是助理职务，我也不大可能搬到任何别的地方去住，那么，我就必须自谋生路了。此时的我比以往任何时候都更加向往山林，因为那里的一草一木都更令我感到亲切。我决定马上行动起来，不等凑足需要的资金，就凭我手头那点儿微薄的积蓄。我到瓦尔登湖居住的目的，不是为了去那儿过更省钱的或是更潇洒的生活，而是想能在最少的干扰下处理一件私人事务；这样，如果因为我缺少常识，缺少经营企业和生意的才能而没能做成这一业务，也不至于叫自己显得太蠢太难堪。

我一直在努力养成严谨的商业习惯，它们对于每一个人来说都是不可或缺的。如果你是跟天朝[①]做贸易，那么，你就需要在塞莱姆[②]某个海湾的岸边，建一个小小的会计室。你可以出口本国的各种商品，纯粹的本国产品，大量的冰、松木，还有花岗岩，当然是用本国的船只。这些都是很好的生意。你要亲自过问一切细节；既是领航员，又是船长，既是货主又是保险商；既卖出也买进，还要管理账务；阅读每一封来函，撰写或审阅每一封发出的信件；日夜督查把进口的货物卸到码头上；你要到沿海各地段去查看，最值钱的货物通常都是在泽西海岸卸货；你自己发旗语，不知疲倦地扫视着海平线那边，向所有驶来岸边的船只喊话；源源不断地运出商品，把它们提供给充满活力的远方市场；你要熟悉各市场的行情，有关世界各地的战争与

---

① 天朝，指中国。

② 塞莱姆，马萨诸塞州萨利姆镇，是当时与中国贸易的主要港口之一。

和平的前景,预测贸易和文明的发展方向——充分利用一切探险考察的成果,使用新航道和一切航海方面的新技术;你要研究图表,判明岩礁、新灯塔和浮标的方位,不断更正对数表,因为一个计算上的错误往往会使本来可以顺利到达港口的轮船撞毁在暗礁上——拉佩鲁兹①就遭遇过这种不测的命运;你还要跟上世界科学的发展,从汉诺、腓尼基人②到今天,产生过许多伟大的发现者、航海家以及伟大的探险家和商人,你要学习和了解所有这些伟大的人物;你还要时常盘点存货,了解你的经营状况。这是一件需要人的各种能力且很耗费精力的工作——诸如种种利润和亏损、利息、净重计算等,你需要权衡其中的一切,所有这一切都要求你具有广博的知识。

我一直认为瓦尔登湖是个做生意的好地方,不仅因为这里有铁路和优质的冰块,而且还有许多我不便透露的有利条件;它是个很好的港口,具有良好的地基,不像涅瓦河那样得先把泥地填平,再打上桩后才能在上面盖房子。据说,要是漂浮着冰块的涅瓦河发大水,加上肆虐的西风助力,那么,圣彼得堡很可能就要从地球表面被冲跑了。

由于没有足够的资金,很难想象我从哪里去获得做这些事业通常都需要的资源。比如说衣服,马上就说到了这一问题最实际的部分,在购买衣物时,我们常常考虑的可能都是它的款式是否新奇,穿上后别人会怎么看,而不是从真正实用的角度

---

① 康特·德·拉佩鲁兹(1741—1788),法国航海家。
② 汉诺是迦太基探险家,公元前 480 年旅行到了非洲西海岸,写出了《汉诺周航记》。腓尼基人是古代中东的闪米特人,是著名的早期探险者。

出发。让那些有事情要做的人想一想，衣服首要的用途应该是保持身体的热量；其次，生活在人类社会需要遮体。他可以判断一下，如果不给他的壁橱添置新衣，他可以完成多少必要的或重要的工作。国王和皇后的衣服只穿一次，尽管它们都是手艺精良的裁缝为他们设计定做。他们无从体味到合身的衣服穿在身上的那种愉悦感，他们不比挂干净衣服的木头架子强多少。天天穿着它们，我们的衣服渐渐与我们融为一体，更多打上了穿衣的人的性格印记，直到我们不得不把它们脱下，我们对它们变得恋恋不舍，乃至于心情沉重，就像丢弃的是我们自己的身体一样。在我眼里，没有任何一个人会因为衣服上有块补丁，而变得矮人一截；然而，我敢肯定，人们常常挂记的还是穿着入时，或至少是干净、没有补丁的衣服，仿佛唯有如此，他才能放下心来。然而，即便是穿上了没有补丁的衣服，这里所犯的最大"罪过"也不过是此人有些大大咧咧罢了。我在熟人间曾做过这样的试验——看看谁肯穿上一条膝盖上有补丁或是上面只多了两条缝线的裤子。大多数人表现得好像他们这么做了，他们一生的前程也就毁了。他们宁愿拐着一条伤腿，一瘸一拐地往城里去，也不愿意穿着一条破裤子进城。如果碰巧是一位绅士的腿伤了，这还可以送到医院去救治；但要是破损的是他腿上的裤子，这可就没得救了。因为他考虑的不是那些真正值得人们尊重的品性，而是人的颜面。我们熟悉和了解的人并不多，远不如我们对外衣和裤子那么了解。给稻草人穿上你的新内衣，你无精打采地站在它旁边，有谁不会马上就去对稻草人行礼致敬呢？有一天我经过一块玉米地，远远望见一个挂着帽子和外衣的桩子，走近时才认出那是农场主在地里干活。比我上次见到他时，他又晒黑了许多。我曾听说过有一条狗，总是朝靠近它主人宅子的陌生人汪汪地叫，可要是一个不穿衣服的盗贼走过来，它倒不怎么叫了。如果人们脱去了衣服，他们还能在多大程度上保持他们各自的身份呢，这倒不失为一个令人感兴趣的问题。在这样的情况下，你能从这群文明人中间确有把握地辨识出，谁是最尊贵阶层的人吗？菲佛夫人①在她周游世界，从东向西的探险旅程中，曾去到亚洲境内的靠近她国家的俄罗斯地区，在即将晋谒地方长官时，她觉得需要脱下旅行装，穿上较为正式的衣服了，因为她"现在是在一个文明的国度，在这儿，人们都是以貌取人的"。即便在我们民主的新英格兰镇子，偶然的暴富，锦衣靓饰和高马轩车，几乎都能为这些东西的拥有者赢得众人的尊敬。然而，尽管尊重这些富贵者的人数众多，他们至今却都还是异教徒，需要给他们派个传教士过去。此外，衣服需要缝纫才能制成，缝纫可以被称为一种无休无止的工作；至少，一件女人的衣服永远没有做完的时候。

一个终于找到事情做的人，没有必要非得穿上新衣服去做事；对他来说，那件在阁楼里放了不知多长时间、已积上灰尘的旧衣就足够了。英雄的鞋子要比他仆人的鞋子更加耐穿——假如他有仆人的话——人类穿鞋的历史要比人类赤脚的历史短得多，英雄穿上旧鞋一样能把事情做好。唯有要去参加社交晚会或是到立法院的人们，必须得有新外套，他们外套更换得频繁，就像穿它们的人在官场换了一拨又一拨。然而，如果我的

---

① 菲佛夫人（1797—1858），奥地利旅行家，作家。

夹克、裤子、帽子和鞋子,可以穿着去给上帝做礼拜,那么,我就可以穿着它们做任何事情,难道不是这样吗?有谁见过他自己的旧衣服被穿得磨成了碎布片,最后被分解回它们的原始模样的,即使把它们送给一个穷孩子穿,也算不上行善了。要我说,任何事业如果它需要的只是新衣服,而不是穿衣服的新人,那我们就要警惕了。如若没有新人,那又怎么让新衣服做得合身呢?在你要开创一项事业时,就穿着你的旧衣服去试着做吧。人们需要的不是途径或手段,而是事业本身,或者说他将成为什么样的人。或许,不管旧衣服多破烂多脏,我们还是应该穿着它,直到我们的事业有了一定的起色,或者说已驶入正确的航道,让我们觉得自己已是穿着旧衣的新人,就像是旧瓶装着新酒,到那时若没有起色,我们再穿新衣服也不迟。我们的换装,应该像飞禽换羽毛,一定是在我们生命的转折关头。潜鸟隐没到孤寂的池塘去换羽毛。蛇也是这样蜕皮,毛毛虫也是这般,凭借其在茧内的不懈拼搏和努力,挣脱茧的束缚;衣服只不过是我们最外层的表皮和尘世给我们的包装①。否则,我们就是打着虚假的旗号航行,最终必将遭到众人和我们自己的唾弃。

  我们穿上一件又一件衣服,仿佛我们是外生植物,要靠外来添加物才能生长似的。我们外面那层又薄又花哨的衣服是我们的表皮或假皮,它与我们的生命无关,可以随处把它脱下,而不至于给我们造成致命的伤害;我们身上更厚一点儿的、总是不离身的衣服,是我们的细胞壁,或者说皮层;而我们的内

---

① 出自莎士比亚《哈姆雷特》:"当我们褪去这一层庸俗的包装。"

衣是我们的韧皮,犹如树皮之与树木,如若去掉它,就像环剥一样①,会伤及我们的身体。我相信,所有物种在某些季节都会穿上类似于衬衣的东西。一个人最好穿得简单一些,这样在黑暗中也能摸到自己的身体,另外,最好把生活的各个方面都安排得紧凑一些,做到有备无患,如果来了敌人,他便能像古代的哲学家一样,空着手从容地步出城门。一件厚衣服抵得上三件薄衣服,顾客可以按照自己认为合适的价格,买到便宜的衣服;一件厚些的外套五美元就可买到,它能穿上许多年,两美元可买一条厚裤子,一美元五十分可买一双牛皮靴;二十五美分一顶夏天戴的帽子,六十二美分一顶冬天戴的帽子,如果自己在家做的话,成本会更低一些;看到有人穿这样一身凭自己的劳动做的衣服,哪个智者不会对他表示出尊敬呢?

在我要做一件特别式样的衣服时,我的女裁缝严肃地跟我说:"他们②现在都不做这种式样了。"她把"他们"一词说得很轻,好像她的话是引自具有绝对权威的命运三女神似的。我发现我很难说服她同意我的建议,因为她根本不相信我表达的是我的真实想法,她觉得我有点儿太鲁莽、太草率了。在听到这句神谕似的话时,有片刻的工夫我陷入了沉思,用加重的语气,对自己一字一顿地念着它,以便彻底理解它的含义,发现"他们"与"我"之间会有什么样的血缘关系,在一件与我密切相关的事情上,他们到底有多大的权威;最后,我决定用同样神秘的口吻回答她,也把"他们"一词轻轻带过。——"是

---

① 把一棵树的树皮砍上一圈。
② 泛指人们,众人。

的,他们不久前还不这么做呢,但现在他们也这么做了。"如果她不量我的性格,而只是量一下我的肩宽,就好像我是挂衣服的钉子似的,那么,这种度量有什么用呢?我们崇拜的不是美惠三女神①,也不是命运三女神②,而是时尚女神。她在纺纱、织布和裁剪上是绝对的权威。巴黎的猴子王戴了一顶旅行帽,美国的猴子便纷纷效仿。有时候我真感到绝望,原本很简单很好做的事情到后来得靠人帮忙才能做成。首先,你得有个强力压榨机,把人们头脑中的旧观念都挤压出来,并且不让它们很快就死灰复燃;可人群中总有某个人的脑袋里会有条蛆,从一个不知什么时候落在那里的卵里孵化出来,因为便是火也烧不死这些东西,于是,你的工作都白做了。然而,我们也不应该忘记,据说埃及的一种小麦就是通过一具木乃伊把它的种子传给我们的。

总的来说,我认为,服饰在这个国家和其他任何国家都还没有上升到艺术的高度。目前,人们还是有什么就穿什么。好像搁浅船只上的水手,上了沙滩后能找到什么就穿什么。不同地域或不同时代的人会相互笑话彼此身上的奇装异服。每个时代的人都会嘲笑以前的老样式,而趋之若鹜地追求新的款式。看到亨利三世和伊丽莎白女王的服饰时,我们不免感到可笑,就像他们穿的是食人族群岛上国王和女王的装束一样。一切衣服一旦离开了特定身份的人,不是看上去有点儿寒碜,就是显

---

① 希腊神话中的光明女神阿格莱亚,欢乐女神欧佛洛绪涅和激励女神塔利亚。
② 罗马神话中的命运三女神。

得有些古怪。唯有穿着这些衣服的人瞥出的严肃目光和所过的诚挚的生活，方能抑制住我们的笑声，使这些衣服变得神圣。让滑稽演员发一次心绞痛，他的行头也将表现出他的痛苦；中了炮弹的士兵，他身上炸成碎片的军服也会如同紫色皇服一样荣耀得体。

世上的男男女女狂热地追求着衣服的新样式，他们像孩子们盯视着摇晃的万花筒那样，希望从中发现今天这一代人所青睐的那种特别款式。衣服制造商们知道，大众的这一趣味是反复无常的。两种款式，其区别仅在于一种上多了几道颜色特别的线条，这种就卖得好，另一种就在货架上无人问津，不过，一个季节之后，往往又反了过来，后者变得畅销起来。与之相比，文身还真不像人们所说的那么令人憎恶。不能仅仅因为文身图案是刺入肌肤，不可更改，便说它粗俗。

我认为，我们制衣工厂的制度不是制作衣服的最佳模式。这里的操作情况变得越来越像英国，这一点并不令人感到奇怪，因为就我的所见所闻，制衣业的主要目的不是让人们真正地穿好，穿得舒适，而是公司要挣得利润。从长远来看，人们追求的是什么，最终得到的就会是什么。因此，尽管眼下可能会失败，他们最好还是把目标定得高远一些。

说到住所，我并不否认现如今它已成了生活中的必需品，尽管还有一些这样的事例：有些人没有住房，也能长期生活在比我们国家还冷的地方。萨姆尔·莱恩[①]说："拉普兰人穿着皮衣，把头和肩膀也套在皮袋子里，就可以一晚一晚地在雪地

[①] 萨姆尔·莱恩（1780—1868），苏格兰旅行家。

里过夜……天气非常寒冷，即便是穿着毛质衣服的人待在那儿的雪地里也会被冻死。"他亲眼见到过那里的人这么睡觉。不过，他接着又说："他们并不比其他地方的人更强悍。"也许，人类在地球上生活不久，便发现了房子所具有的便利，家的舒适——这一用语很可能最初只是用来指住所而不是家庭给人带来的满足；不过，我说的这种情况在那些气候比较温和的地区——那里只有冬天和雨季我们才会觉得房子有用，在一年三分之二的时间里，除了一个遮阳棚，可以说就用不着房子了——就显得有些片面和偶然了。在我们这里，整个夏天从前几乎也只是在夜间有个遮盖就可以了。在印第安人的记录中，一个屋棚代指一天的行程，在树皮上画的或是刻上去的一排屋棚表示他们宿营的次数。人生得四肢发达，体格健壮，绝不是要他去缩小他的世界，把自己囿于狭小的空间。人最初是裸着身体，生活在户外的；然而，虽说在和暖的白天待在户外是挺惬意的，可是到了雨季或冬天，更别说毒辣辣的太阳了，如果不是早就建好了房，穿暖和了，他也许早就夭折了。根据传说，亚当和夏娃当初是用树枝遮体的。人类需要一个家，一个温暖、舒适的处所，首先是为了身体的温暖，其次才是情感上的安慰。

我们可以想象一下远古刚有人类的时期，某个敢于冒险的人爬进一个岩洞中去找栖息之所。从某种程度上说，每个孩童都在重复这样的历程，喜欢待在户外，甚至是下雨和寒冷的天气。出于本能，他们玩造房子、骑竹马。谁能不记得他自己小时候望着层层岩崖，或者走进一个山洞时，油然生出的兴趣和好奇心呢？我们原始祖先那一本能的渴求，依然留存在我们体内。从岩洞，我们人类发展到用棕榈树叶、树皮和树枝，以及编织和拉直的亚麻做屋顶，再后来是用干草和稻草，木板和木瓦以及石头和砖瓦做屋顶。最终，我们变得不知道生活在户外是怎么回事了，我们的生活比我们想象的更加室内化了。田野离我们的家院和火炉更远了。要是在更多的日日夜夜，我们能直接生活在浩瀚的天宇和星空下，倘若诗人们不是总在屋檐下吟诵，或者圣人们没有在屋子里待那么久，我们的情况或许会好得多。留在洞中的鸟儿不会歌唱，鸽子也不会将它们的纯真珍藏在鸽巢里。

不过，如果有人要设计并建造一座住所，他应当有一点儿新英格兰人的精明，免得日后发现自己是住在了一个工房里，一个找不到标识的迷宫，一座博物馆、救济院、监狱，或是一座华丽的墓穴。首先想一想，这样宽大的住宅是不是非造不可。我曾在镇上见过佩诺斯科特印第安人[①]用薄棉布搭成的帐篷，帐篷四周几乎围着一英尺厚的雪，我想他们一定愿意让雪堆得更厚一些，这样便可以把风挡在帐篷外面。在以前，如何能使我的生活过得充实，同时又有足够的自由追求我喜欢的事业，是个比现在更加困扰我的问题，因为如今我已不幸变得有些麻木了。我以前常常看见铁路旁放着的大箱子，六英尺长，三英尺宽，工人们晚上用它来放置劳动工具；这使我想到，每个生活窘迫的人都可以用一美元买下这么个箱子，用螺旋钻在它上面钻上几个眼，使空气流通，到了晚上或下雨的时候，就钻进箱

[①] 缅因州北部地区佩诺斯科特海湾的阿岗昆印第安部落，他们常常到康科德贩卖篮子，在镇外宿营。

子里,把盖子放下,这么一来,他就有了自由,可以爱他所爱的,想他所喜欢想的了。这看起来可是个不坏的选择,断乎不会遭到人们的非议。你可以想坐到多晚,就坐到多晚,不管你什么时候睡醒从里面出来,也没有地主或房东追着你讨要房租。许多人因为要给一个更大更阔气的"箱子"交上房租,整日受着催逼,其实他们在这样的一个箱子里也不会冻死。我并不是在开玩笑。俭朴生活是一门学问,人们曾轻率地对待这门学问,但它是不能被这么简单处置的。那些大部分时间生活在户外的粗莽壮实的人,曾在这儿建了一所房子,采用的几乎都是大自然提供的现成材料。马萨诸塞州垦区主管印第安人事务的负责人古金,曾在 1674 年写道:"他们最好的房屋屋顶和墙壁都是用的树皮,都建得整洁、严密、保暖,这些树皮是在树液充沛的季节从树身上剥下来的,在它们还青绿的时候,用重木把它们压制成优质的薄片——次一点儿的房子,屋顶和墙壁用的是灯芯草编织的草席,跟前者一样严密和保暖,只是质地上比前者稍差一些……我见到过这种房子,六十或一百英尺长,三十英尺宽……我常常在他们的棚屋住宿,发现它们里面跟英国的房子一样暖和。"他还补充说,这些棚屋里面通常铺着的和墙上挂着的都是做工精良、织着图案的草席,各种用具一应俱全。这些印第安人已经比较先进,在屋顶上开了孔,孔上方悬挂着一张草席,用一根绳子牵拽着,以使屋子里面保持通风。这样的房子,最多一两天的时间便能搭建起来,以后每次拆卸和重搭也就几个钟头的事;每个家庭都拥有一个这样的房子,或是房子里的一个隔间。

处在这一亚文明状态中的人,他们每个家庭都还有一个足够好的居所,足够满足他们粗陋简单的需求;然而,尽管空中飞翔的鸟儿有它们的窝巢,狐狸有它们的洞穴,野蛮人有他们的棚屋,可在现代文明社会,拥有自己住房的家庭还没超过一半。在文明程度更为发达的大城镇中,拥有住所的人们也只占城市人口中很小的一部分。其余的人每年都得支付房租,这件人类最外面的"衣服"无论夏天还是冬天,都变得越来越离不了了,他们所付的租金都够买下印第安人一个村子的棚屋了,可现在却使得他们终生贫困。我这么说,并非要强调与拥有住所相比租房的劣势,但很明显的是,由于成本的低廉野蛮人能拥有自己的住所,而文明人因为买不起房子只能租房住;从长远看,他将来能否租得起房子还是个问题。不过,有人回答说,仅仅靠支付租金,这个贫穷的文明人便能获得一所住宅的居住权,这住宅跟野蛮人的棚屋相比,可称为宫殿了。一年交上二十五到一百美元的租金(按照乡镇的标准),他便能享受到多少世纪以来的发展成果,宽敞的房间,洁净的涂料和墙纸,拉姆福德式壁炉,室内抹泥灰的墙,软百叶窗帘,铜质水泵,弹簧锁,偌大的地下室,等等。但是,下面这一点又如何解释呢:一个据说是享受着这一切的人,往往是贫穷的文明人,而没有享受到这些的野蛮人却是富足的野蛮人?如果大家都认为文明是对人类生存条件的真正改善——我也这么认为,尽管只有智者利用了文明带来的这些有利条件——那么,它[1]就必须证明它能在不提高房价的前提下,提供更好的住所;而一件东西的

---

[1] 指文明。

价格，就是我所说的需要为之付出的那一部分生命的量[1]，有的需要马上支付，有的可以长期支付。在我住的这片地区，一座普通的房子大概需要支付八百美元，要攒下这笔钱，得花费一个劳动者十到十五年的时间，即便他没有家庭的拖累。——一个人劳动的金钱价值大约是一天一美元，因为一些人挣得多了，另一些人挣得就相应少了。因此，他往往得耗费大半辈子，才能挣下他的棚屋。如果我们设想他不买房而是付租金，这在两害相权之中，也算不上什么好的选择。在这样的条件下，你觉得一个聪明的野蛮人会用他的棚屋去换一座大房子吗？

或许，读者会这样猜想：我几乎将拥有这笔多余财产的好处都归结为它是一笔以备将来之用的资金了，就个人而言，主要是为了支付丧葬费。不过，一个人也许用不着去操心自己的后事。然而，这里还是显示出了文明人与野蛮人之间一个重要区别；为了保存和完善文明的种族，他们使文明人的生活形成了一套制度，他们这一设计的初衷无疑是为我们好，只是个人的生活很大程度上消融在了这一制度当中。我想指出的是，目前为获得这一利益，我们已经做出了多么大的牺牲，另外，我想给出建议：我们也许可以这样生活，既享受到了所有好处，又不必遭受任何损失。你们说，穷人总是和你在一起[2]，或者说父辈们吃了酸葡萄，孩子们的牙齿都还在发酸呢，这些话究竟是什么意思？

---

[1] 原文这里使用的是"amount"。
[2] 详见《圣经·新约·马太福音》第26章第11节："因为常有穷人与你们同在，只是你们不常有我。"

"主耶和华说,我指着我的永生起誓,你们在以色列中,必不再有用这俗语的因由。"

"看呀,世人都是属于我的;为父的怎样属于我,为子的也照样属于我;犯罪的他必死亡。"①

在我想到我的邻居,康科德的农夫们时——他们至少和别的阶层一样富有——我发现他们中间的大多数人都已经辛勤劳作了二十年、三十年,或是四十年,为的是有一天他们能成为农场的真正主人,然而,他们继承的农场通常都附带着抵押权,要不然就是用贷款买下的——我们不妨把他们劳作的三分之一视作他们的置房费——但通常这笔钱尚未付清。实际上,产权抵押的金额有时超过了农场的价值,这样农场本身就成了一笔大的债务,尽管如此,人们还是会继承下来,因为正如他们自己所说,他们已经十分熟悉这些农场了。在向估税员申请丈量地产时,我很惊讶地发现,他们竟然一下子说不出十二个没有债务、完全拥有自己农场产权的人来。要是你想了解这些家族农场的历史,不妨去问问为他们做抵押贷款的银行。真正凭劳动,没有任何借贷就把农场买下的人,实在是太少了,乃至每个邻居都能说出他的名字来。我甚至怀疑,在康科德这样的人连三个都没有。关于商人,人们有个说法:绝大多数,甚至百分之九十七的商人都肯定会失败,农夫的情形也是如此。不过,至于商人,有人很中肯地指出,他们失败主要不是因为金钱上出了问题,而是由于他们没有去履行诺言,因为那么做不方便;

---

① 这两句引自《圣经·新约·马太福音》第 18 章第 3 节和第 4 节。

也就是说，是他们的道德信誉垮掉了。可这么一来，问题就显得更为糟糕了，并且，还会让人联想到，或许那百分之三的人也未能成功救赎他们的灵魂，与那些失败了的老实人相比，也许他们的道德堕落更为严重。破产和拒付债款是一个跳板，我们很大一部分文明就是在这上面弹跳、翻筋斗的，而野蛮人则是站在饥荒这块没有弹性的木板上，可米德尔塞克斯郡耕牛展①每年还在热火朝天地举行，仿佛农业这部机器的所有部位都还运转正常似的。

农夫在努力解决生计问题，可他使用的方法却比问题本身还要复杂。为了几根鞋带②，他投资做起牛群生意。他以娴熟的技巧，用细弹簧丝设置陷阱，想捕捉到舒适和独立的生活，可在转身时他却一不小心把自己的腿陷了进去。这就是他贫穷的原因；由于相类似的原因，尽管奢华就环绕在我们周围，可比起野蛮人的千百种舒适，我们还是普遍的贫穷。正如查普曼所唱的：

> 这虚伪的人类社会——
> ——为了俗世的荣耀
> 稀释消解了天堂的舒适。③

当一个农夫最终拥有了自己的住房后，他往往没有因此而

---

① 该展会每年九月或十月在康科德举行，康科德属于米德尔塞克斯郡。
② 在梭罗那个时代，鞋带主要是皮制的。
③ 引自英国戏剧家、翻译家、诗人乔治·查普曼（约1559—1634）的《恺撒和庞培的悲剧》第五幕第二场。

变得富有，反而更穷了，可以说是房子拥有了他。如果我理解得正确的话，莫摩斯之所以反对密涅瓦造的房子，就是因为她"没有把房子造得能够移动，这样便可以避开坏邻居了"；还可以提出的反对理由是，我们的房子是一份太过于笨重的财产，乃至于我们常常是被囚禁而不是住在了里面；需要躲避的坏邻居不是别人，正是卑劣的我们自己。在这个镇上，我至少认识一两家人，十多年来他们一直想要卖掉他们郊区的房子，搬到村子里去住，可一直未能实现，看来唯有死亡方能使他们得到自由了。

就算大多数人最终都能拥有或是租赁具有各种先进设施的现代住宅吧。当文明持续改善着我们的住房条件时，它却未能同时也提高住在里面的人的素质。它建起了一座座宫殿，可却没能相应产出那么多的贵族和国王。如果文明人的追求并不比野蛮人的强多少，如果他用其多半生的时间只是为了获取必需品和生活的舒适，那么，他还有什么理由住比野蛮人更好的住宅呢？

不过，那穷困的少数人的命运又如何呢？或许，你会发现，有多少人的境况好于野蛮人的，就有多少人的境况不如野蛮人的。一个阶层的奢华与另一个阶层的贫穷是互为消长的。一方宫殿林立，另一方就是许多救济院和"沉默的穷人"。为法老修建金字塔陵墓的工人们吃的是大蒜[①]，他们或许最终也得不到体面的安葬。为宫殿砌飞檐的石匠，到了晚上还是得回到连印第

[①] 典故出自希罗多德（约前484—约前425），"金字塔上写着埃及文字，记载着为工人们的泻药、葱头和大蒜花费了多少钱"。不过，这里的大蒜是用于医疗的，而不是调味的。

安人的棚屋都不如的草棚子去睡觉。不要以为在一个文明程度已不低的国家里,大多数居民的生活条件或许不像野蛮人的那么糟糕了。我这里指的是那些落魄的穷人,不包括落魄的富人。要想了解这一点,只要到我们铁路边上到处散落着的简陋小木屋瞧瞧就知道了;我每天散步时,看到那里的人们都住在如猪圈般的地方,为了进来点阳光,整个冬天都敞着门,看不见任何柴火堆,那只是他们脑中的想象之物罢了,由于寒冷和痛苦他们平日里总是缩着身子,无论老少他们的身躯都变得佝偻了,四肢和官能的发育都受到阻碍。我们无疑应该公正地看待这一阶级的人们,正是由于他们辛勤的劳动,当今时代的奇迹才得以产生。作为世界最大工场的英国,那里各行各业的操作工们的情况,差不多也是如此。或者我可以跟你提一提爱尔兰,在地图上它被标为白人居住的开明地区。让我们把爱尔兰人的身体状况跟北美印第安人,或是南太平洋岛国居民,或是其他任何尚未被文明腐蚀的野蛮人的身体状况,作一个比较。我毫不怀疑,那些野蛮人的统治者像文明人的统治者一样聪明。他们的生存状况只能证明,肮脏穷困可以跟文明共存。我现在几乎再用不着提及我们南方诸州的劳动者了,他们生产着这个国家主要的出口产品,而他们自己也成了南方的一种主要产品。不过,还是让我们把话题只集中在那些中不溜的人身上吧。

大多数人似乎从来也没有考虑过房子是什么,他们一辈子都在毫无必要地受穷,因为他们认为他们非得拥有邻居那样的人房子不可。就好像一个人非得穿裁缝给他裁剪的衣服不可,渐渐地把棕榈叶草帽和土拨鼠皮帽都替换掉了,之后,便抱怨起世事艰难,因为他给自己买不起一顶皇冠!我们可以发明出比现在更便利更豪华的建筑,不过,我们得承认个人一般都买不起这样的房子。我们总在琢磨如何得到更多这样的东西,难道就不能在有的时候减少一些我们的欲望?难道可敬的市民们在他们离世之前就要如此一本正经地对青年们言传身教,叫他们一定要备足若干数量多余的高筒套鞋、雨伞,为头脑空空的客人预备好客房?为什么我们的家具不能像阿拉伯人或是印第安人的那么简单?当我想到那些保佑我们种族的恩人时——我们奉之为来自天国的信使,为人类带来圣明礼物的天使——我的脑海里涌现出的,不是跟在他们后面的仆役,不是满载着时兴家具的车辆。或者说,我们的家具比阿拉伯人的复杂,那么相应地,我们的道德和智力是不是也应该比他们优越呢,我这么说,大家觉得另类唐突吗?目前,我们的房子被家具堆得脏乱、拥塞,一个好主妇宁可把其中的大部分都扫进垃圾洞里,也不愿放弃她早上的工作。早上的工作!伴随着黎明女神欧若拉①的红霞和门农的乐声②,一个人在这个世界上早上应该做什么工作呢?我的书桌上曾摆放着三块石灰石,但在我发现我每天都需要给它们掸灰尘时,我吓坏了,因为我还没有把我思想中的灰尘掸掉呢,于是,我便将它们扔到窗外去了。这样的我,怎么可能会想要去拥有一套带家具的房子呢?我宁愿坐在露天,因为青草上没有灰尘,除非人们在那儿破了土。

① 罗马神话中的黎明女神。
② 埃及底比斯附近阿蒙霍特普三世的巨大雕像,相传日出前会发出竖琴声,170年经罗马皇帝修复后便不再发声。

正是奢华挥霍的人开创了时尚，而后成群的人极力地追随。在所谓最好的酒店下榻的旅人很快便发现了这一点，因为酒店老板当他是萨丹纳帕路斯①来招待了，若是任由他热情款待，那么他很快就会完全任凭他们摆布了。我觉得，乘坐火车的我们，更倾向于把钱花在奢侈物品上，而不是花在安全和便捷上，这样下去，我们很可能会忘记车厢的安全和便捷功能，让它变成一个现代会客厅，里面配备长沙发、软坐垫、遮阳布，以及其他五花八门的东方玩意儿，我们把它们带到了西方，而它们本来是为天朝的后宫嫔妃准备的，连约拿单②都羞于听到这些个名字。我情愿独自坐在一个南瓜上面，也不愿意去跟人挤一张丝绒坐垫；我宁愿坐一辆牛车，在大地上游荡，也不愿意乘着豪华观光列车去往天国，一路呼吸着污浊的空气。

原始时代的人类虽然生活简朴，裸露着身体，可其生活至少有这样一个优点：他依然只是大自然中的行客。当他吃饱睡足以后，他便会再次踏上征程。可以说，他是以天为盖地为庐，不是在穿越山谷，就是在横跨平原，或是攀越山顶。可现在呢？人类成了他们手中工具的工具。饿了就独自采摘野果为食，渴了就喝山泉的人，如今正在变成农民；原先在树下找树荫的人，现在住在了房子里。夜晚我们不再于外面露宿，而是在大地上定居了下来，忘记了天堂。我们接受了基督教，却仅仅把它当成一种改进农业耕作的方式。我们为今世建起家族的住宅，为来世修筑了家族的坟墓。世界上最好的艺术应该是表达人类

---

①古业述末代国王，以穷奢极侈、骄横不可一世著称于世。
②《圣经》中的人物，扫罗的儿子，大卫的朋友。

在这种境况下将自己挣脱出来的斗争,然而,我们艺术的作用却是在使这一低俗的状态变得舒适,从而使我们忘记了更高的境界。就算真有一件优秀的艺术品到了我们这儿,我们这个村子也没有它的立足之地,因为我们的生活,我们的房屋和街道为它提供不了合适的基座。没有一个能把它挂起来的钉子,没有一个可以放置英雄和圣人胸像的架子。在我考虑我们的房子是如何建成,我们如何支付房款或是贷款,考虑它们内部的事务是如何管理和维持时,我就暗自纳闷,客人在欣赏壁炉上那些华而不实的摆设的当儿,他脚下的地板怎么就没有塌陷,让他掉进下面的地窖,落到虽说是泥土却很坚实牢靠的地基上呢。我当然不是没有察觉到,这一所谓的富有和雅致的生活是大家都趋之若鹜的[①],我没去欣赏那些装点生活的小玩意儿,因为我的注意力全都集中在这一"跳跃"上了;我记得人类仅凭借自己的肌肉所跳出的最高纪录,是由一些流浪的阿拉伯人创造的,据说,他们在平地上可以一下子跳到二十五英尺高。不借助外力,在跳跃了这个高度后,人一定还会落到地面上来。对做出这种不合适行为[②]的业主,我想要问的第一个问题是谁在支撑着你?你是那失败了的百分之九十七中的一个,还是那成功了的百分之三当中的一个?在回答了我的这三个问题后,或许我可以看看你的那些小玩意儿,我发现它们只是些装饰物罢了。把车套在马的前面,既不美观,也不实用。在我们用美丽的物件

[①] 原文这里使用的是"a thing jumped at",jump 的本义是跳跃,jumped at 有"扑向,跃向"的意思。
[②] 应该是指"趋之若鹜"的行为,也就是英语中的"jumped at"。

装饰我们的屋子之前,我们务必把墙壁刮洗干净,对我们的生活也要做脱胎换骨的清理,还必须以美好的生活管理作为基础:不过,对美好事物的情趣大都是在户外培育出来的,那里没有房子,也没有管家。

老约翰逊①在其《神奇的造化》一书中,谈到跟他同时代的那些本镇最早的定居者时说,"他们最早是在山坡下面开掘山洞作为栖息之所,他们把泥土堆在原木上面,再在高处生起烟火来烘烤泥土。他们一开始并没有为自己盖房子"。还说,"托上帝的福,土地为他们带来了面包,他们有了食粮"。第一年的收成很少,"在很长时间内,他们不得不把他们的面包切成越来越薄的片儿充饥"。新尼德兰州②的秘书长在1650年给想去那里得到土地的人介绍情况时,曾用荷兰语写道:"那些生活在新尼德兰,尤其是生活在新英格兰的人,最初根本无法按照他们的心愿修建农舍,于是,他们就根据地窖的样子,在地上挖了六七英尺深的方洞,至于长和宽只要合他们的意就好,接着用木头固定住洞内四壁的土,再用树皮和别的东西把木头拴在一起,以防洞壁的土渗漏下来;地面铺上木板,头顶的天花板也是木板,用木梁支起房顶,房顶上铺着树皮或绿草皮,这样,一家人就可以干燥、舒适地住在里面,住上个两三年或四年。而且,根据家庭成员的多寡,里面又相应被分隔成大小不同的单间。在殖民地初创时期,新英格兰的富人和一些重要的人物一开始也住在这样的房子里;他们之所以这么做,原因至少有两点,

---

① 爱德华·约翰逊(1590—1672),北美早期移民,历史学家。
② 原荷兰殖民地的称谓,今纽约州等地区。

首先,是为了不把时间浪费在建造房子上,不至于到第二年开春时缺少粮食;其次,是为了不让他们从本国带来的大批贫穷劳工丧失信心。在又过了三四年以后,当这个地区的农业有了起色时,他们才开始为自己建造漂亮的房子,把几千美元都花在购置房屋上面。"

我们的先辈所采取的这一做法,至少表现出他们审慎的态度,仿佛他们行事的原则就是要先满足那些更为迫切的需求。可是现在那些更为迫切的需求得到满足了吗?当我想着要为自己购置一座豪华住宅时,我却步了,因为——我这么说吧——这个国家还没有构建起人性文化,我们还不得不把我们精神的面包切得很薄,远远薄于我们祖辈切的他们的小麦面包。即便是在最简陋的时代,建筑装饰也不应该被完全忽视;我们还是可以用美来装饰我们的住宅,尤其是房屋中那些与我们的生活息息相关的部分,但就像贝类的外壳一样不必过分缀饰。可是,唉!我曾到过一两户人家,知道他们把房子都装成了什么样子!

尽管我们今天还没有完全退化到要去住山洞、棚屋,或是穿兽皮,但是我们最好还是接受人类发明和工业文明所带来的便利条件,毕竟人类为此曾付出了高昂的代价。在我居住的这片地区,木板、木片、石灰和砖块的价格都比较便宜,也容易买到,比修窑洞要划算得多;整根原木,大批量的树皮,甚至高质量的黏土和平整的石头,都很容易搞到。对我谈及的这个题目,我还是比较在行的,因为我对它既有理论也有实践方面的了解。在使用这些材料时,如果我们能再多一点儿智慧,我们就可能变得比现在最富裕的人还要富有，使我们的文明成为一种祝福。文明人是更有经验、更有智慧的野蛮人。不过，还是让我赶紧回到我自己的实验上来吧。

在1845年的三月底，我借了一把斧头，来到瓦尔登湖畔的树林里，在离我打算盖房子最近的地方，开始砍伐一些长得又直又高的小白松做木材。一旦开工，很难不跟人借些工具，不过，能让你的同乡在你的事业中获点利益，也不啻一种慷慨的举动。斧子的主人在把它借给我时说，这把斧子是他最珍贵的东西，是他的眼珠子；可在我把斧子还给他时，它比我当时刚借到手里时更锋利了。我砍树的地方是一处怡人的长满松树的山坡，透过林木，可以望见瓦尔登湖；林中还有片空地，有一丛丛小松树和山核桃树。湖中的冰还没有完全融化，虽然有些地方已经开冻，初融的冰层颜色变得更深了。我在那儿干活的那段时间，有时还有零星的雪花飞舞；不过，在我从林子里出来沿着铁路走回家的路上，金黄色的沙地顺着铁道延伸至远方，在蒙蒙雾气中发着熠熠的光芒，铁轨也映着春日的阳光在耀眼地闪烁，我听见云雀、野百灵鸟以及其他鸟类已经归来，要跟我们一起迎接新的一年。在这风和日丽的春日，人对冬天的不满也跟大地一样在解冻、消融。处在冬眠中的生命也开始复苏。一天，我的斧柄脱落了，砍了一截山核桃树的嫩枝来做楔子，我用石头将楔子敲进去，然后把斧子整个儿从冰窟窿中放进湖水里浸泡，好让斧柄和楔子都泡得发涨，这时，我突然看到一条带有杂纹的蛇溜进水里，它伏在湖底，我的在场——我在那里停留了有一刻多钟——似乎并没有惊扰到它；或许是因为它尚未完全苏醒。在我看来，也许是出于同样的原因，人类到现在仍处在其低级和原始的状态当中。可要是他们感觉到春天的萌动在唤醒着他们，他们的生命也必然会上升到更加崇高、更加超凡脱俗的阶段。以前我曾在霜冻的早晨见到路上有这样的蛇，它们的一部分身体仍然麻木着，僵着，不灵活，还在等待太阳出来温暖它。四月一日下了一场雨。湖里的冰融化了，那是个雾蒙蒙的早晨，我听到一只落群的大雁嘎嘎地叫着，在湖上盘桓，像是迷失了，或者说它就是大雾中的精灵。

就这样，我连着一些天砍伐树木，把它们砍削成立柱和椽子，靠的全是这把小斧子。在这期间，我没有多少可以跟大家交流的想法或是学术性的思想，只是独自哼唱着：

> 人们说他们的知识广博得像海洋；
> 瞧啊，他们长出了翅膀——
> 艺术呀，科学呀，
> 以及上千种技艺；
> 其实，他们知道的
> 唯有吹刮的风儿。

我把主要的木材都砍成了六英寸见方的，大部分立柱只砍削了两面，椽子和用作地板的木料只削平了一面，其他面上的树皮都没有动，这样，它们就跟锯出的木料一样直而且坚韧得多。因为这个时候我已借到了更多的工具，所以，我在每根木料上都凿了榫眼，削了榫头。我每天待在林子里干活的时间不是很长；不过，我通常还是带上了面包和黄油当午餐，到了中午吃饭的时候，我便坐在砍下来的绿油油的松树枝上，读着用来包我的面包的报纸，因为我手上沾了一层厚厚的树脂，所以我的面包上也有了松树枝叶的芳香。尽管我砍掉了它们中的一些，可伐木的活儿还没有结束，我便成了松树的朋友，而不是它们的敌人，我对它们有了进一步的了解。有的时候，于林中徜徉的人循着我砍伐的声音找来，在我砍下的枝干旁，我们会愉快地聊上一阵子。

直到四月中旬，我才把房架做好，现在可以立起它了；我想把这件活儿干得精细一点，所以并没有急着赶活儿。在此之前，我买下了爱尔兰人詹姆斯·柯林斯——费奇伯格铁路上的一个工人——的棚屋，它的木板还可以用。人们都觉得，詹姆斯·柯林斯的棚屋还是不错的。我去看房时，他不在家。我先在屋子外面转了转，起初并没有被房里的人看见，因为屋子的窗户又深又高。这个棚屋不大，有个尖屋顶，别的也看不出什么。它的周围堆着五英尺高的垃圾，像肥料堆似的。屋顶是这所房子保存最好的部分，虽说已经被太阳晒得变形，有些发脆了。没有门槛，门板下面有个一年四季供母鸡进出的口子。柯林斯太太来到门口，请我进里面看看。见我走近，鸡群也跟着进到屋里。里面很暗，大部分地面都是泥土，屋子阴冷、潮湿，寒气很重，地上铺着几块木板，几乎都破损得经不起移动了。柯林斯太太点上一盏灯，带着我查看室内的墙壁和屋顶，还有延伸到床底下的木头地板，提醒我小心不要掉入地窖——一个两米深的土坑。照她的话讲，"无论是头顶的木板，还是四周墙上的，都还是上好的木板，窗户也是好的"。那窗子就是两个方框，最近只有猫才走那个地方。屋里有一个火炉，一张床，一个坐的地儿，一个在这里出生的婴孩，一把丝绸阳伞，一面框上镀了金的镜子，还有一个钉在橡木板上的新咖啡磨，差不多就是这些了。交易很快就达成了，因为詹姆斯这时已经回来。说好我今晚支付给他们四美元二十五美分，他们在明早五点钟搬出屋子，在此期间，他不能再把房子卖给别人；明早六点钟，我接管房子。他说，最好早点儿过来，免得有人再对地租和燃料费提出一些别的不合理的要求。他向我保证，这是唯一可能出现的麻烦了。早晨六点钟，我在去的路上碰见了他和他的家人。一个很大的包裹，放进了他所有的家当——床，咖啡磨，镜子和母鸡，除了他的猫；它去到林子里，变成了一只野猫。我后来听说，它掉入一个为土拨鼠设的陷阱，最终成了一只死猫。

我当天早晨就拆了这座棚屋，拔出木头上的钉子，用小推车把拆下来的木板都运到了湖边的草地上，让它们在阳光下晒白，再次变得平整。在我推着小车穿过林中小径时，一只早起的画眉为我送来了一两声轻啼。一个叫帕特里克的年轻人向我告密说，我的邻居爱尔兰人西利在我推车搬运木板期间，把我拔出来的、还比较直、能使用的钉子，"U"形钉和墙头钉，都装进他自己的口袋里了。我返回这边时，他还一直站着没走，一副若无其事、精神头儿十足的样子，看着这一片狼藉春风满面，还发了一番感慨；到后来，正如他说的，我这边已经再无事可做了。可以说，他在这儿，代表着旁观者一方，由于他的在场，使这件本来很不起眼的事儿，似乎变成了盗窃特洛伊诸神的事件。①

　　我在南边的山坡上给自己挖了地窖,以前土拨鼠曾在这儿掘过洞,我刨出漆树和黑莓的根,一直挖到植被的最底层,六英尺见方,七英尺深,触到了下面很好的沙层。在这样的深度,就是在最寒冷的冬天马铃薯也不会冻坏了。我把地窖的内壁都挖得有些倾斜,但没有砌上石头;不过,阳光一点儿也照不到内壁,所以壁上的沙土也不往下掉。这个活儿我只用了两个小时就干完了。对这种破土挖洞的活儿,我干得特别开心,因为无论是生活在哪个纬度的人们,只要动工挖洞,差不多总会得到同样的地层温度。即便是在城市最豪华的住宅下面,也有地窖,人们用老办法储存着根茎类植物。当它上面的建筑坍塌以后,后人还是会发现地窖遗留下的坑凹。整座房屋,现在只是通往这个洞坑的门廊罢了。

　　到了五月初,在几个熟人的帮助下——与其说我需要帮忙,还不如说为促进我们邻里关系——我终于把房架竖了起来。没有人能比我为有这样品格的人帮我立房架,更感到荣幸的了。我相信,将来有一天他们注定会帮助人们竖起更为宏大的构架。七月四日,我正式住进了新盖好的房子,当时作屋墙和屋顶的木板都是刚刚安装好的,木板与木板之间都镶嵌得很严实,雨水根本溯不进来。在装上木板前,我已在屋子的一端砌好烟囱的底座,所用的大约两小推车石头都是凭我的两只胳膊从湖边抱到山上的。烟囱我在秋季锄完地以后才砌起来,这之前家中还没有必

---

① 典故可能来自这一故事:希腊人听说神圣的雅典娜神像留在神殿,特洛伊城便无法征服,于是将雅典娜神像从特洛伊城偷走了。

要生火,一早起来我都是在屋外做饭。我至今都认为,在户外做饭从某些方面来说比我们通常的做法更便捷、更合意。如果在烤面包时下起了雨,我就在火的上方遮上几块木板,自己则坐在木板下面看着烘烤着的面包,我就这样度过了一些美好的时光。最初在湖边的那段日子,我手头活儿多,很少有时间看书,然而,即便落在地上的小纸片,包食物用的或是当桌布用的报纸,都能给予我如同读《伊利亚特》那样的美好感受。

在盖房子时比我做得更为周全细致一些也值得,譬如说,考虑到一道门、一扇窗、一个地窖、一间阁楼在人的本性中有什么基础性的作用,或许,在我们找出除了满足暂时需要以外的更好的理由之前,永远不要建立任何上层建筑。人们给自己盖房子,就像鸟儿为自己筑巢一样合情合理。谁知道呢,要是人们都用自己的双手修建住房,节俭而诚实地为自己和家人提供食物,他们的诗歌才能说不定会得到普遍发展,就如鸟儿在觅食筑巢时会由衷地啼唱一样。可是啊!我们却像牛鹂和杜鹃,硬要把蛋下在别的鸟儿的巢中,它们叽叽喳喳的难听的叫声也愉悦不了路过的人们。难道我们要将建筑的快乐永远拱手交到木匠手中?在大多数人的经验中,建筑还占有什么位置吗?我在散步途中,还从未碰到过一个人在做着给自己盖房子这样简单而又自然的事情。我们大家全都归属于社会。不光裁缝是九分之一的人,① 牧师、商人、农民,也都是这样的人。这种劳动分工何时是个头呢?它最终要达到一个什么样的目的呢?当然啦,另有人可

---

① 这句话至少能够追溯到 17 世纪,有一句谚语:"九个裁缝,凑成一个人。"卡莱尔在《衣着哲学》中把裁缝称作"不是人,而是人的组成部件"。

以为我着想思考；但若是他在这样做时完全不让我自己思考了，那就不可取了。

不错，这个国家确实有所谓的建筑师，至少我就听说过这样一位建筑师，他认为应该使建筑装饰具有真理的本质，成为一种必需，因而也就具有了美，仿佛这是上天对他的启示一般。在他看来，这一切似乎都无可挑剔，然而，这仅仅比业余爱好者的观点略微好一点儿罢了。作为建筑方面一位多愁善感的改革家，他不是从地基而是从屋檐着手。他关注的只是如何用装饰物把真理的内核包裹起来，如同每个蜜饯里面都可能有一颗杏仁或香芹籽——尽管我认为外面没有包糖的杏仁更有益于健康——而不是居民或是居住者如何能把房子里里外外都真正地造好，让建筑的装饰顺其自然。有哪一个理智的人会认为，装饰仅是外表或是皮毛的东西——认为乌龟之所以拥有长有斑纹的外壳，贝类有它珍珠母的色泽，都像百老汇的居民得到他们的三一教堂那样是通过签署协议获得的呢？一个人与其住房建筑风格的关系，正如乌龟与其外壳的关系。就像一个士兵没有必要把他品行的颜色准确地描画在旗帜上。敌人将会发现。待考验来临时，他的脸色或许会变白。在我看来，这位建筑师似乎从屋檐上俯下了身子，怯生生地向居民们小声叨叨着他那似是而非的真理，其实，那些居民比他懂得更多。我现在看到的建筑的美，我知道它是由里向外逐渐形成的，源自居住者的需求和个性——唯有他①才是合格的建筑者——源自某种无意识的

---

① 指居住者。

真实性和崇高心灵，丝毫没有考虑过外表，无论再有什么样的建筑美注定要产生，那么，在它们①之前，都一定有一种同样无意识的生命（生活）之美的存在。这个国家最令人感兴趣的住宅，正如画家们知道的那样，都是那些毫不造作的简陋木屋和穷人们的农舍；正是居住在这些房子里的人（房子之于他们，就像外壳之于贝类）的生活，而不仅仅是这些房子外表的特征，使得它们秀美如画；同样有趣的还有城市居民在郊区的棚屋，他们的生活几乎跟我们想象中的一样简单和恬适，他们并没有刻意去追求住宅建筑风格的效果。很大一部分建筑装饰可以说都是空洞的，九月里的一场大风便能将它们刮落在地，就像鸟儿被吹落了它借来的羽毛，不过，这对房子不会造成实质性的损害。那些地窖里没有存放橄榄和葡萄酒的人用不着建筑学。如果我们在文学上把这么多工夫都花费在风格的雕饰上，如果宗教经典的作者们也像对教堂的飞檐精雕细刻的建筑师们一样，花费那么多时间在语言的辞藻上，那会是什么样的结果呢？我们的美文和艺术也是如此，还有讲授它们的教授们。人过于关注几根木棍是斜着放在他的上面还是下面，他的箱子该涂成什么颜色。倘若他确实认真地在摆，认真地在涂，那也有些意义；但若是居住者的精神已经离开了他们的躯体，那不啻为他们自己建造棺材——盖房如同修坟——"木匠"可以说是"棺材匠"的另一个称谓。一个人对自己说，抓起你脚下的一把黄土，把你的房子涂成那种黄色，他这么说，要么是对生活绝望了，要

---

① 代指建筑美。

么是对生命淡漠了。他这是在想着他地下那个最终的斗室吗？不妨再掷个铜钱碰碰运气吧。你看他多有闲情逸致！为什么你要抓起一把黄土呢？你最好还是把你的房子漆得跟你的肤色一样，让它能因为你而变白或是变红。这也是改进你农舍建筑风格的一大创举！等你把我屋子的装饰准备好了，我一定会采用它们的。

在冬天来临之前，我砌好了烟囱，我的房子已经能防雨了。不过，我还是给房子四围又贴了一层木板墙面，用的都是从原木上锯下来的第一块木板，其中一面粗糙，有树皮，树脂也多，我不得不用刨子把它们的边角刨平。

就这样，我拥有了一个木瓦做顶、有墙面的房子。它十英尺宽，十五英尺长，还有八英尺高的立柱，一间阁楼，一个壁橱，每面墙上一扇大窗户，两扇通往地窖的门，房子的一端是屋门，另一端是砖砌的壁炉。我把造房子的费用支出——只是按照我采用的这些材料的通常价格，用工不算在内，因为所有的活儿都是我自己干的——列在了下面。我之所以给出这些细节，是因为很少有人能确切地说出他们建房子的成本，更别说能分别列出用去的各种材料的费用了：

木板	8.035 美元，大部分是旧棚屋的木板
房顶和外墙用的旧木板	4.00 美元
板条	1.25 美元
两扇带玻璃的二手窗户	2.43 美元
一千块旧砖	4.00 美元

两桶石灰	2.40 美元，价格不低
毛发	0.31 美元，搞多了
壁炉架的铁料	0.15 美元
钉子	3.90 美元
铰链和螺丝钉	0.14 美元
门闩	0.10 美元
粉笔	0.01 美元
搬运费	1.40 美元，很多都是我自己背的
合计	28.125 美元

这些就是所有的材料了，除了木材、石料和沙子，这三样材料我是根据政府公地上造房定居者应享有的权利免费使用的。我在房子旁边还搭了个小柴棚，使用的基本是盖房子所剩下的材料。

我本想为自己建一座房子，其宏大和豪华程度要超过康科德大街上任何一座，只要它同样能够令我愉悦，而且造价也不高于我现在的这一个。

由此我发现，想要得到一处住所的学生，用不超过他现在每年支付房租的钱，便能获得一个他终身享有的房子。如果你觉得我吹牛吹得有点儿过火了，那么，我辩解的理由是，我如此夸耀是为了人类，而不是为了我自己；我的缺点和自相矛盾并不影响我所陈述内容的真实性。尽管我多有虚假的言辞和伪善之处——这些糠秕，我发现很难把它们与麦粒分开，为此我也和其他人一样，不免感到遗憾——我还是要一吐为快，彻底放松一下自己，这无论对我的道德还是生理系统都是一种莫大的慰藉；我决心不因为我的谦卑而变成魔鬼的代理人。我将努力说出真相。在剑桥学院[①]，一个学生仅房租（他住的房子只比我这间稍大点儿）就得每年支付三十美元，房产公司在一个屋顶下并排修建了三十二间房，住宿的学生都得忍受嘈杂的环境和诸多的不便，也许，还不得不住到四楼上去。我不禁想到，如果我们在这些方面有更多的真知灼见，我们不仅不需要开设那么多课程，因为我们实际上已经受到足够的教育，而且，接受教育的开销也会大幅度减少。无论在剑桥还是其他学校，如果双方都能够处理得当，一个学生为他所需要的便利而付出的很大代价（不管是他自己还是家人为他付出），便可以减少到现在的十分之一。花钱最多的东西，永远不是学生最需要的东西。比如说，学费在每个学期的账单中都是一项主要的开支，可是，通过跟同时代人中最有教养的人交往，学生便能获得最有价值的知识，而无须支付任何费用。建立一所大学的方式，通常都是先筹集捐款，接着便是过分盲目地遵循劳动分工的原则——其实，这条原则唯有极其慎重地对待才行——找来一个承包商，承包商把此当作一项投机生意，他雇来爱尔兰人或是别的地方的技工，开始打下地基，而未来的学生据说就得让他们自己去适应它；由于校方的这些疏忽，以后一代一代的学生都得为此付出高昂的代价。我认为，让学生或者那些希望从中获益的人自己去为房子打地基，会比上面的做法好得多。通过校方这种机制性运作，学生避开了对每个人来说都非常必要的劳动，他

[①] 今天的哈佛大学。

因此获得令人艳羡的闲暇和恬适,殊不知他得到的只是一种可耻和无益的悠闲,失去的却是人生最宝贵的东西——经验,而唯有经验才能使闲适变得富于意义。"但是,"有人会问,"你这是不是在说,学生们应该用他们的双手去劳动,而不是劳心呢?"确切地说,我不是那个意思,不过,他倒很可能认为我所指的就是那个意思;我想说的是,既然社会在资助他们从事这么昂贵的活动,他们就不应该只是游戏或研究人生;而是应该从始至终真正地去经历人生。如果青年人不即刻投入到生活的实验中去,他们又怎么能更好地去学习生活呢?我认为,这么做,既能训练他们的数学,也能训练他们的头脑。比方说,我想让一个孩子学习一些艺术和科学方面的知识,我不会像人们通常所做的那样,把他送到附近某个教授那儿去,那里什么都教,什么都练,除了生活的艺术;用望远镜或是显微镜观察世界,可从来不教他们用肉眼观察;学习化学,却不知道面包是如何做成的,学习机械学,却不知道其原理是怎么来的;能发现海王星的卫星,却发现不了他眼中的刺①,或者说不知道自己就是个什么流浪的卫星;或者在审视着一滴醋中的怪物的当儿,却被蜂拥着他的怪物给吞噬了。哪一个会在一个月结束时进步得更快呢?是通过自己挖掘并冶炼矿石(为达到这一目的,阅读了各种必要的资料),制成折刀的男孩,还是在研究所里听金属冶炼讲座,然后从父亲那里得到一把罗杰斯小刀的男孩呢?哪一个更可能割到自己的手呢?……离开大学时,我被告知说

---

① 典故出自《马太福音》第7章第3节,"为什么看见你兄弟眼中有刺,却不想自己眼中有梁木呢?"

我已经学完航海学了,这令我很诧异!——噢,我只要进到港口兜个圈,就能学到更多的航海知识。即便是生活困顿的学生,也只教授给他们政治经济学,而几乎等同于哲学的生活经济学,在我们学院却从未被认真讲授过。这么做的结果是,在他学习亚当·斯密、李嘉图和萨伊①著作的同时,他的父亲因为他不可避免地背上了沉重的债务。

我们的大学是如此,我们的种种"现代改革举措"也是如此;人们对它们②存有幻想;它们却并不总是积极进步的。魔鬼购买了其早期股票,随后又不断地对它们追加投资,从中继续获取复合利息。我们的发明往往是些漂亮的玩具,它们分散了我们对重要事物的注意力。它们不过是为毫无改进的目标提供了一些改进了的手段(这个目标其实也并不是很难实现),就像通往波士顿或纽约的火车一样。我们急急忙忙地修建了缅因州与得克萨斯州之间的磁性电报线路,然而,在缅因州和得克萨斯州之间或许就没有什么重要的信息需要传递。同样,一个人也可能会遇到这样的窘境,当他终于实现了想要见到那位著名聋哑女士的夙愿,被真的带到她面前,并把助听器给到他手上时,他却发现自己无话可说。好像主要的目的就是把话快快地说出来,而不是要说得合乎情理,让别人听懂。我们急于在大西洋海底修筑隧道,好使从旧世界到达新世界的时间能缩短几

---

① 亚当·斯密(1723—1790),英国经济学家,《国富论》的作者。李嘉图(1772—1823),英国经济学家,《政治经济学及赋税原理》一书的作者。萨伊(1767—1832),法国经济学家,《实用政治经济学全教程》的作者。
② 这个它们以及后面的两个它们,都是指现代改革举措。

个星期；可隧道打通后传到美国人招风耳似的大耳朵里的第一条消息，或许只是阿德莱德公主①得了百日咳。骑着一分钟能跑一英里快马的人，未必身上就带有最重要的消息；他既不是一个来传福音的人，也不是来吃蝗虫和野蜜蜂的，我怀疑，飞马奇尔德斯②是否给磨坊里送过一袋玉米。

有个人跟我说："我不明白你为什么不攒点钱；你喜欢旅游；你可以今天就乘车去费奇伯格，到那里看看乡下的风光。"不过，我可没有那么傻。我知道，最快的旅行者是徒步旅行的人。我对我的朋友说，咱俩不妨试试，看看谁先到那儿。这段距离是三十英里；车票钱是九十美分。这差不多是一天的工钱。我记得前些时候修这条路的工人一天挣六十美分。好，我现在就步行出发，天黑前便能到那里；我照这样的速度，一连走了七天。你与此同时在挣你的旅费，也许你会在明天某个时间，或是今晚赶到，要是你运气好马上就找到了工作的话。但你不能像我一样马上出发去往费奇伯格，你将先在这儿干上多半天的活儿。即便这条铁路修得能绕着世界转了，我想我还是总能赶在你前面的；至于说观览乡村景色，获得这一方面的体验，就只能是我独享，完全与你无关了。

这是普遍的法则，没有谁能超越它。关于铁路，我们可以说它无关紧要，横竖都一样。把铁路修通到全世界，让世界上的人都能乘坐，无异于把整个地球表面都铲平了一遍。人们仿佛认为，只要持续地筹措资金，不停地开掘修建，他们早晚都

---

① 阿德莱德公主（1792—1849），也是阿德莱德王后，英国国王威廉四世之妻。
② 英国一匹著名的赛马，常胜不败，号称世界上跑得最快的马。

能乘车到达任何一个地方，而且花的时间不多，代价也不高；然而，尽管好多人都涌到了车站，列车员高喊着"大家上车了！"可当黑烟散尽，蒸汽渐浓时，却发现只有少数几个人上了车，其他的都被火车碾轧过去了——这将被称为，也确实是，"一个悲惨的事件"。毋庸置疑，那些挣到了车资的人，最终肯定能上火车，也就是说，如若他活得了那么长久的话。不过，到那个时候，或许他的行动已经变得迟缓，他已经没有了旅行的欲望。用生命中最好的时光去挣钱，以便风烛残年时能享受到一点儿可怜的自由，这种做法让我想到那个英国人，他最先是跑到印度去发财，为了日后回到英国能过一种诗人的生活。他本来应该趁着年轻，毫不耽搁就上到他的阁楼里。"请问！"成千上万的爱尔兰人从他们各地的棚屋里发出呼喊声，"是我们修建了这条铁路，这难道不是一件好事吗？"是的，我回答说，比较而言，还不错，也就是说，不算太差；不过，因为你们是我的兄弟，我还是希望你们能把时间花在更有意义的事情上，而不只是干这挖土的活儿。

在房子完工之前，我希望能通过我诚实而又愉快的劳动，挣到十到十二美元，以应对我的额外开支。于是，我在我房子附近，开垦出两英亩半的沙土地，主要种了些菜豆，此外还种了少量的马铃薯、玉米、豌豆和萝卜。整片地有十一英亩，里面长着许多松树和山核桃树，这块地去年卖到八美元零八美分一英亩。一个农民说："这地没什么用，只配用来养些吱吱叫的松鼠。"我没给这块地施肥，因为我不是这地的主人，我只是个暂居者，没想着要耕种这么多的土地，所以也没有一下子把它都锄完。犁地时我挖出了好多树桩——我烧火用了好长时间——这样,就留下了一圈一圈的原始土,与那里一夏天生长起来的茂盛的豆田很容易区分开来。我房子后面那些枯死,多半卖不掉的树木,以及从湖中漂过来的浮木,补足了我还需要的另一半燃料。为了耕地,我不得不租了套犁具,还雇了个短工来帮我,尽管扶犁的还是我自己。我第一年耕作的开支,包括工具、种子和用工等,是十四美元七十二美分半。玉米的种子是别人给我的,这实在用不了多少钱,除非你是要种大片的土地。我收获了十二蒲式耳①的菜豆,十八蒲式耳的马铃薯,此外还有些豌豆和甜玉米。黄玉米和萝卜种晚了,没有收成。我种地的总收入是:

	23.44 美元
扣除支出的费用	14.725 美元
结余	8.715 美元

除了我消费掉的和当时手头还存有的农产品——这估计有四美元半——这一结余远远超过种草的价值。总体来看,也就是说,考虑到一个人灵魂和现时的重要性——尽管我的实验所占的时间并不多,而且,正因为短——我相信,我那一年的收获比康科德任何一个农夫都多。

第二年我做得比第一年还好,因为我只翻挖了我需要用的土地,大约三分之一英亩,而且,我一点儿也没被阿瑟·扬②等

---

① 英美容量单位,在英国一蒲式耳为 36.238 升,美国为 35.238 升。
② 阿瑟·扬(1741—1820),英国农学家,著有许多关于农耕的书。

人的许多颇有名气的农业书籍吓到。从这两年的生活经历中我体会到,如果一个人能简朴地生活,只吃他自己打的粮食,所耕种的只够他自己吃就行,而不是用来去交换那些永远难以满足的更奢侈更昂贵的物品,那么,他只需耕作几平方杆①的土地就够了。另外,用铁锹翻地比用牛犁地要便宜得多,每年换一块新地来种,这样便省下了给已耕种过的土地施肥,这些必要的农活,他就是光用左手,抽夏天的一些空闲时间,捎带着也就做了。这样,他就不用像现在的农夫那样,把自己跟一头牛,或是一匹马、一头猪,拴在一起。我虽然对现今的经济和社会措施是成功还是失败并不感兴趣,可还是希望在这个问题上我所讲的话是公允的。在康科德,我比任何一个农民都更加独立,因为我没有一个农场,或是住宅,来牵绊住我。我随时都能遵循自己的天性行事,尽管它是被扭曲了的。我现在的境况已经比他们好了,再说,如果我的小木屋着火了,或是庄稼没有收成,我的日子也可以像从前一样过得不赖。

我常常想,与其说人在放牛,还不如说牛在牧人,牛比起人来要自由得多。人和牛是在交换劳动;但如果我们只考虑必要的劳动,牛看起来要占更大的优势,它们在农场所占的比重也大得多。人做他那一部分交换的劳动,要一连六个星期收割牧草,这么大的劳动量可不是儿戏。毫无疑问,没有哪个过着简朴生活的国度,也就是说,没有一个贤哲的国度,会犯如此

---

① 1 平方杆等于 30.25 平方码。

大的错误,竟去使用牲畜劳动。诚然,过去没有,不久的将来也不一定会有这么一个贤哲的国度,即便有这么一个,我也不敢确定这是不是好事。不过,对于我来说,我永远不会去驯服一匹马或是一头牛,驱使它为我干任何它能做的活儿,因为我担心自己变成一个只知道喂马或喂牛的人;如若社会因此而获得了好处,那么,我们难道就能肯定,一个人的获得不会是另一个人的失去,小马倌会和他的主人一样感到满足吗?如果说一些公共工程没有牛马的助力难以完成的话,那就让人与牛马分享这份荣耀吧;然而,难道我们就能由此而推论说,人就不可能做出更值得他自豪的事情了吗?当人们凭借牲畜的帮助,去做不仅多余、缺乏艺术性,而且奢靡、毫无意义的工作时,一些人不可避免地要与牛马交换劳动,换句话说,就是变成强者的奴隶了。这样一来,人不仅要为他体内的动物性工作,而且,还要给作为他内心动物性象征的他身外的牛马工作。尽管我们已经有了许多砖石结构的宽大住房,可要衡量一个农民的日子过得是否兴旺、富裕,还是得看他的谷仓比他的住房大出多少。据说本镇有不少大马厩和大牛棚,它们与镇上的公共建筑相比,一点儿也不逊色;然而,镇上鲜有可供自由崇拜和自由演讲的大厅。一个国家应该是用其强大的抽象思维能力,而不是用自己的建筑,来纪念自己。一部《福者之歌》[①]比东方各国所有宏伟的建筑遗址都更值得去赞美!高塔和庙宇都是王子

[①]《福者之歌》,古印度叙事诗《摩诃婆罗多》中的一部分,以对话形式阐明印度教教义。

王孙的奢侈品。一个单纯、独立的心灵不会听从任何君王。天资(天赋)不是皇帝的持有物,金银和美玉亦然,除非是在很小的程度上。请问,开凿这么多石头,是为了什么?我在阿卡迪亚时,没有看到任何人雕琢石头。一些国家发狂似的开凿石头,妄想通过大量的石雕,给后世留下永久的记忆。要是花费同样的苦心来打磨、提高他们的修养,那会怎样呢?一个明智之举比一座高耸入云的纪念碑更值得留在人们的记忆里。我更愿意看到岩石留在它们原来的地方。底比斯①的富丽堂皇是一种庸俗的富丽堂皇。一道围在一个诚实人田地里的石墙,远比底比斯那有一百扇门的城墙更有意义,因为这城墙早就远离了人生的真正目标。野蛮人异端的宗教和文明建起了金碧辉煌的庙宇;可你们称之为基督教的却没有这么做。一个国家的石头大多用去修建了它的坟墓。它活着就把自己给埋葬了。说到金字塔,我倒觉得它们没有什么可令人惊叹的,除了这样一个事实:竟然有那么多人卑贱到用他们的一生为一个野心勃勃的傻瓜修建陵墓,这个野心家如果跳尼罗河淹死,再让狗吃了,倒显得更明智,更有男子汉气概。也许,我可以给他们,还有他想出一些借口,可我没有这个空闲。至于建筑者们宗教的信仰和艺术的爱好,在全世界范围内都大同小异,无论是埃及神庙还是美国银行的修建,其成本的造价都远远高于它们的使用价值。造成此种现象的主要原因是虚荣,还有对大蒜、面包和黄油的

---

① 底比斯,埃及尼罗河畔一古城,以石雕闻名,是世界著名古迹之一。

热爱。年轻有为的建筑师巴尔科姆先生,在维特鲁威[①]著作的封底用硬笔和尺子画了一张设计图,然后,把这项工程承包给了石材切割商多布森父子石匠公司。当三十个世纪开始俯视它时,人们却开始仰视它。说到你们的那些高塔和纪念碑,这个镇子上有一个疯疯癫癫的人,他在挖一条通往中国的隧道,他说他已经听到了中国那边锅和水壶煮沸的咕嘟声;但是我觉得我不会专门去他那儿欣赏他挖的那个洞。许多人都很关心东西方的那些名胜古迹——想知道是谁建造了它们。对我来说,我想知道的是,在当时谁没有去修建它们——谁不屑于做这等琐事。不过,还是让我们回到我的各项统计上来吧。

通过做勘测、木匠活儿以及村子里其他各种零工(因为我会的手艺跟我的手指头一样多),我挣了十三美元三十四美分。尽管我在那里生活了两年多,我这儿统计列出的只是我从去年七月四号到今年三月一号八个月的伙食费的一览表——其中不包括我自己种植的马铃薯,一点儿嫩玉米和豌豆,结账当日我手头仍留有的存货价值也没有计算在内:

大米	1.735 美元
蜜糖	1.73 美元,最便宜的一种糖精
黑麦	1.0475 美元
印第安粗玉米粉	0.9975 美元,比黑麦便宜
猪肉	0.22 美元

[①] 维特鲁威,古罗马著名建筑师,他的著作《建筑十书》对文艺复兴时期、巴洛克与新古典主义时期产生了重要影响。前者巴尔科姆先生身份不明。

面粉	0.88 美元，	比印第安粗玉米粉贵，还很麻烦
糖	0.80 美元	
猪油	0.65 美元	
苹果	0.25 美元	
苹果干	0.22 美元	
红薯	0.10 美元	
1 个南瓜	0.06 美元	
1 个西瓜	0.02 美元	
食盐	0.03 美元	

这些试验都以失败告终

是的，算起来我的确一共吃掉了八美元七十四美分；不过，我知道多数读者也会跟我一样觉得有罪，知道若是把他们的行为公布于众也不会比我好到哪里去，不然，我也不会把自己的事情这样毫不脸红地讲出来了。在这里的第二年，我有时候会钓些鱼，来做自己的正餐，有一次，我还杀掉一只糟蹋我豆田的土拨鼠——像鞑靼人所说的，是在帮它轮回转世——并且吃了它，这部分也出于试验的目的；虽说它有一种麝香的味道，但还是给予了我一时的快乐和激奋，不过，我也知道长期食用这种野味并不可取，即便你请村里的屠夫给你收拾加工过。

这段时间，还有衣物和其他一些零星开销（没有明细账目），总计是：

$$8.4075 \text{ 美元}$$

油和一些家庭日用品	2.00 美元

至于洗衣和缝补,这些活儿大都是请外面的人做,它们的账单我还没有收到——这些都是生活在这一地区的人们必须支出的(即便有些超支)——我在金钱上的全部支出为:

住房	28.125 美元
务农一年的开销	14.725 美元
八个月的伙食费	8.74 美元
八个月的衣服钱	8.4075 美元
八个月用去的油等	2.00 美元
总计	61.9975 美元

接下来,我跟现在需要谋生的读者说几句。为了支付这一开销,我售出了我种植的农产品,得到:

	23.44 美元
干零工所得	13.34 美元
总计	36.78 美元

从支出的总额中减去我的收入所得,差额为 25.2175 美元——这恰好与我启动时准备的家当的价值差不多,这是一个方面;另一方面,我除了从这种生活中获得闲暇、独立和健康以外,还拥有了一个舒适的房子,我在这里想住多久就住多久。

这些统计数字,尽管看上去具有偶然性,显得没啥用处,可由于它们具有一定的完整性,还是有一定价值的。所有的开支,我都做了记录。从上面的账目中可以看出,仅食物一项我每个星期花掉的钱大约就有二十七美分。在这之后的近两年里,我吃的是不发酵的黑麦和印第安粗玉米粉，马铃薯，大米，一点儿咸猪肉，蜜糖；只喝水，不喝饮料、酒之类的东西。我主要以大米为主食，这对我来说很合适，因为我那么热爱印度哲学。为了应对一些爱挑剔的人的反对，我最好还是在这里声明一下，如果我偶尔出去吃饭了——我有时会这么做，而且，我相信只要有机会我还会这么做——这往往会扰乱我对家务的安排。不过，出去吃饭，正如我说过的，在我是常有的事，丝毫不会影响到我上面做出的比较说明。

从这两年的生活经验中我体会到，即便是在我们这一纬度，一个人想获得他必要的食物，也毫不费力；一个人的饮食可以像动物的那样简单，却依然保持健康有力。我只是从玉米地里摘一些马齿苋（Portulaca oleracea），上锅煮煮，加点盐，就做成了一顿方方面面都令我满意的晚餐。我附上马齿苋的拉丁文名字，是因为它的俗名虽说不起眼，却是一道美味。请问，在和平时代，恬静的中午时分，对于一个理性知足的人来说，还有什么比几穗煮熟加盐的甜嫩玉米更加美味的呢？我有时在饭食上变变花样，可以说都是我对胃口的妥协，而不是出于健康的需要。然而，人类现在竟然到了这样的境地，他们之所以常常挨饿，不是因为缺少必需品，而是因为缺少奢侈品；我认识一个心地善良的女人，她认为她的儿子之所以失去生命，是他只喝水的缘故。

读者会发现，我是从经济而不是饮食的角度来讨论这个问题的，因此，除非他在家里储藏了丰富的食物，否则，他还是不要贸然对我这一节俭的生活方式进行试验。

最初，我是用纯印第安粗玉米粉加盐来做面包，正宗的锄头饼①，我把它们放在木条或是盖房子锯木料时剩下的木片上面，然后拿到室外的火堆上去烘烤，可常常给烤煳了，而且带有一股松树味儿。我也试过用白面粉，不过，最后发现把黑麦和印第安粗玉米粉掺和在一起，做起来最省事，也最好吃。天冷的时候，一口气连着烤上好几个这样的小面包，看着并来回翻弄着它们，就像埃及人照管正在孵化的蛋一样精心。它们是我亲手种、亲手做熟的谷类方面的果实，在我闻起来有一种与其他高贵的水果一样的芬芳，我把它们用布包起来，尽可能让它们存放的时间长一些。我为了研究古代的面包制作工艺，向这方面的权威人士求教，一直追溯到古老的年代，无酵饼刚刚发明的时期，那时人类才从食野果和生肉的野蛮时代，进化到吃熟食的阶段；随着研究的逐步深入，我发现人们是偶尔得知面团会发酵的——据说，正是这一偶然事故，人们了解了发酵的过程，从而掌握了各种发酵的手段，发展到现在，我得以吃上"美味可口、营养丰富的面包"这一生命之物。酵母，被一些人视为面包的灵魂，其细胞组织中的精灵，它像女灶神祭坛上的圣火一样，被世人虔诚地保存下来。我在想，最初由"五月花号"船带来的几瓶珍贵的酵母，为美国做出了它的贡献，它的影响至今仍在上升、扩展，就像这片土地上的滚滚麦浪。我定期到村子里去买酵母，一直没有间断，直到有一天早晨我忘记了方法，用开水烫死了酵母；通过这件事情，我发现酵母并非必不可少的——因为我不是通过归纳而是通过分析发现的

---

① 因为是在锄头的铁刃上烤出来的，因而得此名。

这个道理——从此以后，我干脆就省去了酵母，尽管不少家庭主妇诚恳地告诫我，不经过发酵的面包不安全，不利于健康，老年人则预言说，这样下去生命力很快会衰竭的。然而，我发现酵母并非不可或缺的成分，我一年没有使用它，可仍然好好地活在这个世界上；我很高兴我摆脱了把这酵母瓶子装在口袋里的麻烦，这瓶子有时候会爆开，将酵母喷出来，弄得我好不尴尬。不用它以后，省却了这一麻烦，我也不会再出现这种难堪。人是一种最能让自己适应任何气候和环境变化的动物。我也没有在面包里放过盐、苏打，或者其他酸性或碱性的东西。我制作面包的方法似乎跟公元前2世纪马尔库斯·波尔基乌斯·加图①的方法差不多。"Panem depsticium sic facito. Manus mortariumque bene lavato. Farinam in mortarium indito, aquae paulatim addito, subigitoque pulchre. Ubi bene subegeris, defingito, coquitoque sub testu."我是这样理解这段拉丁文的："要这样来揉面：先洗干净手和面槽。然后把面粉倒进槽里，一点一点地加水，把面用力地揉匀。面揉好后，将它捏成面包的形状，盖好后烘烤。"也就是放进炉里去烤。这里没有一个字提到酵母。不过，我并不是总能享用这一生命之物的。曾有一段时间，由于囊中羞涩，我有一个多月没有见到它。

在这片适于种植黑麦和印第安玉米的土地上，每一个新英格兰人都很容易生产出他制作面包所需要的全部原料，不必依

---

① 加图（前234—前149），古罗马政治家，作家，著有《起源》和《农业志》等。

靠远方那价格时常波动的市场给他们提供原料。然而，我们离简朴和独立已经太远，以至于在康科德的商店里已鲜有新鲜香甜的玉米粉在出售，也很少见到有人在食用玉米片和更粗糙的谷物了。农民大多是将自己生产的谷物给他的牛马和猪作饲料，而自己则出比较高的价钱到商店去买面粉，其实，这种面粉并不见得比粗粮更有益于健康。我发现，种植一两个蒲式耳的黑麦或是印第安玉米，一点儿也不费力，因为前者可以在最贫瘠的土地里生长，后者也不需要最肥沃的土壤。把它们收割回来后，用手磨将它们碾碎了吃，没有大米，没有猪肉，也照样过日子；如果我得补充一些浓缩的糖分，通过实验，我发现从南瓜或是甜菜中便能提炼出很好的糖，我还知道只需种上几棵枫树，就可以获得糖；当这些植物在生长的时候，除了我刚才提到的，我还可以使用许多替代品。"因为"，正如我们的前辈所吟唱的：

用南瓜、萝卜和核桃木屑，我们
便能酿出美酒，滋润我们的双唇。

最后，说说盐，我们最重要的调味品，要想获得它，你可以趁机到海边走走，或者，如果我完全放弃食用它，或许能少喝不少水。我从未听说印第安人为盐的事操心过。

这样，就食物这一块而言，我能避开所有的买入和物物交换，住所我已经有了，剩下要解决的就是衣服和燃料。我现在穿的这条裤子是一户农民家里给织的——感谢上苍！人身上还有这样多的美德；因为我认为从农人降为技工，就像从人降为农人一样，都是伟大和令人难忘的改变；来到一个新地方，燃料成了一件较为棘手的事。至于住所，若是不允许我在此居住，我可以按照我现在耕种的土地的价格买上一英亩地——也就是八美元八美分。其实，由于我在这里居住，这块土地应该是得到增值了的。

一些不相信的人有时会问我一些这样的问题，比如说我是否认为自己光吃蔬菜就可以活；为了马上触到问题的根源——因为根源就是信仰——我往往这么回答他们，我靠木板上的钉子也能活下去。如果他们理解不了这句话，那么，他们就听不懂我说的任何话。对我来说，我高兴听到有人在做这类实验：有个年轻人连着两个星期，拿他的牙齿当研钵，光啃硬硬的生玉米。松鼠也曾做过同样的实验，获得了成功。人类对这种实验也感兴趣，尽管几位牙齿已松动、在磨坊拥有她们亡夫三分之一遗产的老媪，听到后会感到诧异。

我的家具——有一部分是我自己做的，其余的我也没花什么钱，因此没有记账——包括一张床，一个写字台，三把椅子，一面直径为三英寸的镜子，一把火钳和一个壁炉柴火的支架，一个水壶，一个长柄平底锅，一个煎锅，一把长柄勺，一个脸盆，两副刀叉，三个盘子，一个杯子，一把小勺，一个油罐，一个糖罐，以及一盏日本式的漆灯。没有人会穷得需要坐在南瓜上面。那也有点儿太无能了。村里的阁楼放有许多椅子，有不少是我喜欢的，我可以随意挑选走。家具！感谢上苍，我不需要一个家具仓库，就可以站着，也可以坐着。在光天化日和众目睽睽之下，看着自己的家具——都是破破烂烂的空箱子——装在一辆马车上穿过镇子,除了圣贤,有谁不会感到羞惭呢?那是斯波尔丁①的家具。看到这么一车家具,我怎么也分辨不出它们到底是一个所谓的富人的,还是一个穷人的;这些家具的主人似乎总是一副穷困潦倒的样子。事实也确实如此,你拥有的这样的东西越多,你就越穷。每一辆车上装的家具好像都足够十二个棚屋摆的;如果这棚屋一贫如洗,那这车上岂不是十二倍的贫穷。请问,我们为什么会搬家呢,不就是为了扔掉老旧的家具,蜕掉我们的旧皮囊;最终从这一世界走进另一个面貌全新的世界,而把旧家具全部烧掉吗?这就像有人把所有这些行李②都系在了自己的腰带上,当他经过我们撒下绳索的粗犷乡野时,一定会扯动这些圈套,将他拽进自己的圈套里。只是将尾巴留在陷阱里的狐狸,是幸运的。麝鼠为了逃出陷阱,会咬掉自己的第三条腿。毫无疑问,人已经失去了他的敏捷性和灵活性。有多少次让自己陷入两难的境地!"先生,我可以斗胆问一句,你说的陷入两难境地是什么意思吗?"如果你是个细心的观察家,不管什么时候碰到一个人,你都能看得出来其身后的全部所有,还有那些他假装不再拥有的东西,甚至包括他厨房里的家具以及他积攒下来舍不得烧掉的琐屑杂物,他仿佛被拴在了它们的轭上,不得不奋力往前拉。我以为这样的一个人便是处在了进退两难的境地:他已经穿过了节孔,或者通过了一道门,而他的一车家具却无法随他一起过去。当听到有

---

① 斯波尔丁(1761—约1816),美国教士,据说是《摩门经》最早的作者。
② 双关语,trap,有外部装饰物和随身行李的意思,又有圈套的意思。下文用引申义圈套进行讽刺。

个衣着整洁、身体健硕、看似自由自在又办事妥帖的人，在谈到他的家具是否上了保险时惊呼道："我该怎么来处置我的家具呢？"——原来，我那快乐的蝴蝶是被缠在蜘蛛网里了呀——此时，我不免对他产生了同情之心。就连那些似乎长期没有任何家具的人，在你仔细询问以后，便会发现他们仍有些家具存放在别人的仓库里。我把今天的英国看作一位老绅士，他在旅行时携带着好多行李，还有多年持家攒下的杂七杂八的玩意儿，这些东西他一直没有勇气将它们一把火烧掉；还有大小箱子、纸盒子、包裹等。至少应该把头三样东西扔掉。如今就算是身体不错的人也没有力气将他的被褥拎着到处走，我奉劝体弱的人还是丢下被褥，轻松跑吧。我碰到过一个移民，背着个硕大的包裹跟跟跄跄地向前走着，那个包裹里装着他所有的东西——就像是从他脖颈上长出的一个巨大的瘤子——我可怜他，不是因为他所有的家当就只有这么一个包裹，而是因为他把那么多东西都背在了自己身上。如果我非得驮着我的圈套走不可，我也会用心挑一个轻一点的，而且，不让它掐住我的要害。不过，最明智的做法还是永远不要把手伸进圈套里面。

　　顺便提一下，我家里也没有买窗帘，因为除了太阳和月亮，我这儿再没有别的窥视者，而太阳和月亮我是欢迎它们照进来的。月亮不会让我的牛奶变酸，不会让我的肉变质，太阳也不会损害我的家具，或者使我的地毯褪了颜色；如果说这个朋友有时过分热烈的话，我觉得更好更经济的办法是到大自然提供的林荫中间，而不是在家用细目上再添置一项。有一次，一位太太要给我一个脚垫，可因为我的家中没有地方摆放它，而且我也没时间在屋内或是屋外去抖掉它上面的土,所以我拒绝了,我宁愿在我门前的草地上蹭蹭我的鞋底。对于邪恶,要防患于未然。

不久前,我参加了一个教会执事的财产拍卖,他这一生可没有白白度过:

人所做的恶在他们死后也不会散去。①

大部分东西照例是从他父亲时起就开始积攒的杂物。其中还包括一条干绦虫。这些东西在他的阁楼和其他布满灰尘的犄角旮旯里躺了半个世纪后,到现在仍未被烧掉;没有将它们付之一炬,销毁干净,反而拿来拍卖,增加它们的价值。街坊四邻们踊跃前来观看,并且将它们全都买了下来,然后小心翼翼地将它们搬到自己的阁楼和犄角旮旯里,躺在那里等着他们的财产被清理、被拍卖的那一天。人死,亦如灰飞烟灭。

或许,一些野蛮民族的习俗值得我们学习借鉴,因为至少从表面上看他们似乎每年都在搞蜕皮求新的活动;不管他们实际上有没有做到,他们是有这样的一种观念的。如果我们能像巴特拉姆②所描述的马克拉斯印第安人那样,也举行像"巴斯克节"或"新果节"这样的庆祝活动,难道不好吗?"当一个镇子在庆祝巴斯克节时,"他说,"他们会事先为自己准备好新衣服、新锅、新盆,以及别的新的家用器物和家具,然后收拢起他们所有的破旧衣服和其他鄙陋之物,打扫和清理掉房屋、广场和

---

① 引自莎士比亚《裘力斯·恺撒》第三幕第二场。
② 威廉·巴特拉姆(1739—1823),美国博物学家。

全城的污垢,他们把这些东西,连同剩余的谷物和其他食物,全都堆在一起,点起大火来烧。他们吃了药,斋戒三天后,镇上所有的火也都被熄灭。在斋戒期间,他们放弃胃口或是情感方面的任何欲求。他们会宣布大赦令,一切有罪之人都可以重新回到他们的镇子上来。"

"第四天早晨,大祭司两手摩擦着干燥的木头,在公共广场燃起新火,每户人家都从这里得到新的火种。"

然后,他们就尽情享受新鲜的谷物和水果,连着三天载歌载舞。"在接下来的四天里,他们接待来自附近镇子的朋友,与他们共庆节日,因为这些朋友也和他们一样净化了自己,在辞旧迎新。"

墨西哥人在每过去五十二年之后,都会举行类似的仪式,他们相信这时世界到了一个节点,应当周而复始。

我平生几乎再没有听到过比这更真诚的圣礼了,它正如字典里定义的:"是一种心灵和精神恩典的外化和显现。"我毫不怀疑,他们这么做,最初一定是直接得到了圣灵的启示,尽管在他们的宗教经典中没有对这一神启的记载。

有五年多的时间,我完全凭自己双手的劳动养活自己,我发现在一年中我只要工作大约六个星期,便够支付我全年所有的生活费用。整个冬天,还有夏天的大部分时间,我都是空闲的,可以用来读书。我曾花大力气试着办过学校,结果不是收支平衡不挣钱,就是入不敷出,因为我不得不按照办学的标准来穿着和训练,更别说思考和信仰了。再说,我的时间也都耗费在了这个上面。由于我教学不是为了我同胞的利益,而是为了谋生,所以这次办学失败了。我试过去做生意,可发现没有十年的工夫很难步入正轨,而且,到那时候,我很可能就快堕落到魔鬼那一方去了。其实,我是担心到那时我真的把生意做得兴旺发达。以前,因为不愿意违背朋友们的意愿,我曾有过一些惨痛的教训,在四下寻找谋生之道时,这些悲伤的经历仍记忆犹新,迫使我慎重地思考,在这个时候,我曾反复认真地考虑过采摘越橘的事;这个活儿我肯定做得了,其微薄的利润对我来说已经足够——因为我最大的本事就是很少有什么需求——摘越橘不需要投入什么资金,也较少干扰到我平日的情绪,我傻乎乎地这样想着。当我的熟人们都毫不犹豫地去经商,或者进入其他行业时,我像大多数人考虑他们的职业那样,考虑过采撷越橘这个职业;整个夏天游荡在群山之中,采摘我一路上见到的越橘,然后随意地处理掉;就好像看管着阿德墨托斯①的羊群一样。我也梦想过自己能采集野药材,或者常绿植物,把它们一车一车送往那些喜欢怀念森林的村民那里,甚至将它们运往城市。可自那以后,我已意识到商业会诅咒它所涉及的一切;尽管你经营的生意是来自天堂的福音,也摆脱不掉商业带来的厄运。

因为我酷爱一些事物,尤其非常珍视我的自由,也因为我能过艰难的生活,能苦中作乐,所以我不想把我的时间都花费在挣钱买优质地毯和高档家具,吃精美的饭食,或是修建希腊式或者哥特式的房子。如果有人觉得获得这些东西对他来说不是一种

---

① 古希腊神话中的国王,曾去海外寻找金羊毛的阿尔戈英雄之一,阿波罗替他看管过羊群。

拖累，而且，获得以后知道如何享用它们，我把这些追求让给他们好了。有些人"勤奋"，似乎生性就喜欢工作，或者，也许因为工作能使他们没空去做不好的事情；对这样的人，我暂且无话可说。如果有些人得到比平日更多的空闲，而又不知道该如何使用它们，我建议他们加倍地工作，直到他们能够养活自己，获得自由的保障。对我来说，打零工是最能让人保持独立的一种职业，尤其是一年中只需工作三十到四十天，便可挣得一年的生活费用。对于打零工的人来说，太阳下山，这一天的工作就宣告结束，他便可以自由自在地去做他喜欢的、完全与其工作无关的事情；可他的雇主却得日复一日、年复一年地算计、策划自己的生意，不敢有丝毫懈怠。

总而言之，我的信仰和经验都告诉我，只要我们能过简朴、睿智的生活，在这个世界上一个人要维持生计，并不是件苦事，而是一种消遣；相较于崇尚人造物质的民族来说，淳朴民族的追求仍然更像是娱乐和游戏。一个人没有必要非得大汗淋漓，才能挣得自己的生计，除非他像我一样天生爱出汗。

我认识的一个继承了一些田产的年轻人跟我说，要是他有我这样的能力，他认为他也会像我那样地生活。我不愿意让任何人因为任何缘故而采用我的生活方式；因为在他还没有较好地适应之前，我也许又为自己探索到另一种生活方式了。再则，我希望世界上各不相同的人越多越好；我希望每一个人都能极为慎重地选择和追求他自己的生活道路，而不是遵循他父亲或母亲甚至邻居们走过的路。年轻人可以去从事建筑、种植或是航海，只要不妨碍他们去做他们自己喜欢的事情。我们聪明，只是因为我们掌握了数学,恰如海员和逃亡的奴隶,他们的眼睛总是盯着天上的北极星一样;仅凭这一点就足够指导我们的一生了。我们不一定能在预计的时间里到达港口,但我们会一直保持正确的航向。

毫无疑问,在这一点上,但凡适用于一个人的,也适用于一千个人。比如说,按照大小比例计算,一座大房子并不见得就比小房子贵,因为大房子的屋顶可以一下子覆盖好几个房间,底下可以合用一个地窖,一堵墙又可以分隔开好几个屋子。不过,就我个人来说,我更喜欢单独的住所。再说,与其说服别人使他相信合用一堵墙的好处,往往还不如自己盖一座房子来得便宜。跟别人合用一堵墙,为了造价更低一些,这堵墙一定会砌得很薄,而且,你的隔壁很可能是个坏邻居,他那一边的墙破损了也不懂修一下。人们通常进行的这种合作,都是很具局限性和表面性的;即便真有一些小小的合作,也跟没有差不多,因为人们无法听到其中的和谐。如果一个人有信仰,不论他到了哪里,都会跟与他有同样信仰的人合作;如果他没有信仰,不管他与什么样的人为伍,他都将继续像世界上其他人一样过着自己的生活。合作,无论是从最高意义上还是从最低意义上看,都意味着一起生活。我最近听说,有两个青年人打算结伴周游世界,其中的一个没有钱,得一边旅行,一边当海员或者种地挣他的旅费,另一位身上则带着汇票。很显然,两人的合作或者说结伴,肯定长不了,因为其中有一个压根什么事也做不了。两个人在第一次出现意见不合时,便会散伙。正如我前面说过的,最重要的是,若是一个人走,那么他今天就可以出发；可要是同行，那他就得等另一个人也准备好了才行，很可能过了很久以后他们俩才能动身。

不过，我听我的一些同乡们说，这一切都很自私。我承认迄今为止我很少参与慈善事业。我出于责任感做出过一些牺牲，其中就包括我也牺牲掉了行善的乐趣。有不少人千方百计地说服我，要我资助镇上的一些穷人；若是我无事可做——因为魔鬼总是要给闲人找事做的——也许我会去试试这样的爱好。然而，当我想着要积极从事这一方面的活动，让一些穷人在各个方面能过得像我一样舒服，将他们能过上好日子作为我的一种责任，甚至将我的这些想法直接告诉他们时，他们却异口同声地说，他们宁愿这样贫穷下去。当镇上的男男女女于各个方面都全身心地为他们的同胞谋利益之际，我相信这至少可以余出个别人来，让他去从事慈善意味不那么浓厚的事业。做慈善像做其他任何事情一样，你必须有天分才行。至于说到做好事，这是一个人满为患的职业；况且，我曾认真地做过尝试，这似乎令人觉得奇怪：当发现这种事不适合我的天性时，我竟然感到很高兴。或许，我不应该那么自觉地煞费苦心地放弃我自己特有的事业，而去做社会要求我做的好事，去拯救宇宙免于毁灭；我相信，世界上一定存在着一种类似的却又无比强大的力量，在保护着宇宙。不过，我不会挡在任何人与他自己的天性之间；对那些做着我拒绝了而他们却全身心投入其中[①]的人们，我会说，继续干吧，哪怕世人将其称为作恶，而世人很可能会这么做。

---

① 指做善事。

我当然不会认为，我的情况比较特别，是一种例外；毫无疑问，我的很多读者也会做出类似的辩解。关于干活——我不能保证我的邻居们会赞成我的话——我会毫不犹豫地说，我是一个值得雇用的好手；不过，至于我说的是否属实，就有待我的雇主去发现了。我做的善事，就这个词的本义而言，一定是我的分外之事，而且，大都是我无意间做的。人们说，就从你所在的地方开始，毫无做作地开始，不要总想着让自己变得更有价值，做好事时要心中唯有善念。如果按照这个思路说教，我会这么说，先让你自己去做个好人吧。好像太阳用自己的光焰照亮月亮或是一颗六等星后就会停下来，然后，像罗宾·古德费洛[①]一样四处游逛，窥探每家农舍的窗户，令人发疯，让肉变质，使得在黑暗中可见，而不是持续增加其宜人的热量和恩泽，直到它变得光芒四射，没有人敢直视它，接着，与此同时，在它自己的轨道上做好事，或者更确切地说，正如一种更为真实的哲学思想所揭示出的，是地球在围绕着它转时获得了益处。法厄同[②]想要通过施惠，来证明其天神的身份，他驾着太阳神的四马金车，脱离平日里的轨道行驶了一天，结果烧毁了天堂下层好几个街区的房子，也烧焦了大地的表层，使所有的溪流干涸，创造了撒哈拉大沙漠，到最后使得朱庇特大怒，一个霹雳将他击落凡间，太阳为他的死痛心不已，整整一年没有发光。

没有什么比沾了污点的善事的味儿更难闻的了。那是人的，也是神的，腐尸的味道。如果我确切地知道一个人来我家，是

---

① 罗宾·古德费洛，英格兰民间故事中喜欢恶作剧的小精灵。
② 法厄同，古希腊神话中太阳神赫里阿斯的儿子。

刻意要对我行善，那么我会拼命逃走，就像逃离非洲沙漠中被称为西蒙的干燥热风那样（此风会把你的口鼻、耳朵和眼睛里刮满沙子，令你透不过气来），因为我怕他对我行的善会附在我身上——它的病菌会渗入我的血液。不，在这种情况下，我宁愿忍受邪恶，这样还来得自然一些。要是我饿了，他就给我吃的，冷了，他就焐暖我，我掉到水沟里了，他就把我拉上来，我不会因此就称这个人是好人。我可以找到一条纽芬兰狗，它也能做到这一切。从广义上讲，慈善不是对一个同胞的爱。从个人的作为来看，霍华德①无疑是个极为善良和备受尊重的人，而且，他也得到了报偿；可是话又说回来，如果他们的慈善不能在我们处于最合适状态或是最值得帮助时给予我们，即便我们有一百个霍华德，那又怎么样呢？我从未听说过，有哪个慈善大会真心实意地提议过，给我或是我这样的人做点好事。

耶稣会的人遇到印第安人时便觉得无计可施了，那些被绑在火刑柱上行将被烧死的印第安人，竟然向他们的行刑者建议新的折磨他们的方式。由于他们能够超越肉体上的痛苦，因此对传教士能提供的安慰，他们自然也能无动于衷；"己所不欲，勿施于人"的法则，对于那些人来说并没有什么说服力，因为他们并不在乎别人是如何待他们的，他们在以一种新的方式爱着他们的敌人，很轻易便原谅了敌人对他们所做的一切。

要确保你给予穷人的帮助正是他们所需要的，尽管你这个榜样还是会使他们远远地落在后面。如果你是给钱，最好拿着钱跟他们一起去花，不要只是简单地把钱丢给他们。我们有时

---

① 霍华德（1726—1790），英国监狱改革家和慈善家。

会犯一些奇怪的错误。穷人常常并不觉得又冷又饿,而只是衣衫褴褛、邋遢、粗俗。这不光是因为他不幸、困顿,也是他的情趣所致。倘若你给他钱,他也许会拿这钱买更多的破烂衣服。我以前很同情在湖上凿冰又举止笨拙的爱尔兰人,他们都穿着破衣烂衫,而穿得比他们整洁、时尚的我依然被冻得瑟瑟发抖;直到一天寒风料峭,一个滑进了湖中的爱尔兰人到我家里来取暖,我看见他脱下三条裤子,两双袜子——尽管确实都又脏又破——才露出身体,他身上套着多件内衣,多得足以拒绝我要额外给他的衣服。这一落水①恰恰是他所需要的。于是,我开始可怜起自己来了,觉得要是能送我一件法兰绒衬衫,可是比给他一家成衣店更大的善举。若是有一千人在砍伐罪恶的枝条,那么,砍伐罪恶根部的也许仅有一人。结果很可能是,为帮助穷人花去最多金钱和时间的人,往往是以他自己的生活方式进而加重了贫者的痛苦,这痛苦本来是他极力要去为穷人减轻的。正是虔诚的奴隶主拿出奴隶创造的十分之一的利润,给别的奴隶购买了星期日的自由。有的雇用穷人到他们家里来帮厨,以此来表示他们的仁义。如果他们自己去下厨,不是更能显示他们的慈悲吗?你夸口说把自己十分之一的收入都用在慈善事业上了;也许,你应该把那十分之九也花在慈善上,善始善终嘛。否则,社会回收的只是百分之十的资产。这是出于财富占有者的慷慨,还是政府官员们的失职呢?

　　慈善事业几乎可以说是唯一一个受到人类高度赞赏的美德。不,它还是被过分地高估了,是我们的自私导致了对它的高

---

①ducking,双关语,泡在水中,也指棉制和亚麻布制的衣服。

估。一个身体健壮的康科德穷人，于风和日丽的某天来到我这里，跟我夸赞一个同乡，说他对穷人很富于同情心，这个穷人当然就是指他自己了。人类当中善良的叔叔阿姨们比我们精神上的父母更受世人尊重。我曾听到一个颇受人们尊敬的才学兼优的牧师谈论英国，在列举了英国在科学、文学和政治方面的成就后——比如说莎士比亚、培根、克伦威尔、弥尔顿、牛顿等——他接着谈到英国基督教的英雄们，这似乎是他的职业要求于他的，将他们提升到前所未有的高度，称他们是伟人中的伟人。他提到的基督教英雄有潘恩、霍华德和福莱夫人。大家一定感觉到了其中的虚伪和谬误。他后面列举的这几个人并不是英国最优秀的人物，或许只能算是英国最好的慈善家。

　　对慈善事业应得的赞赏，我不愿给它减去一分一毫，我只要求公正对待所有那些用他们的生命和工作对人类做出贡献的人们。我主要看重的并不是一个人的正直和仁善，这些实际上都是他的枝叶。我们把绿叶枯萎了的植物做成草药茶给病人喝，它们的疗效可以说微乎其微，使用它们的多是江湖郎中。我想要的是一个人结出的花朵和果实；希望这芬芳能吹送一些过来给我，希望这成熟能醇化我们的交往。他的仁义一定不是偏狭和一时的行为，而是一种持续地充盈，不花去他任何代价，他完全是无意识的。这是一种能掩盖许多罪的善行。慈善家常常在人群中营造出这样一种氛围，要让人们时时记起他那一文不值的悲悯，他称其为同情。我们传递给人类的应当是勇气，不是绝望，是我们的健康和适意，而不是疾病，并且小心不把这疾病传染给别人。这哭泣声是从南方的哪一片平原传来？在世界的哪一个纬度上还居住着异教徒,需要我们给他们送去光明?谁是我们会去救赎的那个纵欲而又残暴的人?如果一个人生了病,不能去行使他自己的功能①,如果他的腹内甚至感到疼痛——因为这是同情的发源地——那他就应该即刻着手去改变这个世界。他自己便是一个微观世界,他发现——这是一个真正的发现,而他正是这个发现者——原来世界一直在吃尚未成熟的青苹果;其实在他眼里,地球本身就是一个巨大的青苹果,想到人类的子孙在它成熟之前将去啃吃它,不禁令人胆寒;他那强烈的仁慈心肠促使他马上去寻找了爱斯基摩人和巴塔哥尼亚人②,还体察了人口众多的印度和中国的村庄;就这样,经过几年的慈善活动——与此同时,有权有势的人也利用他达到了他们自己的目的——他治好了自己的消化不良症,地球一侧或是两侧的脸颊上也泛起淡淡的红晕,仿佛它开始变得成熟了,生活不再让人觉得苦涩,再度变得温馨和健康了。我想,再也没有罪过比我犯下的罪过还要大,我以前不知道,今后也永远不可能知道一个比我更坏的人。

我相信,最令改革者伤心的,并不是他对陷于苦难中的同胞的悲悯,而是他自己内心的愧疚,尽管他是上帝最圣洁的儿子。让他的愧疚一扫而光,让春天回到他身边,让曙光出现在他的卧榻上,他将毫无歉意地抛下他慷慨的伙伴们。我没有发表演讲反对过抽烟,是因为我从来没有抽过烟,这份苦差,应该由以前抽过烟现在又戒了烟的人去承担,尽管我尝试过的不

---

①function,功能,双关语,既指人和社会的关系,也指生理功能。
②居住在阿根廷中部、南部潘珀斯草原和巴塔哥尼亚高原的印第安人。

好的东西也不少,我可以表达对它们的反对。如果你不慎误入这些慈善活动,不要让你的左手知道你右手所做的事,因为它不值得知道。一旦救起溺水者,你便可以系好你的鞋带。然后,从容地,开始去干一些更为自由的活儿。

我们的举止风度在与圣人的交往中受到了侵蚀。我们的赞美诗中回响着对上帝的诅咒,以及对上帝永远的容忍。人们说,甚至连先知和救赎者也宁愿只是安慰人的恐惧,而不是肯定人的希望。世界上没有哪一个地方曾记录下对生命这一礼物单纯而又难以抑制的感激和满足,以及对上帝由衷的赞美。一切健康和成功都有益于我,不管它们显得多么遥远,多么不可企及;一切疾病和失败都会令我悲伤,对我有害,不管它们对我或是我对它们多么同情。如若我们通过真正印第安式的、植物的、磁性的或自然的方式,确实使人类得到康复,那么,首先让我们自己像自然那样淳朴和泰然,驱散笼罩在我们眉宇间的愁云,给我们的毛孔注入活力。不要停下来做贫者的看护人,而要努力成为世界上一个有价值的人。

我在设拉子[①]的萨迪[②]的《蔷薇园》中读到:"人们问一位智者,万能的主造了那么多名贵、枝繁叶茂的巨树,可没有一个被称为阿扎德[③]或自由树的,除了不结果实的柏树;其中的奥妙在哪里呢?智者回答道,每一种树都有它们相应的果实和适于它们生长的季节,在这一季节中它们生机勃勃,还开花结果,

---

① 设拉子,伊朗南部城市,古波斯文化中心,有许多大诗人的陵墓。
② 萨迪(约1200—1292),波斯著名诗人,代表作有《果园》和《蔷薇园》。
③ 阿扎德,自由人。

季节一过，它们便干枯凋零了；而柏树却不会遭受这两种境遇，因为它总是昌盛的；阿扎德和宗教独立人士都具有这样的品性。——千万不要把你的心拴在那些短暂的事物上；底格里斯河在哈里发①一族灭绝以后，仍会继续从斯巴达流过；如果你手头阔绰，就像枣树那样毫不吝啬地施与吧；如果你贫穷，那就像柏树一样，做一个阿扎德，或是自由人吧。"

补充诗篇

贫穷的托词

你未免太放肆了，可怜的穷鬼，
要求在苍穹下占有一块领地，
你破烂的棚屋和你的木桶，
孕育出懒散和迂腐的品行，
在廉价的阳光下和多荫的泉水边，
生长着一些根茎和盆栽的花草；
你的右手从心坎上撕去人类的热情，
（美好的德行原本在那里开得花团锦簇）
致使人本性堕落，感觉麻木，
像蛇发女妖，将活人化为顽石。
我们不需要这个乏味沉闷的社会，
它迫使人们变得拘谨克制，

---

① 哈里发，伊斯兰教执掌政教大权的领袖。

或是做作愚蠢,
全然不知快乐和悲伤,不知道
你那勉强、虚假、呆钝的坚强
已凌驾于坚韧的意志之上;这些卑劣的人
稳坐在中庸的位置上,
成为你们卑怯的心灵;而我们
推崇这样的美德:豪爽,
勇敢,慷慨奔放,威严高贵,
纵览一切的审慎,大度,
如大海一般的胸怀,还有英雄的品德,
古人没有为它留下一个名称,
只有一些典型,比如赫拉克勒斯,
阿喀琉斯,忒修斯。还是回到你的陋屋去吧;
当你看到文明的新天地时,
就去学习了解那些有价值的珍宝。

T.卡鲁

生活在何处，
生活的目的

在我们一生中的某个时期，我们往往把我们经过的每一处地方，都考虑为我们可能的居住之所。就这样，我考察了我住处方圆十几英里以内的所有地区。想象中，我已一一买下了这周围所有的农场，因为它们都在上市待售，我知道它们的价格。我去了每个农夫的地盘，尝过了他们地里的野果，跟他们谈论农耕之事。在我的脑海里，按照他出的任何价格买下了他的农场，又将农场抵押给了他；我甚至给出更高的价格买下了他所有的东西，除了订立契约——权且将他的话当作契约，因为我平时便爱聊天。我开垦了这片土地，我想，在某种程度上也开化了他，在我觉得我享受够了时，我便退出，留下他继续经营他的农场。我的这一经历使我的朋友们把我看作了一个地产经纪人。其实，无论身处何地，我都可以在那里居住，那里的景色也会因为有我在而熠熠生辉。房子是什么？不就是拉丁文的

sedes（椅子），也就是住宅吗？——若是乡下的住宅，那就更好。我看上不少建房地点，它们在近期都不太可能升值，有些人或许觉得它们离村镇太远，不过，在我看来，是村镇离它们太远。我可以在那些地方住，我说；我也确实住了，在那里生活了一个钟头，便如过了一个夏天和一个冬天；我看到流年如何飞逝，如何与冬天的寒冷搏斗，目睹春天的来临。这一地区未来的居民，无论他们把房子建在何处，都可以确信在此之前这儿已经有人住过了。一个下午的时间，便足以让我把一块宅地规划成果园、林地和牧场，决定在住宅门前栽种哪些好品种的橡树或松树，从哪一个地方最容易看到每一株枯树；在这之后，我或许就会让它闲置着，因为一个人能够放得下的东西越多，他就越是富有。

我的想象力仍在驰骋，我甚至还获得了几个农场的优先购买权——这正是我想要的全部——不过，我从未让自己真的拥有过一个农场。我最接近于实际拥有的一次，是在我买下霍洛维尔农场的时候，当时我已经开始选种，还备好了制作一辆手推车的材料，以备农场之用；可就在这位农场主要交给我地契时，他的妻子——每个男人都有这么一个妻子——改变了主意，希望留下农场，他为解除契约给了我十美元。说实话，当时的我在这个世界上只剩下十美分，要让我算出我到底是那个在世界上只有十美分的人，还是拥有那个农场的人，还是拥有了十美元赔款的人，或是拥有了这一切的人，这实在超出了我算数的水平。最后，我把十美元还有农场都还给了他，因为我觉得我在这件事情上已经做得过了；或者说，我还是挺大方的，按我付出的价格又把农场卖给了他,因为他看上去也不是个富人,所以我把十美元当作礼物又送还给了他,留在我身边的仍是我的十美分、种子以及制作手推车的材料。于是,我发现自己既当了一回富人,又没有对我的贫穷造成损害。可我留住了那儿的景色,自那以后,我没用手推车却每年都能带走它的出产。至于那风景——

> 我是所有我勘察过的土地的君王,
> 我在那儿的权力没人敢质疑。

我常常碰到一位归隐诗人,他在欣赏了一个农场最精华的部分后便离开了,而粗俗的农场主还以为他只是摘走了几个野苹果。噢,许多年后,农场主还不知道诗人早已把他的农场载入诗篇,一道最值得人艳羡的无形篱笆,已经将农场装点和围起,挤出它的牛奶,给它脱脂,获得所有的奶油,给农场主留下的唯有脱了脂的牛奶。

霍洛维尔农场真正吸引我的地方,是它的僻静,离村子约两英里,最近的邻居也在半英里之外,跟公路之间隔着一大片田野;它又靠着河,农场主说这条河上的雾气,使得他的地在春天时免遭霜冻侵袭,尽管这对我来说无关紧要;房子和谷仓都衰败不堪,呈现出灰白的颜色,栅篱坍塌失修,这一切都表明我与这里的最后一个主人相隔不少年份;周身覆满青苔的苹果树,许多都树心中空,被兔子啃咬过了,这一切都说明我会有个什么样的邻居;不过,最主要的,还是这里有一种让我旧地重游的感觉,我早年曾沿着这条河溯流而上,那时房屋都掩翳在满目红叶的枫树林中,从枫林那边传来他们家狗的吠声。我迫不及待地要把这家农场买下来,等不及农场主搬走这儿的石块,锯倒空心的苹果树,挖走草地上长出的小白桦树,总之,我等不及他再做出任何改进。为了上述种种好处,我做好了准备;像阿特拉斯①一样,我要将世界挑在我的肩头——我从没听说他为此得到过什么报偿——我做这所有的事情,没有任何别的动机和理由,只是为了在我买下它后,不会因为拥有它而受到纷扰。因为我知道,只要我让它闲置着,它就能生产出我所需要的最丰盛的果实。但是结果正如我上面说过的,我没有买下这个农场。

因此,有关大规模的耕种一事——我一直打理着一个菜园——我所能说的只是,我准备好了种子。许多人认为,随着时代的进步,种子也在改良。时间会区分出好的和不好的种子,对此,我没有疑问;等我最终要播种时,我成功的可能性将会大得多。不过,我还是想跟我的同胞们说,只要可能,就自由自在、毫无牵挂地生活吧。羁绊住你的是一个农场,还是乡下监狱,区别并不大。

老加图的《农业志》是我的"栽培人",我见过的唯一一个译本却把后面一段话翻译得牛头不对马嘴。老加图说:"当你想买下一个农场时,你的脑子一定要多绕几个弯儿,不要恨不得一下子拿下;不要舍不得多花点儿时间去那里看看,不要以为去看过一次就够了。如果这个农场不错,你跑的次数越多,就

---

① 阿特拉斯,古希腊神话中用肩膀扛着天的大力神,意喻身负重担的人。

越有一种愉悦感。"我想,我不会着急得一下子买下它的,我会在我活着的时候,一遍又一遍地去那儿转悠,死后也埋葬在那里,说不定它最终会给我带来更多的乐趣。

现在要谈的是我即将进行的又一个这样的试验,我打算描述得更加详细些,为了叙述方便,我把两年的经历并在了一年中写。正如我说过的,我无意于为颓唐和沮丧抒写颂歌,而是要像破晓的雄鸡一样,站在它的窝顶引吭高歌,唤醒我的邻居们。

我住进林子的第一天,恰逢美国独立日,是1845年7月4日,从那一天起,我开始在那里度过我的日日夜夜。当时,我的房子还没有完全建好,不具备过冬的条件,只是能把雨挡在外面,还没有抹泥灰、砌烟囱,屋墙是经风雨侵蚀过的粗糙木板,有很宽的缝隙,晚上会很凉爽。经砍削过白色笔直的立柱,新刨好安装上的门窗框架,使屋内显得又干净又通风,尤其是早晨当木板墙上浸足露水时,不禁会令我浮想联翩,觉得到中午时它们便会渗出甜蜜的汁液了。在我的想象中,屋子一整天都多少保留着曙光初现时的那种氛围,令我想起去年我在山上见过的一所房子。那是一间没抹泥灰、四面通风的屋子,适宜接待云游四方的神仙,在那里也许还有女仙衣裙婆娑。从我屋顶吹过的风,一如扫过山脊的风,吹出时断时续的旋律,宛如天籁飘入人间。晨风一个劲儿地吹拂,创世的诗篇从未间断过吟诵;但是却很少有人听到过它。其实,四面八方的土地上,到处都有奥林匹斯仙山。

我从前有过的唯一一所房子,如果除去一条小船不算的话,是一顶帐篷，这在我夏天出门远足时偶尔会用到，现在还卷着放在我的阁楼；可那条船却几经倒手，湮没在时间的长河里了。现在有了这个更加实在的住所，我朝着在世界上安居下来的目标又迈进了一步。这个屋架如此轻巧，宛若环绕着我的一个晶体结构，折射出建造者的内心和个性，它的轮廓看上去像一幅画。我不必到外面去呼吸新鲜空气，因为我室内的空气跟户外的一样清新。即便是大雨倾盆，我坐着的地方，也不像在室内，倒像在门的后面。《诃利世系》①中说："没有鸟儿的居所，就像食肉没放佐料。"我的住所可不是这样的。因为我发现自己突然成了鸟儿的邻居，不是我有了圈在笼子里的鸟儿，而是我在自己的屋子里与它们为邻。栖在我周边的不仅有经常飞到花园和果园里来的普通鸟类，而且还有更富于野趣、更小巧、啼声更为清脆的歌者（村民们从来没有或者很少听到过它们的小夜曲）：画眉，鸫鸟，猩红色的唐纳雀，田雀，夜鹰，还有许多其他鸟类。

  我的房子坐落在一个小湖边，距离南边地势比这儿稍低一些的康科德约一英里半，我的屋子位于康科德和林肯之间的大片林地里，我们这儿唯一有些名声的康科德战场②就在我南面两英里左右的地方；我住所的位置在林子里算是比较低的，半英里之外掩翳在林木中的湖对岸，就是我能看到的最远的地平线。在初到这里的第一个星期，无论我何时望向湖那边，都觉得它

---

① 印度关于奎师那神的诗史，大约创作于5世纪。
② 独立战争中，北美人民第一次与英国交战的战场，此战发生于1775年4月19日。

像是高高地坐落在山坳中的一个天池,它的湖底远远高于其他湖泊的水面。当太阳升起时,我看见它褪下夜晚的雾装,这儿一点那儿一点地,它的粼粼波纹或是如镜般平静的水面便慢慢地显现了出来。这时,雾气像幽灵似的悄无声息地向四处飘逸,隐到林子里去了,像是晚间的秘密会议突然散场。而挂在树上的露珠,恰如山坡上的露水一样,会比在别的地方停留更长的时间。

八月阵雨停歇的间隙,这一泓湖水便成为我最美好的邻居。那时,空气和湖水都处于静止的状态,云层低垂,下午时分俨然已有了傍晚时的恬静,画眉在四下里鸣啭,隔岸隐约可闻,此时是湖面最为平静的时候;湖面上方被乌云笼罩得暗了下来,洒满光辉和映着倒影的湖水,自己也变成了下界的一个天堂,越发显得可贵。从邻近一个树木刚被砍伐过的小山顶上,举目眺望小湖的南岸,别有一番怡人的景致,从对面湖岸山峦间一个很宽的豁口(两面的山坡朝着彼此倾斜过来)看过去,似乎有条河流从那边葱茏的山谷中流淌出来,然而,那里并没有溪流。越过近处的绿色山岗,可以眺望到更远地平线上的蔚蓝色山峰。真的,如果我踮起脚,便能看到西北角一些更蓝更远的顶峰——它们就像是天堂的造币厂铸造出的纯蓝硬币——还能望到村子的一隅。不过,朝其他方向望过去,即便还是站在这一位置,我都只能瞧见环绕着我的林木。最好你住的地方附近有水,给你周围的大地提供浮力,让它漂浮起来。哪怕是最小的一眼井它也具有自己的价值,当你朝井底看时,你会意识到大地不是连绵不绝的陆地,而是孤立的岛屿。这一事实就像井水可以冷藏黄油一样重要。我从这个小山顶越过湖面看过去，可以看到萨德伯里草地①。在涨水时节，我会发现草地骤然升高了，这或许就是云蒸霞蔚的峡谷所呈现的海市蜃楼吧，仿佛盆中的一枚硬币那样，湖对岸的土地看上去像是分割开来的薄薄的硬壳，漂浮在这一片嵌入峡谷的水面上，这使我想到我所居住的地方只不过是这中间的一块干地而已。

尽管从我门前看到的景致更加有限，可我一点儿也没有逼仄和闭塞的感觉。那片草地和牧场就足以让我的想象力驰骋八方。长满低矮橡树丛的高地，从湖对岸一直朝着西部草原和鞑靼式草原向前延伸，这些草原为游牧民族提供了广阔的空间。"世界上最幸福的人，是那些能够自由自在观赏广阔地平线的人。"当他的羊群需要新的更大的牧场时，达摩达拉这样说。

物换星移，我现在置身于一个新的环境，我住得离宇宙中我所向往的地区和历史上我所向往的时代又更近了一步。我的居所，跟天文学家夜晚才能观察到的许多地区一样遥远。我们习惯于想象在天际某个偏远的角落，在仙后座背后，有一些罕见和美丽的地方，它们远离人世的喧嚣和纷扰。我发现，我的住所实际上正处在宇宙这样一个幽僻之地，不染尘埃，长久如新。如果说居住在靠近昴星团或者毕星团，靠近牵牛星或天鹰星那些地方值得的话，那么，我现在便在那里了，或者说，它们离我已留在身后的生活同样遥远，我的居所犹如一缕美好的光，向着我最近的邻居熠熠闪烁，他唯有在没有月亮的夜晚才

---

① 萨德伯里草地位于瓦尔登湖西南大约三英里处。

能看见。我居住的地方正是宇宙这样一隅：

> 从前有一个牧人，
> 他在高山上放羊，
> 他的思想如大山一样高远，
> 山上的羊群将他喂养。

如果他的羊群总是去往比他的思想还要高远的草原，这位牧羊人的生活会是什么样子的呢？

每个早晨都向我发出快乐的邀请，要我像自然本身那样简单、纯洁地生活。跟希腊人一样，我也一直虔诚地崇拜黎明女神欧若拉。我早早地起来，在湖水中洗浴；这是一种宗教体验，也是我所做的最好的事情之一。人们说，在成汤王的浴盆上刻着这样的字："苟日新，日日新，又日新。"① 我知道这话中的深意。清晨将我带回了英雄时代。黎明时分，我敞着门窗坐着，有只蚊子在屋里我看不见它的地方进行着我难以想象的旅行，同时发出轻微的嗡嗡声，这声音深深地触动了我，好像我听到的是歌颂英名的号角声似的。它是荷马的安魂曲；它本身就是空中的《伊利亚特》和《奥德赛》，歌唱着它自己的愤怒和漂泊。它身上有些普遍性的东西；只要不被禁止，它就在不停地展示着世界的活力和生机。早晨是一天中最为难忘的时光，是苏醒的时刻。那时，我们睡意最少，至少有一个小时，我们身上在其他时间一直沉睡着的器官，会有一部分醒过来。如果

---

① 我国商代成汤王，商代的开创者。据《礼记·大学》记载，成汤王曾将上文刻在浴盆上，用于自诫。

我们不是被自己的天性唤醒,而是被某个仆人机械地推搡而醒,不是被我们自己内心所获得的新的力量和期盼唤醒,而是其间伴随着的悠扬的天堂乐音(不是工厂的铃声),并且空气中弥漫着馥郁的芳香——如果我们起来以后没有进入一种比我们入睡前更为崇高的生活,那么,这一天,就算我们把它称为一天,也没有什么可期待的了;这样看来,夜晚也能结出果实,证明它自己与白天一样,对人大有裨益。倘若一个人不相信每一天都有一个更早更神圣的,尚未被他亵渎的黎明时刻,那他对生活就已经绝望,已经走在一条黑暗堕落的道路上了。在感官活动于每天夜晚的睡眠中中断几个小时后,人的灵魂,或者说他的器官,都会被注入新的活力,他的天性又在尝试它所能创造的高尚生活。我敢说,一切令人难忘的事件都是在清晨时分,在清晨的氛围中发生的。《吠陀经》[①]里说:"万智始于晨。"诗歌与艺术,以及人类最美好最值得怀念的行为,都是从这一时刻开始的。跟门农一样,所有的诗人和英雄都是欧若拉的子嗣,都在日出时奏响他们的乐章。对一个极其活跃、充满生机的思想永远与太阳同步的人来说,每一天都是一个永久的早晨。无论钟表上显示几点,无论人们的态度和行为如何,都无关紧要。早晨是我清醒的时候,此时我的心中有个黎明。道德自新就是为抛却睡眠做出的努力。倘若人们不是在沉睡,为什么他们对自己的日子所做的记录如此之差呢?他们的计算能力并不差呀。如若他们不是被睡意所征服,他们是会做出些成绩来的。有

---

① 印度婆罗门教的经典,共四卷。

千百万人可以清醒地从事体力劳动；可一百万人中却只有一个能够清醒到进行有效的智力活动，而可以过诗意和神圣生活的，一亿人里只有一个。唯有清醒，才是真正地活着。我还从未遇到过一个完全清醒的人。如果遇到了，我又该如何直面他呢？

我们必须学会自己醒来，并且保持清醒，不是凭借外力而是靠对黎明永远的期盼，即便是在酣睡中黎明也不会抛弃我们。我不知道还有没有比这一事实更令人感到鼓舞的：人具有一种毋庸置疑的能力，能够通过不懈的努力提升他生活的品质。能画出一幅漂亮的画，能雕出一尊石像，以此来使事物变得美好，这值得称道；不过，若是能雕刻或画出我们借以进行观察的氛围和媒介，那就更加了不起。能对生活的品质产生影响，是各种艺术最高的追求。每个人都应该让他的生活，乃至细枝末节，都经得起最严格的审视。如果我们拒绝相信或是已用尽我们获得的那点信息，神谕会明确地告诉我们应该如何去做。

我之所以来到山林，是因为我希望自己能活得有意义，只面对生活中最基本的事实，看看我能不能学会生活要教给我的东西，免得临终时才发现自己虚度了一生。我不希望我的生活过得浑浑噩噩，因为生活如此珍贵；我也不希望退隐山林，除非是情势所迫。我想深入到生活中去，汲取生活中的一切精华，过坚强的、斯巴达人式的生活，摒弃一切算不上生活的东西，勇敢地把生活驱使到一隅，把生活的条件降到最低限度，如果它被证明是卑微的，那就真正去弄清楚它全部的卑微，并将它的这一卑微性公布于众；如果它是崇高的，那就用亲身经历去了解它的这一崇高性，以便在我下一次的远足中能对此给予真实记录。因为,在我看来,大多数人对生活仍然抱着一种奇怪的不确定的看法,弄不清它究竟是魔鬼还是上帝,他们多少有些匆忙地做出结论说,人生的主要目的就是"荣耀上帝,永享圣恩"。

然而,我们仍然像蝼蚁那样卑贱地活着。尽管有寓言告诉我们,我们在很久以前就变成了人;像俾格米人一样,我们与仙鹤作战;一错再错,一个打击接着一个打击,我们最好的品德此时也成为一种多余和本可避免的不幸。我们的生命被琐屑的事儿耗蚀掉了。一个诚实的人真正需要的东西几乎用他的十个手指头便能数得过来,万一遇到极端情况,他可以再加上他的脚指头,再剩下的合起来考虑就是了。简约!简约!简约!我建议,把你要做的事情减缩成两三件,而不是以前的一百或一千件;数到半打即可,为何非要一百万呢?把账目简单地记在你大拇指的指甲盖上。在文明生活这一波涛汹涌的大海中,到处有乌云、暴风雨、流沙和千万种不测的风云,如果一个人不想沉没,葬身海底永远靠不了岸,那他就必须凭借航位推算①求生,成功求生的人,一定是个能准确推算的人。精简,再精简。以往是一日三餐,如若必要,可以只吃一餐;只要五盘菜,而不是一百盘,其他的东西也相应减少。我们的生活酷似一个德意志联邦,由许多的大小公国组成,它的边界永远在改变,以至于连一个德国人都不能告诉你当下的边界在哪儿。国家本身,尽管有许多所谓的内在改进——顺便说一句,其实这些改

---

① 凭借航位推算求生(dead reckoning),航海用语,指根据一艘船的航线、速度和最后一次的已知位置而不是直接通过星星的位置来判断船的位置。

进都是外在的、肤浅的——说到底,还是一个过分臃肿、笨拙的机构,像这个国家千千万万的家庭一样,里面塞满家具,时时被自己设的绳套绊住,又因为奢侈、恣意挥霍、缺乏统筹安排和远大的目标,而受到极大的伤害。要治理这个国家,跟治理这千千万万的家庭一样,唯一的良方就是厉行节俭,过一种比斯巴达人更为简朴的生活,同时树立崇高的目标。这个国家的生活节奏太快。人们以为国家拥有商业,出口冰块,通过电报交流,以及乘坐时速三十英里的交通工具,这些都很重要,毫不怀疑他们是否真的需要这些东西;可我们甚至不能确定我们应该是像人还是像狒狒那样活着。如果我们不去铺设枕木、锻造铁轨,不是那么夜以继日地工作,而是去修补我们的生活,逐渐改进它,那么,谁去修建铁路呢?如果铁路没有建起来,我们又怎能及时到达天堂呢?可是如果我们待在家里,都做我们自己的事情,谁又需要铁路呢?不是我们在使用铁路,而是铁路在使用我们。你们有没有想过,那些铺在铁轨下面的枕木是什么呢?每一根枕木就是一个人,一个爱尔兰人,或者说一个美国人。铁路就铺设在他们身上,他们被黄沙掩盖,火车碾过他们平稳地奔驰。我可以肯定地告诉你,他们都是些很好的枕木①。每隔几年,又会有新的枕木铺在铁轨下面,被火车轧过去;因此,如果有人享受到了乘坐火车的快乐,另一些人就得承受被碾轧的不幸。如果他们轧了一个梦游的人,一个放错了

---

① 双关语,sound sleepers,既有枕木之意,也有沉睡者的意思。

位置的多余的枕木①,把他给弄醒了,他们会突然停下火车,为此大呼小叫起来,好像这是一场意外事故似的。我很高兴得知,每间隔五英里就有一队养路工,以保证枕木能平稳地卧在路基上,因为这表明他们(sleepers)有的时候还会再度站立起来。

我们为什么要生活得这样匆忙,为什么要这样浪费我们的生命?我们在肚子还没饿之前,就决心要挨饿。人们说,及时缝一针,省去补九针,于是,人们今天开始去缝一千针,以省下明天的九针。说到工作,我们迄今尚未有任何重要的工作。我们得了狂舞症,不可能让我们的头脑保持冷静。我要是在教区钟楼下好像报火警似的轻拉几下绳子,也就是不像喊人上教堂时那样全力猛拉,在康科德郊外农家的任何一个人——尽管今天早晨还多次找借口说自己忙得不可开交——无论是儿童,还是妇女,我几乎可以说他们都会放下手中的一切,循声而来,老实说吧,他们前来主要不是为了救火,而是为了看火燃烧,因为既然火早已烧起来了,又知道这火不是自己放的,何必着急呢——或者说是为了看火如何被扑灭,方便的话,也许顺便搭把手。是的,即便着火的是教区教堂本身,恐怕亦会如此。一个人在睡了半个钟头午觉后,刚醒来便抬起他的脑袋问:"有什么新闻吗?"仿佛别人都是为他站岗的哨兵似的。有些人吩咐仆人每半小时叫醒他一次,毫无疑问,也没有什么别的目的;随后,作为回报,他们把自己的梦讲给别人听。在睡了一个晚上之后,新闻跟早餐一样是必不可少的。"请告诉我,在这个地

---

① 这里的枕木 sleeper 也是双关语。

球上的任何地方,可有人发生了什么新鲜事。"——然后,喝着咖啡,吃着面包卷,读着报纸,看到今天早上瓦奇托河①上有个人的眼睛被挖了出来;可此时他做梦也没有想到的是,他自己就居住在这个世界上一个深不可测的大黑洞窟中,他眼睛的视力早就差得可怜。

对我来说,没有邮局,我也能轻易对付过去。我认为,我们很少有重要的信息需要通过邮局去传送。我在一些年前就曾写过这么一句话:在我这辈子收到的信件中,值得花邮资寄送的不超过一两封。便士邮政就是这样一种机构,你认真地付给一个人一便士,目的是得到他的思想,而对方在给出其想法时往往抱着一种开玩笑的态度。我可以肯定地说,我从未在报纸上读到过任何值得我去记住的新闻。如果说我们读到有个人被抢劫了,或被谋杀了,或在事故中丧生了;或者是一座房子着火了,一艘轮船沉没了,一艘蒸汽船爆炸了,或是一头母牛冲到西部的铁路上被撞了,一条疯狗被杀死了,或是入冬后出现了一大群蝗虫——我们再也无须看另一份报纸了。有一份就足够了。若是你已了解了原则,你还会在乎那些五花八门的实例及其运用吗?对一个哲学家来说,所有的新闻都是无聊的闲话,编造和阅读它们的都是闲得无事做的老媪。然而,热衷于这种闲聊的人,并不在少数。我听说,前几天有特别多人涌到一家报馆,想打听来自国外的最新消息,结果把属于公家的几大块平板玻璃都给挤碎了,这些消息,我认为一个脑子来得快一点

---

① 瓦奇托河,美国红河的一条支流,源自阿肯色州,流入路易斯安那州。

的人可能在十二个月或者十二年前便能把它们准确地写出来了。再比如说西班牙，只要你知道怎么把唐·卡洛斯和公主、唐·佩德罗、塞维尔和格兰纳达②这些字眼儿时不时恰如其分地写上去就行了——自从我读报以来，这些名字也许有了一点儿改动——如果没有别的乐事可报道时，不妨就聊一聊斗牛吧，这可是货真价实的新闻，会跟那些为我们准确提供目前西班牙真实情况和糟糕处境的报道一样精彩、简洁和晓畅。至于英国，来自那个地方的最新要闻，几乎还是1649年革命；如果你已知道英国谷物每年平均产量的历史，你就再也用不着关心这类事了，除非你是要做投机生意赚大钱。若是让一个很少看报的人来评断的话，国外从来就没有发生过什么新鲜事，连法国革命也不例外。

新闻算什么呀！远远比这重要的是，要了解那些永远不会过时的东西！"（魏国大夫）蘧伯玉使人于孔子。孔子与之坐而问焉。曰：夫子何为？对曰：夫子欲寡其过，而未能也。使者出。子曰：使乎，使乎。"③星期天是人们辛苦了一周的结束，不是充满生机和勇气的新的一周的开始，牧师不应该在昏昏欲睡的农夫们忙碌了一周之后，用他冗长乏味的布道来聒噪他们的耳朵，而是应当用响雷般的声音大喊："停！停下！为什么你们看似快，其实却慢得要死呢？"

伪善和幻觉被尊崇为最好的真理，而现实却成了虚幻的东

---

① 唐·卡洛斯，西班牙斐迪南七世的弟弟，公主指西班牙伊莎贝尔女王二世。
② 塞维尔暴君唐·佩德罗（1334—1369）和他的军队征服了格兰纳达。
③ 引自《论语·宪问》。

西。如果人们始终关注现实,不让他们自己被幻象所蒙蔽,生活与我们现在所知的相比,会像神话和"一千零一夜"的故事那么美好。如果我们只尊重那些必然的有权存在的事物,音乐和诗歌便又会回荡在街头。在我们表现得从容和睿智时,我们能感知到唯有伟大和优秀的事物才能永久和绝对地存在,那些琐屑的担心和琐屑的乐趣只是现实的影子。认识到这一点总是令人振奋,令人有种崇高感。人们闭目塞听,沉沉欲睡,任受表象的欺瞒,到处建立和遵守着日常生活的规条和习惯,而这些习俗仍是建立在纯粹虚幻的基础之上。玩过家家的孩子们,能比成年人更清楚地认识到生活的真正规律和关系,成年人枉度一生,可他们却自以为比孩子们要有经验——失败的经验——要聪明得多。我在一本印度书中读到:"有一个国王的儿子,他从小就被赶出了他出生的城市,被一个林中人收养,就在那种状态下长大,以为自己就属于跟他一起生活的这个野蛮民族。他父亲的一个大臣发现了他,跟他说了他的真实身份,消除了他对自己出身的误会,知道了自己是一位王子。所以,"这位印度哲学家继续说道,"由于他所处的境遇,灵魂弄错了自己的身份,直到某位圣师向他揭示了真相,他才知道自己就是梵天。"我发觉,我们新英格兰的居民之所以过着现在这种卑贱的生活,就是因为我们的认知没能穿透事物的表层。我们以为这表象就是本质。如果一个人走过这个村镇,只看见现实,你会想磨坊的水坝①是通向哪里吗?如果他跟我们讲述他在那里看

---

① 磨坊的水坝,康科德镇中心。康科德最初是磨坊水坝所在地,几条道路的交会中心,由此发展成一个定居点。

到的现实,从他的描述中我们不会认出这个地方。瞧瞧会议厅、法院、监狱、商店,或是一座住宅,而后说说在真正的观察下,它们究竟是什么,它们在你的讲述中都分崩离析了。人们崇敬的真理在远处,在星系的边缘处,在最遥远的星后面,在亚当之前,在最后一个人之后。永恒中确实存在着真理和崇高。但是,所有的这些时间、地点和场合都是在此时此地。上帝本身的伟大于此时此刻已达到极致,绝不会随着所有时代的逝去而更加神圣。唯有让周围的现实永远不断地浸染我们,我们才能够理解一切伟大和崇高的东西。宇宙不断地顺应着我们的想象;不管我们走得快还是慢,道路已经为我们铺设好。那么,让我们穷尽一生去想象和感悟吧。以往的诗人或艺术家们尚没有擘画出美好崇高的蓝图,可至少他们的后代中会有一些人做到这一点。

　　让我们像大自然一样从容、泰然,不要因落在路上的坚果壳和蚊子翅膀而离开轨道。让我们早早地快快地起来,吃了早饭,轻轻地,不要搅扰了四邻;任凭人来和人往,任凭钟声响起,孩子们叫嚷,决心过好这到来的一天。为什么我们要屈服,随波逐流?让我们不要贪吃,忘记其他的一切,美味珍馐就像正午的浅滩,有着可怕的急流和旋涡。渡过了这一险关,你就安全了。剩下的就是下坡路了。莫让精神松弛,仍带着早晨的活力,朝着另一个方向起航,像尤利西斯一样把自己绑在桅杆上。任凭火车拉响它的汽笛,直到它吼得声音嘶哑。为什么钟声敲响我们就要跑呢?我们细细聆听,看看它们像是哪种音乐,让我们安顿下来,投入工作,让我们的脚楔入并穿透舆论、偏见、传统、谬见和表象的泥淖——这一泥沼覆盖着整个地球，从巴黎、伦敦，到纽约、波士顿和康科德，从教会到政府，从诗歌、哲学到宗教——直到我们触到下面坚硬的岩石（我们可将此称为现实），我们说，这就是了，没有错了。这样，在山洪、霜冻和火焰之下，你便有了一个支点，在这个地方①你可以开始建造一堵墙，或者一个国家，或者立起一个灯柱，或者一台测量的仪器，不是尼罗河水位测量仪，而是一台现实计量器，让后世的人们知道虚伪和表象的山洪在这些世纪以来已经汇集了多深。如果你面向前方站着，面对事实，你将看到太阳从它的两个表面同时发光，犹如一把弯刀，感觉它那利刃正在剖开你的心脏和骨髓，这样你将欣然地结束你的俗世生涯。不管生也罢，死也罢，我们渴求的只是现实。如若我们真的要死去了，让我们听到我们嗓子里最后发出的咕噜声，感觉到肢体的冰冷；如果还活着，让我们忙自己该做的事情。

时间只是我垂钓时的溪流。我饮溪中的水；可在我俯身喝水时，我看到了溪底的黄沙，发现小溪竟然如此之浅。浅浅的溪水流了过去，然而永恒还在。我愿意痛饮更深处的水；愿意在天空垂钓，天底缀满鹅卵石般的星辰。我连一颗星星都数不过来。我不认得字母表中的第一个字母。我常常感到遗憾，觉得自己不像刚出生时那么聪明了。智力是一把刀；它能找到缝隙，切入到事物的奥妙中去。我不希望我的手去不必要的忙碌。我的大脑就是我的手和脚，我觉得我身上最优秀的官能都集中

---

① 原文这里是 a place，是前面支点 a point d'appui 的同位语。

在我的头脑里。我的本能告诉我,我的头脑是一个可以挖掘的器官,就如有些生物用它们的嘴鼻和前爪跑挖一样,我将用我的头脑在这些山坡上开采,挖掘,开辟出一条自己的道路。我想,最丰富的矿脉就在附近;这是我通过探测棒和升起的稀薄雾气做出的判断;我将从这里挖起。

阅读

如果在择业时考虑得更为周全一些的话，所有人也许都会去做学生和观察家了，因为对这两者的性质和命运，大家无疑都是很感兴趣的。在为我们自己或是后代积累财富，在我们成家立业甚至追逐名利时，我们是世俗的；可在探究真理时，我们是不朽的，既不需要害怕变化，也不需要害怕意外。最古老的埃及和印度的哲学家曾撩起神灵雕像的一角面纱；那颤巍巍的衣袍至今还掀起着，我看到的荣耀与他们当初看到的一样新奇，因为那时大胆撩起面纱的就是他们身上的我，而现在看着这一情景的则是我身上的他们。没有尘埃落在那件长袍上；自神像的衣袍被揭开以来，时间不曾流逝。我们真正可以改进的时间，或者说能够被改进的时间，不是过去，不是现在，也不是未来。

与大学相比，我的住所不仅更有利于我思考，而且更有利于我认真阅读；我的阅读超出了一般流通图书馆的藏书范围，我受到的全世界流通图书的影响，比以往任何时候都大、都多。这些书的文字最早都是写在树皮上的，现在也偶尔抄写在亚麻纸上。诗人米尔·卡马尔·乌丁·马斯特说[①]："坐在此处，穿越精神世界的领地，我在书中有这样的特权。一杯美酒令我陶醉，在畅饮深奥学说的琼浆玉液时，我便是享受着这种快乐。"虽然我整个夏天都把荷马的《伊利亚特》放在桌子上，可只是零星地翻过几页。最初，我手头总是有活儿要干，因为我得把房子盖完，弄好，与此同时，还得锄我的豆田，所以没有更多的时间学习。不过，想到不久便可尽兴地阅读，我还是信心十足。在干活的间隙，我读了一两本较为浅显的旅游书籍，可读着它们我又为自己感到脸红了，我问自己我究竟身处何地呢？

学生可以阅读荷马或埃斯库罗斯的希腊文原著，而不会有放荡和奢侈的危险，因为这意味着他会在某种程度上模仿书中的英雄人物，把早晨的时光奉献给这些美好的篇章。这些英雄诗篇，即便用我们的母语印刷出来，也只存在于另一种语言之中，因为一个腐朽的时代是无法理解这种语言的；所以，我们必须努力去寻摸每一个词、每一行文的原意，用我们所拥有的智慧、胆识和胸怀，去揣测出它们于通常用法之上的更宏大的含义。现代廉价、兴隆的出版业，连同其出版的所有翻译作品，并没能拉近我们跟古代英雄作家的距离。他们似乎一直都是那么孤零零的，书上印出来的他们的文字依然那么生僻、古怪。年轻时花些珍贵的时间，学习一种古代语言，是值得的，哪怕只是记住了一些单词，因为它们都是从街头巷尾的俚语俗词中

[①] 波斯诗人，1793 年卒于加尔各答。

提炼出的精华，具有永久性的联想和启迪的作用。农夫们将他们听到的一些拉丁语词汇记住，反复地念叨，并非徒劳。人们有时候说，对古典作品的研究终将会让位于更现代和更实用的研究；不过，那些勇于探求的学生还是会永远去阅读古代经典的，无论它们是用何种语言写的，无论它们的年代已经多么久远。因为什么是经典呢，不就是对人类最崇高思想的记录吗？它们是唯一不朽的神谕，它们对最现代的问题也能做出哪怕是德尔斐和多多那①神殿都无法给予的答案。我们不会因大自然太过古老，就放弃对自然的研究。正确的阅读，也即以真正的精神读真正的作品，是一种高尚的活动，与当代习俗所认可的其他各种活动相比，会使读者觉得更加劳心劳力。读书所需要的训练，很像运动员所经受的那种训练，几乎一生都要去专注于这一目的。读书如同写书一样要审慎、含蓄。仅仅会说书中所用的那个国家的语言，是不够的，因为在口语和书面语、在听的语言和读的语言之间，有着显著的差异。前者通常都是短暂多变的，只是一种声音，一种方言俚语，几乎是非常粗俗的，我们像动物一样从母亲那里无意识地就学到了这种语言。后者则是在前者基础上提炼加工的结果；如果说口语是我们的母语，那么，书面语则是我们的父语，一种含蓄、洗练的表达，它所蕴藏的丰富内涵光靠耳朵是听不出来的，我们要想说这种语言，必须再重生一次。中世纪时有很多人会讲希腊语和拉丁语，可他们并未能因此就读懂天才们用这两种文字写的作品。因为这

---

① 古希腊两座城市，前者有阿波罗神示所，后者有宙斯神示所。

些书不是用他们所知道的希腊文或拉丁文写的,而是用经过多次锤炼的文学语言写成的。他们还没有学会希腊和罗马的那些更高贵的方言,因而用那些方言创作出的作品对他们来说等于废纸,他们更看重的是廉价的当代文学。只是到后来,当欧洲诸国有了它们自己富于特征的书面语,这些语言尽管粗糙却足以促成其文学的兴起时,对最早学问的研究复兴了,学者们于是能够从遥远的过去鉴别出古老年代的瑰宝。过去罗马和希腊的民众听不懂的东西,千百年后只有少数的学者在读它们,现在依然唯有少数的学者在读。

不管我们如何歆慕演说家有时勃发出的雄辩口才,最高贵的书面语言往往就掩在转瞬即逝的口头语言后面,或者说高出于口头语言,就像缀满星辰的苍穹掩在云层后面一样。星星就在那里,能看到它们的人就可以识读它们。天文学家永远在对它们进行着观察和评论。它们不是我们日常生活中的口语和我们说话时呼出的热气。讲演台上的所谓雄辩到了书斋,通常就成了我们所说的修辞。演说家每每借助于他在会场随即出现的灵感,他对着他面前的、能够听得见他的人群讲话;然而,作家则不同,他的更为平和的生活就是他工作的氛围,激发了演说家灵感的事件和人群会分散他的注意力,作家是与人类的心智对话,与一切时代中能懂他的人对话。

难怪亚历山大[①]大帝远征时还在他珍爱的匣子里携带着《伊利亚特》。文字是最珍贵的宝物,与其他艺术形式的作品相比,

[①] 亚历山人(前356—前323),古代马其顿国王。

它跟我们更亲近,也更具有普遍性。它是最贴近生活本身的艺术作品。它可以被翻译成世界上的每一种语言,不仅可以阅读,实际上还可以被所有人口口传诵;不仅可以被表现在画布或是大理石上,还能从生活本身的话语中脱颖而出。记载古人思想的符号变成了现代人的用语,两千个盛夏——像是赋予希腊的大理石雕像一样——也赋予了希腊文学之丰碑更加成熟的秋天般的金色,因为它们将其平和、圣洁的气息传布到全球各地,使它们避免了时间的侵蚀。书籍是世界上最宝贵的财富,是所有时代和民族共同的遗产。最古老、最优秀的书籍自然应当摆放在每家每户的书架上。它们没有自身的缘由要申辩,它们在启迪和激励着读者的时候,有见识的读者是不会拒绝的。它们的作者自然都是每个社会中令人不可抗拒的精神贵族,对人类产生的影响远远大于国王和皇帝。当一个没有文化或许又瞧不起别人的富人通过努力经营,挣得了他觊觎已久的悠闲和独立,跻身于富有和时尚的阶层以后,他最终必然会把目光转向那些更高贵然而他又无法企及的知识精英圈,并深深意识到他在文化方面的阙如,他的财富显示了他的虚荣和缺憾,他的见识进一步敦促他努力去让他的孩子获得他深感欠缺的文化知识;这样,他便成了一个家族的创始人。

那些没有学会阅读古代经典原著的人们,他们对人类历史方面的知识必然是很不完善的;因为这些古典作品显然一直都没有被译成任何一种现代文字,除非我们的文明本身可被视作这样的文本。荷马至今还从未用英文印刷出版过,埃斯库罗斯没有,甚至连维吉尔也没有——他们的作品写得那么优美,那么充盈，几乎犹如清晨本身那般美好；因为后来的作家，无论我们如何赞美他们的才能，都几乎很少有或者说根本就没有能与古人笔下的精致和尽善尽美相媲美的，他们更没有创作出古人毕其一生写出的那些英雄篇章。从来没有读懂过古人的人们，只是一味地谈论要忘掉他们。等我们有了可以接近和欣赏古人的学问和才能时，再去忘记他们也不迟。当我们称为经典的这些遗产，还有比这些经典更古老更经典却又鲜为人知的各国的经典作品，积累得越来越多时，当梵蒂冈教廷里堆满了《吠陀经》《阿维斯陀古经》①和《圣经》，以及荷马、但丁、莎士比亚的作品，而后来的所有世纪也不断地把它们的成就存入这个世界的大讲台时，那时的那个时代才真正是富有的。经过这样的累积，我们也许终于有希望登上天堂。

迄今为止，伟大诗人的作品还从未被人类读懂过，因为唯有伟大的诗人才能读懂它们。众人在读它们时，就像在看星星一样，顶多只是从星象学的角度，而不是从天文学的角度。大多数人学会阅读只是为了在处理实际事务时获得一些便捷，就跟他们学会算数是为了记账，以防在生意中受人骗一样；但对于作为一种高尚的智力活动的阅读，他们便知之甚少了；然而，从更高的意义来讲，唯有这一种才是真正的阅读，纯粹为了消遣，诱使我们高贵的官能昏昏欲睡的阅读，不是阅读，唯有令我们不得不踮起脚，把我们最警觉、最清醒的时光投入其中的阅读，才是真正的阅读。

---

①《波斯古经》，也称《阿维斯陀古经》，古代波斯琐罗亚斯德教（祆教）的经典。

我想，在学习了字母以后，我们就应该去读最优秀的文学作品，而不是永远重复地念诵字母表以及那些最简单的单音节词，就像四五年级的小学生，一辈子坐在最低年级最前排的座位上。大多数人只要能够阅读或者听人阅读，就心满意足了，或许只接收到一部好书《圣经》里的智慧，随后，在自己的下半生过着无聊的生活，让他们的官能沉浸在所谓的"轻松读物"里。在我们的流通图书馆里有一部名为《小读物》的多卷集作品，开始时我还以为这是一个我没有去过的镇子的名称。有些人像鸬鹚和鸵鸟，能消化各种劣质的食物，即便是在刚吃过丰盛的佳肴之后，因为他们不能容忍浪费任何东西。如果说有人是加工这种饲料的机器，那他们就是消耗这种饲料的机器。他们阅读关于西布伦[①]和塞弗隆尼娅的第九千个故事，他们的爱情如何感人，从没有任何人像他们那么爱过，但他们的爱情并非一帆风顺，不管如何艰难曲折，磕磕绊绊，跌倒了爬起来再继续向前！某个不幸的可怜人如何爬上了教堂的尖顶，其实他连钟楼那么高的地方也最好不要上去；他毫无必要地到了顶上之后，小说家接着敲响了钟声，让所有的人都前来倾听。噢！他又踉踉跄跄地爬下来了！在我看来，他们最好把小说世界中这类不安分的主人公都变作人形风向标，就像他们常常将主人公放置到星座中去一样，让他们在那儿不停地旋转，直到生锈，不要再下来用他们的恶作剧去叨扰老实人。当小说家下一次再敲钟时，纵便是会议大厅着火了，我也不会动一下了。"一部中世纪的传奇故事《踮脚跳船的船长》，该书是《叽叽喳喳》的作

[①]《圣经》中的西布伦是雅各和利亚的第六个儿子。

者倾心奉献,按月连载;大家购买从速。"人们睁圆了眼睛,怀着强烈的难以抑制的好奇心,争相阅读着这一切,一副不知疲倦的样子,连胃里的皱褶①甚至都不需要再弄得粗粝一些,就像捧着两分钱一本的烫金版《灰姑娘》坐在前排长凳上的四岁小孩一样。——照我看,他们在发音、口音、重音上没有一点儿长进,也没有学会从中去汲取任何道德方面的寓意。这样阅读的结果是,他们的目光变得呆钝,富于生命力的循环停滞,一切智力方面的功能趋于迟缓和衰退。这类姜汁面包,差不多每个烤箱里每天都在烤,大家在烘焙它们时,远远比烤由纯面粉或者黑麦加粗玉米粉制作的面包更加精心,而且,它们在市场上的销路也更好。

最优秀的作品,即使是那些被称作好读书的人也没有看过。我们康科德的文化品位又怎么样呢?在我们这个镇子上,除了极个别人以外,英国文学中最好的或比较好的作品甚至都无人问津,尽管他们都能阅读和拼写出这些书中的文字。就连那些在这里或是其他地方受过大学教育或具有文学素养的人们,实际上也很少或者压根就没有接触过英国文学经典;至于那些记载了人类智慧的书籍,古代的经典和圣经,尽管这些书对想要了解它们的人来说唾手可得,可各地还是很少有人下功夫去读它们。我认识一个从事伐木的中年男子,他常读着一份外国报纸,正如他所说的,他不是为了看上面的新闻,而是为了能"不断练习法语",因为他原来是个加拿大人;当我问他在这个世界上最想做的事情是什么时,他说,除了练习法语,就是

---

① 吃种子的鸟嗉子中有带波纹的内襞,可以帮助消化。

能保持和提高他的英语水平。一般的大学毕业生所做和想要做的，也莫过于此，他们读英文报纸也是这个目的。一个刚读了一本或许是最好的英文作品的人，他能找到几个人来谈谈这本书呢？或者，假定他读了一部希腊语或拉丁语的原著，哪怕文盲也知道世人对这部经典赞不绝口；可他完全找不到一个可以一起谈谈这本书的人，因此他只得保持沉默。在我们的学院里，不乏克服了各种语言困难的教授，但他们却未能相应地掌握希腊诗人作品中的智慧和难点，因而也没有什么感触要传达给那些敏锐和勇于进取的读者；至于那些神圣的经文，或是人类各种圣经，这镇上哪一个人能告诉我它们的名称呢？除了希伯来人的《圣经》之外，大多数人都不知道哪些民族还有它们自己的经典。无论是谁，看见远处有块银币都可能会走过去捡起它；可现在这里就有如黄金般珍贵的箴言，是最有智慧的古人说的，之后历代的智者也向我们证实过它们的价值；然而，我们只学会了去读那些"轻松读物"，幼儿和少儿读本，在离开学校后，读的是"小读物"和专门给孩子和初学者看的故事书；我们的阅读、谈话和思维，都在一个很低的层次上，智商只相当于小矮人和侏儒。

我渴盼去结识比我们康科德当地的人更聪慧的人，他们的名字这里的人几乎还都不知晓。或者说，难道我会听到过柏拉图的名字，而从没读过他的作品吗？那就好像柏拉图是我的同乡，而我却从来没有见过他——他就住在我的隔壁，而我却从未听到过他讲话，或者说从未聆听过他的教诲。而实际情况如何呢？包含着他不朽思想的《对话录》，就搁在书架上，可我却从来没有读过它。我们缺乏教养，没有文化，过着粗鄙的生活；在这一点上我承认，我并没有把镇上完全不能阅读的文盲跟那些学会阅读而只是读儿童读物和浅显书籍的人们做一个区分。我们应该像古代的圣贤们一样优秀，不过，为了做到这一点，我们首先要了解他们的价值和优点。我们是知识上的小矮人，我们智力所飞的高度跟日报专栏的相差无几。

并不是所有的书都跟它们的读者一样无趣。书中的言辞很可能就能准确地针对我们的处境，对这些话语我们只要真正听进去并且理解了，就可能会比早晨或是春天更加有益于我们的生活，可能会有助于我们看到事物一个新的层面。有多少人因为读了一本好书，而开启了他人生一个新的阶段！书为我们而存在，或许它会解释我们的奇迹，并为我们揭示出新的奇迹。我们可能会发现，目前尚没有得以表达的事物，或许在别处已有人表述过了。那些纠缠、困扰和迷惑着我们的问题，古往今来的所有智者都同样遇到过，从不曾有一个问题漏掉；每个智者都根据自己的能力，用自己独特的表达和生活体验，回答了这些问题。再说，有了智慧，我们将慢慢地开阔我们的胸怀。康科德郊外一个农场里有个孤独的雇工，在获得新生，有了独特的宗教经历后，他相信自己受着信仰的驱使，进入了沉默、庄严和遗世孤傲的状态，他很可能会认为智者的说法不对；可几千年前的琐罗亚斯德[①]也走过同样的路，有过同样的经历；然而，睿智的琐罗亚斯德知道这是具有普遍性的，并以此来对待

[①] 琐罗亚斯德（前628—约前551），古波斯琐罗亚斯德教的创始人。

他的邻人们,据说他甚至还在人们中间创立了拜神的仪式。那么,就让这位农场的雇工谦恭地跟琐罗亚斯德结伴交谈吧,同时让所有的贤哲开启智慧,与耶稣结伴,让"我们的教会"一边去吧。

我们自诩属于19世纪,在所有国家中,我们的进步最快。可是,让我们想一想,这个村子为它的文化所做的何其少。我并不想奉承我的同乡们,也不希望被他们奉承,因为这么做对我们大家都没有好处。我们需要鞭策,像牛那样被驱赶着小跑起来。我们有一套相对不错的公立学校体系,不过仅是面对幼儿的;除了那个在冬季处于半饥饿状态的学堂,以及州政府近期刚开设的一个小型图书馆,我们再没有自己的学校。我们花在滋养品和病患上的钱远远超过花在精神食粮上的钱。现在是创办一种与众不同的学校的时候了,一种针对我们已离开校园的成年人的教育。是时候让我们的村庄成为大学,让它们中年长的居民成为这些大学里的研究员,利用他们的闲暇——如果他们真的足够富有的话——在下半生进行各种研究。难道世界就永远要以一个巴黎或者牛津为中心吗?难道学生们就不能食住在这里,在康科德的天空下接受自由的教育吗?难道我们就不能请某个阿伯拉尔①来给我们授课?啊!由于喂牛和经营商店,我们离开学校已经太久,我们的教育被严重地忽视了。在这个国家,村镇应该在一些方面起到欧洲贵族那样的作用。村镇应当是各种优秀艺术的赞助者。它足够富有,所缺少的只

---

① 阿伯拉尔(1079—1142),法国神学家、教师、哲学家,曾在巴黎等地办校讲授哲学。

是慷慨和教养。它可以在农民和商人看重的事物上大把地花钱,可如果提出要在有知识的人认为更有价值的东西上投入时,便会觉得这是乌托邦的行为了。靠着财富和政治,这个镇子用一万七千美元修建了一个市政厅,然而,若要为那个空壳装进真正的实质性的东西、注入鲜活的智慧而花掉那么多钱,就是再过一百年也没有那种可能。为冬季学堂每年募捐的一百二十五美元,是镇上所筹集的同等数额的款项中花得最值的一笔钱。既然我们生活在19世纪,那么,我们为什么不充分享受19世纪所提供的种种便利呢?为什么我们的生活在各个方面都显得那么偏狭?如果是读报纸,为什么我们不跳过波士顿的闲谈,而直接订阅世界上最好的报纸?——而不是紧咬着新英格兰"持中立立场"的报纸或是这里的《橄榄枝》不放①。请所有有学问的机构都来我们这儿作报告吧,让我们看看他们是否真有学问。为什么我们要叫哈珀兄弟出版公司和雷丁出版公司②为我们挑选读物呢?正像品位高雅的贵族会在其周围汇聚起有利于提高他文化修养的一切因素一样——天才,学问,风趣,书籍,绘画,雕塑,音乐,哲学手册,等等——让我们的村镇也这么来做——不要满足于一个教育家,一位牧师,一个教堂执事,一座教区图书馆和三位市政的管理官员,仅仅因为我们那些移民的先辈就是这样子在荒凉的岩石上挨过了一个寒风凛冽的冬天。集体行动是符合我们制度的精神的;我相信,随着我们国家的不断发展,我们的条件会比贵族的更加优越。新英

---

① 一份卫理公会周报的名字。
② 指两家分别设在纽约和波士顿的出版商。

格兰能够聘请世界上所有的智者来这里授课，给他们提供住宿，从此这里再也不是闭塞之地。这就是我们想要的那个与众不同的学校。让我们拥有高贵的村民，而不是贵族。如若必要，我们可以在河上少架一座桥，宁可绕点儿路，也要在环绕着我们的黑暗的无知深渊上建起一座拱桥。

声

　　然而，如果我们仅局限于谈书，尽管是最优秀的经典，只是阅读几种特定的书面语言（它们本身也是方言，具有地域性），我们就有可能忘记一切事物正在使用的语言，这种语言不用比喻，唯它最丰富、最规范。人人皆知的道理很多，但印刷成书的很少。透过百叶窗射入的光线，在百叶窗全拉起后，便不再有人记得了。任何方法和学科都取代不了永远保持警觉的必要性。历史或者哲学，或者无论如何精选的诗歌，或是最好的社交圈，最理想的生活方式，如果跟这门学科——永远观察值得观察之事物——相比较，又都算得了什么呢？你是仅仅想做一个读者，一个学生呢，还是做个观察家？去阅读你的命运，观察你眼前的一切，向未来迈进。

　　来到这儿的第一个夏天，我没有读书；我在耕种我的豆田。而且，我常常做得比这还好呢。有的时候，我真舍不得用当下的美好时光去做任何工作，无论是脑力的还是体力的。我喜欢给自己的生活留出更多的空间。夏日的早晨，惯常洗过澡之后，我有时会坐在洒满阳光的门前,从日出一直坐到中午,沉浸在遐想中,置身于松树、山核桃树和漆树丛中,周围一片平和、寂寞和静谧,唯有鸟儿在啼唱,或是悄无声息地掠过我的房间;直到阳光落在我西边的窗子上,或是远处公路传来观光客马车的嗒嗒声,才使我想起时光的流逝。我在这种时候成长,就像玉米在夜间生长一样,这样的闲暇比任何体力劳动都更加有益。它们不是从我生命中减掉的时间,而是延长了我应有的生命。我开始明白东方人所说的沉思和赋闲是什么意思了。在大部分的时间里,我都不在意时光的流逝。白昼在缓缓地过去,好像是为了减轻我的劳务;刚才还是早晨,噢,现在已是傍晚了,什么能让人记住的事情都没有做。我没有像鸟儿那样歌唱,而是对我接连不断的好运暗自发笑,就像落在我门前山核桃树上的麻雀不停地啁啾一样,它兴许也能听到我从我的栖息之所发出的咯咯笑声或低声的吟唱。我的日子不是按照一个星期七天那么来过的,没有用异教的神祇去命名①,也没有把一天分割成一个个小时,因此没有受到时钟嘀嗒声的搅扰;我像普利印第安人②那般生活着,据说,在他们那里,"昨天、今天和明天都是用同一个词来表达,在表示其中不同的含义时,指向后面是昨天,指向前面是明天,指向头顶是正在过去的一天"。毫无疑问,在我的同乡们看来,我这么生活纯粹是怠惰,是游手好闲;不过,若是鸟儿和花朵用它们的标准来衡量我,我就不会被认

---

① 英文中一个星期的每一天都是从某个北欧神灵的名字演变而来的。故梭罗称之为异教。
② 普利印第安人,巴西东部的一个部落。

为有什么不妥了。这话是对的,人必须从自身发现属于他自己的机会。顺遂自然度过的一天是非常平静的,几乎不能由此责怪一个人懒惰。

在我的生活方式中,至少这一点我是比那些不得不到外面、不得不到社交圈和剧院去寻找乐子的人们优越的,我的生活本身就是我的乐趣,而且永远在不断更新。它是一场多幕剧,永远没有落幕的时候。如果我们总能过真正的生活,按照我们学习到的最新最好的方式调节我们的生活,我们便永远不会被无聊困扰。紧紧地遵循你的天性,它会在每个小时都给你展示一个崭新的前景。干家务活儿是一个快乐的消遣。要是我的地板脏了,我会早早地起来,把我的家具都搬到屋外的草地上,床和床架堆摞在一起,然后用水冲洗地板,之后在地板上撒上一层从湖边弄来的白沙,再用扫帚将沙子清扫干净。到村民们吃早饭的时候,早晨的太阳已经晒干了地板,我可以把家具搬进去了,在这期间,我的思绪几乎没有被打断过。看到自己的全部家当像吉卜赛人的行囊那样都堆在草地上,心中不免生出一种愉悦之情。上面依然放着我的书籍、钢笔和墨水瓶的三条腿的桌子,就立在松树和山核桃树下面,它们似乎很高兴自己来到了户外,不太愿意被搬进屋子里去。有时候,我会不由自主地在它们上方搭个雨棚,我也坐到那下面去。瞧着阳光照在这些东西上面,听着自由的风儿吹过它们时发出的声响,是一件值得去做的事。这些平时最熟悉的物件,在户外看起来要比在室内时有趣得多。一只鸟儿栖在附近的枝条上,千日草生长在桌子下面,黑莓的藤蔓绕上了桌子腿儿,周围到处散落着松果、板栗的刺果和黑莓的叶子。仿佛万物就这样子转变成了我的家具——我的桌椅和床架——因为它们曾经就是立在这些林木中间的。

我的房子坐落在一个小山坡上，紧靠着一片林子，屋子周围生长着幼小的北美油松和山核桃树。我的住处距离瓦尔登湖约六杆远①，有条狭窄的小路通向湖边。我的前院长着草莓、黑莓、千日草、金丝桃、麒麟草、矮橡树、沙樱、蓝莓和落花生。快到五月底时，小道两旁沙樱（拉丁文学名是 Cerasus pumila）的短茎上便缀满了一簇簇娇嫩的伞状花朵，秋天时便会结成又大又好看的樱桃，沉甸甸、光闪闪地垂挂在枝头。我怀着对大自然的赞美之情品尝过它们，不过它们的味道却算不上好。我房子周围的漆树（拉丁文学名 Rhus glabra）长得郁郁葱葱，第一个季度就冒出五六英尺，它们的藤枝已爬过我修建的矮墙，其宽大的热带树羽状复叶看上去既怡人，又令人觉得有些怪。暮春时节，粗粗的嫩芽突然从看上去死掉了的枯枝上顶了出来，像变魔术似的，不久就长成了嫩绿柔软的枝条，直径差不多有一英寸。有的时候，我坐在窗子那里，听见一条带着叶子的嫩枝像一面扇子一样突然从树上掉落下来，没有一丝空气的流动，原来，是由于它们一个劲儿地猛长，一些脆弱的枝杈不堪重负，被它们自身的重量压断了。到了八月，曾在开花时节吸引了无数野蜜蜂前来的漫山遍野的浆果，渐渐地染上了鲜艳的天鹅绒般的深红色，它们再次压弯、折断了那柔弱的枝条。

---

① 杆是测量员使用的度量单位，一杆等于十六英尺半。

这年夏天的一个午后,我坐在窗户前,一群老鹰在我屋前林中空地的上空盘桓;也有野鸭子三三两两地从我眼前疾飞而过,或者落在我房后的白松树枝上不安地叫着;一只鱼鹰在如镜的湖面上激起层层涟漪,叼走了一条鱼;一只水貂从我门前的沼泽里偷偷蹿出,在岸边捉住一只青蛙;莎草被跳来跳去的刺歌雀压弯了腰;在刚才这半个钟头里,我一直听到火车的隆隆声,一会儿消失,一会儿又响了起来,宛如鹧鸪扑扇羽翼发出的声音,这是火车正将旅客从波士顿带往乡下。我现在住的地方并不像那个男孩那样与世隔绝,听说那个孩子被放到镇东一个农民家里,可没多久便又跑回家去了,因为他太想家了,待在那儿如坐针毡。他以前从没到过这么偏僻这么无趣的地方,周围一个人也没有。噢,你甚至连一声哨响也听不到!我怀疑马萨诸塞州现在是否还有这样的地方:

> 我们的村子真的成了一个靶子,
>
> 成了风驰电掣的火车的靶子,
>
> 康科德①——原是我们恬静平原上的和谐之音。

费奇伯格铁路从湖边经过,位于我住处的南面,离我这里大约有一百杆远。我经常顺着铁轨步行到村子里去,这条轨道将我和社会联系在一起。货运列车上那些跑全程的旅人,常常跟我点头招呼,像碰到了老熟人一样,很显然,他们是把我当

---

① 英文中的"和谐之意"和"康科德"是同一个单词:concord。这是梭罗使用的又一个双关语。另,这是梭罗的好友埃勒里·钱宁的诗《瓦尔登湖春天》中的一小节。

作铁路上的员工了。就算是吧。我很愿意在地球运行轨道上的某个地方，做一个养路工。

不管是夏天，还是冬天，火车的汽笛声都会响彻我的林子，那声音就像一只老鹰飞过一个农家院落时发出的尖叫。这汽笛声告诉我，许多常年走南闯北的城市商人正来到这个村镇以及它的周边地区，还有勇于冒险的乡下商人也从西面的乡下来到这边。他们到了这同一块地方，彼此叫嚷着发出警告，都让对方让路，这喊声有时候连邻近村子的人都能听到。你们的日用品来了，你们的口粮来了，乡下人！现在，已经没有哪一个农夫能依靠自己的农场完全自给自足，所以他不能跟那些人说不。乡下人的哨子响了起来，这是你们为此要付出的代价！长长的犹如攻城槌似的原木以每小时二十英里的速度运进了城，另外，还有足够城里所有劳苦大众累了时能坐下来歇息的椅子。乡村提供了粗大的原木，为城市提供了桌椅。印第安人山岗上的越橘被采摘一空，所有的蔓越橘都被耙起，送进了城。棉花运来了，织好的布运走了；丝绸运来了，羊毛运走了；书籍运来了，可写作这些书的作者的智力下降了。

当我看到火车头拖着一长串车厢像行星那般前移——或者毋宁说像彗星那般疾驰，因为它的轨道看似不像那种可以往返的曲线，看到它的人谁都不知道以如此速度向前行驶的它，还会不会再返回这边——它喷出的蒸汽犹如一面上面缀着金银两色花环的旗帜，在它身后飘拂。在高高的天空，这些蒸汽又像我见到过的许多绒毛般的云朵，在阳光下徐徐舒展，熠熠生辉，仿佛这个周游四方的半人半仙，这一驭云之神，不久便会将夕照的苍穹作为他战车的披风。我听到这匹铁马使整个山谷都回荡着它雷鸣般的吼声，它的铁蹄使大地震颤，它的鼻孔喷射出火焰和烟雾（我不知道，在新的神话中，人们会把它描绘成什么样，飞马或是火龙），这时的地球似乎真的有了一个值得接纳的物种。要是一切事物都像它显现的那样，要是人能让各种自然因素都为其崇高的目的服务！要是飘荡在机车上方的蒸汽是创造英雄业绩时洒下的热汗，或是惠及农田的一片祥云（雨云），那么，各种自然的元素和大自然本身都会乐意为人类效劳，做人类的守护者。

　　瞩望着清晨的列车驶过时，我会产生与观日出时（日出的时间也不见得比列车出行的时刻更准确）一样的心情。列车开往波士顿，而它后面拖着的长长云带则越升越高，在去往天堂，大团大团的蒸汽有一瞬间遮蔽了太阳，给我的豆田投下一片阴影，这云带像是在天上行驶的火车，地面上爬行的列车与之相比，小得好似长矛上的倒钩。在这个冬天的早晨，铁马的厩主借着山中的星光早早起来，给他的铁骑喂料，套上鞍具。火也早早点燃，给它体内注入强大的热量，好让它出发。如果我们的事业都能那么早地开始，都那么纯洁该有多好！如果雪下得很厚，人们就给铁马穿上雪靴，给车头装上巨大的犁，犁出一道从山中到海滨的深辙，深辙中的车厢就像挂在机头后面的播种机，将不安分的人们和流通的商品像种子一样撒向乡间。这匹火驹整天在乡村飞驰，只在其主人稍事休息时它才停下；即便是夜间在偏远的林中峡谷遇到风雪裹挟的恶劣天气，它也会拼力前行，它的铁蹄和它的呼吸发出的巨大声响，常常将睡梦中的我惊醒；在晨星还未隐去时，它已抵达马厩，没有休息，更没有睡觉，它又再次踏上了征程。或许，在傍晚时分，我听到它在马厩中释放它在白昼没有用尽的能量，以便使它的神经、头脑平静下来，使它的肝脏得以冷却，好打上几个钟头盹儿。若是我们干事业时也能这样英勇，无所畏惧，也能这样坚持不懈，不知疲惫，那才好呀！

城镇周边那些人迹罕至的林子，曾经唯有猎人白天才敢进去，如今，在漆黑的夜晚，都有这些明亮的列车疾驰而过，而且不被城里的居民所知晓；此刻还停在某城镇一个灯火辉煌的车站，那儿聚集着喜欢社交的人群，下一刻就到了荒凉的大沼泽，吓跑了猫头鹰和狐狸。火车的驶离和到来成了当今村里的大事。它们的来去非常有规律，非常准时，它们的汽笛声隔老远便能听到，农夫们常常以此来调准他们的钟表，这样一来，一个管理得很好的机构便可以使整个国家变得有序和规范。自从人类发明了铁路，人们在守时方面不是就有了一定的改进吗？他们在火车站谈话和思考时，不是比在驿站更快了吗？在火车站的氛围里有种令人触电的感觉。对于它创造的奇迹，我感到很是惊讶。我原以为我的一些邻居绝对不会乘坐这么快速的交通工具去波士顿，可当火车的铃声一响，他们上车上得比谁都快。以"铁路作风"来做事，已成了现在的口头禅。相关权威机构不断告诫人们，一定要避开铁道，也可谓苦口婆心。在这种情况下，没有人停下来给你读《闹事取缔法》①，也没有人朝

---

① 1715 年成为英国法律的《闹事取缔法》规定：如果十二个或十二个以上的人非法聚会，干扰社会治安，他们必须解散，否则就会在宣读这项法令后被治以重罪。

暴民的头顶上方开枪。我们为自己创造了一种命运，一种阿特洛波斯①的命运，永远无法回头。（用这个名字为你的机车命名吧。）公告通知人们，几点几分将有弩箭射向罗盘上某些个点位；不过，这不会干扰到任何人的事务，孩子们上学走的是另一条道。我们的生活因此更加安定。我们就这样被教育成了威廉·退尔②的儿子。空气中充斥着看不见的箭矢。除了你自己的那一条，每一条道路都是命运之路。因此，继续走你自己的路吧。

在我看来，商业的可取之处在于它的进取心和勇敢。它并没有双手合十，向朱庇特祈祷。我看到这些人每天都忙着自己的生意，不乏勇气和自信，甚至做的比他们预料的还多，或许做得比他们自己精心擘画的还好。在布埃纳维斯③前线坚守了半个小时的士兵身上体现出的英雄气概，远不如那些在铲雪车里过冬的人们所表现出的英勇、坚定和乐观精神更能感动我。他们不仅具有拿破仑认为最难得的凌晨三点钟打仗的勇气，而且不到暴风雪停歇，或是铁骑的钢筋铁骨冻僵，他们绝不会去休息。在这个大雪纷飞的早晨，或许此时暴风雪还在肆虐，冻结了人们的血液，我从他们呼出的哈气冻结后形成的雾气中，听到了机车汽笛低沉的鸣声，宣告着列车即将到来。它并没有因为新英格兰东北部暴风雪的阻挠而延误时间，我看见铲雪人满身的霜雪，他们的头从铲雪板上看过来，那铲雪板从地上铲起

---

① 阿特洛波斯，古希腊神话中的命运三女神之一，意思是"不要扭头"。
② 威廉·退尔，瑞士神话传说中反抗奥地利统治的英雄人物。为争取民族独立而斗争，被迫用箭射放在他儿子头上的苹果，结果一箭成功，儿子安然无恙。
③ 布埃纳维斯，墨西哥一地名，1847 年曾是战场。

的可不是雏菊和田鼠的洞穴,而是内华达山脉的巨石,堪称天外之物。

商业,有出人意料的自信、安然、警觉以及冒险和不知疲倦的精神。此外,它的方法也十分自然,远比许多脱离现实的事业和感情用事的实验要脚踏实地得多,因此有了它的了不起的成功。当一列货车从我身旁轰隆隆地驶过时,我总能有一种耳目一新和心胸开阔的感觉。我闻到了从长码头[1]到张伯伦湖这一路上货物散发出的味儿,我联想到异国他乡,联想到珊瑚岛、印度洋、热带地区乃至整个世界。我看到货车上装载的棕榈叶——明年夏天不知有多少新英格兰人浅黄色发丝的头上会戴上由它编织的草帽,还有马尼拉的麻、椰子壳、旧绳索、黄麻袋、废铁和锈钉子,就在此时此刻,我觉得自己是一个世界公民了。现在进入我眼帘的这一车皮的破旧船帆,比它们被压碎制成纸、印成书后更容易被读懂,也更为有趣。有谁能像这些船帆碎片一样形象地描绘出它们在海上所经历的暴风雨呢?它们[2]是不需要修改的校样。接着过来的是从缅因州森林里砍伐的木材;上次山洪它们没能出海,现在每一千根涨了四美元,因为有一些被冲走了,有一些开裂了。其中有松木、云杉、雪松,质量分为一等、二等、三等和四等,可不久之前它们还都是一个等级,耸立在森林里,它们的枝叶还在熊、麋鹿和驯鹿上方摇曳。再过来的是最优质的托马斯顿[3]石灰,这些石灰会被运

---

[1] 长码头,在波士顿。
[2] 代指船帆碎片。
[3] 托马斯顿,地名,位于缅因州南部。

往遥远的山区，然后在那儿熟化。再后面是一包包的破布，各种不同的颜色和质地，这些棉布和亚麻布都落到了最惨的境地，也是衣物最后的下场——它们的图案样式再没有人吆喝着叫卖，除非是在密尔沃基①。那些华美的衣物，英国的、法国的或者美国的印花布、方格布、平纹细布等，富人家的、穷人家的，都从四面八方汇聚到了密尔沃基，将在这里变成一种颜色或者几种色彩深浅不一的纸张，说不定在这些纸上能写出一些真实的故事，有上层也有下层人的生活！这一节闷罐车厢里散发出咸鱼的味道，还有强烈的新英格兰商业气息，让我想起了大浅滩②和那里的渔业。谁没有见过咸鱼呢？它已被完全腌透可供世人长期食用，什么也不能使它变质、变坏，相形之下，连有操守的圣徒都要惭愧得脸红。你可以用它来打扫或铺设街道、劈柴，赶牲口的人可以把自己和自己的货物藏在它的后面，躲避太阳和风雨；商人们，正如康科德的一个商人曾做过的那样，在生意开张时，把它挂在自己门前作为招牌，直到最后连他的老顾客都弄不清楚这挂着的是动物、蔬菜，还是矿物了。不过，它依然像雪花那么洁白，如果把它放到锅里去煮，做熟后仍是星期六晚餐美味的烧鳕鱼。随后过来的车皮上装的是西班牙牛皮，它们上面的牛尾巴依然保持着在西班牙主属地③的草原上游荡时的那一姿势：尾巴弯曲着，尖儿又微微翘起——一种执拗的典型，表明一切与生俱来的习性几乎都是毫无希望、不可救药的。

---

① 密尔沃基，位于威斯康星州。
② 大浅滩，纽芬兰东南岸，新英格兰渔民的主要捕鱼区域。
③ 西班牙主属地，南美的东北海岸，在奥里若科河和巴拿马海峡之间。

我承认，实际上，我在了解了一个人真正的本性后，并没有想着去改变这个人现有的状态，无论是变好，还是变坏。正如东方人所说的："我们可以给一条狗尾巴加热，将它烫平，再用绷带把它绑住，可花了十二年的力气之后，它还是保持着它天然的形状。"对治疗像狗尾巴这类顽疾的唯一有效做法是，将它们制成粘胶，我相信人们通常也是这么做的，如此一来，它们就会服服帖帖的了。最后一节车皮上是运给佛蒙特州卡廷斯维尔镇的约翰·史密斯先生的一大桶糖浆，或者是白兰地。这位格林山区的商人，为住在他附近的农民进口货物，现在或许正站在舱壁高处，盘算着近期要到岸的几批货物会对他现时的货价产生什么影响，他正告诉他的客户们，他期盼着下一趟来的火车会运来最优质的商品，这话他今天早晨已经讲了不下二十遍，甚至还在《卡廷斯维尔时报》上刊登了广告。

这些东西运走了，另一些东西运来了。听到列车的呼啸声，我从书本里抬起头，看到一些从遥远的北方山上砍下的高大松木，像长上翅膀一样越过格林山区和康涅迪克州飞驰而来，再有十分钟便会如飞箭般穿过我们的镇子，几乎不会再有一双眼睛来得及见到它：

这些松木将做成桅杆，
耸立在海军的旗舰上。

听！运牲畜的列车开过来了，上面拉着万岭千山的牛羊。空气中飘荡着羊圈、马棚和牛栏的味道，牧人手中持着牧杖，牧童立在羊群中间，除了山里的牧场，山中其他的一切都像秋风扫落叶一样被席卷而来。小牛的哞哞声,羊儿的咩咩声,牛群的挤撞声,仿佛整个牧场都在隆隆地驶过。当老头羊摇晃起它的铃铛时,群山似乎的确像公羊一般在欢跃,山岗像羊羔一样在跳舞。其中有一节车厢拉的都是牧羊人,他们现在与他们的牛羊已处在同一个级别上,他们已不再是牧羊人。不过,他们手中依然握着完全无用的牧杖,以此作为他们职业的标识。可他们的狗呢,他们的狗去哪里了?它们无法追上列车的狂奔,它们完全被抛弃了,它们已嗅不到主人的味儿。我似乎听到它们在彼得博罗山脉①后面狂吠,或是气喘吁吁地奔跑在格林山区的西坡上。它们死后也不会被葬入主人的墓地,它们的职业生涯已经结束,它们的忠诚和恪尽职守也没有了用场。它们将灰溜溜地回到自己的狗窝,或是成为野狗,与狼和狐狸为伍。你的田园生活就这样一扫而过。可是铃声响了,我必须离开铁道,让火车过去:

　　铁路对我来说是什么?
　　我从未去探寻过
　　它的尽头在哪里。
　　它填平了一些沟壑,
　　筑起了堤岸,让燕子做窝,
　　它使黄沙飞扬,
　　黑莓生长。

---

① 彼得博罗山脉,在新罕布什尔州南部,构成康科德北部的地平线。

我跨过铁路,就像跨过林间的小径一样。我不愿意让火车的烟和气遮蔽我的眼睛,让它的嗞嗞声侵扰我的耳朵。

现在,火车已经开过去了,那个躁动的世界也随它而去。瓦尔登湖中的鱼儿再也感觉不到火车呜呜驶过时的震颤,我比之前更加感到孤单。整个漫长的午后,或许除了偶尔从远处公路上隐约传来的车马声,再无别的什么干扰我的思考了。

星期天,清风阵阵,我有时会听到教堂的钟声,从林肯、艾克顿、贝德福或康科德传来的钟声,音律那么柔和、甜美、自然,真值得传到旷野中去。在飘荡进林子深处时,这声音又添了一种嗡嗡的震颤,仿佛地平线那边的松针是钟声拂过的七弦琴的琴弦。在四围可能听到的一切声音中,都产生了同样的效果,犹如宇宙之琴弦的震颤,就像充塞于我们与大地山脊之间的大气,会给远处的山峰着上一层迷人的蔚蓝色,足以愉悦我们的眼睛。我觉得这次我听到的是一种在轻风中越传越悠扬的旋律,它与林中的每片树叶和松针交谈着,随后又经大自然的调节,回荡在山谷之间。这一回响,从某种程度上说,也是一种原声,而这也正是其魅力和奇特所在。这不只是钟声美好音律的一种重复,而且也是林木发出的天籁,是林中女神的低吟浅唱。

傍晚时分,在林子尽头,远处的地平线上,传来牛的哞哞叫声,听上去很甜美、悦耳。起初我误以为是流浪歌手的歌声,因为他们有时会在山谷中游荡,间或也给我唱过小夜曲;可不久我便听出那是牛儿自己简单、天然的乐音,不过,我在失望之余并没有感到不悦。我说那些年轻人的歌声与牛儿的乐声相似,并没有嘲讽的意思,而是在表达我对那些年轻歌手的欣赏,说到底他们都是自然的声音。

夏季有一段时间,每天傍晚七点半火车开过去之后,夜鹰就会飞来栖在我门前的树桩上,有时在屋脊上,唱起它们历时半个钟头的晚祷曲。它们的歌声每晚响起的时间几乎跟钟表一样准确,通常都是在日落前后五分钟之内。是一次偶然的机会让我了解到它们这一习性的。有的时候,我听到四五只夜莺同时在林中不同的地方开始啼唱,偶尔也会有一只夜鹰比其他几只慢一个节拍。它们都离我如此之近,以至于我不但能分辨出它们每个音符后面的咕咕声,还常常能听到一种很特别的嗡嗡声,像是一只落在蜘蛛网上的苍蝇的扑棱声,只是音量高了几个分贝。有时候,一只夜鹰会在林中距离我几英尺的地方绕着我飞翔,就像有绳子拴着它一样,这也许是我离它的鸟蛋太近了的缘故。它们的歌声整个夜晚都不会完全中止,而在黎明到来时,它们又将唱出美妙的乐音。

在别的鸟儿静下来时,鸣角鸮开始来凑热闹,它们那古老的"呜——噜——噜"声听起来颇似怨妇的哀歌。它们凄凉的叫声确实是本·琼森[①]风格。这些智慧的午夜女巫!这不是诗人真诚率直的高声吟唱,而是那种最为肃然的墓园悲曲,像一对自杀的恋人在阴曹地府的林子里,记起了生前恋爱的苦与乐,不由得彼此安慰着对方。然而,我喜欢听它们的悲鸣,听它们哀婉的应答发着颤音回荡在林子的一侧。有时,这让我联想到

[①] 本·琼森(1572—1637),英国诗人与剧作家。

音乐和鸣禽,仿佛这就是音乐饱含辛酸、充满黑暗的那一面,是不得不唱出来的悔恨和遗憾。它们都是象征低落情绪和不祥预感的精灵,都有堕落的灵魂,曾以人的模样夜游四方,干着见不得人的勾当,如今它们在犯罪现场,吟唱哀歌,以求赎罪。它们使我对我们的共同家园——大自然的多样性和能力有了新的认识。噢——哟——哟——哟——我从来没有出生过!湖的这一边,有只鸣角枭在哀叹,它绝望、不安地飞了几圈后,栖到一棵灰色橡树上。随后,从湖的另一边传来回响——我从来没有出生过!其声亦真亦颤,甚至从林肯那边的树林也隐隐约约传来回响:没有——没有——没有出生过。

有的时候,雕鸮也会给我唱小夜曲。在近处听时,你可以把它想象成自然界中最为悲凉的声音,仿佛它有意要借此声音将人类弥留之际的呻吟模式化,使其永久地留存下去。这是人类临死前发出的可怜而又微弱的遗音,他把希望留在了身后,在迈入黑魆魆的幽谷时,像动物似的号叫着,却又带着人的啜泣声,又因掺杂了一种悦耳的咯咯声,听起来更觉得瘆人——我在试图模拟它时,发现自己已经念出了咯字音——这种声音表明一个人的头脑已经到了凝胶状的发霉阶段,会对一切健康和勇敢的思想造成损害。它让我想起食尸鬼、白痴和疯子的吼叫。可就在此时,一只雕鸮从远处的林子里做出了回应,由于距离较远,音调显得既悠扬又动听——呼,呼,呼啦,呼。说真的,不管白天还是夜晚,夏天还是冬天,听到那种声音,让人产生的大多是愉快的联想。

我庆幸自然界有雕鸮。让它们为人们发出愚蠢和疯狂的鸣叫吧。这一声音与没有日光射入的沼泽和晦暗的森林很是相宜，使人联想到大自然中尚未被人认识的那一广阔而又蛮荒的一面。它们代表着人们朦胧昏暗的未被满足的欲念。太阳整日照耀着一片原始沼泽，这儿有一棵高耸的黑云杉，周身覆满松萝地衣，有几只小鹰在沼泽上空盘旋，黑头山雀在常春藤中叽叽喳喳，鹧鸪和兔子在下面躲躲藏藏。现在，更阴郁的一天开始了，一个完全不同的生物种族醒了，要在那里表达大自然的意蕴了。

刚入夜不久，我听见远处马车驶过桥的声音——这辘辘声在夜间比其他任何声音都传得更远。还有狗吠声，有时候还能够再次听到远处谷场一头心情不佳的母牛的哞哞声。与此同时，湖岸边还会响起牛蛙的叫声，它们是古代酒鬼和畅饮者的精灵，依然冥顽不化，旧习不改，要在它们冥河似的湖上大声地轮唱——但愿瓦尔登湖的女仙能原谅这个比喻。因为尽管这里没有芦苇，但青蛙到处都是——它们倒是还欣然保留着它们在古老宴席上那一狂欢喧闹的习俗，尽管它们的嗓音已变得沙哑。过分的庄肃，嘲笑欢愉，酒也失去了它的香醇，变成纯粹的液体，只能填满它们的胃袋——再也不会有甜蜜的酣醉来淹没它们对过去的记忆——只能让它们觉得腹胀，肚子里浸满了水，再也放不下别的东西。那个最像议员的年长且块头挺大的牛蛙，下巴颏儿支在一片心形叶子上，当作餐巾接流下来的口水。它在北岸下边大大地喝了一口这曾遭人蔑视的水酒后，就把杯子向后面传递，同时口里连连吆喝着：特尔——尔——尔——乌恩克，特尔——尔——尔——乌恩克！马上，远处的一个浅水湾里便有牛蛙重复同样的口令，那是一只职位稍低的牛蛙，在满意地喝下一口酒后发出了同样的口令。这酒令在湖边绕了一周后,司酒令的牛蛙满意地喊了一声:"顶呱呱!"随后,每一只牛蛙依次重复着同样的声音,直到那个喝得最少,漏水最多,肚子最瘪的牛蛙那里,它们确保不落下一个。接着,酒碗又开始一个个地往下传递,直到太阳驱散晨雾。这时,只有那个牛蛙头领没有醉得跌入湖中,仍时不时地呱呱几声,想得到一声回应,却是枉然。

我说不准在我居住的这片林中空地有没有听到过鸡叫声,我想,仅仅是为了它富于乐感的啼声,也值得把一只小公鸡像唱歌的鸟儿那么养着。这种印度雉鸡①曾经是野鸡,它们的啼声无疑是所有鸟儿中最动听的,如果它们能够在野外自然生长而没有被驯养的话,它们的声音很快便会成为这片林子里最棒的声音,胜过大雁的嘎嘎声和猫头鹰的咕咕声。再想想,当公鸡嘹亮的啼唱停歇后,还有母鸡咯咯咯的欢叫声响起来!难怪人们把这种鸟儿也加进了驯养的鸟禽里,更别说还有鸡蛋和鸡腿可食用了。冬天的早晨,漫步在百鸟栖居麇集的林子里,听着野公鸡在树上啼叫,其声清越、响亮,从数英里之外传回的反响,把其他鸟儿微弱的鸣叫声都给淹没了。——想想看,这会使各个国家都警觉起来。谁不会早早地起来,在他的余生中一天比一天起得更早,直到他变得异常的健康、富有和睿智呢?这一异国鸟儿的歌唱,像他们本国的鸣禽一样,得到了全世界诗人的称颂。所有的气候都适宜于勇敢的雄鸡。它甚至比一切土生土长的生物都更加本土化。它总是那么的身康体健,肺部

---

① 印度雉鸡,常见的驯化野鸡的祖先。

那么发达,精神那么抖擞。它洪亮的声音甚至能把在大西洋和太平洋上航行的海员唤醒;不过,它却从未用它那嘹亮的嗓音将我从睡梦中唤醒过。狗、猫、牛、猪和鸡,我都没有饲养,所以你可以说我这儿缺少家禽宠物的声响;也没有搅拌奶油的声音,没有纺车的嗡嗡声,甚至都没有水煮沸的咕嘟声、水壶的咝咝声和孩子们的叫嚷声来慰藉一个人的心灵。面对这样的境况,一个传统观念强的恋家的人,也许会失去理智,或是无聊郁闷得要死。我的屋墙中甚至连老鼠也没有,因为它们都被饿跑了,或者说就没有什么东西能吸引它们来到这儿,唯有松鼠在我的屋顶和地板下面跑跳,有时候屋脊上有夜鹰、窗台下面有冠蓝鸦在鸣叫,房子下面有野兔或土拨鼠,屋后有鸣角鸮或雕鸮,邻近的湖中有大雁和爱怪笑的潜鸟,还有爱在夜间叫的狐狸。就连云雀和黄鹂这种温和的鸟儿,都从未造访过我这片林中空地。院子里没有公鸡啼唱,没有母鸡咯咯咯。其实就没有院子!没有篱笆把大自然拦在外面,它一直延伸到了窗台跟前。一片小树林在窗前的草地上生长起来,漆树和黑莓的藤蔓攀爬进地窖;粗壮的美洲油松由于缺少空间,触碰着墙板发出窸窸窣窣的声响,它们的根须长到了屋子下面。烧火无须煤桶,也无须大风吹断的树枝,屋后那棵松树的残枝断杈便足够使用。大雪中不是没有通向前院大门的小路,而是没有大门,没有前院,没有通往文明世界的路。

独处

　　这是一个美好的傍晚，整个身体成了一种感官，每个毛孔里都浸透着喜悦。带着一种异样的自由感，我在大自然中来来去去，与大自然融为一体。凉风习习，阴云满天，我只穿着衬衣在多石的湖边漫步，尽管没有看到什么特别能吸引我的景物，但是觉得周围的一切都与我那么相宜。牛蛙呱呱地叫着迎接夜晚，夜鹰的啼声乘着轻风从荡着波纹的湖面传来。赤杨和白杨摇曳的枝叶引发我无限的爱恋；然而，像瓦尔登湖一样，我心中的平静只是起了一点儿涟漪，而没有波澜。跟平静如镜的水面一样，晚风吹皱的湖面离暴风雨也还远着呢。尽管天色已黑，风依然刮得树林沙沙作响，水浪不停地拍打着湖岸，一些动物用自己的音符在为另一些动物催眠。静谧永远不会是彻底的。最为野性的动物并没有休憩，而是开始寻找它们的猎物了；狐狸、臭鼬和兔子，现在大摇大摆地出现在田野和林子里。它们是大自然的巡夜者，是连接生机盎然之白昼的链条。

　　我回到家里时，发现有客人来过并留下了他们的名片，或是一束鲜花，或是一个常青藤的花环，或是用铅笔在一片核桃树叶或小木片上留下了名字。那些不常来树林的人，往往会一边走一边把林中的一些小玩意儿拿在手中把玩，然后有意无意地将它留下。有个客人剥下一条柳枝的皮，将它编织成一个指环，走时丢在了我的桌上。我总能知道我不在家时是否有人来过，因为如果来人我门前的小草或嫩枝会被踩弯了腰身，或是地面上会留下他们清晰的鞋印。一般来说，根据他们留下的印记——比如有的丢下一朵花，有的拔了一把草又扔掉，甚至扔在了半英里之外的铁路线那儿，有的则是留下了他们雪茄或是烟斗的味儿——我还能辨别出他们的年龄、性别和他们的素养。不仅如此，我还经常能凭着顺风飘过来的烟斗味儿，推断出有客人正从六十杆之外的公路上走来。

我们的周围一般都有足够的空间。我们的地平线从来不会在触手可及的地方。茂密的树林，还有湖泊，并不在我们门前，我们住所周围总有一块空地，为我们所熟悉并且常去，从某种程度来说，为我们所占有，围挡起来，从大自然那里夺了过来。我周围几英里之内的土地，包括那座森林，几乎都没有人烟，我有何理由将其视作我的领地呢？我最近的邻居也在一英里之外，除非站在小山顶上，否则，在我屋子方圆半英里之内，无论从哪个方向看，都看不到一座房屋。环绕着我屋子的树林便是我独自享有的地平线；远处能看得见的铁路线，一面紧贴着湖边，另一面是围着林中小道的篱笆。不过，总体而言，我居住于此就像在大草原上一样孤独。可以说是在新英格兰，也可以说是在亚洲或非洲。我好像拥有自己的太阳、月亮和星星,这个小小的世界完全属于我自己。夜晚从没有行人经过我的房前,或是叩过我的门,仿佛我是世界上唯一的人。除非是春季,间隔好长一段时间,偶尔会有人从村子里到这儿来钓鲇鱼——他们来瓦尔登湖钓鱼显然很随意,并且全然不谙钓鱼的技巧——但往往没钓上什么鱼很快就撤退了,于是,又将"这个世界留给了黑暗和我"[①],所以夜的黑色内核从未被任何一个邻居打破过。我相信,人们一般还是有点儿害怕黑暗的,尽管巫婆全部给吊死了,人们也早已有了基督教和蜡烛。

然而,我有时候发现,即便是最愤世嫉俗最悲戚忧伤的人,也能在自然物中找到最甜柔最纯真最鼓舞人的慰藉。凡生活在大自然且感官健全的人,都不可能有极度的忧伤。在一个率真、健康的人听来,暴风雨就是风神埃俄罗斯[②]演奏的乐章。没有任何东西能迫使一个单纯勇敢的人陷入无谓的悲伤。当我享受着四季带给我的友好时,我相信,对于我来说,没有任何东西能使生活成为一种负担。今天,湿润着我的豆田、使我待在屋中的细雨,并没有令我感到乏味和沮丧,反而让我觉得是件好事。尽管这雨下得让我不能去锄豆田了,可下雨的好处还是远远大于我可以去锄地。即使雨一直下,下到种子腐烂在地里,但它仍有益于高地青草的生长,对草有益,对我也就有益。有的时候,当我拿自己与别人比较时,我会觉得诸神对我似乎比对其他人更为眷顾,超过我理应得到的任何奖赏。我从诸神那里获得他们的承诺和保证,尤其是他们的指导和保佑,而别人

---

① 源自英国诗人格雷的名诗《墓园挽歌》。
② 希腊神话中的风神。

则没有。我可不是在恭维自己,如果有,那也是他们在恭维我。我平生只有一次感到过孤单,或者说受到过孤独感的逼迫,那是在我刚住到林子里几个星期后,有大约一个钟头的时间,我怀疑着,犹豫着,觉得就近有个邻居也许对于过一种平静和健康的生活是必要的。独处是件令人不怎么愉快的事。可与此同时,我也意识到我情绪的这一略微失常,并且似乎预见到我会很快恢复正常。雨淅淅沥沥地下着,我的脑子里翻腾着这些思绪,我蓦然意识到与大自然相伴,是多么甜蜜和美好,于雨点拍打着门窗的滴答声中,于我屋子周围的每一种声响和景观中,都充溢着无限的、难以言说的友好和温馨,这一氛围鼓舞了我的精神,使那些个想象出来的与人毗邻而居的益处顿时显得无足轻重了,自那以后,我再也没有过这样的想法。每一根小小的松针似乎都因饱含着同情而胀大起来,纷纷向我示好。我十分清晰地感觉到,即便是在我们习惯性认为蛮荒和凄凉的地方,也存在着与我亲近的东西,跟我在血缘上最近的、最富于人性的,不是某个人或某个村民,从今往后再也不可能有哪个地方会让我觉得是陌生的:

> 哀痛会使悲者过早衰竭;
> 他们在世的日子已不多,
> 托斯卡那美丽的女儿啊。①

在春秋两季持续的暴雨中,我度过了我最快乐的时光。我整个上午和下午都被大雨困在了屋子里,暴风雨持续的呼啸声,

---

① 引自英国诗人詹姆斯·麦克弗逊的《奥西恩》(1762)中的诗句。

反倒使我静下心来；当暮色早早降临，迎来漫漫长夜时，我的许多思绪有了充足的时间在脑海中扎根，并逐渐扩展开来。东北风裹挟着瓢泼大雨倾倒在村子里的房子上，侍女们都拿着拖把和水桶站在门口，试图把积水挡在门外，我则坐在小屋门后——那是我唯一的一扇门——享受着小屋给我提供的保护。在一场雷电交加的大雨中，一道闪电击中了湖对岸一棵美洲油松，巨大的树身从上到下被劈出一道非常醒目而又匀称的螺旋形凹槽，一英寸多深，四五英寸宽，犹如手杖上镌刻的纹饰。那天我又经过那棵树，抬眼望着那道印记，我心中充满了敬畏，那道裂痕比以往任何时候都更加清晰，这还是八年前一个吓人的、不可抗拒的霹雳给这棵美洲油松留下的疤痕。人们常常跟我说："我觉得你在那里会感到孤单，尤其是在下雨或下雪的白天和夜晚，你一定会想要离乡亲们更近一点儿。"我很想这样回答他们：我们所居住的地球只不过是整个太空中的一个小点儿。你想想看，在那边那个星球上两个相距最远的居民，他们之间的距离会有多远呢？我们的仪器还无法丈量他们所在星球的直径。那么，我又为什么要感到孤单呢？我们的星球不就在银河系中间吗？你提出的这个问题对我来说，似乎不是最重要的问题。把一个人跟他的同伴隔离开并使他感到孤独的，是一种什么样的距离呢？我发现，不管人的两条腿怎么用力地走，也不会使两个心灵更加地接近了。我们最想与什么毗邻而居呢？肯定不是人多的地方，比如车站、邮局、酒吧、会议室、学校、杂货店、毕肯山[①]、五点区[②]，这些

---

① 毕肯山，波士顿马萨诸塞州州议会大厦所在地。
② 五点区，以前纽约曼哈顿的一个街区。和毕肯山一样都以人口拥挤为特点。

都是人口密集的地方。人们似乎更愿意接近那生活之不竭的源泉。我们发现我们所有的经验都源自那里，正如水边的柳树会把它的根都朝着水的方向生长一样。当然，这一点会因个性的不同而有所改变，聪明的人将在这样的地方挖他的地窖①……有天傍晚，在去瓦尔登湖的路上，我赶上一位镇上的同乡——他积攒下了"可观的财产"，尽管对此我从未去了解过——他正赶着两头牛去往市场，他问我是怎么下定决心放弃生活中的种种舒适的，我回答说，我确信我是比较喜欢这种生活的，我这么说可不是在开玩笑。临了，我回家去睡了，留下他在黑暗中踏着泥泞的路赶往布莱顿或牛镇，估计到明天早晨他才能到那儿。

对一个死去的人来说，只要有望复苏和再生，他是不会在乎时间和地点的。可能发生这种事情的地点总在一处，并且总是赋予我们所有感官一种难以言状的快乐，所以多数情况下，我们都是把外在的和转瞬即逝的事物当作我们关注的重点。实际上，它们只是造成我们注意力分散的原因。离万物最近的，是形成和决定其存在的那一力量，离我们近的，是那些持续运行着的伟大法则，还有把我们造出来的那个工匠，而不是那些我们雇用的、喜欢与之交谈的工匠。

鬼神之为德，其盛矣乎！

视之而弗见，听之而弗闻，体物而不可遗。

使天下之人，斋明盛服，以承祭祀，洋洋乎，如在其上，

---

① 译者认为"挖他的地窖"在这儿是一种形象的说法，应该是指在这里盖房居住的意思。"这样的地方"应该是指靠近生活之源泉的地方。

如在其左右。①

我们都是某种实验的对象,我对这种实验是颇感兴趣的。在这种情况下,我们是不是能稍停一停我们之间的闲聊,用我们的思想来愉悦我们自己呢?孔子说得好:"德不孤,必有邻。"

运用思考,我们可以理智地跳到事外。通过心智有意识地不懈努力,我们能够超然于各种行动及后果之外;世间万象,不管是好还是坏,都像急流一样从我们身边滚滚而过。我们并没有完全与自然交织在一起。我可能是河水中的一块浮木,也可能是俯瞰着浮木的因陀罗②。我可能会被一场戏剧表演打动,但我又可能对实际发生的似乎与我更为相关的事件无动于衷。我只知道自己是一个人类个体,或者也可以说是思想和情感的一个载体。我意识到自己具有双重性,这种双重性使我能够远远地站在一边,像观望别人那样来观望自己。不管生活体验多么强烈,我仍然能够意识到我身心的一部分是带着批评的眼光置身事外的,好像它不是我的一部分,而是一个旁观者,它并没有涉入其中,只是在旁边关注着这一切,这不是我,就像这不是你一样。当生活的戏剧——也许是悲剧——结束时,观众也就散去了。这对他③而言,只是一种虚构,一部想象出来的作品。这种双重性有时候很容易让我们把朋友和邻居给得罪了。

我发现,用大部分的时间来独处,有益于身心健康。有人相伴,哪怕是最好的朋友,没多久也会令人厌倦和分神。我喜

---

① 详见《中庸》。
② 印度神话中的雷雨之神,主宰中层的神祇。
③ 他代指旁观者,观众。

欢独处，比孤独更好的伴儿，我还从来没有见过呢。在多数情况下，去到外面置身人群中，会比待在家中更加感到孤单。一个正在思考和工作的人总是孤独的，任他爱在哪儿待就在哪儿待吧。孤独不能用一个人与他的同伴之间相隔的距离来衡量。一个在剑桥学院拥挤的宿舍里刻苦用功的学生，跟沙漠里的一个托钵僧一样孤独。一个农夫可以在田里或林子里独自干上一整天的活儿，或是锄地或是砍伐，而不会觉得孤单，因为他正忙碌着。不过，当他晚上回到家里，屋子里只有他一个人就待不住了，他不愿意独自胡思乱想，而是必须到一个他能"见到乡亲们"的地方去娱乐一下，他认为这样可以使他白天的孤独得到些补偿。他很是纳闷，为什么学生能够独自夜以继日地待在屋子里，而不感到无聊和烦闷呢。因为农夫没有意识到，尽管都是待在屋子里，可学生其实是像他在田里或林子里一样，在耕耘或砍伐，而且，也同样会去寻求消遣和社交，尽管那些形式更精简一些。

我们的社交往往没有什么价值。我们见面的次数太过频繁，彼此都来不及获得任何新的值得交谈的东西。我们一日三餐都在见面，每天都将没有变化的我们当作陈旧发霉的奶酪让对方重新品尝。我们不得不同意这么一套被称为礼仪和礼貌的规则，以使这种频繁的见面变得可以忍受，使我们不至于发展到公开争斗的地步。我们相遇在邮局、社交场所、每晚的炉火旁，我们住得过分靠近，相互碍对方的事，相互绊脚，我想我们就这样失去了一些对彼此的尊敬。毫无疑问，较少频率的会面，也足够人们之间所有重要的和真诚的交流了。想想工厂里的女工吧——从未有单独待会儿的机会，就连睡觉也是六个人一个房间。较为理想的是像我的住所一样，方圆一英里内只住一个人。一个人的价值并不在于他的肌肤，不需要非得触碰到他的身体。

我曾听说有个人在森林里迷了路，由于极度的乏累和饥饿，倒在一棵树下就快没命了，可就是此时，身体的虚弱让他出现了奇特的幻觉，从而减轻了他的孤独，他病态的想象力萦绕着他，他以为这些幻象都是真实的。同样，由于身体和精神健康有力，我们可以从类似但更正常更自然的社交活动中不断受到鼓舞，最终认识到我们从来都不是孤独的。

我在家里有许多伴儿，尤其在早晨还没有人来造访的时候。让我来打几个比方，也许其中某一个能够说明我的处境。我并不比在湖中常常发出大笑的潜鸟更孤独，或者比瓦尔登湖本身更孤独。请问，孤寂的瓦尔登湖有谁陪伴呢？然而，在它蓝色的湖水中并没有忧郁这个魔鬼，只有蓝色的天使。太阳也是孤独的，除非在阴天，有时会出现两个太阳，只是其中一个是幻日。上帝是孤独的，但是魔鬼可不孤单，他能看见很多同伴，他是群①。我不比草原上的一株毛蕊花或蒲公英更孤独，不比一片豆叶，一棵酢浆草，一只牛虻，或一只大黄蜂更孤独；也不比密尔溪、风向标、北极星、南风、四月的阵雨、一月的融雪，或是新房中第一只蜘蛛更孤独。

在冬季漫长的夜晚，当下着大雪，又有狂风在林中怒号时，我偶尔会有客人来访，他是这儿最早的开拓者和定居者，据说

---

① 典故来自《路加福音》。耶稣问："你名叫什么？"他说："我名叫群。"这是因为附着他的鬼很多。

是他开掘了瓦尔登湖,并用石头砌起堤岸,在湖的周围种上了松树。他给我讲古老的传闻以及新近的故事。我们之间融洽的气氛以及对事物乐观的看法,使得我们度过了一个愉快的夜晚,即便没有苹果和苹果酒助兴。他是一个既有智慧又很风趣,令我十分喜欢的朋友,他的行踪比戈菲和华莱[①]还要隐秘。尽管人们都以为他死了,可谁也说不出他埋在了哪里。还有一位老媪住在我的附近,她的行踪也不为大多数人所知,我有时候喜欢到她那芬芳的百草园散步,采集些药草,听听她讲那些寓言故事;因为她具有异常的禀赋,她的记忆比任何神话传说还要古老,她能说出每个寓言故事的出处,以及它们都有着什么样的事实依据,因为这些事件都是在她年轻时发生的。她是一个面色红润、精神头儿十足的老人,不管什么样的天气,什么样的季节,她都喜欢,她很可能活过她所有的子女。

　　太阳,风雨,夏天,冬天,大自然的纯真和恩惠难以描述,它们永远在赋予我们人类健康和欢欣!它们对人类总是抱有无限的同情,要是任何人为正义的事业而深感悲痛了,那么,整个大自然都会为之动容,太阳的光辉会减弱,风儿会发出叹息,阴云会流下眼泪,林木在盛夏也会掉落叶子,来表示伤痛。我不是也将与大地融为一体吗?我自己一定程度上不就是草与叶的腐殖土吗?

　　什么药物能使我们保持身体健康,心情平静和满足呢?不是我或你的曾祖父的药方,而是我们曾祖母大自然的万能草药,

[①] 戈菲和华莱均为审判并对英王查理一世行刑的法官。在英国大革命中他们是克伦威尔的得力将领,后逃往美国新英格兰。

她凭此让自己永远保持着年轻,寿命比她同时代的许多"老派尔"①都长,用他们腐化的脂肪为自己提供健康。至于我的灵丹妙药,当然不是我们有时看到的黑色大篷车上拉着的药瓶子,那里面装着的是江湖郎中用冥河或死海的水制成的药水,还是让我深深地美美地吸上一口清晨未被稀释的空气吧。清晨的空气!如若人们不愿意在白昼的源头吮吸到它,噢,那么我们就必须把它装进瓶子,放在商店里,卖给这个世界上在早晨来不及得到订单的人们。不过,要记住,即便是储存在清凉的地下室里,也保存不到中午,在此之前就会从塞子里漏出,跟随着黎明女神欧若拉的脚步向西而去。我并不崇拜健康女神海吉雅,这位老药神埃斯科拉庇俄斯的女儿,有关她的雕像,总是一只手里握着一条蛇,另一只手里拿着一个给蛇喝水的杯子。我崇拜的是为朱庇特持杯的赫柏②,她是朱诺和野莴苣的女儿,具有让诸神和凡人恢复青春的力量。她或许是这个世界上心智最健全、身体最健康、最有活力的年轻女子,她去到哪里,哪里便是春天。

---

① 托马斯・派尔(1483—1653),据说是英国的老寿星,以"老派尔"著称于世。
② 赫柏,古希腊神话中的青春女神,宙斯(朱庇特)和赫拉(朱诺)的女儿。根据某些神话,赫拉是吃了野莴苣后怀孕的。

来客

　　我想，我跟大多数人一样喜欢交际，若遇上一个血气方刚的人，我很乐意一段时间内都像只水蛭一样吸附在他身上。我从未想过要做隐士，如果有必要，我可以比酒吧的常客在那儿待更长的时间。

　　我屋内有三把椅子，一把独处时用，另外两把朋友来访时用。如果客人来得出乎意料地多，这三把椅子将供所有来客使用，不过，这个时候，为了节省空间，来的人一般都是站着的。一间斗室能够装下那么多的男人和女人，真是令人惊奇。有时候，有二十五到三十个客人——他们的灵魂，连同他们的身体——同时来到我的屋子里，不过，当大家离去时，却并没有觉得彼此曾很近地站在一起过。我们的很多建筑，不管是公共的，还是私人的，里面都有着多得简直数不清的房间、宽大的厅堂和存放着名酒和军需品的地下室，建筑规模之大使里面的居住者倒显得不相宜了。这些房子如此宏大辉煌，相形之下，里面的人似乎倒像是侵扰着它们的害虫了。我不无惊讶地看到，在特雷蒙、阿托斯或米德尔赛克斯①酒店门前，当侍者通报来客时，他就像一只滑稽可笑的老鼠，从宾客们经过的游廊那里爬出来，随后一眨眼的工夫，又溜进过道的一个洞里去了。

在这么小的房间里，我有时也会体验到一种不便，那就是当我们用雄浑的词句表达宏伟的思想时，很难跟我的客人保持足够的距离。你需要空间让你的思想扬帆起航，让它在驶过一两个航段后到达港口。你思想的子弹必须克服它的偏离、跳飞，最终进入稳定的弹道，直到抵达听者的耳朵，否则它可能像耳旁风般从听者的头侧掠过。同样，在此期间我们的词句也需要空间展开，组成队列。像国家一样，个人也需要适度和天然的边界，甚至还需要一个不小的中间地带。我发现，和站在湖对岸的同伴谈话，是一种很特别的享受。在我的屋子里，大家挨得那么近，说话反而听不清楚——我们的话音无法再低，好让对方听清楚；就像你把两块石头一起丢进平静的水面，由于离得太近，便会搅乱彼此激起的涟漪。如若我们都是聒噪的人，那么，我们可以站得更近些，脸贴着脸，彼此感觉得到对方的呼吸；可如果我们的谈话较为含蓄，富于思想，我们就想要间隔开一点儿距离了，以便让我们的热量和潮气有机会散发出去。如果我们要享受与我们自我（它超出对话之外和之上）最亲密的交往，我们就不仅得保持沉默，还得在身体上保持一定的距离，保证我们不再能听到对方的声音。依照这个标准，话语是为那些听力不好的人提供方便的；然而，世间有许多美好的事物，要是大声喊叫着说，我们便无法把它们表达出来。随着谈话开始操起一种更

---

① 它们分别是波士顿、纽约和康科德著名的大酒店。

为崇高、庄严的口吻,我们会渐渐地把座椅往后挪,直到它们触到墙壁,在这种时候,往往就觉得空间不够了。

不过,我"最好的"房间,我的休息室,是我屋后的那片松树林,太阳很少能照到它的地毯上,那里随时可以接待客人。夏日里,当有贵宾来访时,我便把他们带到这儿来,一位无价的仆人①已打扫过地板,掸掉了家具上的灰尘,把一切整理得井井有条。

如果来的只有一位客人,他有时会分享我简单的饭食,我一边搅动着一锅玉米糊,或者看着一块面包在炉火中渐渐地膨胀,变熟,一边跟客人聊着天。不过,要是二十个人来到我家,我不会提吃饭的事,好像吃东西已成一个被戒掉的习惯,虽说我可能还有够两个人吃的面包。这么做,谁也不会觉得有违待客之道,反而觉得这是最恰当、最周全的做法。肉体生命的消耗,常常需要得到大量的补充,可在这种情况下,这一消耗的过程却似乎出奇地减缓了,生命的活力站稳了脚跟。这样,我可以招待二十个人,也可以招待一千个人;如果来人发现我在家,而他们是饿着肚子或者失望地离开的,那么,他们至少可以相信我对他们是同情的。虽然很多持家的人对此表示怀疑,可养成新的更好的习惯,取代旧的,还是容易办到的。你不必把你的声誉建立在请别人吃饭上。就我来说,我不愿意经常去别人家吃饭,不是因为他们家的看门狗赛布勒斯②,而是因为请我吃饭的人那副张扬、夸张的做派,我以为他们这是在以一种很礼貌、很婉转的方式暗示我,再也不要来麻烦他了。我想我

---

① "一位无价的仆人"在这里应该是指大自然的风和雨等。
② 赛布勒斯,希腊神话中,守卫冥府入口有三个头的狗。

再也不会去赴这种饭局了。来拜访我的一位客人曾在一片黄色核桃树树叶上写下了斯宾塞的这几行诗,我想我会自豪地把它当作我陋室的座右铭:

> 他们来了,挤满了小小的房间,
> 不寻求那里本没有的愉悦;
> 休息就是他们的盛宴,一切随缘:
> 最崇高的心灵会得到最好的满足。①

后来担任了普利茅斯殖民地总督的温斯洛②,曾带着一个同伴步行穿过林子去拜访马萨索伊特酋长③,两人又饿又累地到达他的住地时,这位酋长热情地接待了他们,但那一天却只字未提吃饭的事。夜色降临后,用他们自己的话来说就是:"他把我们跟他本人和他妻子安排在一张床上,他们睡一头,我们睡另一头,这张床只是一块木板,架得离地面一英尺高,上面铺着一张薄薄的席子。另外他手下两个头领,因为没有地方也挤在了我们身边。因此这一晚睡得比我们白天行路还要觉得累。"到了第二天一点钟的时候,马萨索伊特带来两条他捕到的鱼,个头有鳊鱼的三倍那么大。"这两条鱼炖好后,至少有四十个人在等着一块儿吃,大多数人都吃到了一些。这是我们在两个夜晚一个白天中所吃到的唯一一顿饭,要不是我们中间有个人买了

---

① 引自爱德蒙·斯宾塞的《仙后》,稍有改动。
② 爱德华·温斯洛(1595—1655),"五月花号"船上的乘客。他的日记是为普利茅斯殖民地提供的最早的记录之一。
③ 马萨索伊特(1585?—1660),万帕诺亚格人的酋长。

一只鹧鸪，我们就会一路挨饿了。"担心由于吃不上东西又睡不好觉——野蛮人吼着嗓子唱歌，他们习惯唱着歌入睡——而变得体力不支，头晕眼花，又担心再待下去连回去的劲儿也没有了，于是他们便动身离开了。说到住宿，他们的确是被招待得挺差的，尽管他们所认为的不便在对方看来无疑是给予他们的一种荣誉；不过，就饮食来说，我看不出这些印第安人还能有什么更好的法子。他们自己就没有什么东西可吃，他们还是聪明的，知道道歉也代替不了食物；所以，他们勒紧裤带，闭口不提吃饭的事。当温斯洛再次去造访印第安人时，正好赶上他们丰收的季节，因此便不存在没有食物待客的问题了。

至于人，无论在什么地方，都几乎不用愁没有人的。我在林子里住的那段时间，拜访我的客人比其他任何时候都多；我的意思是说，虽住在山林，我仍不乏知音。我在那里交往几个客人，比我在其他任何地方的交往都更加愉快。很少有人因为琐事来看我。从这个意义上说，我与镇子之间的距离便为我筛选好了我要交往的人。我退隐到这僻静、孤寂的大洋之中，社交的江河流不到这里，大部分时候，就我的需求来说，唯有最好的沉淀物才会聚到我周围。另外，还有文明世界那边尚未探求和开垦过的疆域之物，也会时不时地漂流到我这边来。

今天早晨，我的住所居然来了一位真正荷马式的或帕夫拉戈尼亚[①]式的人物——他的名字起得很是恰当，非常具有诗意，只是抱歉，我不能把它写在这里——他是个加拿大人，以伐木和做木桩为生，一天能挖下五十根木桩的坑眼，他刚刚用他的

[①] 帕夫拉戈尼亚，古希腊一个边区村落，濒临黑海，小亚细亚北部。

狗给他逮住的一只土拨鼠做了一顿美餐吃了。他也听说过荷马,"要是没有书,真不知道该怎么熬过这些雨天呢"。尽管在许多个雨季里,他或许都没有读完过一本书。当他还在他家乡教区的时候,那里的一位会希腊文的教区牧师曾教过他读《圣经》中的诗句。现在,他就拿着这本书,于是,我给他翻译了阿喀琉斯责备满面愁容的帕特洛克罗斯的一段诗文[①]:

帕特洛克罗斯,你为什么像个女孩泪流满面?
你是从毕蒂亚那儿听到了什么消息?
人们说,阿克托之子麦诺提厄斯,
还有爱考斯之子帕琉斯,都还活在密尔弥多涅人中间,
不管他们中的谁死了,我们都会悲痛万分。

他听了后说:"好诗。"他腋下夹着一包白橡树皮[②],这是他这个星期天早晨刚为一个病人采集的。"我想,在今天做这样的事情,不会有所不妥吧。"他说。对他来说,荷马是个伟大的作家,尽管诗里写了什么他并不知道。再难找到一个像他那样单纯和毫无做作的人。为世界投下如此黯淡道德阴影的罪恶和疾病,在他看来似乎都不存在。他大概有二十八岁,十二年前离开加拿大和他父亲的房子来到美国干活,兴许想挣下钱以后,在自己家乡买上个农场。他可以说是那种最粗糙的模子里造出来的。一个身体强壮、动作迟缓的人,不过,举止还称得上优雅,粗粗的脖颈被太阳晒得红红的,一头浓密的黑发,略

[①] 这是梭罗翻译的《伊利亚特》中的诗句。
[②] 白橡树皮,一种强收敛剂,既可内服,也可外用。

带睡意的不是那活泛的眼神,不过,有时也会闪烁出富于表情的光辉。他戴一顶扁平的灰色布帽,身上披一件脏兮兮的本色羊毛大衣,脚穿一双高筒牛皮靴。他很能吃肉,经常提着一个盛着饭菜的铁皮桶,从我屋前经过,到几英里之外干活的地方去,因为整个夏天他都在伐木。饭桶里装着冷肉,常常是土拨鼠肉,还有一个里面盛着咖啡的石壶,用一根绳子系在他的腰带上。有时候,他会请我喝点儿他的咖啡。他每天早早地就动身前往,不过,他可不像美国佬一样那么急着往工地跑。他可不打算累着自己。就算只挣到了膳宿的钱,他也毫不在意。当他的狗在途中给他捉到了土拨鼠时,他会把带来的午饭放在灌木丛里,用半个钟头的时间反复斟酌,将它浸在湖里等到晚上再去拿,是否安全,经过一番考虑后,他还是会走一英里半的路回去收拾土拨鼠,然后将它安置在他住房的地窖里——他很喜欢琢磨这些事情。他早晨走过我这里时会说:"看这儿有多少鸽子呀!要是我每天不用干活的话,光靠打猎得到的肉也足够我吃的了,鸽子、土拨鼠、兔子、鹧鸪,噢,老天!我一天打下的猎物,就足够我一个星期吃的了。"

他是个技术熟练的伐木工,喜欢给自己的技艺再加上些噱头。他能贴着地面将树木齐根砍倒,这样日后再长出的树苗就可能生长得更加茁壮,而且与地面几乎齐平,雪橇也能从树桩上轻易地滑过去。他不是把树干先砍断一半,再用绳子拴住树身,去拉倒它,而是把树干一直砍削成一根细桩或是一层薄片,最后用手一推树就倒了。

他之所以引起了我的兴趣,是因为他生性安静,喜欢独处,而且还那么快活。他的眸子里流溢出愉悦和满足的神情。他的快乐是发自内心的。有时我在林子里遇见他正在干活砍树,见到我他会带着无法形容的满足,笑着跟我打招呼,用他加拿大腔的法语说句问候的话,尽管他的英语也说得一样好。在我走近他时,他会停下手中的活儿,带着难以抑制的喜悦,顺着砍倒的松树树干躺下,剥下里层的树皮,卷成球状放在嘴里一边咀嚼,一边跟我谈笑着。他周身充满了动物般的活力,以至于在听到令他觉得发笑的事儿时,他有时会笑翻在地,在地上不住地打滚儿。看着周围的树木,他会发出赞叹:"老天啊!在这儿砍树,就足够我开心了,我不需要更好的娱乐了。"他在不干活儿的时候,有时会整天带着一把小手枪在林子里溜达,时不时放上一枪像是给自己致敬。冬天,到了中午,他会生起一堆火,用壶把咖啡烧热;当他坐在一根木头上吃着午饭时,山雀有时会飞来落在他的胳膊上,啄着他手里的马铃薯。他说他"喜欢这些小东西环绕在他身边"。

在他身上,主要是人的动物性那一面得到了发展。在身体的耐力韧性和容易满足方面,他可以说是松树和岩石的近亲。我曾问过他,干了一整天的活儿,到晚上会不会觉得累,他真诚而又严肃地回答说:"老天,我这辈子还从没感到累过呢。"可人的智力和被称为精神的那一面,却还像个婴孩一样在他身上沉睡着。他受到的教诲或是教育,只是最单纯和最初始的,就像天主教神父开导土著居民那样,但采用这种方式,学生永远不会提高到自觉思考的程度,只会停留在对人信任和尊敬的阶段,一个孩子没有成长为成年人,他依然是个孩子。大自然造人时,给了他强壮的体魄和对命运的满足感,在他身边营造出尊重和信赖的氛围支撑他，让他能像个孩子那样度过他七十年的生涯。他是那样的率真、质朴，让你不知道该如何把他介绍给别人，就像你不知道如何把一只土拨鼠介绍给你的邻居一样——这个邻居必须跟你一样，自己去发现他是个怎样的人。他毫不做作。人们支付给他干活儿的钱，这样帮助他做到衣食无忧；不过，他从未和他们交换过意见看法。他的谦卑来得那么单纯和自然——如果一个从未有过什么期望的人可以被称作是谦卑的话——以至于谦卑在他身上倒显得不那么突出了，而且他自己也从未意识到过它。聪明的人在他看来就是半神。如果你告诉他有这么一个聪明的人要来，他会觉得这么大的事情可别指望他能做什么，别人会把一切都安排妥当，还是不要想起他的好。他从没听到过赞扬的话。他特别尊重作家和牧师。他们的成就可谓人间奇迹。当我告诉他我也在写作时，他有好长一段时间都以为我指的只是书写，因为他自己也能写一手好字。我有时看到他把他在老家教区的名字写在公路边的雪地里，名字上还带着法语的重音符号，这时我便知道不久前他经过这里了。我问他是否有过要把他的思想写出来的想法，他说他给那些不会读写的人写过和读过信，不过，他从未试着去记录自己的思想——不，他不能，他不知道先写什么，后写什么，这简直跟登天一样难，与此同时，还得操心拼写的事！

我听说一个著名的智者和改革家曾问他是否愿意让世界发生改变；他感到很意外，没想到竟然有人会提出这样的问题。他用他那加拿大口音的英语，咯咯笑着回答道："不，我很喜欢现在这个世界。"跟他打交道，可以使一个哲学家得到多方面的启示。对一个陌生人来说，这个加拿大人看上去似乎什么也不懂；然而，有的时候，我会在他身上看到一个我从未见过的人，我不知道他究竟是像莎士比亚那样睿智呢，还是像个小孩一样无知，究竟是该认为他具有诗人的良好意识呢，还是该认为他很蠢。一位镇上的同乡跟我说，当他那天看见这个加拿大人戴着一顶紧绷绷的小帽，吹着口哨，闲庭信步地走过村子里时，他竟然觉得他像是一位乔装打扮的王子。

他只有一本历书和一本算数书，后者是他较为擅长的。前者在他看来是一部百科全书似的书，他认为那里面囊括了人类知识的精华，从一定程度上说，它确实也是如此。我喜欢就当今所进行的各种改革，询问他的意见，每一次他都能用最简单实际的眼光，给出他对它们的看法。以前还从来没有人问到过他这样的问题。要是没有工厂，行吗？我问。他说，他身上以前一直穿的都是家庭手工织的佛蒙特灰布，穿得挺好呀。没有茶和咖啡，能行吗？除了水，这个国家还供应其他任何的饮料吗？他曾常常把铁杉叶子泡在水里喝，在热天喝这种东西，他觉得比单喝水要好得多。当我问他没有钱这个东西是不是也可以时，他向我说明有钱这个东西还是要方便得多，他的解释富于哲学意味，与有关货币这一机制起源的记录以及"钱币"（pecunia）这一词的衍生过程很吻合。如果他的财产是一头牛，他想要在商店买针和线，那么，他每次的购买都得用牛的一部分去抵押应付的金额，这样很不方便，也不太可能。他能比哲学家更好地为社会上的许多机制辩护，因为在描述这些与他相关的机制中间他指出了它们之所以流行的真正原因，而再不去胡思乱想什么其他理由。还有一次，在听到柏拉图关于人的定义——没有羽毛的两足动物——而有个人展示了一只拔了毛的公鸡并称为柏拉图所说的人时,他认为在这两者之间还有个重要的区别:人和鸡的膝盖是朝着不同的方向弯曲的。有时,他会大声地嚷道:"我是多么喜欢说话呀!老天啊,我能一整天说个没完!"有一次,我俩几个月没见面然后碰到了,我问他这个夏天是不是又有了什么新的想法。"老天哪,"他说,"像我这样一个每天都有活儿要干的人,没忘记已有的想法,就很不错了。跟你一块儿锄地的人也许想跟你比试一下;那么,你就得集中你的心思,一心想着锄草的事儿啦。"有的时候,他会先问我是不是有了什么长进。入冬后的一天我问他,对自己是否总能感到满意呢,是否希望内心的什么东西能取代外在的牧师,去追求某种更高尚的生活目标呢。"满意!"他说,"一些人对这一件事满意,一些人对那一件事满意。一个人如果足够富有的话,也许他就会满足于整天背靠着火炉,肚子冲着桌子坐着取暖了。"然而,不管我用什么办法,都无法让他从精神层面去看待事物;他所能想象到的最高层次就是眼下的便捷,正如你指望一个动物能达到的理解程度一样;其实,对大多数人来说,都是如此。如果我建议他在生活方式上做些改变,他会毫无遗憾地简单地回答我,太晚啦。不过,他完全相信诚实以及类似的美德。

在他身上确实可以看到些许创造性的品质,不管它多么微乎其微。我偶尔观察到他在独自思考,在试图表达自己的见解,这一现象太罕见了,我愿意在任何时候走十英里路去观察它,它的重要性不亚于重新建立社会上的许多机制。尽管他表现得迟疑不决,或许也没能清楚地表达出自己的看法,可他背后总有个可呈现的思想在那里。不过,他的思维还停留在原始阶段,浸透在他动物般的生活中,因此虽然他的思想比仅仅有学问的人更有希望,可还没成熟到值得报道出来的程度。这一个例子说明,即便是在生活的最底层,也可能有富于天赋的人,不管他们多么没有文化,身份多么卑微,他们都有着自己的见解,而且从不装腔作势。他们甚至像瓦尔登湖一样深不见底,尽管较之后者可能显得黑暗和浑浊。

许多观光客绕道来看我和我屋中的陈设,他们借口说讨口水喝。我告诉他们我是喝湖中的水,我用手指着湖那边,借给他们水瓢去打水喝。我现在住得尽管较为偏远,可也免不了每年有人来看我,我想,大抵是在四月一日吧,那是人们都出游走动的时节。我还算运气不错,尽管我的访客中断不了有些稀奇古怪的人。有一些济贫院和别处的笨人也来看我,我尽力诱使他们发挥他们所有的智力,向我袒露他们的心扉。在这种场合,智力常常成为我们谈话的主题,这样,我便得到了补偿。我发现,他们中间有些人的确比那些所谓的穷人监管员和市政管理委员更聪明,我觉得他们之间的地位是该调换一下了。说到智力,我觉得在笨人和聪明人之间其实并没有太大的区别。有一天,一位性情温和、思想单纯的穷人特地来拜访我——之前我曾见到过他跟其他一些人被当作篱笆,站在地头或是坐在盛谷物的桶子上,看着牛儿不让它们踩踏庄稼地——他表示希望能像我这样生活。他用非常单纯和真诚的口吻(全然超越了那一被称为谦卑的东西)跟我说:"他在智力上有缺陷。"他的原话就是这么说的。上帝把他造成了这个样子,不过,他认为上帝还是像关心别人那样关心着他。"我一直都是这个样子,"他说,"从小时候就是。我的脑子从来都没有灵光过,我和别的孩子不一样,我脑子笨。我想,这是上帝的旨意。"而他就在这儿,证明着他的话的真实性。我觉得,他是个形而上的难题。我几乎还从未遇到过这么笃定的人——他所说的一切都是那么单纯,那么真挚和诚实。说真的,他越是让自己显得卑微,越是令人觉得他崇高。我最初并没有看出来,他这是一个很高明的策略。现在看来,正是由于这位弱智的穷人营造了这样一种真挚而坦诚的氛围,我们的交谈才达到了比智者之间的交谈更好的效果。

我的一些客人,他们通常不被视作镇上的穷人,但其实他们应该算是的;无论如何,他们是世界上的穷人。这些客人祈求的不是你的殷勤好客,而是你的乐善好施;他们急切地希望得到你的帮助,在他们提出请求之前便已经声明,他们是决计不会进行自救的。我要求一个客人不能空着肚子来,尽管他不知怎么,可能有一个世界上最好的胃口。客人不是布施的对象。有些人很不知趣,不知道他们的来访该何时结束,尽管我又开始忙我自己的事了,对他们的问话也变得越来越漫不经心。到了候鸟迁徙的季节,几乎各个智力层次的人都来看我:其中有智商很高却不知该往哪里用的人;有从种植园里逃出来的奴隶,他们像寓言中的狐狸一样,时不时地竖起耳朵倾听,仿佛有猎狗追踪他们到这儿了一样,用恳求的眼神望着我,似乎在说:

噢,基督徒,你不会要把我送回去吧?

我曾帮助过一个真正逃亡的奴隶,帮他朝着北极星的方向去了。一些人，就有一门心思，像是仅带着一只小鸡的母鸡，或是仅带着一只小鸭的母鸭；有些人有千般思绪，思想纷杂，像是照看着一百只小鸡的老母鸡，所有的小鸡都在追一条虫子，在每天的晨露中它们都会丢失掉十几只——结果，这老母鸡被搞得焦头烂额，污秽不堪。只有想法没有行动的人，就像只智力不俗的蜈蚣，令你唯恐避之而不及。有个人建议我备一本像白山①那样的签名簿，让来访者都留下他们的名字。可是，啊！我的记忆力太好了，没有这个必要。

　　我注意到我的客人们身上的一些特点。少男少女，还有年轻的女性们，似乎都很高兴到树林里来。他们看湖、赏花，玩得很开心。生意人，乃至农夫，只是想着我这儿很寂寞，做事情不方便，离集市或是人群都挺远；尽管他们嘴上说他们有时也喜欢在林子里漫步，可看得出来他们并不喜欢。那些从来都闲不下来的人，他们把时间都用去谋生或是维持生计；还有上帝不离口的牧师，他们似乎很喜欢垄断这个题目，他们不能容忍别人的任何意见；还有医生，律师，以及我不在时来偷窥我的橱柜和床铺的不安分的女管家们——某某太太怎么得知我的床单不如她的干净呢？还有已过了青春期的年轻人们，他们得出结论说，最为稳妥的还是走各种职业的老路子——几乎所有的这些人都在说，我现在的生活境况不太可能给我带来多大的好处。啊！这正是问题所在。老者、病人和胆子小的人，无论是男是女，无论年龄大小，平日里总是想着疾病，突然的变故和死亡。在他们看来，生活中好像充满了危险——如果你不去这么想，又会有什么危险

---

① 早在 1824 年，白山的华盛顿山顶就有一本来访旅游者的姓名登记簿。

呢?——他们认为,一个做事慎重的人会小心选择最安全的地方居住,那儿有B大夫①可以随叫随到。对他们而言,村庄实际上就是一个社区,一个共同防卫的联盟,你会觉得如果没有带医药箱,他们恐怕连越橘也不敢去采摘。问题是,一个人只要活着,就总有死去的危险,尽管如果他是个活死人的话,这种危险会比所公认的相应少一些。一个在家坐着的人跟一个在外面奔跑的人,一样有危险。最后,还有那些自封的改革者,他们是最令人厌恶的,他们认为我总是在歌唱:

这是我搭建的房子,
这是那位住在我盖的房子里的人。

但他们不知道这第三行是:

正是他们,困扰着住在
我盖的房子里的人。

我不怕捉鸡的鹞子,因为我没养小鸡;可我害怕叮扰人的鹞子。

我还有比我刚才最后提到的更令人愉快的访客,前来这儿采莓的孩子们,星期天早晨穿着干净的衬衫来散步的铁路工人们。简言之,所有诚实的朝圣者——他们来林子里呼吸自由的空气,真正把村庄留在了后面——我都愿意迎上去给予问候:"欢迎,英国人!欢迎,英国人!"②因为我过去跟这个民族打过交道。

---

① 此处指康科德一位名叫约西亚·巴特利特的医生。
② 萨马瑟酋长(卒于1653年)就是这样向清教徒移民打招呼的。

我的豆田

　　与此同时,我种下的豆子——豆垄加起来足有七英里长——也急需锄草了,因为种得最早的已经长高,而后来种的才入土不久,锄草的事确实不能再耽搁了。我不知道,在赫拉克勒斯看来的这种区区小事,我干得如此执着,如此自觉,究竟有什么意义。我开始爱上我的豆垄,我的豆苗,尽管我种的远远超出了我的需要。它们让我依恋上了大地,我因此像安泰[①]一样获得了力量。可是,我干吗要种这么多豆子呢?只有天知道。这就是我整个夏天都在忙的活儿——地球上的这一块地从前只长洋莓、黑莓和狗尾草之类,还有甜味野果子和很好看的花朵,而现在却长出了这种菜豆。我将会了解到豆子的什么,或豆子将会了解到我的什么?我喜爱它们,给它们锄草,早晚我都会看望它们,这是我每天的工作。它们宽宽的叶子惹人爱怜。我的助手有露珠和雨水,是它们湿润着这片干旱的土地,此外是土壤本身含有的养分,尽管这附近的土地大部分都是贫瘠和枯竭

[①] 希腊神话中的人物,一个每碰到他的大地母亲就变得更加强大的巨人。

的。我的天敌是虫子和寒冷的天气,不过,最主要的天敌还是土拨鼠。土拨鼠啃光了我四分之一英亩的苗子。可我又有什么权力把金丝桃和其他植物都除掉呢,有什么权力毁掉它们这一自古就有的花草园呢?不管怎么说,仍留下的豆苗很快就会长得硬得让土拨鼠啃不动了,然后,我就该去对付新的敌人了。

我很清楚地记得,在我四岁的时候,家人带着我从波士顿来到了现在这个镇子,当时就曾经过这些树林和这片田野,到过湖边。这是深深地印在我记忆中最早的景色之一。今晚,我的笛声激起了这同一片湖面的回响。比我年龄还要长的松树依然耸立着。如果有一些倒下了(我可以用它们的树桩烧晚饭),幼树又会在它们周围长出来,为新生婴孩的眼睛形成另一幅景致。在这片草地上,差不多同样的金丝桃会从同一簇宿根中蔓生出来,甚至连我自己最终都帮助装点了这一从儿时起就萦绕在我梦境中的景观,而我的存在和在这里产生的影响,从这些豆叶、玉米叶和马铃薯的藤蔓上便可见一斑。

我种植了大约两英亩半的坡地,由于这块地开垦出来大约只有十五年——我自己就从这地里刨出两三捆树桩——因此我并没有给地里施肥。可从夏日锄草翻出的箭镞看,在白人来这里开荒种地之前,一个已经灭亡的部落早就居住在这里种植过玉米和豆类了,所以,从某种程度上说,这儿土壤的地力已基本枯竭,不适于再种豆子了。

在土拨鼠和松鼠跑过公路或是太阳照耀到矮栎上之前,当露珠还附在草叶上时——我建议如果有可能的话你还是尽可能在这段时间内把所有的活儿干完,尽管农夫们告诫我不要这么做——我就开始铲平豆田里那一行行茂盛的野草,然后再将土盖在它们上面。一大早,我便光着脚在地头干起活来,像个立体雕塑艺术家一样,在沾着露水的松软沙地里与泥土打着交道,可到晚些时候,太阳就会把我的脚晒出疱来。在大太阳下面,在长达十五杆的一排排绿色田垄之间,在那满是黄色砾石的坡地上,我来回慢慢地锄着草,地垄的一端是矮栎丛,我可以在那里的绿荫下休息,另一端是一片黑莓树,我每锄上一个来回,那绿色浆果的颜色就会变得深一些。除掉杂草,给豆梗周围培上新土,使我种下的豆子能茁壮成长,让黄土地用豆叶和豆花而不是用艾蒿、茅草或粟草来表达它夏日的情怀,让地球说是豆子而不是野草——这便是我每天的工作。因为我没有牛马,也没有雇短工或是童工帮忙,更没有什么改进了的农具,我的活儿干得很慢,我跟我种的豆子之间也变得比通常情况下要亲密得多。做体力劳动,哪怕最苦最累的活儿,也似乎永远不会是最坏的赋闲方式。它里面有一种持久不朽的道德意蕴,对学者来说,它更有一种经典的内涵。在那些走过林肯和苇兰德一路西行,没人知道要去往哪里的游客眼中,我就是一个勤劳的农夫;他们悠闲地坐在轻驾两轮马车上,胳膊肘置在膝上,任由缰绳松弛地垂下来;而我呢,就是一个守在家中于土地上辛勤耕作的当地人。很快他们便看不见也不会再想起我的家园了。道路两旁很长的一段路,唯有我这里开垦出了一片种植的土地,难怪游人们会对它特别留意。有时,地里的人听到游人们在指指点点地评说自己,可他知道他们这话并不全是说给他听的:"豆子种得太晚了!太晚了!"——因为在别人已在锄草的时候我还在播种——可那位牧师农夫①却没有想到这一点。"那是玉米,孩子,给牲畜做饲料的,用作饲料的玉米。""他是住在这儿吗?"一个穿着灰色上衣、戴着黑色圆顶礼帽的人说。一个脸膛粗糙的农夫喝住了他听话的老马问我,你这么做能行吗,地里一点儿肥料也不撒,他建议撒上些碎木屑,或者其他废料,或者草木灰和石灰也行。可这儿是两英亩半土地,我只有一把锄头和手推车,什么都要靠两只手来做——我厌恶使用其他车辆和马匹——再则,碎木屑又在很远的地方。在这些马车辘辘地驶过时,车上的游人拿我这块地和他们途中路过的其他田野,大声地做着比较,于是,我知道了我在这个农业世界中所处的位置。我这块地进不了科尔曼先生的农业报告。顺便说一句,谁会去估量大自然在未经人类改良的蛮荒土地上产出的粮食的价值呢?英国牧草的价值被仔细地衡量过了,其湿度、硅酸盐和钾肥的含量也被计算过了;可在一切山谷,林中洼地,草原和沼泽中生长着的丰富多样的植物,它们的果实却从未被人收割过。我的豆田可说是连接荒野的和开垦过的田野之间的一个环节;正如一些国家是文明的,一些是半文明的,另一些则是未开化的或野蛮的一样,我的地是半开垦过的,我这么说并不含贬义。我种的豆子在快乐地回到我给它们创造出的那一蛮荒和原始的状态,我的锄头在为它们演奏着一首牧歌。

在附近的一棵白桦树顶上,有一只棕色的鸫鸟整个上午都在啼唱——有人将其称为红画眉——它很高兴有人的陪伴,如

---

① 亨利·科尔曼牧师(1785—1840),从1838年到1841年发表了四次有关农业调查的系列报告。

果你的地不在这儿，它会去到另一个农夫的田里。在你播种的当儿，它唱着："播下去，播下去，盖起来，盖起来，刨出来，刨出来。"不过，我种下去的不是玉米，所以不怕它这样的敌人把种子给刨出来吃掉。你可能会感到纳闷，它的这些颇似绕口令的啼声，它这个业余的帕格尼尼①在单弦或是二十根弦上演奏的曲子，与你的播种之间会有什么关系呢？可你还是宁愿听它唱下去，也不愿去找湿草灰和灰泥。因为它就是一种我完全信得过的质优价廉的肥料。

在用锄头给豆垄培新土时，我惊扰了于远古年代便生活在这里的先民的遗物，他们打仗和狩猎时用过的小型武器和工具也重见天日。它们与天然的石块埋在一起，有些石头上还留有被印第安人篝火烧过或是被太阳炙晒过的痕迹，另外，还有一些被近代的垦荒者带到这里来的陶器和玻璃的碎片。我的锄头碰撞着地里的石块发出叮当的响声，这乐音回荡在林子和天空里，给我的劳动（生成了即时的，价值难以估量的成果）伴奏着。我正在锄的已不再是豆田，锄豆田的也不再是我；我不无自豪地想起我的那些进城里去听清唱剧的朋友，不由得为他们感到惋惜。晴朗的下午，我头顶的天空有时会有夜鹰盘桓——因为我间或也会好好地干上一整天的活儿——它就像是我眼中或是上天眼中的一粒尘埃，它时不时地俯冲下来，发出的声音好似苍穹开裂，最终被撕成碎片时的声响，好在天盖依然无恙，毫无罅隙。还有一些小鹰在天空飞翔，在几乎没有人烟的光秃秃的沙地或是山顶的岩石上下蛋；它们纤细、优雅的身姿，像

---

① 帕格尼尼（1782—1840），著名意大利小提琴家和作曲家。

瓦尔登湖上荡起的涟漪,像随风飘浮在天空中的叶片。大自然中的一切就是有着如此的亲缘关系。苍鹰是其掠过和俯瞰着的海波在空中的兄弟,它乘风展开的强健羽翼响应着大海翻滚的没有羽毛的翅膀。有的时候,我看见一对雌鹰在高空中盘旋,时而扶摇直上,时而又俯冲下来,一会儿彼此挨近,一会儿又飞离开来,仿佛是我的思想的化身似的。还有的时候,我的注意力会被一群野鸽子吸引,它们从一片树林飞往另一片树林,在急匆匆的飞行中发着颤音;间或,从干枯的树桩下面,我的锄头会刨出一条花斑蝾螈,瞧它那古怪又丑陋的样子,颇有古埃及和尼罗河的遗风,然而,它又跟我们是同一时代的。在我停下来倚着锄把,谛听着周围这纷至沓来的天籁,看着这一幅幅美景时,我深知这就是乡村生活提供给我们的无穷乐趣的一部分。

节日里,镇上鸣炮庆祝,传到林子这边荡起像放气枪似的回声,风儿偶尔也把军乐声吹送过来。对于远在镇子另一端豆田里的我,这大炮的响声像是马勃菌在爆裂;如果有什么军事行动,我又不知道,我那一天都会有种朦胧的感觉,觉得地平线那边有什么在酝酿,在生病,仿佛马上就会发疹子,要么是猩红热,要么是马蹄疮,直到后来轻风吹过田野和韦兰德公路,为我及时送来了"民兵操练"的信息。远远听去,好像是谁家的蜜蜂倾巢出动,邻居们都遵照维吉尔的建议,使劲地敲打起家里的盆盆罐罐,要把蜜蜂都再赶回蜂巢里去。当叮叮当当的响声完全消失,嗡嗡声也停止了,和风不再吹送来任何故事时,我知道人们已经让最后一群蜜蜂也安全地飞回蜂巢去了,现在,他们的心思都放在蜂巢里满满当当的蜂蜜上了。

知道马萨诸塞州和我们祖国的自由有我们坚强的军队捍卫着,我感到一阵自豪;再锄起地时,我心中充满了一种难以表达的自信,怀着对未来坚定的信心,我继续愉快地干着活儿。

当几支乐队同时演奏时,整个村庄听上去就像一个巨大的风箱,随着音乐的起伏,所有的建筑仿佛都一会儿鼓起来,一会儿又瘪下去。可有的时候真正高尚和激昂的乐曲,还有歌颂英名的号声,也会传到这些林子里来,此时我仿佛觉得我可以痛快地刺穿一个墨西哥人①的胸膛——我们为什么总是忍气吞声呢?——我四下寻找着一只土拨鼠或臭鼬,好表现一下我的勇武精神。这些军乐的旋律——村子上方的榆树梢头因此在微微地震颤和摇曳——听似来自遥远的巴勒斯坦,使我想起在地平线那边行进的十字军。这是那些伟大日子中的一天,从我这片空地望出去,苍穹依然像它每日所呈现的那般,一如既往地寥廓和美好,尽管我真的看不出它与平日有任何不同。

我与豆子之间变得日益熟悉起来,我耕种、锄草、收割、扬场、筛拣、出售(这最后一项最难做到),或许我可以再加上吃,因为我的确品尝过它们——所有这一切,都构成了我的一种独特的经历。我下决心要了解这一豆类植物。豆子生长时,我常常早晨五点钟起来给它们锄草,一直干到中午,下午我一般去做别的事情。想想一个人跟各种野草之间建立起的那种亲密而又奇怪的关系——它真的值得载入史册,因为其中的劳动确实值得一叙——他毫不留情地铲断杂草柔弱的组织,用他的

---

① 墨西哥战争(1846—1848)爆发在梭罗居住于瓦尔登湖期间。

锄头做出如此不公平的裁决，把一种植物一行行地全部铲平，却又刻意培育着另一种。这是罗马苦艾草，那是猪猡草，那是酢浆草，那是芦苇草，统统不放过，把它们挖起来，将它们的根翻起来暴晒在阳光下，不让它们的一根纤维躲在阴凉里，如果你不这么做，那么，它们很快就会翻个身立起来，在两天之内又长得像韭菜一样绿了。这是一场持久战，对方不是仙鹤，而是杂草，这些特洛伊人似的植物还有阳光、雨水和露珠为它们助阵。豆子每天都看到我扛着锄头前来解救它们，削弱着敌人的力量，用刨出的杂草填满地里的沟沟坎坎。许多疯狂生长、比它们的同类足足高出一英尺的摇头晃脑的赫克托耳①，纷纷倒在我的锄头之下，滚落到尘土中。

在夏天的那些日子里，我的一些同伴在波士顿或罗马献身于他们所热爱的艺术，另一些在印度学佛坐禅，还有一些去了伦敦和纽约做生意，而我则跟新英格兰的其他农民一样，专心于农事。我种豆并非为了自己吃，因为我天生就是毕达哥拉斯派②，不管人们用它们煮粥，还是选举时计数，我只用它们去换大米；或者，有些人在地里干活只是为了比喻和表达的缘故，为了将来有一天有个写寓言的作家可以引用。总体而言，这是一种难得的娱乐，如果持续的日子过多，也许会变成过度的享乐和挥霍。虽说我没有给豆子施肥，也没有一下就将整个豆田

---

① 赫克托耳，古希腊神话中的英雄人物，是围攻特洛伊城的英雄，后被阿喀琉斯杀害。
② 毕达哥拉斯（约前580—约前500），古希腊哲学家、数学家和毕达哥拉斯派的创始人，提倡禁欲主义，据说他本人是不吃豆子的。

锄上一遍,可我还是尽力好好地去做了,因而最终也得到了回报。"真正的事实是,"伊夫林说,"任何堆肥或是沤肥,都比不上用铁锹不停地松土、翻挖。"① 他在别处又补充说:"土地,尤其是新开垦的土地,它们里面有一种磁性,土壤用它来吸引给予它们生命的盐分、活力或养分(这两个名称表达的意思差不多),这便是我们为了养活自己对土地所进行的所有劳作的逻辑所在。所有粪肥和其他的堆肥只不过是对通过翻挖改善土地肥力的一种替代。"另外,肯内尔姆·迪格比爵士② 肯定会认为我的这块土地是"正在享受休耕,耗尽了地力"的土地,因此它能够吸收空气中的"生命力"。我收获了十二蒲式耳的豆子。

因为有人抱怨说科尔曼所报道的主要是乡绅们进行的昂贵的实验,所以,为了更加详尽,我列出了成本的明细:

锄头	0.54 美元
犁地,耙地,挖畦	7.5 美元,太贵了
豆种	3.125 美元
土豆种子	1.33 美元
豌豆种子	0.40 美元
萝卜种子	0.06 美元
搭篱笆用的白线	0.02 美元
马拉的播种机和雇男孩三小时	1.00 美元
拉收成的马和马车	0.75 美元

---

① 这一段和下一段都引自约翰·伊夫林的《土壤:地球的哲学过程》。
② 肯内尔姆·迪格比爵士(1630—1665),英国海军军官和作家,宫廷大臣,著有《论肉体的本质》等哲学著作。

总计   14.725 美元

我的收入（patrem familias wendacem, non emacem esse oportet）①来自：

售出了九蒲式耳十二夸脱豆子	16.94 美元
五蒲式耳大土豆	2.50 美元
九蒲式耳小土豆	2.25 美元
草	1 美元
秸秆	0.75 美元
总计	23.44 美元
盈余（就像我在别处说过的）	8.715 美元

这是我在种植豆子方面总结出的一些经验：六月一日左右，种下那种常见的小白菜豆，垄宽三英尺，垄与垄之间间距十八英寸，精心挑选那种圆润、没有掺杂的种子。首先要提防虫子，没有出苗的地方要及时补种；其次要提防土拨鼠，要是地头上没有遮挡的话，一有嫩叶顶出来，就会被土拨鼠啃个精光，等新藤长出来时，土拨鼠也会注意到，它们像松鼠一样笔直地坐在那里，连花苞和嫩豆角都吃光。最重要的是，如果你想避开霜冻，让农作物卖个好价钱的话，那就要尽可能早地收割。这样可以避免不少损失。

我还获得了下面这条经验：我对自己说，来年夏天，我将不花这么大的力气去种植豆子和玉米了，如果这类种子还没有

---

① 拉丁文，源自加图的《农业志》，意为一家之主应善于销售，不该只顾进货。

失传的话，我将播下像诚实、真理、简朴、信仰和纯真这样的种子，看看它们能不能在这片土地上生长出来——甚至用更少的劳作和肥料——并滋养我，因为这片田野无疑并没有因种了这些豆子便耗尽地力。啊！我这样对自己说。可是现在，一个又一个夏天过去了，我不得不告诉你，我的读者，我播下的这些种子——如果说它们确实是那些美德的种子的话——不是被虫子吃掉了，就是已失去了生命力，它们没能长出来。一般而言，人们只能跟他们的父辈一样勇敢，或一样怯弱。几个世纪以前，印第安人种植玉米和豆子，并且教给了最初到这里来的定居者，而这一代人一定会年复一年地像印第安人一样那么去做，仿佛这全是命中注定的一样。我那天看见一位老人，惊讶地发现他在用一把锄头挖洞，至少已经挖了七十次了，而且，挖的并不是他自己的坟！可我们新英格兰人为什么就不能去尝试新的冒险，而不是过分关注于他的谷物，他的土豆，他的牧草和果园呢？为什么就不能去种植一些别的庄稼呢？为什么我们要如此这般地关心豆种，而丝毫不去关心新一代人的成长呢？对我前面提到的那些品德，大家都认为它们比别的出产更珍贵，只是它们大部分都已经扩散，飘浮到空气中去了。要是我们碰到一个人，发现那些品德在他身上扎根成长了，我们真的应该感到满足和欢欣。比如说，现在就沿着大路来了一些微妙、难以言说的品质——正义或真理——尽管其量微乎其微，或是一个新的变种。应当指示我们的大使把这样的种子寄送回国内，并由国会帮助在全国推广。我们永远不要用客套来应对真诚。如果还存在着高贵和友好的种子，我们就绝不应该用我们卑劣的行为去互相欺骗，互相伤害和排斥。我们不应该这样彼此匆忙地擦肩而过。大多数的人，我都无缘晤面，因为他们似乎都没有时间，他们都忙于种自己的豆子。我们不要跟这样一个只知道埋头干活的人打交道，他在做活儿的间隙，将锄头或铁锹当作手杖倚靠着，不像蘑菇那样，只是身体的一部分探出地面，而且立得笔直，仿佛一只落下的燕子在地上行走：

说话的当儿，它的翅膀会时不时地张开，
像要起飞的样子，随后又收拢起来——①

这样一来，我们会以为我们是在跟一位天使说话呢。面包不见得总能给我们营养，可它对我们总是有益的，在我们不知道是什么让我们生病时，它甚至可以消除我们关节的僵硬，使我们变得轻盈、快乐，让我们认识到人类和自然的大度与慷慨，分享到清纯和崇高的愉悦之情。

至少古老的诗歌和神话都认为，耕作曾经是一种神圣的艺术；但是，现在却被我们缺少尊重、匆忙并轻率地从事着，我们的目的只是为了拥有更大的农场，收获更多的庄稼。除了牛市和所谓的感恩节之外，我们没有节日，没有列队祈祷，没有庆典仪式，来让农人表达他们对其职业的神圣感，或是使他们想起它神圣的起源。如今唯有酬金和酒宴吸引着农人。他们的祭品不再奉献给刻瑞斯[②]和朱庇特，而是奉献给阴曹地府的财神普路托斯。由于贪婪和自私，由于我们每个人都难以摆脱的

[①] 引自英国宗教诗人夸尔斯（1592—1644）《牧羊人的神示》的第五首颂歌。
[②] 刻瑞斯，古罗马神话中的人物，为谷物和耕作的女神。

卑劣习性,我们把土地看作了财产,或是看作了获取财产的主要手段,为此,我们的景致失去了光彩,农事和我们一起都退化(堕落)了,农人过着最卑贱的生活。他了解自然,但只是为了掠夺自然。加图说,农业的收益是特别神圣或公正的(maximeque pius quaestus)①,根据瓦罗②的说法,古罗马人"用同一个名字来称呼地球母亲和刻瑞斯,认为耕种土地的人是过着一种虔诚而又有益的生活,唯有他们才是农神萨图恩③的后裔"。

我们常常忘记了,太阳照耀我们的耕地,也以同样的光和热照耀草原和森林。耕地、草原和森林都一样反射和吸收着太阳的光芒,耕地只是它于每日行程中所看到的伟大图景中的很小一部分。在太阳的眼中,整个地球处处耕耘得都像个花园。因此,我们应该以相应的信任和气度去接受它的光和热。即便我看重这些豆种和今年秋天的收成,那又怎么样呢?这块我照管了这么长时间的土地,并没有将我看作它的主要耕作者,而是撇开我,把目光转向了与它更为相宜的那些因素,那些浇灌它、使它着上绿色的因素。我并不能完全收获这些豆子结出的果实。它们中的一部分不就是为土拨鼠而长的吗?麦穗(拉丁语 spica,旧体为 speca,词根为 spe,意为希望)不应该是农人的唯一希望;它的核儿或者颗粒(granum,源于 gerendo,

---

① 拉丁语,出自加图的《农业志》简介。
② 马尔库斯·铁伦提乌斯·瓦罗(前 116—前 27),古罗马学者,七十部作品的作者,其中只有《论农业》保留到今天。
③ 萨图恩,古罗马神话中的农神,相当于希腊神话中的克洛诺斯。

意为生产）也并非其所有的产出。那么，我们怎么可能还会有坏收成呢？难道我不该同时为野草的繁茂而感到欣喜吗？因为它们的种子便是鸟儿的粮仓。相比之下，田里的收成是否能装满农夫的谷仓，也就不那么重要了。真正的农夫不会为此而焦虑，正如松鼠对今年林子里会不会结出栗子不会表现出担心一样，他每日坚持耕作，却放弃对他地里产品的所有权，在他的心中，他不仅将其第一次的收获而且将最后一次的收获都奉献了出去。

村庄

在上午锄完地或是阅读和写作之后，我通常会再去湖中洗浴一次，我游过湖中的一个小水湾，在那里洗掉劳动粘上的泥土，或是抚平学习留下的最后一道皱纹，整个下午我都是绝对自由的。每隔一两天，我就溜达到村子里，听听那里不断传播更新着的八卦新闻，有的是口口相传，有的是各家报纸相互转载，如果按照顺势疗法只采用微量药剂，这些趣闻逸事不啻如树叶的簌簌声和蛙鸣，能令人耳目一新。就像我在林子里漫步是要看鸟儿和松鼠一样，我在村庄里散步是要看大人和孩子们。在这儿，我听到的不再是风吹过松林的沙沙声，而是马车的辘辘声。从我屋子这里，朝着一个方向望去，可看见河岸边的草甸，那里栖居着一群麝鼠；而在另一边地平线上的榆树和梧桐树的林荫之下，则掩翳着一个忙碌的村庄，令我好奇的是，它的村民仿佛原本就是草原犬鼠一样，要么各自坐在自己的洞口，要么窜到邻居家里聊天。我常常去那儿观察他们的习性。整个村子在我看来似乎就是个巨大的新闻机构，为了支撑这个新闻机构，他们像国务街上的雷丁公司①一样，在村子的一侧经营着坚果和葡萄干，或是食盐、玉米粉和其他杂货。有些人对第一种商品，即新闻，有着极大的胃口和极强的消化能力，因此他们可以总是一动不动地坐在通衢大街上，让新闻像地中海的季风一样吹拂着他们，在他们身上发酵，或者像吸入了乙醚一样，只生出麻木感，对疼痛没有了知觉——否则，很多新闻都会令他们痛苦——却又没有影响到他们的意识。每当我走过村子里时，我几乎总能看到一帮这样的精英，他们或是坐在一节梯子上晒太阳，身体微向前倾，眼睛时而贪婪地东瞧瞧西望望，或是手插在口袋里，像希腊古建筑中的女像立柱那样倚着谷仓站着，仿佛是他们在支撑着谷仓似的。因为平时总待在户外，风中传递的消息他们都能听得到。这些人是进行第一道加工的磨坊，所有的闲言碎语都首先在这儿经过最初的消化和碾磨，然后方可倒进室内更为精细的给料漏斗中。我留意到村里的主要建筑是杂货铺、酒吧、邮局和银行；就像机器有些不可或缺的部件一样，他们还在适当的地方备有一座钟、一门大炮和一辆救火车；为了有利于发挥人的最大潜能，房屋都建在街巷的两侧，彼此相对，这样当游人进来时必然会受到夹道的鞭挞，村里的每个男人、女人，甚至孩子，都可能揍到他。当然啦，那些住在每排最前面房子里的村民——他们看到的最多，也最容易被游人看见——无疑是最先能揍上游人的，因此他们为住房所在的优越位置也支付了最多的钱。至于少数住在村外的零散人家，在他们之间开始出现长长的豁口，游人可以翻墙而过，

---

① 指波士顿的一家书店。

或是拐进牛群走的小道,因而逃之大吉,所以这些人家所支付的地产税和窗户税便微乎其微。村里各处都挂满了招牌,以招徕游客;有的旨在吸引游人的胃口,譬如说酒馆和酒窖,有的是靠着花哨,譬如说干货店和珠宝店;还有的是冲着游人的头发、脚板和衣着,譬如说理发店、鞋店和裁缝铺。另外,还有更令人尴尬的,那就是各家门前都站着人要拉你进去,而每在这种时候,附近都少不了一大群看热闹的人。多数情况下,我都能奇迹般地化险为夷,我采取的策略是:要么毫不犹豫地、大胆地朝着目的地往前闯,我的这条经验真是值得向陷入这一僵局的人们推荐一下,要么脑子里想着崇高伟大的事物,就像奥菲士①那样"弹着他的七弦琴,高唱着颂扬诸神的赞歌,让他的歌声完全淹没塞壬②的声音,从而躲过危险"。有的时候,我会突然间加快速度,奔跑起来,谁也看不出我要去往哪里,因为不太在乎举止的得体,只要树篱中有个裂口,我就会毫不迟疑地钻了过去。我甚至经常冷不丁地闯入一些人家,在得知了要闻和最新精选的新闻后——有什么风波平息了,近期会不会有战事发生,世界各国是否能够继续和平相处——我会要求从后门出去,径直到了后街上,就这样又逃回到林中。

有时候,我不觉就在村子里待得晚了,此时让自己趁着夜色返航,对我是一大乐事,尤其是漆黑的暴风雨的夜晚,我从

---

① 奥菲士,古希腊神话中的人物,诗人和歌手,善弹七弦琴,弹奏时,猛兽俯首,顽石点头。
② 塞壬,古希腊神话中人首鸟身的怪物,塞壬用自己的歌喉使过往的水手失神,航船触礁沉没,经常徘徊在海中礁石和船舶之间,又被称为海妖。

一个明亮的乡间客厅或是演讲厅出来，肩上扛着一袋黑麦或印第安粗玉米粉，朝着林中我舒适的港湾进发，我将船体外面的一切都捆扎牢靠，想着一连串愉快的念头，退到甲板下面，只留下我的躯壳在掌舵，一帆风顺时甚至连舵都无须掌着。航行中，我在船舱的炉火边，心中流淌着诸多温馨的思绪①。无论遇上什么样的天气，哪怕是暴风骤雨，我都从未忧伤和沮丧过。即便不是在阴雨天的夜晚，林子里也要比大多数人想象的昏暗得多。我不得不常常从林中小路上方的间隙望出去，以辨别我要走的方向，在没有车道的地方，我用脚探寻着多日来我已在林中踏出的印痕，或是凭着我对有些比较特别的树与别的树之间的距离的了解，用手摸索着向前。比如说，于最漆黑的夜里，我在林中穿过的树木之间的间距总是在十八英寸左右。有的时候，就像今天这样一个又黑又潮的夜晚，我的脚探索着路径，而我的眼睛却看不见它，一路上我好像都在神游，在梦中，直到我抬起手要拉开门闩时，我才如梦方醒，我完全不记得自己是如何走回来的，我想就是我这个主人抛弃了它，我的身体也能自己走回来，就像手总是能摸到嘴一样。有好几次，来的客人碰巧待到了夜幕降临，赶上又是个没有星光和月光的夜晚，我不得不把他送到我屋后的马车道上，然后把他要走的方向指给他，告诉他要走对方向不能凭眼睛，只能凭他的脚的指引。另一个非常漆黑的夜晚，我也是这样送两个前来瓦尔登湖钓鱼的年轻人上路的。他们住在林子那边一英里半之外的地方，这条路他们平时是走惯了的。一两天后，他们其中一个人跟我说，

---

① 这一连串的比喻，都是作者用来写他在林中行走时的感受的。

他们俩在林中转悠了多半个晚上，其实就在他们家的附近了，可一直待天亮时才回到家中。在这期间，下了几场不小的阵雨，树叶上不住地往下滴水，他俩都被淋了个透。我听说，当夜色浓得如俗话说你能用刀子切的时候，许多人甚至在村里的街道上也会迷路，有一些住在村外赶着马车到村上买东西的人，不得不留在村里过夜；来村子访友的绅士和淑女们，直到他们的脚触到便道了，才发现他们已偏离正道半英里多，也不知道在什么时候就拐了弯。无论什么时候，在林子里迷路，都是一种令人惊奇和难忘的经历。暴风雪来临时，哪怕是大白天，一个人走在自己非常熟悉的道路上，却发现自己很难辨清到底哪条路才是通往村里的。尽管他也知道这条路他走过无数次了，可却看不出一个他熟悉的特征来，反而觉得陌生得像是在西伯利亚似的。当然，如果是晚上，那困惑和麻烦就更大了。我们平时随便溜达时，常常无意识地像是领航员那样，凭着一些我们非常熟悉的灯塔和岬角前行，即便我们越过了惯常走的航道，我们脑海里仍然留着对某个邻近岬角的印象；直到我们完全迷失，或是转了向——因为在这个世界上，人只需闭上眼睛转上一圈，便会迷失方向——我们才会深刻感受到大自然的浩瀚和陌生。一个人，不管他是从睡梦中醒来，还是从心不在焉中回过神来，都总要再次查看他罗盘上的刻度。直至我们迷失，换句话说，直至我们失去这个世界，我们才开始发现我们自己，意识到我们的境况，以及我们与世界千丝万缕的联系。

一天下午——我来到瓦尔登湖的头一个夏末——在我到镇上鞋匠那里去取鞋时，我被抓起来，送进了监狱，因为正如我在别处也讲过的,我没有向政府交税,或者说我没有承认它的权威,这个国家的政府在它议会大厦门前,像买卖牲畜那样贩卖男人、女人和孩子。我之所以住到了林子里,是为了办别的事情。可是,不管一个人去到哪里,那些肮脏的社会机构里的人就会追他到哪里,抓住他,如果可能,还要强迫他加入他们那一专横跋扈的共济会式的社会①。我固然可以进行较为强有力的抵抗,可以疯狂地与社会作对;然而,我宁愿让社会来疯狂地反对我,因为它是气急败坏的那一方。不过,第二天我就被释放了,从鞋匠那里拿上了我补好的鞋子,返回林子里,用费尔黑文山②上的越橘做了一顿晚餐。我平生从未受到过任何人的搅扰,除了那些代表政府的人。除了那张存放我文稿的写字台以外,我再没有上锁和插栓的地方,也没有给我的门闩和窗户钉过一个钉子。无论白天还是夜晚,我都没有锁过门,尽管有时我会走上好几天。到了第二年我到缅因州林中住了两个星期,离开时也没有锁门。可我的家中从未因此而受到过侵扰,就算我的屋子四周有一队士兵守卫着,也莫过于如此了。走累了的漫游者可以进来在炉边歇息、烤暖,文人可用我桌上放着的几本书消遣自娱,好奇心强的人会打开我的橱柜,看看我吃的午餐还剩下什么,再看看我为晚餐又准备了点什么。虽说来瓦尔登湖的人各个阶层的都有,可他们却没有带给我任何较大的不便,我也没有丢失过任何东西,除了荷马著的一本烫着金边的

---

① 指兄弟会组织的共济会会员独立会,其目的是给有需要的人提供帮助,追求有利于所有人的事业。
② 费尔黑文山,位于瓦尔登湖西南面半英里处,是梭罗最喜爱的地方之一。

小书，不过，我相信它最终一定是落到了一个与我志趣相投的人手中。我深信，只要所有的人都能像我现在这样过简朴的生活，就不会有偷窃和抢劫。这种事只发生在一部分人拥有太多而另一部分人又所得不足的社会中。蒲柏翻译的荷马不久便会传播开来：

> Nec bella fuerunt,
> Faginus astabat dum scryphus ante dapes.
> 如果人们需要的只是
> 山毛榉木碗，战争就再不会袭扰到人类。

"子为政，焉用杀？子欲善，而民善矣。君子之德风，小人之德草，草上之风，必偃。"①

---

① 引自《论语·颜渊》。

湖泊

在听够了村民们讲趣闻逸事,跟村里的朋友们在一起也待腻了后,我有时会步行到离我住宅更靠西边的地方去,到少有人迹的"清新的树林和新的牧场",或者,夕阳西下时,到费尔黑文山吃我的晚餐——越橘和蓝莓,再顺便采集以供我以后几天食用。在城里购买这些果子吃的人,吃不到它们真正的美味,即便市场上出售它们的人也吃不到。要品尝到它们真正的味道,只有一种办法,却很少有人这么去做。如果你想知道蓝莓的滋味,问牧童或鹧鸪即可。如果从未采摘过蓝莓,就说你已经品尝过了它们,那你这么说就不但庸俗,而且偏颇。正宗的越橘从未能进入波士顿城内。自它们在波士顿那三座山上生长结果以来,它们的美味就从未被城里的人知晓过。在运往集市的马车上,这一水果的鲜美及其精华部分,连同它们外面的那层粉霜,便都耗损掉了,它们成了一种极普通的果子。只要永恒的正义还在,纯美的原汁原味的越橘便不可能从乡下的山上运到城里。

干完一天锄地的活儿,我有时也会跟一个从早晨起就在湖边钓鱼的朋友会合，他像一只鸭子或一叶浮萍，在那里默不作声，一动不动地垂钓，在实践了各种不同的哲学后，待我到达时他大抵已做出了结论：他属于那种古老的无欲教派。这儿有位老者，是个钓鱼的好手，而且擅长各种木匠活儿，他很高兴有我的这么一座房子立在湖泊与山林之间，为垂钓者提供方便；同样，我也很高兴他有时坐在我的门前整理他的渔线。我们有时一块儿在湖上垂钓，他坐在小船的一头，我坐在另一头；我们之间的话语并不多，因为到了晚年他的听力变差了，他偶尔会哼起一首赞美歌，其内容与我的哲学很吻合。因此，我们的关系是一种毫无阻隔的和谐关系，它比那种通过语言来进行的交往，更令人愉悦和怀念。我喜欢独自在湖上划船，这种时候，我常常用船桨敲击船帮，激起回响，让附近的林子里萦绕、荡漾着隆隆的声浪，好像动物园的管理员引发了动物的吼叫声，直到每个长满林木的山谷和山坡上都响起咆哮声。

和暖的有月光的傍晚，我常常坐在小船里吹笛子，湖中的鲈鱼在我身边游来游去，仿佛被我的笛声迷住了。月亮在螺纹条状的湖底缓缓移动，映出了沉积多年的树木残骸。以前，我偶尔也跟同伴一起在漆黑的夏日夜晚来这儿探险，在湖边燃起一堆篝火，认为火光可以吸引鱼群，我们用上面挂着一串蚯蚓的渔线钓到了许多鳕鱼，等深夜我们钓完鱼时，就将还燃烧着的木头像放烟火似的高高地抛入天空，这些木头落入水中发出很响的嗞嗞声，随后便熄灭了，我们霎时间处于完全的黑暗中。临了，我们吹着口哨，再度返回人世间。不过，现在我却是在湖边安家了。

有时候，我在村里人家的客厅会待到房主人们都安歇之后才动身返回林子，多半是考虑到明天的饭食，我会趁着月光和夜深之际在船上独钓几个钟头，在这期间有猫头鹰和狐狸给我唱小夜曲，还不时地听到近处不知什么鸟儿叽叽喳喳的叫声。这些经历对我来说弥足珍贵，难以忘怀——小船停在离开岸边二三十杆远、四十英尺深的湖水中，有时候好几千条小鲈鱼和小银鱼游动在我的周围，用它们的尾巴在洒满月光的湖面上荡起一圈圈涟漪，我用长长的亚麻线跟栖居在四十英尺下、习惯于夜间活动的神秘鱼群交流着；或者有的时候，我乘着夜晚的轻风在湖上游荡，小船后面拖着六十英尺长的渔线，时不时地感觉到水下渔线传来的微微震颤，表明在渔线的另一端有鱼儿在游弋，表明对方在迟疑，拿不定主意，很可能会犯下愚钝莽撞的错误。然后，你缓缓地拉线，两手交替着把渔线往上拽，很快一条角鲇鱼吱吱地叫着、扭动着身体被拉出了水面。那是一种很奇怪的体验，尤其是在深夜中，当你的思绪海阔天空地漫游到浩瀚宇宙的起源等主题时，却被这渔线轻微的扯动打断了遐想，把你与大自然又联系在一起。恍惚之间，我仿佛觉得我可以同时将渔线甩入水中（它未必比空气更稠密），又抛向天空。这样，我好像用一个鱼钩一下子钓到了两条鱼。

　　瓦尔登湖的景致尽管秀丽，却算不上壮观，不常来这里的或是不在岸边住的人，都不会太注意到它。然而，这泓湖水不同寻常的深度和纯净，还是值得笔者特别去描述一番的。瓦尔登湖是一口清澈、幽深、绿色的水井，半英里长，周长为一又四分之三英里，面积约六十一点五英亩；是位于松树和橡树林中一汪终年不竭的泉水，除了云彩带来的雨水和湖水蒸发之外，没有任何看得见的进口和出口。环绕着它的群山陡然从湖面升起到四十到八十英尺的高度，其东南和东面的山高度则分别达到约一百和一百五十英尺，绵延四分之一或三分之一英里。这些山峦都是林地。我们康科德所有的湖泊和河流至少都有两种颜色：一种是从远处看呈现出的颜色，另一种更接近本色，在近处才看得出来。第一种更多地取决于光线，随着天色而变化。夏日晴朗的天气里，尤其是水面起了波浪时，从远处望去，几近于水天一色了。暴风雨的天气里，水面有时是一种较深的石板色。不过，据说海水在大气层没有出现明显变化时，也会一天是蓝色，一天是绿色。在大地被冰雪覆盖时，我去看过我们的河流，那时水和冰几乎都是草绿色。有些人认为蓝色是"纯净水的颜色，无论其是液态的还是固态的"。然而，直接从船上望进水中，倒是能看见非常不一样的颜色。哪怕是从同一个角度看，瓦尔登湖也是一会儿蓝，一会儿绿。位于天地之间，瓦尔登湖兼具天地之色。站在山顶上看它，瓦尔登湖映出苍穹的颜色；可在近处看，它靠近沙滩岸边的水面又是一种淡黄色，再往里一些，呈浅绿色，随之渐渐加深，成为一种均匀的墨绿色。在某种光线下，即便是从山顶看下去，瓦尔登湖靠近岸边的水面也是一种十分生动的绿色。有些人说这是它映出的草木的颜色；可紧挨着铁路轨道沙坝的湖水也是同样的绿色，在春天树木枝叶还未长得繁茂时，也是如此，由此可见，这一绿色很可能就是湛蓝的天色与沙子的黄色掺和在一起的结果。这是瓦尔登湖瞳仁的颜色[①]。还有一部分湖面，春天来临的时候，其

[①] 梭罗在这一章后面将湖称为"地球的眼睛"。

冰层由于从湖底反射上来的太阳的热量，以及从地面传过来的热量，会首先融化，围绕着仍然封冻的湖中央形成一圈窄窄的水沟。正如我们其他的河流湖泊一样，每当天气晴朗，有风吹皱了水面时，水波表面会从合适的角度倒映出蔚蓝的天空，或者，因为其糅合了更多的光，从稍远处看湖面比天空本身呈现出的蓝色更深。此时此刻，泛舟湖上，以不同的眼光去观察倒影，我辨识出一种无与伦比、难以摹状的浅蓝色，犹如浸水的或是多变的丝绸和剑锋隐隐透出的蓝光，比天空本身更加蔚蓝，它与水波另一面原有的黛绿色交相辉映，对比之下，波浪本身最终倒显得有些混浊了。我记得，那是一种玻璃般的绿蓝色，宛如日落之前从西边云层中看到的那一片片冬日的天空。可是，单单一玻璃杯水在光下看去，跟同样数量的空气一样是没有颜色的。众所周知，一块较大的玻璃板会泛出绿色，正如制造玻璃的人所说，这是因为它的"体积"的缘故，可一小块同样的玻璃就没有颜色了。至于瓦尔登湖用它多少的水量，便会显出绿色，我还从未去证明过。在岸边俯瞰我们的河水，它们一般都是黑色的，或者说是深褐色的，这一点和大多数的湖泊一样，给在里面洗浴的我们身上着了一层黄色。可瓦尔登湖则像水晶般纯净和透明，使洗浴者的皮肤看上去像是雪花石膏那么白，更令人不可思议的是，浴者的肢体会被放大，被扭曲，产生一种奇异的效果，值得一位像米开朗琪罗那样的画家好好地研究一番。

　　湖水如此清澈，以至于很容易看到二十五至三十英尺下的湖底。泛舟湖上，你可以看到数英尺下一群群鲈鱼和银鱼在游动,它们或许只有一英寸长,可前者却由于其身上的横纹很容易辨识,你会觉得它们是一种在这里谋生的"苦行僧"。许多年前的一个冬天,我曾在冰面上凿洞捕捞梭鱼,待我到了岸上时,我又将手中的斧子抛回湖面上,可像有鬼神作祟似的,斧子在滑出四五杆远之后,直接落入一个冰洞,水深二十五英尺。出于好奇,我返回去伏在冰面上,望进冰窟里,看见我的斧子头朝下在湖底斜立着,斧柄朝上,而且随着湖水的流动轻轻地左右摇晃着。要是我不打捞它的话,这个斧柄很可能就这么一直立着,摇晃下去,直到它随着时间的过去而腐烂。我在落入湖底的斧子的正上方,用我带着的冰凿又开了一个洞,用刀子在就近的一棵桦树上砍下一根它最长的树枝,做了个套索,把它固定在树枝的一端,然后,小心翼翼地把这根树枝放入水中,将套索套在斧柄把上,拽着桦树枝上绑着的线往上拉,于是,又把斧子打捞上来了。

除了一两处距离很短的地方是沙岸之外,整个堤岸都是由又光又圆的白石头堆起来的,岸石叠摞得整齐合缝,俨然人工砌成的一样,湖岸十分陡峭,在许多地方,只要你跳下去,湖水便会漫过你的头顶。要不是湖水那么清澈透明,你是很难看到湖底的,除非是湖底在对岸升了起来。有人认为瓦尔登湖深得没有底。湖中没有一处是污浊的,一个随意来观湖的人会说,湖里根本没有水草。至于看得见的草木,除了不久前被水淹过的、本就不属于湖中的小片草地之外,即便再仔细地寻找,也看不到有菖蒲、灯芯草,或是百合,不管是白色的还是黄色的,能看到的只有几朵鱼腥草和眼子菜,或是一两棵莼菜。不过,一个在湖中洗浴的人很可能是察觉不到它们的,这些植物和它们生长于其中的湖水一样洁净、透明。岸石延伸进湖中有一两杆远,再往前面的湖底就都是纯沙了,只在最深的地方有少量沉积物,或许是多少个秋季的枯叶吹落进湖中慢慢形成的,即便冬天起锚的时候,也可能会带上来一片鲜绿的水草。

我们康科德还有一个像这样的湖,叫白湖,位于往西两英里半的九亩角①;我对方圆十几英里范围之内的湖泊大都很熟悉,我还没见过第三个具有如此纯净、犹如井水水质的湖泊。或许,多少个过往的人饮过白湖的水,测量、赞叹过它,随后都消失了,可它的水依然那么碧绿、清澈。它可不是间歇性的泉水!也许,当亚当和夏娃在那个春天的早晨被赶出伊甸园时,瓦尔登湖就已经存在了,甚至在那个时候,它就被与薄雾跟柔和的南风一起到来的春雨所唤醒,湖面上游动着无数的鹅鸭,那时它们还没有听说亚当和夏娃被逐出了伊甸园,有这样纯净的湖水对它们来说就足够了。甚至在那时,瓦尔登湖便开始有了涨潮和落潮,澄澈的湖水和它现在的颜色,获得天堂的特许,成为世界上独一无二的瓦尔登湖和天堂甘露的蒸馏器。有谁知道在已无人记得的民族文学里,曾有多少诗人将其描述为是卡斯塔利亚泉的泉水②呢?或者,有谁知道是什么样的仙女曾于黄金时代时居住于此?瓦尔登湖是康科德王冠上的第一颗滴水宝石。

不过,最先来到这汪湖水的人也许会留下他们的一些印记。我很惊讶地发现,在湖周围陡峭的山坡上有一条逼仄的小路,

---

① 九亩角,在萨德伯里鸥上,白湖和费尔黑文湖之间的一个小居民点。
② 卡斯塔利亚泉,希腊神话中,帕纳萨斯山上缪斯们的泉水,灵感的来源。

甚至还穿过了湖边刚被砍伐过的一片茂密树林，小径忽上忽下，时而贴近时而又离开湖岸，也许它跟这里的人类一样古老了，上面留有土著猎人的足迹，还有现在这片土地上的占有者在不经意间踩踏下的痕迹。如果刚下过一场小雪你站在湖中央眺望，便会很清晰地看到，这条小路犹如一道连绵起伏的白线，毫无野草和枝叶的遮挡，有时小路经过的地方就在半英里之外，看得清清楚楚，而在夏天即便你离着小路很近，也很难辨识出来。可以说，好像冬天的雪用高凸浮雕的手法，将小径重新凸显了出来。将来有一天这里会建起别墅，但愿它们的庭院仍然能保留下一些小路的痕迹。

　　瓦尔登湖有涨有落，可没有人知道它的涨落是否有规律，或者说，哪一个时期会涨，哪一个时期会落，尽管像惯常的情形那样，许多人假装自己知道。一般而言，冬天的时候瓦尔登的水位高一些，夏天时水位低一些，虽说它与天气的潮湿和干燥并无多大关系。我记得，它是在何时比我住在那里时，水位降低了一两英尺，又在何时水位至少升高了五英尺。有道狭长的沙坝延伸进湖里，沙坝一边的湖水非常深，大约在 1824 年的时候，我曾在离开主岸六杆远的沙坝上，帮着炖过一锅海鲜杂烩汤，但在最近的二十五年里，这已经是不可能做到的事了。当我告诉我的朋友们，在那之后的几年[①]，我常常乘着小船到林中一个僻静的小湖湾——那儿离他们唯一所知的湖岸足有十五杆远，可现在那儿早就变成一片草地了——钓鱼时，他们听了都流露出不相信的神情。瓦尔登湖的水位已经连着两年在上涨，

[①] 指在 1824 年之后的几年。

到现在1852年的夏天，已经比我住在那里时升高了五英尺，或者说，基本上接近于它三十年前的水位了，那片草地又成了湖湾，可以钓鱼了。从岸上看，湖水的涨幅足有六七英尺；可是，从周围山上流入湖中的水量并不大，这水位的上涨一定与影响到地下泉水的原因有关。这个夏天，湖水又开始回落了。值得注意的是，这一涨落，不管是不是周期性的，似乎都需要许多年才能完成。我已经见过瓦尔登湖一次涨水，两次回落，我预计从现在起的十二年到十五年之后，湖水又会降至我所知道的最低点。在东面一英里之外的弗林特湖①，因湖水的流入和流出而时有涨落，在它们俩之间更小一些的湖泊，则与瓦尔登湖的水情相仿，涨落几乎跟后者在同一时期，最近上涨到了它们有史以来的最高水位。据我观察，白湖的情况也是如此。

　　瓦尔登湖的涨与落，之间隔着很长的时间，该特点至少有这样一个用处，瓦尔登湖的高水位会持续一年或一年多，尽管绕着它散步有些困难了，可却淹死了自上次涨水后沿湖长出的灌木丛和树木——美洲油松、桦树、赤杨、白杨和其他树种——待它的水位再次退下去后，湖岸边的杂木都被清除了。所以，瓦尔登湖不同于那些每日潮起潮落的湖泊和水域，在其水位最低时，它的湖岸是最干净的。在挨着我房子的这边湖岸上，有一排高达十五英尺的油松全被淹死，被连根拔起，这样便阻止了草木对它的侵蚀。这些树木躯干的粗细表明，自上次水位涨到这个高度时，这中间已经过去多少年了。通过这样的涨落，瓦尔登湖确立了它对湖岸的主权，湖岸就这样被整饬得

---

① 弗林特湖，在瓦尔登湖东南面一英里处。

干干净净,树木得不到它们的权利。这些湖岸是瓦尔登湖的唇边,它们上面不容许长胡须。它①还会时不时地舔一舔自己的脸颊。当湖水处在高位时,赤杨、柳树和枫树为了存活,从位于水中的树干上长出一团一团坚韧的足有几英尺长的红根,离开地面足有三四英尺高。我也知道,湖岸边长着一种较高的蓝莓丛,它通常并不结果实,可在水位上涨时会结出丰硕的果实。

有人难免感到纳闷,瓦尔登湖的岸边怎么能被铺砌得如此平整。我镇上的同乡听说过这样一个传说——年纪最长的人告诉我,他们年轻时就听说了这个传说——很早以前,印第安人在这里的一座小山上举行仪式,小山开始升高到天空中,正如瓦尔登湖现在深深地嵌入地下一样,故事中说,这些印第安人使用了不少亵渎的言辞,其实印第安人从来没有做过这种坏事,他们的仪式正进行时,小山一下子摇晃起来,突然坍塌了,只有一个名叫瓦尔登的老妪逃了出来,这个湖泊正是用她的名字命名的。人们这样设想,在小山晃动时,这些石头顺着山坡滚落下来,形成了现在的堤岸。无论如何,这一点是可以肯定的:这儿以前没有湖泊,而现在有了。这一则印第安人的寓言与我前面提到过的旧时定居者的故事并不冲突。他清楚地记得,在他带着他的占卜棒刚刚来到这儿时,看见有团薄薄的雾气从草地上升腾起来,他手中的榛木棒稳稳地指向了下方,他决定就在这儿挖个井。至于岸石,许多人还是认为,它们不太像是山体震晃、山石滚落的结果;不过,我发现周围的山上布满了这样的石头,于是在铁道离湖岸最近的地方,人们才不得不在铁

---

① 指瓦尔登湖。

轨两旁垒起石墙；而且，湖岸最为陡峭的地方，石头也最多；因此，很遗憾，这一点对我来说已不再是秘密。这样，我便找到了岸石的铺砌者。如果瓦尔登湖这个名称不是来自英国的某个地名——比如说，萨弗伦·瓦尔登——的话，那么，我们就可以设想，它最初应该是被叫作墙中湖①。

瓦尔登湖是我现成的水井。它的水一年四季都是纯净的，其中有四个月湖水还一直保持着清凉。我认为，在这几个月里，它的水不差于镇上任何一口井里的水，甚至比它们更好。在冬季，任何裸露在空气中的水，都比地下的泉水和井水更冰冷。放在我住的屋子里的一桶湖水，它的温度从前一天下午五点到第二天（1846年3月6日）的中午，一直保持在42华氏度，也就是说比刚从村子里水最凉的井里打上来的水还要低一度，尽管由于太阳对屋顶的照射，室内的温度计有段时间上升到了65华氏度到70华氏度。同一天，沸腾泉②的水温是45华氏度，是我所测试过的水中温度最高的，不过，在这个时候，由于滞留在浅层的地表水尚没有混入沸腾泉，这还是它在夏天最低的温度。此外，夏天的时候，由于瓦尔登湖的深度，它的水也从未像其他大多数暴露在阳光下的水域一样变得那么暖。在最热的天气里，我通常会在地窖里放上一桶湖水，水在晚上会变凉，而且，在第二天会一直保持那样的温度；不过，我有时也使用附近的另一眼泉水。湖水放上一个星期，仍然像它刚被汲上来时一样清凉，没有水泵的气味。夏天来湖边野营一周的人，只

---

① 墙中湖，原文是Walled-in Pond，发音与Walden相似。
② 位于瓦尔登湖西南半英里处，沸腾泉是一处冒泡的泉水，不是温泉。

需在他帐篷的阴凉处，将一桶湖水埋在几英尺深的地下，便用不着买冰块消暑了。

有人曾在瓦尔登湖钓到过七磅重的梭鱼——更别提另一条梭鱼直接拖着渔线就迅捷地游走了，那位垂钓者估计跑掉的那条鱼至少有八磅重，但他并没有看到它——除了梭鱼，还有鲈鱼和大头鱼（有些重量都在两磅以上），银鱼、鳊鱼或太阳鱼（拉丁学名 Leuciscus pulchellus），还有少量的欧鳊和几条鳗鱼，其中一条重达四磅——我之所以说得这么详细，是因为就一般而言一条鱼全靠它的重量出名，我还未听说过康科德别的湖中有过鳗鱼；此外，我还依稀记得一种大约五英寸长的小鱼，身体两侧是银色的，脊背呈绿色，有点儿鲮鱼的特征，我这里提到它，主要是为了把我掌握的事实跟寓言联系起来。不过，瓦尔登湖并不盛产鱼类。梭鱼是瓦尔登湖主要的骄傲，尽管数量也不是很多。有一次，我躺在冰上，看见至少三种不同类型的梭鱼：一种又长又扁，呈铁灰色，很像在江河中捕捞到的那种；另一种是鲜艳的金色，映着绿色的光，处在深水中，是这里最常见的；还有一种呈金黄色，形状跟第二种相似，只是两侧有深褐色或黑色的斑点，中间还夹杂着一些像血一样的浅红色斑点，特别像鳟鱼。这种鱼特定的学名是网纹（reticulatus），可用在这里并不贴切，它应该叫斑纹（guttatus）才对。这种鱼的肉特别结实，个头儿不算大，分量却不轻。银鱼、大头鱼，还有鲈鱼，其实所有生存在这湖中的鱼比起河鱼和其他湖里的鱼，都要干净和好看得多，肉也要细腻结实得多，因为这儿的水质更纯。它们很容易跟其他水域的鱼区别开，鱼类学家们很可能从它们中间培育出一些新种类。瓦尔登湖还有一些洁净的青蛙和乌鱼属类，以及数量不多的蚌；麝鼠和水貂也在这里留下过它们的印记，偶尔也有一只四处漫游的鳄龟造访这儿。有时候，我早晨推船离岸时，会惊扰到一只夜晚在船底藏匿的大乌龟。春秋两季，常常有成群的野鸭和大雁飞来，有白肚的双色燕（Hirundo bicolor）掠过湖面，整个夏季，都有一些斑鹬（Totanus macularius）在石岸上"大摇大摆"地走来走去。有时候，我也会惊扰到一只栖在湖边白松枝头上的鱼鹰；不过，我不知道这儿是否也像费尔黑文湖一样，曾有海鸥的叫声响起过；还有潜鸟每年最多光顾一次。这就是现在常来瓦尔登湖的所有比较重要的物种了。

如果你于风平浪静的天气，把小船划到靠近东岸沙滩这边水深八到十英尺处（湖中有些别的地方也有），你会看到湖底有许多圆形的石堆，直径约六英尺，高度一英尺，都是由鸡蛋大小的石头堆摞而成，周围都是纯沙。最初你会想，这会不会是印第安人出于某种目的，在冰上把它们堆成了这个样子，当春天湖上的冰融化时，它们便沉入湖底；不过，这些石头也摞得太齐整了，而且，其中的一些看似年代并不久远，全然不像以前的印第安人留下的。它们跟河里发现的圆石堆很是相似，可是，这里没有吸口鲤①和七鳃鳗②，我不知道还有什么鱼能垒起这些石堆。或许，它们是白鲑的窝巢。这些圆石堆给湖底平添了

---

① 吸口鲤，一种新英格兰常见的河鱼（suckers），据称能用嘴叼起或搬动拳头大小的石头。
② 七鳃鳗，一种像鳗鱼的鱼，有圆形的能吸咂的嘴。

一种令人愉悦的神秘感。

湖岸变化有致，丝毫也不显得单调。我脑海中有一幅清晰的瓦尔登湖堤岸的画面：西岸分布着犬牙交错的深水湾，北岸的山岩嶙峋苍劲，南岸呈秀丽的扇形，参差错落的岬角相互交叠，令人联想到在岬角之间那些尚未被人探查过的水湾。从周边都耸立着群山的小湖中央向四围眺望，你会觉得周边的森林与湖水相映成趣，森林的美被烘托得无以复加。这是因为在这种情况下，倒映着森林的湖水不仅成了最佳的前景，而且，它蜿蜒曲折的湖岸还是森林最自然、最宜人的边界。靠近湖岸边沿的森林，没有一处显现出斧凿的痕迹或是不完美的感觉，这儿从未有人砍伐过，也不与耕地接壤。在挨着水的这一边，树木有充分的空间可以扩张，每棵树都将它们有力、繁茂的枝条向着湖的方向生长。在这里，大自然编织起一道天然的衣边，放眼望去，从湖边低矮的灌木丛，层层叠叠，一直可以望到山顶的参天巨树。这儿很难看到人工的痕迹，湖水仍像它一千年前一样冲刷着堤岸。

湖泊是自然景观最美最具表现力的特征。它是大地的眼睛；在望向湖中时，观湖的人也在测量着自己本性的深度。湖畔的树木像是湖之纤细修长的眼睫毛，周围树木掩映的山峦和岩崖则是它悬挑的眉毛。

九月一个和煦的下午，一层薄薄的雾气使对岸显得朦朦胧胧，此时立在瓦尔登湖东端沙岸上的我，顿悟到了这"湖面如镜"的说法从何而来。当你弯腰从两腿间看过去时，瓦尔登湖就像是一层最精致的薄纱悬浮在山谷之间，映衬着远处的松林，发着熠熠的光,将大气一分为二。你甚至觉得你可以从它下面衣不沾湿地走到对面的山上去,掠过湖面的燕子也可以在它上面栖息。有时候,那些燕子真的会俯冲下来,潜入那条薄纱之下,在误入水中后才恍然大悟。当你的视线越过湖面望向西边时,你不得不用双手遮在眼前,挡住来自天上和从湖面反射来的阳光,因为这两种光都一样耀眼。如若在这两种光之间你细细地观察湖面,它确实称得上平滑如镜了,除了有水黾不一会儿从湖面滑过,它们的移动在阳光下生出你所能想象到的最美的闪光,或者,是水中的一只野鸭在梳理羽毛,或者,像我前面说过的,一只燕子在低飞时触到了湖面。远处,也许会有条鱼从水中跃出三四英尺的高度,从而画出一道美丽的弧线,它跃起时映出一道闪光,落入水中时又是一道闪光。有时候,两道闪光连在了一起,显示出一道银色的弧形;或者,时而有蓟草漂浮在水上,有鱼儿冲着它一跃,让湖面再次起了涟漪。湖面像是熔化了的玻璃,虽说冷却了却还没有凝聚,上面极少的微尘也像玻璃中的瑕疵一样,显得纯净而又美丽。你经常会看到一片更平静更幽深的水面,仿佛被一个无形的蜘蛛网(是水中仙子在那里休息搭建的水栅)将其整体隔离了开来。从山顶上,你能看到湖中无处不有鱼儿在跳跃,不管是梭鱼还是银鱼,即便是从平滑的水面叼住一条小虫,也会明显地搅动整个湖面的平静。这个简单的事实——鱼类谋杀案即将浮出水面——竟是这样精巧地被显露了出来,不免令人唏嘘①。从我在的山顶上,我辨识出这一圈圈的波纹扩散开来时,它们的直径达到了六杆

---

① 这一句应该是对上一句话的引申和发出的感慨。

左右。你甚至能看水蝽(拉丁文学名 Gyrinus)在四分之一英里开外的平滑水面不停地前行;它们犁出一道道浅浅的水辙,使形成的涟漪又被它们身后的两道分叉线阻断,而水黾滑过湖面却几乎看不出有涟漪。当湖上起波浪时,水黾或是水蝽便没了影儿,可一到风平浪静时,它们便离开它们的安乐窝,壮着胆子朝着湖中进发,直到抵达对岸。在秋天晴朗的日子里,沐浴着和暖的阳光,坐在山上的一根树桩上,俯瞰倒映着天空和树木的瓦尔登湖,仔细观察那一圈圈不断生成和荡漾着的涟漪,真是一件令人心怡的事情。整个湖面,即便有一些动荡,也很快被消解、平息下来,就像是在湖边汲了一壶水,会有波纹涌向岸边,随后一切又归于平静。每当有鱼儿跃出水面或有虫子落进湖里时,总会泛起涟漪,出现优美的水纹,好像是其[①]源泉在不断地流涌,其生命在脉动,胸膛在起伏。我们无法辨识这是快乐的还是痛苦的震颤。瓦尔登湖,一派多么平和宁静的景象啊!人类的杰作再度如春天般绽放异彩。啊,每片树叶,每根枝条,每块岩石,每个蜘蛛网,都于现在这午后时分,像是覆满露珠的清晨那样,闪着熠熠的光。一支船桨入水,或是虫儿在湖面上挪动,都会生出一道闪光。船桨击水荡起的回声,听起来真令人陶醉!

在九月或是十月的一天里,瓦尔登湖俨然就是嵌在森林中的一面明镜,它的四周镶嵌着宝石般的石头,在我看来,它们比宝石还稀缺,还珍贵。或许,在地球上,再也没有什么比湖泊更娇美、更纯净、更浩渺的了。瓦尔登湖就是一座天湖。它

[①] 原文这里是 its,译者认为应是代指鱼儿或虫子。

不需要围栏。多个民族的人来了又走了，丝毫没有玷污到它。这是一面任何石头都敲不碎的镜子，它的水银永远不会掉落，它的镀金大自然会持续地给予修复；风暴，尘垢，永远都无法使它光鲜的外表变得晦暗朦胧；落到它上面的杂质很快会沉入湖底，或是被太阳下面的雾气——一块很轻的布——给拂去，掸掉；吹到它上面的哈气留不下印记，不过，它却呼出自己的热气，像白云一样高高地飘浮在它的上方，又倒映在它的怀抱中。

　　一泓湖水显现出空气中的精灵。它不断地从其上方接受新的生命和运动。就其实质而言，它就是大地与苍穹之间的媒介。唯有植根地上的草木才会随风摇曳，而水本身则因风而起涟漪。通过一缕缕或是一片片的闪光，我知道有风拂过了水面。人很了不起，能够俯瞰整个湖面。或许，终将有一天，我们也能这样俯瞰大气（层）的表面，标记下更为奇妙的精灵掠过它的地方。

　　水黾和水蟒会在十月下旬严霜降临时完全消失。然后，到了十一月份，遇上风和日丽的天气，那时绝对没有任何东西去弄皱水面。十一月的一个下午，持续了好几天的暴风雨终于停了，尽管天空依然乌云密布，雾气弥漫，这时我注意到瓦尔登湖湖面异乎寻常地平静，以至于很难辨识出它来；倒映在湖中的已不是十月金秋的色调，而是周围山上十一月的黯淡萧瑟。虽然我已尽可能轻地划动船桨，可由我的小船荡起的水波还是扩散到了我目力所不及的地方，使水中的映像也变得歪歪扭扭。在我眺望着水面时，我看到远处有星星点点的闪光，像是躲过了严霜的水黾又在那边聚集，或者，是如镜般的湖面显露出了湖底泉水涌出的位置。我小心翼翼地划过去后，惊讶地发现自己被无数条小鲈鱼环绕着，它们大约五英寸长，于碧绿的湖水中呈深铜色。它们在快乐地嬉戏，不停地浮到水面上来，弄出一个个小水圈，有时还会留下一串水泡。在这样透明、深不见底、倒映着云彩的湖面上，我觉得自己仿佛乘坐着氢气球，飘浮在半空中。游动的鱼儿像是在飞行或翱翔，它们是一群密集的鸟儿在我的左下方和右下方飞过，它们的鳍像张开的风帆。瓦尔登湖里有许多这样的鱼群，显然它们是想在冬季尚没有被冰帘遮挡天光之前，抓紧享受这一短暂的时节。有时它们搅动着水面，像有轻风掠过一样，或是像有一些雨点洒落下来。当我在靠近时不小心惊动了它们，鱼群便突然扑棱着身体，用尾巴掀起水花——好像一个人在用毛刷似的枝条击打着水面一样——刹那间潜入深水去了。后来起风了，雾变得浓了起来，湖面开始涌起浪花，鲈鱼比先前跃得更高了，几乎将半个身子露了出来，湖面上蓦然间出现了上百个黑点，每一个约有三英寸长。有一年，甚至到了十二月五日时，我仍看到水面上有一些水圈泛起，以为是马上就要下雨了——因为湖面上弥漫着雾气——我急忙划起船桨往回赶。雨似乎很快就会下大了，尽管我脸上还没有落上雨滴，我想着自己就要被淋成落汤鸡了。可突然间，湖面上的水圈不见了，因为它们都是被鲈鱼弄出来的，而我的船桨现在吓跑了鲈鱼，我看到它们一群一群消失在了深水中。我就这样度过了一个干干爽爽的下午。

六十年前（那时的湖还完全掩翳在它周围繁密的森林之

中），一位常常来瓦尔登湖的老人告诉我，在那个时候他时常看到野鸭和其他水鸟来这儿落脚，周围还有许多鹰，一派生机盎然的景象。他来这儿是为了钓鱼，用的是一条他在湖边发现的很旧的独木舟。它是由两棵白松掏空后拼接在一起做成的，船头和船尾都被砍削得方方正正的。它非常笨拙，但结实，在使用了很多个年头后，船体才进了水，沉到湖底去了。他不知道这是谁的船，它应该是属于瓦尔登湖的吧。他曾经把一条一条的山核桃树树皮缠扭在一起当锚绳使用。有一个革命前就住在湖边的老陶工曾跟他说，这湖底沉着一个铁柜，并说他曾经见到过它。有的时候，这只铁柜会漂浮到岸边来，可当你走向它时，它就又沉回深水中不见了。听到这个已有不短历史的老独木舟的故事，我很高兴，它替代了印第安人用同样的材料做成的独木舟，而且造得更优美一些。或许，这条独木舟最初就是岸边的一棵树，后来，它倒入湖中，在水里漂浮了一代人的光景，成为这湖上特有的船只。我记得，在我第一次望向湖水深处时，我隐隐约约看见湖底堆积着许多又粗又长的树干，它们或是以前被大风刮倒落入湖中的，或是上次砍伐完留在冰上的，那时候木材还很便宜。不过现在，那些沉木大都已经不见了。

在我第一次泛舟于瓦尔登湖时，它还完全被茂密、高大的松树林和橡树林环抱着，在它的一些湖湾里，葡萄藤蔓攀缘过湖边的树木，在水面上搭起凉亭，小船可以从它下面通过。作为湖岸的山体是那么的陡峭，山上的林木又是那么的高耸挺拔，当你从湖的西端往下看时，瓦尔登湖就像是供林中仙子们演出的一个巨大的露天剧场。年轻的时候，我在这儿消磨过不少夏日的时光,在把船划到湖中央后,我仰躺在船上的座位之间,放开思绪遐想着,任凭风儿吹着我和小船在湖上漂荡,直到小船触到沙滩我才如梦方醒,随之起身看看我的命运把我带到了哪一片湖岸。在那些日子里,赋闲是最具有吸引力最富有成效的事业。很多个上午我都偷偷溜出去,我宁愿这样度过一天中最宝贵的时光;因为我很富有,不是金钱上的富有,而是明媚阳光和夏日时光上的富有,我尽情地享用它们;我并不后悔我没有把更多的时间用在工厂里或是教师的办公桌上。不过,自从我离开这些湖岸后,伐木工人们又砍掉了不少的树木,过上一些年之后,将不再会有在林间小道上徜徉的情形,也不再有从林木之间偶尔看到湖水的情形了。如果我的缪斯从此沉默不语,那她也是可以原谅的。当它们的林子被砍掉后,你怎么还能期望鸟儿再歌唱呢?

　　现在,那些沉在湖底的树干,那条老独木舟和湖岸周边黑压压的树木,全都消失了,那些甚至连瓦尔登湖在哪儿都不知道的村民,不是想着到湖里去洗浴或饮水,而是在思谋着如何用管道把湖水——它至少像恒河的水一样圣洁——引到村子里,用它来清洗他们的碗碟!想着只要一拧开龙头或是拉开栓,就能得到他们的瓦尔登湖!那匹恶魔般的铁马[①],它震耳的嘶鸣声整个镇子都能听得到,它已经用它的铁蹄践踏、弄脏了沸腾泉,也是它吞噬了湖岸边上的所有树木,那匹肚子里装着一千个士兵的特洛伊木马,就是经商、贪财的希腊人发明的!这个国家

[①] 喻指火车。

的勇士,摩尔府上的摩尔①哪里去了?他应当赶到深堑②与它短兵相接,将复仇的长矛刺向这个傲慢的害人之物的肋骨之间。

  不过,话说回来,在我所知道的所有特性中,瓦尔登湖具有最好最鲜明的特征,它最完美地保持了自己的纯洁性。许多人曾被比喻成瓦尔登湖,可很少有人能配得上这一殊荣。尽管伐木工把环绕着湖边的树一片一片地都砍光了,尽管最先来到美国的爱尔兰人在湖旁搭起许多棚屋,铁路也侵入到湖的周边,还有人冬季在这里凿取冰块,可是,瓦尔登湖本身并没有变,还是我年轻时见到过的那汪水,所有的变化都在我这边。它时而泛起的层层涟漪,却未能给它留下一道永久的皱纹。它永远年轻,我可以伫立在岸边,看着一只飞燕掠过水面,叼起一条虫子,就跟许多年前看到的一样。今晚,我不禁又触景生情,仿佛我已有二十多年再没有跟它朝夕相处过了——噢,瓦尔登湖,它真真确确就是那个我在许多年前发现的林中之湖。去年冬天一片森林被砍伐了,今年湖边便会郁郁葱葱地长出一片新绿;同往日一样的思想在不断涌向湖面;这对湖本身和它的造物主都同样是一种欢悦和幸福,噢,对我也是。这一定是一位勇敢者的杰作,在他身上没有丝毫的狡诈!他用他的手把它造成了一个圆形,用他的思想使它变得深邃和纯净,在他的遗嘱中将它馈赠给了康科德。我从它的面庞看得出来,它也是像我这么认为的,我几乎要说,瓦尔登湖,这是你吗?

---

① 据传,摩尔是古代英国传说中屠龙的英雄人物。
② Deep Cut,深堑,瓦尔登湖西北面的一个地点,为了铺平铁轨,那里的土被挖了出来,成了一个大坑。

> 我没有那样的奢望,
> 要为你写下诗行;
> 我住在瓦尔登湖旁
> 觉得接近到上帝和天堂。
> 我就是它石头的堤岸,
> 是轻风拂过它的水面;
> 在我的手掌心里
> 是它的水和沙砾,
> 它最幽深的胜地
> 高驻在我的思想里。

火车从未停下来看看瓦尔登湖。不过,我想,火车司机、司炉和司闸员,还有那些持有季票,常有机会见到瓦尔登湖的乘客,是懂得如何欣赏这一景观的人。机车司机在夜晚不会忘记,或者说他的本性令他不会忘记,他在白天至少有一次目睹了瓦尔登湖的静谧和纯净。哪怕只看过一次,也足以洗涤掉来自斯达特街①和机车上的烟尘。有人建议,将它称为"上帝的水滴"。

我前面说过,瓦尔登湖没有看得见的进水口和出水口,但是它的一端间接地与距离较远、地势较高的弗林特湖相接——从那边过来的水在它们之间形成了一连串小湖——它的另一端又显然与地势较低的康科德河直接相连,它俩之间也是分布着一连串小湖,在某一地质时期,也许瓦尔登湖的水曾流经这些

---

① 波士顿的金融和商业区,代表商业和物质财富。

小湖，进入康科德河，若是挖掘一下，它便能再次流向那里了。瓦尔登湖像个林中隐士那样节制寡欲了这么多年，因此它获得这样神奇的纯洁性，如果弗林特湖的不是那么纯净的水混入瓦尔登湖，或是它将自己甜纯的水白白注入了海洋，那岂不令人感到遗憾？

林肯的弗林特湖，也称沙湖，是我们最大的湖泊和内海，它位于瓦尔登湖以东一英里处。它的水域非常之阔，据说有一百九十七英亩，渔产丰富；只是湖水较浅，也没有那么纯净。我常常喜欢穿过树林，步行到那里去。哪怕只是感受一下那吹拂到你脸颊上的凉爽的风，看看浪花的翻涌，怀念一下水手的生活，都是值得的。秋天起风的时候，我去那边捡板栗，落在水中的板栗常常会被浪推涌到岸边，到我的脚下来。有一天，我正沿着长满莎草的岸边爬行，有浪花不时地飞溅在我的脸上，蓦然间我看到一条船的残骸，船帮都没有了，几乎只剩下一个扁平的船底躺在灯芯草丛中；不过，它的轮廓还是清晰的，像是一片很大的枯萎了的睡莲叶，上面的筋络还在。它就像一艘搁浅在海边的船只一样令人难忘，里面也饱含着耐人寻味的道德寓意。此时，它仅仅是一片滋养植物的腐殖质，与湖岸几乎都分辨不出来了，因为它四周都长满了灯芯草和菖蒲。我常常流连于沙湖的北岸，那边湖底所形成的沙棱令我赞赏不已，由于水的压力，涉水人感觉脚下的湖底很坚硬，那儿的灯芯草与湖底一排一排的沙棱相对应，也长成了一行一行呈波纹形，仿佛是波浪将它们播种了下去似的。我还发现沙湖里有不少很奇怪的绒球，里面包着纤细的草叶或草根，或许是谷精草，其直径在半英寸到四英寸之间，都是很圆的球体。它们在水很浅的沙底荡来荡去，有时便被冲到了岸上。它们里面或者都是结实的草纤维，或者中间夹杂了一些沙砾。开始你会以为，就像卵石那样，这些绒球也是由于波浪的冲刷而形成的；可即便最小的球体，哪怕只是半英寸长的，里面也同样是粗糙的质地，而且，一年中它们只在一个季节里才有。再说，我怀疑，波浪与其说帮助构成，还不如说有损于已经在形成的球体。在干透后，它们能一直保持它们形状的完好。

弗林特湖！我们命名的本领竟会如此之差。那个邋遢、愚蠢的农夫——他的农场紧挨着这个天湖，他把湖岸周围砍伐得一片荒凉——有什么权力用他的名字来命名它？一个吝啬鬼，他更喜欢一美元硬币或是分币上光滑如镜的表面，从那里可照出他自己紫铜色的面庞；他甚至把在湖中安家的野鸭视作僭越者；由于长期习惯于像鸟身女怪哈比①那样贪婪地抓抢东西，他的手指变成了伸不直的鹰爪，因此，我不接受这个名字。我到那里，不是为了去看他，或是听有关他的故事。他从来没有欣赏过这个湖，从未在它里面洗浴过，从来没有爱过它保护过它，也没有赞美过它，没有因为上帝造出它而感谢上帝。与其这样，还不如让它以湖中的鱼儿或是常来这里的野禽和走兽，或是岸边的野花，或是与该湖的历史密切相关的某个野人或孩子的名字来命名；而不要采用他这个人的名字，因为他除了一张像他一样爱财的邻居或立法机构开给他的契约之外，再不能表明他对湖有任何的权力——一个只考虑湖的金钱价值的人，他的存

---

① 希腊神话中一个肮脏、狰狞的鸟身女怪。

在或许就是它的厄运。他枯竭了它周边所有土地的潜力，还想竭泽而渔。唯一让他感到遗憾的是，它不是能种植英国草和蔓越橘的草地——因此在他的眼里什么也弥补不了它的这一缺憾——宁愿将它的水抽干，出售湖底的淤泥。它不能转动他的磨坊，观赏湖景在他看来是毫无意义的事。对他的劳作我并不赞赏，在他的农场里一切都是有价的，他可以将景致将上帝也带到市场上去，只要他能从中得到利益。他去市场，其实是为了找到他的上帝。在他的田里没有什么可以自由地生长，他的土地不是长出作物，他的草地不是长出花朵，他的树上也不结出果实，对他而言，只有等它们都变成美元，这些果实才算成熟。只要能享有真正的财富，我甘愿贫穷。我对农夫的尊重和喜欢，与他们的贫穷成正比。看看那些模范农场！房子像是长在粪堆上的蘑菇，给人的、马的、牛的和猪的棚舍，干净的和不干净的，都挤挨在一起！住满了人！一个大大的油渍，充斥着粪肥和奶酪的味道！一种高度文明的状态，竟用人的心和脑来沤肥！就好似你在教堂墓地种植马铃薯！这就是我们的模范农场。

不，不！若是要用人的名字来给最美好的景致命名，那就用最崇高、对人类贡献最大的人的名字。让我们的湖泊至少像伊卡洛斯海①一样，拥有它们真正的名字吧，那里的"海岸依然回响着我勇敢的尝试"。

---

① 伊卡洛斯海，爱琴海中以伊卡洛斯命名的部分。根据希腊神话，伊卡洛斯是雕塑家戴达勒斯的儿子，与父以蜡翼粘身飞离克里特岛，因为飞得太高，被太阳融化，坠爱琴海而死。

鹅湖，面积较小，坐落在我去弗林特湖的路上。费尔黑文湖，从康科德河延伸出来，据说面积有七十英亩，位于西南面一英里处；白湖，占地约四十英亩，在费尔黑文湖过去一英里半的地方。这里是我的湖畔之乡。这些湖泊，加上康科德河，是我可以享有的水域。日复一日，年复一年，它们碾磨着我给它们拿去的谷物。

自伐木工、铁路和我自己亵渎了瓦尔登湖后，在所有的湖泊中，现在最有吸引力的——如果不算上是最美丽的话——也许就是白湖这颗林中宝石了。白湖，一个太普通而显得有些俗气的名字，之所以称白湖，可能是因为其水质超出寻常的纯净或是湖底沙子的颜色。不过，在这一方面，还有其他方面，它都跟瓦尔登湖像是孪生子，当然是小一点的那一个。两个湖泊太相似了，你甚至会说两湖在地下一定是相连的。白湖拥有和瓦尔登湖一样的石岸，它的水也是同样的颜色。像瓦尔登湖一样，在三伏天时从林中俯瞰白湖的那些小湖湾，水也不太深，来自湖底的反光给湖面着上了一层色泽，因此白湖的水也是一种雾蒙蒙的蓝绿色或淡蓝色。许多年前，我常常用手推车从那里取沙，制作砂纸，自那以后，我便成了白湖的常客。有个多次去过白湖的人建议称它为绿湖，从下面的这一情况看，或许我们也可以称它为黄松湖。大约十五年前，你可以在湖中看到一棵油松（当地人管它叫黄松，尽管黄松并不特指哪一种树）的树冠，在离开白湖岸边许多杆远的深水处伸展着它的枝杈。有的人甚至认为白湖是地面下陷后造成的，这儿以前应该有一片原始森林。我发现，早在1792年，于《马萨诸塞州历史学会文集》中便有记载，一位康科德的公民写了一篇《康科德镇地形介绍》，作者在谈完瓦尔登湖和白湖后，继续写道："在白湖水位较低时，可以看到湖中央有一棵树，远望过去它就像是于它现在所在的地方长出来的一样，尽管它的根是在五十英尺深的水下；树顶端的枝干已被折断，截断处的直径约十四英寸。"1849年的春天，当我与萨德伯里的一位住得离白湖很近的人交谈时，他告诉我说，就是他在十几年前把那棵树从湖中打捞上来的。据他的记忆，这棵树在离开岸边十二到十五杆的湖中，那里的水深是三十到四十英尺。那是在冬天，他上午在湖上凿冰，然后决定下午请邻居们帮忙，把这棵老黄松拖上岸来。他先是在冰上开凿了一条通向岸边的渠，然后用牛将树拽起来，拖到冰上。这时，他惊讶地发现原来这棵树是倒立在湖中的，它的树枝茬子都是冲着下面的，树冠较小的那一头结结实实地扎在了湖底的沙子里。它粗的那端的直径有一英尺左右，他本以为得到了一根不错的原木，没承想已经腐烂到只配做柴火用了。当时他还在家里留了一些。在靠近根部的树干那儿有啄木鸟啄过和斧子砍过的痕迹。他认为它最早可能是岸上的一棵枯树，后来被大风刮到了湖里，由于它的树顶被水浸透了，而根部没有着水，较轻，漂到水中下沉时便头朝下了。他八十岁的老父亲说，从他记事起那棵树就在那里了。现在仍可以看到一些粗大的树干沉在湖底，由于湖面水波的拂动，它们像是蠕动着的巨大水蛇。

白湖上很少有船只，因为这儿几乎没有能吸引渔民的鱼类。湖中既没有需有淤泥才能生长的百合，也没有那种常见的菖蒲，唯有一些开蓝花的鸢尾（拉丁文学名 Iris versicolor），稀稀落落地长在湖边的石头湖底，等着六月份时蜂鸟的光顾。它那蓝幽幽的叶片和蓝幽幽的花朵，尤其是它们的倒影，与淡蓝色的湖水很是相宜。

白湖和瓦尔登湖是大地上两块巨大的水晶石，是光之湖。若是它们能凝固了，能切割下足够小的量来，它们或许便能被奴隶们开采了去，像最珍贵的宝石那样，装饰在皇帝的冠冕上。可是，因为它们是液态的，又大到无法搬运，永远会留给我们和我们的后人，所以我们对之不屑一顾，而是去追求科希努尔钻石①。它们的水太纯净了，以至于没有了市场价值，没有供植物生长的养料。它们远比我们的生活美好得多，远比我们的秉性透明得多！我们从未听说过它们有什么令人鄙夷的瑕疵。与农夫门前养鸭子的水塘相比，它们不知美出多少倍！来白湖和瓦尔登湖的，是洁净的野鸭。在大自然居住的人类，却不知道欣赏她。鸟儿，以及它们美丽的羽毛和歌喉，都与鲜花琴瑟和谐，然而，有哪一个少男少女能与大自然妖娆野性的美息息相通，相得益彰呢？她远离人们居住的城镇，独自绽放。还奢谈什么天堂！你们把人间都玷污了。

---

① 科希努尔钻石，原产自印度的一颗大钻石，1849 年被英国夺走，成为英王王冠上的宝石。

贝克农场

有的时候，我会漫步到松林那边去，高耸的树木像一座座庙宇，又像是海上装备齐整的舰队，摇曳的枝条好似海波，好似荡起的涟漪，闪着熠熠的光。看到那么温馨、苍翠的荫盖，就是德鲁伊①也会摒弃他们的橡树，转而崇拜这些松树的。或是漫步到位于弗林特湖畔的雪松林，那些参天大树上到处攀缘着灰白色的蓝莓，这些树完全配得上矗立在瓦尔哈拉大殿②前；杜松的藤蔓在地面蔓延，上面结满累累的果实；或者我漫步到沼泽去，那里的白杉上垂悬着花彩般的松萝地衣，遍地都是伞菌，颇似沼泽神祇的圆桌会议，美丽的香菌点缀着树根周围，宛如蝴蝶、彩贝或是植物峨螺；林中还生长着石竹和山茱萸，红色的冬青果像小精灵的眼睛一样闪闪发亮，南蛇藤用它那层层叠叠的藤蔓划破、击败了最坚硬的树木，野生的冬青以自己的美丽让看到它们的人忘记了回家，还有其他各种无名的野生禁果，

---

① 德鲁伊，古代凯尔特人中一批有学识的人，担任祭司、教师、法官或巫师、占卜者。据说，他们崇拜橡树。
② 瓦尔哈拉大殿，北欧神话中诸神兼死亡之神奥丁接待战死者英灵的殿堂。

色泽璀璨得令人垂涎，美得不能入凡人之口。总之，我一次又一次去造访的，不是某个学者专家，而是一些很特别的树木，在这一带很少见的种类，它们要么远远地耸立在一片草地中央，要么在树林或沼泽深处，或是某个山岗上。比如说黑桦树，我们这儿就有一些很不错的标本，树干直径在两英尺左右；有跟它同属一个纲目的，如黄桦木，披着宽大的金黄背心，跟前者一样散发着芳香；还有山毛榉，树干那么洁净，覆在上面的青苔又将它装饰得那么娇美，可以说它全身上下没有一处不完美。就我所知，这种树除了零星散落的标本，就只剩下镇子附近一小片长得还较为粗壮的山毛榉树了，有人说这片林子是贪吃附近的山毛榉果的鸽子给播种下的；你劈开这种树木时，会看到有闪着光儿的银色颗粒迸出来，煞是好看；此外，还有椴树，鹅耳枥树，以及 Celtis occidentalis 即假榆树，这种树，我们这儿只有一棵长得完好的；还有一些可以做桅杆的松树，一棵可做木瓦的树，一棵卓绝超群的铁杉，像一座塔似的立在林子中间。我还可以列举出许多别的树种。这些便是我在夏天和冬天要去朝拜的圣物。

　　有一次，我碰巧站在了一道彩虹的末端，这道彩虹离着大地很近，给周围的青草和绿叶都着上了一层绚丽的色彩，我仿佛是在看一个色彩斑斓的水晶体，一时感到有些目眩。这里刹那间成了一个光之湖，我像是这虹光之湖里的一只海豚。若是这彩虹持续的时间再长一些，说不定会给我的事业和生活增添光彩。行走在铁路堤道上时，我常常为我影子周围附着的一圈光晕感到惊奇，那时我幻想着自己也许是上帝的一位选民。有一个来访者告诉我,在他前面的那伙爱尔兰人的影子周围就没有光轮,唯有当地人才有这光晕。本韦努托·切里尼[①]在他的回忆录中写道,自从他被囚禁在圣安杰洛城堡[②]做了一场噩梦或是出现可怕的幻觉之后,无论早晨,还是黄昏,无论是在罗马,还是法国,都会有一道灿烂的光束出现在他头部影子的上方,当青草上湿漉漉地沾满露珠时,这种情况尤其明显。这或许就是我前面提到的那一现象,它于早晨时看得最为明显,可在白天的其他时间,甚至有月光的夜晚,也能看到。虽说这种情况经常出现,可往往并不被人注意,因此,对像切里尼这样一个想象力多处于兴奋状态下的人来说,拿其作为迷信的基础,也就不足为怪了。何况,他告诉我们他很少将这一点显示给别人看。不过,那些意识到自己被上帝看中的人,难道不是真的很出众吗?

一天下午,我穿过树林到费尔黑文湖钓鱼,好补充一下我匮乏单一的饭食。途中我经过了跟贝克农场相邻的快乐草甸,一位诗人曾经歌唱过这个隐僻之处,诗的开头是这样写的:

眼前是一片怡人的田野,
覆满苔藓的果树掩翳着
灿灿的小溪,
银色的鳟鱼,

[①] 本韦努托·切里尼(1500—1571),意大利艺术家和金匠,今以其《自传》而著名。
[②] 圣安杰洛城堡,位于罗马,切里尼曾被囚禁在那里,罪行是偷窃了罗马教皇头饰上的珠宝。

在快速地游动，

麝鼠在水中滑行。①

在住到瓦尔登湖之前，我曾考虑过在那里居住。我"钩过"那儿的苹果，跨越过那条小溪，吓跑过麝鼠和鳟鱼。那个下午似乎让人觉得特别漫长，很多事情都可能在这样的下午发生（在我们的自然生命中，大部分时候都是如此），尽管在我动身时，白天的时间已经过去了大半。路上还赶上了一场阵雨，让我不得不在一棵松树底下站了半个小时，把几根树枝搭在头顶，用手帕遮盖在我的头上；等到我站在齐腰深的水中，将渔线抛过一片梭鱼草时，我突然发现自己是在一块乌云下面，雷霆开始发威，滚滚而来的雷声令我只有听的份儿。我想，神灵们一定感到很骄傲，用这般纵横交织的闪电来击打一个可怜的手无寸铁的垂钓者。于是，我急忙奔向最近的屋子去避雨，这小屋已很久没有住过人了，离公路至少有半英里之遥，不过，毕竟要比返回瓦尔登湖近得多：

这里是一位诗人所建，

在其风烛残年的岁月。

目睹简陋的小木屋

坍塌变为废墟。②

这是缪斯讲过的寓言。可来了我才发现，这间小屋现在住

---

① 引自埃勒里·钱宁的诗歌，也即作者在《动物邻居》和《户内取暖》两章中提到过的诗人。略有改动。

② 引自埃勒里·钱宁的诗《贝壳农场》，略有改动。

了一位爱尔兰人，约翰·菲尔德，还有他的妻子和他们的几个孩子，那个大一点的宽脸庞的男孩已在帮着父亲做农活，现在跟着父亲从沼泽地跑回来躲雨，小的那一个，像位先知，皱巴巴的皮肤，圆锥体似的脑袋，还是个婴孩，此刻正坐在父亲的膝上——俨然像是坐在贵族的宫殿里——从他这个潮湿、吃不饱又穿不暖的家中，以婴孩具有的特权，好奇地望着我这个陌生人，全然不知他自己就是贵族世家的最后一代，是世界的希望和世人瞩目的星辰，而不是约翰·菲尔德家忍饥挨饿的可怜蛋。我们就这样一块儿坐在屋子漏雨最少的地方，外面雷电交加，大雨如注。在载他们一家人漂洋过海来美国的船只还没造好之前，我已经在这儿坐过好多次了。看得出来，约翰·菲尔德是个老实、勤劳，却又没有什么志向的人；他的妻子能够在那屋子拐角高高的灶台上，一天连着做好几顿饭菜，也够任劳任怨的；她长着一张圆圆的油乎乎的脸，胸前敞着怀，还在梦想着有一天她的家境能够得到改善。她扫帚总不离手，可家里看不出一点干净的迹象。鸡群为了躲雨也进来了，此时，像家庭的一员正趾高气扬地在屋子里来回踱步，我觉得，它们太通人性了，烧烤后不见得吃着香。它们停下来，直视着我的眼睛，或是别有意味地啄着我的鞋子。与此同时，房主人给我讲着他的事情，他如何辛苦地为一个邻近的农场主"清理沼泽"，用铁锹或沼泽地里用的锄头翻耕一片草地，每英亩十美元的劳工费，外加对施过肥的土地的一年使用权。他的宽脸盘儿子乐呵呵地跟在他身旁做活，哪里知道他父亲在这笔交易中吃了多大的亏。我试着用我的经验来开导他，告诉他我就是他最近的一个邻居，我看似很悠闲地来这儿钓鱼,可也像他一样要维持自己的生计。我住在一间不算宽敞却很明亮、洁净的房子里,它的造价并不高于他这破屋子每年所付的租金;如果他愿意的话,他也可以在一两个月内亲手建起一座他自己的宫殿。我不喝茶和咖啡,不吃黄油和鲜肉,不喝牛奶,所以,我不必为了获得它们而去工作;再则,既然我不必那么辛苦地工作,我也就无须那么使劲地吃,花在食物上的钱就很少;而他呢,一开始就要喝茶和咖啡,要黄油、牛奶和牛肉,所以就得拼命地去干活,以支付这笔费用,而他拼命地干活,就不得不拼命地吃,以补充他肌体的消耗——这样他和我之间就是半斤八两了,说真的,还不如我呢,因为他不满足,把生命都浪费到这种交易中去了。可他还以为来到美国是他的一大收获呢,在这儿他能每天吃到肉,喝上茶和咖啡。然而,真正的美国只是这样的一个国家,在这儿,你可以自由地去追求一种让你没有这些东西也能活得很好的生活方式,这个国家不会强迫你去支持蓄奴制和战争,不会强迫你去支付由于直接或间接使用这些东西而产生的其他额外费用。我有意这样跟他说话,仿佛他是个哲学家或者希望做个哲学家的人似的。我宁愿让世界上所有的草原都停留在蛮荒状态,倘若这是人类开始救赎自己所需要付出的代价的话。一个人不见得非得研究了历史,方能发现最有益于自己的文化。可是,啊!一个爱尔兰人的文化是一项需用道德的(沼泽)锄头去从事的事业。我告诉他,他在沼泽地里干那么辛苦的活儿,需要穿厚靴子和坚实耐磨的衣服,可即使这样,也会很快就脏了和穿破了,而我只需穿轻便的鞋子和质地薄的衣服,在穿着上的花费还不及他的一半,尽管他可能会觉得我穿戴得像个绅士(其实情况并非如此)。在一两个小时之内,不费什么力气,权当消遣,如果我想的话,我就能钓到足够我两天吃的鱼,或者挣到我一个星期的生活费。如果他和他的家庭愿意过简单生活的话,他们可以在夏天的时候全都去采摘越橘,就跟玩儿似的。听到这儿,约翰叹了口气,他的妻子双手叉腰,眼睛瞪得圆圆的,这两个人似乎都在怀疑,他们是否有足够的资金着手做这件事,或者是否有足够的计算能力把这件事贯彻下去。这在他俩看来,就像根据航位推算来航行那么复杂,他们看不出怎样才能驶抵他们的港湾。因此,我想他们依然会按照他们的方式,勇敢地面对生活,去为生活拼命,而不是去掌握技巧,用锋利的楔子劈开生活这根巨柱,从细微处击败它。——他们只想着粗枝大叶地去对待它,就像人们处理棘手的问题时那样。为此,他们的拼搏处在非常不利的境地——啊,约翰·菲尔德!活着而不会擘画,输得一败涂地。

"你钓过鱼吗?"我问。"噢,钓过的,我闲时也搞点鱼吃的;我钓到过很好的鲈鱼呢。"——"你用什么做鱼饵?""我用蚯蚓钓到小银鱼,再用银鱼钓鲈鱼。""你最好现在就去,约翰。"他的妻子说,脸上一副殷切的表情,可约翰却表现出了不愿意。

阵雨停了,一道彩虹出现在东面的树林那边,预示着一个晴好的傍晚。于是,我起身告辞。到了屋外,我跟他要杯水喝,想看看水井的情况,以给我对他家的观察画上个句号。可是,天哪!这井也太浅了,水里有流沙,井绳断了,桶也掉在了井下。与此同时,他们好歹给我找来了一个杯子,水似乎也澄清了，经过一番商量和耽搁，水好不容易才递给了口渴的人——可水还没有凉下来，里面仍有沙砾。他们就是靠着这样混浊的水维持生命的，我心里想。我摇晃着杯中的水，巧妙地把浮尘撇到了一边，然后，我闭上眼睛，为主人真诚热心的招待饮下了这杯盛情难却的水。在有关礼节之处，遇到这类情况我还是能入乡随俗的。

我在雨后离开了这位爱尔兰人的家，再次迈开大步走向湖边。我蓦然觉得，这样急赶着去钓梭鱼，匆匆地穿过僻静的草地，涉过泥淖和沼泽坑，走过凄清和荒凉的地方，对我这样一个曾经上过中小学和大学的人来说，是否有点儿不值得呢。不过，当我迎着西天的红霞，肩头映着彩虹跑下山岗，耳畔响着从清新空气中隐约传来的叮当声时，我的天性似乎在说——天天去野外钓鱼打猎吧——到更为广阔的大自然中去，流连于小溪旁，歇息于炉火边，不必踌躇，也不必彷徨。青春年华中你要感念造你的主。黎明前无忧无虑地起床，然后去寻求冒险。让正午在别的湖泊看到你，让夜晚追上你，发现你以四海为家。天底下没有比这更广阔的田野，也没有比这更有益于身心的游戏。依照你的天性自由生长吧，就像这些莎草和凤尾蕨一样，它们永远都不会成为英国草的。让雷声轰鸣吧，即便它可能毁掉农民的庄稼，那又怎么样呢？在你看，这并非它的本意。在人们跑向马车和棚屋躲雨时，你不妨去到云层下面。不要让生活成为你的一种职业，而要让它成为你的一种娱乐。快乐地享受土地上的一切，可是不要去拥有它。由于缺乏进取心和信心，人们陷入了他们现在的境地，进行着买与卖的交易，过着奴隶般的生活。

噢，贝克农场！
你是这样一处景观，在那里最富丽的景致
竟是一缕纯洁的阳光……
在你圈着围栏的草地上
没有人奔跑，没有人狂欢……
你不曾与任何人辩论，
也从未受到过任何问题的困扰，
现在依然像当初那么乖顺
依然身披你朴素的黄褐色长袍……
敢于爱的人来吧，
还有敢于恨的人，
圣鸽的孩子啊，
州里的盖伊·福克斯①，
将计谋高悬于
坚实的橡木上！②

每到夜晚时，人们便顺从地从邻近的田野或街道回到家中，在他们常去的那些地方，甚至能听到他们家中的回响，他们的生命因为总是周而复始地呼吸着他们自己的气息，而变得羸弱；他们早晚时的身影都比他们走的路要长。我们应当是，走得更

---

① 盖伊·福克斯（1670—1606），英国天主教徒，曾经图谋于1605年11月5日炸毁英国议会上院，1606年1月31日被处绞刑。
② 引自埃勒里·钱宁的《贝克农场》，标点符号略有改动。

远一些,去冒险,经风雨后再返回家中,每天都应有新的发现、新的阅历和新的品格。

我还没到湖边,约翰·菲尔德一时心血来潮已改变了主意,放弃黄昏前"清理沼泽"的打算,追了上来。然而,这个可怜的人儿,只钓上来一两条鱼,而我却钓到一大串,他说这就是他的运气。可当我们在船上调换了位置后,运气也改变了位置。可怜的约翰·菲尔德!——我相信他没有读到过我写下的这些文字,否则的话,他就会因此而有所进步了——在这个新兴的国家里,依然想着按照从其故国衍生而来的方式生活——用银鱼来钓鲈鱼。我承认,有的时候这是不错的鱼饵。即便他所看到的地平线以内的土地都是他的,他依然会是个穷人,生来就是个穷人;带着继承而来的爱尔兰的贫穷,还有他那亚当的老祖母①和沼泽地的耕作方式,他和他的后人在这个世界上是很难崛起的,除非他们于泥沼中跋涉的双足生出脚翼。

---

① 亚当是《圣经》中的第一人,并没有祖母,这儿是指很古老的东西。

更高的法则

我提着钓到的鱼，穿过林子往家里走，因为天已经很黑了，我拿鱼竿探着路，途中瞥见一只土拨鼠偷偷横穿过我前面的小径，顿时感觉到一种奇怪、狂野的激奋，非常想要抓住它，就这样生吞活剥地吃了它。这并不是说那个时候的我已饥饿难耐，而是向往它身上代表的那一种野性。生活在湖边时，有那么一两次，我发现自己像是饥饿的猎犬一样在林子里搜索，带着一种奇怪的决绝，寻觅着某种我可以吞噬的猎物，没有任何野味是我难以下咽的。最狂野的场景都变得异常熟悉。我发现，我身上存在着两种本能，一种是和大多数人一样向往更高的或者说是精神生活的本能，另一种是向往原始和野性生活的本能，对这两种本能，我都很尊重。我热爱野性，不亚于我热爱善良和优雅。钓鱼的野趣和冒险，依然引导着我回归野性。有时候我喜欢直接去把握生活，像动物那样去度过我的许多时光。我之所以在很小的时候就跟大自然有了非常亲密的接触，这恐怕还得归功于我童年时就开始了捕鱼和打猎。这些渔猎活动，使我们很早便置身于、沉浸在大自然当中,否则的话,在那个年龄,我们是很难对大自然有所了解的。渔夫、猎人和樵夫等一辈子待在田地和林子里,从一定的意义上说,他们本身已经是大自然的一部分,因此在他们劳作之余观察她时,往往比哲学家和诗人对她怀有更多的亲切感,因为哲学家诗人们接近她是带有目的的。大自然会将自己毫无隐晦地展示给前者看。草原上的旅人自然是一位猎人,在密苏里河和哥伦比亚河①源头的旅人,自然就是捕猎者,而在圣玛丽大瀑布②的旅人则是渔夫。仅仅作为旅行者,学到的只能是第二手的东西,或是一知半解的东西,不足以成为权威。我们最感兴趣的,是科学对人们从实践中所了解到的或是通过本能所获得的东西的报道,因为只有这些才是真正的人类知识,或者说是对人类经验的记录。

有些人声称美国佬娱乐活动少,因为他们不像英国人那样有那么多的节假日和那么多玩的游戏,他们这么说是错误的,因为在我们这里那些较为原始,多以个体单独进行的渔猎活动,还没有为前者所取代。在我这一代人中,几乎每个年龄在12~14岁的新英格兰男孩都扛过猎枪;而且,他们打猎和捕鱼的地域甚至比野蛮人的还要广阔,不像英国贵族受其专有保留地的限制。所以,在镇上的公共娱乐场所不会经常见到他们的身影,也就不足为奇了。不过,现在情况已经发生了变化,这倒不是因为我们变得更加人性了,而是由于野生动物越来越少了;猎人或许是被追

---

① 美国中部的密苏里河和美国最西面的哥伦比亚河。
② 圣玛丽大瀑布,位于美国蒙大拿州的蒙大拿冰川国家公园内,公园东侧靠近圣玛丽湖。

猎动物最好的朋友,当然人道主义协会也是。

另外,当我在湖边生活时,钓鱼也是为了使我的伙食有所改善和变化。这样,我实际上就跟世间最早出现的捕鱼人一样了,都是出于生活的需求。无论我想出怎样的人道主义的理由反对捕鱼,它们都是虚假的,更多的是与我的哲学而不是与我的感情有关。我现在所谈的只是捕鱼,因为我对打鸟早已有了不同的认识和感受,在这次来到山林之前我已卖掉了我的猎枪。这并不是说我比别人缺少人性,我只是觉得我的感情没有受到太大的触动。对鱼和蚯蚓,我没有恻隐之心,因为已经习以为常了。至于用枪打鸟,在后来几年我给自己找的借口是,我正在研究鸟类学,只是寻找新的或是珍奇的鸟类打。不过,坦率地说,我现在已倾向于认为,还有比这更好的研究鸟类的方法。我们需要对鸟的习性有更为细致的观察,仅凭这一条理由,我就心甘情愿放下猎枪。不管其他人如何从人性的角度反对打猎,我都不得不怀疑,是否会有同等价值的娱乐和体育来取代这些渔猎活动。我的一些朋友就他们孩子的教育很担心地问我,他们是否应该让孩子去打猎,我回答他们说,是的——我记得,打猎是我所接受过的最好的教育的一部分——让孩子们去做猎人吧,尽管开始时只是个运动员,只要可能,让他们最终成为一个所向披靡的猎人吧,这样他们将会发现,在这儿或是其他任何地方的莽原上,都没有大到他们对付不了的猎物——他们是最棒的猎人,最棒的渔夫。我至今仍然赞同乔叟笔下那个修女的观点,她说:

还不曾听到拔了毛的小母鸡说

猎人不是圣洁的人。①

在个人和种族的历史上，都曾有过这样一个时期，猎人是"最优秀的人"，阿尔冈昆印第安人②就是这么称呼猎人的。对于从来没有打过枪的男孩，我们只能表示惋惜；他并没有因此而变得更加人道，而他所受的教育也留下了可悲的缺憾。就那些热衷于打猎的年轻人，我也说过类似的话，因为我相信他们很快就会长大，度过这一阶段。没有哪个人在过了莽撞无畏的少年时代后，还会随意杀害跟他一样拥有生存权利的生物。兔子处于绝境时，会像小孩那样哭泣。我提醒你们，母亲们，我的同情心并不总是局限在人类的范畴。

年轻人常常就是这样通过打猎接触到了森林，接触到自己身上最具原始本性的那一部分。他最初是作为猎人和渔夫去到那儿，直到最后——如果他身上有更高尚的生活种子的话——他看清楚了自己正确的目标，就像一个诗人或自然学家那样，他把猎枪和鱼竿置在了身后。很多人在这一方面依然，或者说总是，保持着年轻。在一些国家中，一个牧师打猎也并非什么稀罕事。这样的牧师可以做一只好的牧羊犬，却做不了一个好的牧羊人。想到下面这一点时我感到很惊讶：除了伐木、凿冰等这样的活计之外，据我所知，能再把我的同乡，无论是父亲还是孩子，阻留在瓦尔登湖半天时间以上的，唯有捕鱼这一项了。一般来说，除非是钓到了一长串的鱼，否则，他们不会认为：自己是幸运的，所

---

① 引自乔叟的《坎特伯雷故事集》前言。
② 阿尔冈昆印第安人，加拿大土著部落，曾居住在圣劳伦斯河河谷地区。

花时间是值得的，尽管在此期间他们很有机会把瓦尔登湖好好观赏一番。或许，他们得去那里一千次，才能让钓鱼的杂物沉到湖底，让他们来这里的目的变得纯洁；不过，毋庸置疑，这一净化的过程会一直进行下去。州长和他的议员们还依稀记得瓦尔登湖，因为童年时他们也来这儿钓过鱼；但现在他们岁数太大，再说他们的尊严也不容许他们去钓鱼了，于是，他们永远不会再来瓦尔登湖了。不过，即便是他们，也期望着最终进入天堂呢。要是有立法机构注意到了它，那也主要是规定一下在那儿可以使用多少个鱼钩[①]；然而，对于用什么样的鱼钩才能钓起瓦尔登湖，他们却一无所知，他们只是将立法穿在了鱼钩上面作为鱼饵。如此看来，就是在文明社会里，处于胚胎状态中的人也需要经历狩猎这样一个发展阶段。

最近几年，我常常发现每次钓鱼后我的自尊心都会有所下降。我一次次地去垂钓，我的钓鱼技术不可谓不精，像我的许多伙伴一样，我对钓鱼几乎有种本能的爱好，它时不时地便会冒出头来，可每当我这么做了后，总会后悔要是我不去钓鱼就好了。我想，这就是我现在的想法。这是一个朦胧的暗示，是第一道曙光。毫无疑问，我身上这一本能属于造物中层次较低的那种；不过，随着岁月的流逝，我做垂钓者的兴趣越来越弱了，尽管我也并没有因此而变得更加人道，或是更有智慧；如今，我压根儿就不去钓鱼了。但我发现，要是我住到荒野上，我还是会再度忍受不住诱惑，去做一个真正的渔夫和猎人。再则，这一饮食和各种肉类本质上说都不是那么干净，我开始看出哪儿来的那么多家务

[①] 作为防止过分捕鱼的一种手段。

活,哪儿来的那么多麻烦事,每天需要把自己的外表捯饬得整洁体面,要把家里收拾得温馨,没有各种腥味儿和脏乱的现象。在生活中,我一直身兼数职,既是屠夫、厨房下手和厨师,又是享受这些菜肴的那位先生,因此,我能够从最完备最全面的经验出发来谈论这件事情。我反对吃肉的最直接的原因是它不干净;此外,在把钓来的鱼洗干净煮熟吃了以后,它们似乎并没能给我提供足够的营养。食用它变得没有意义,也没有必要,所付出的要比得到的多得多。一点面包或者几颗土豆也同样能填饱肚子,而且干净,又少了很多麻烦。跟我的许多同代人一样,多少年来我都很少吃肉,很少喝茶和咖啡,等等。这倒不是因为我了解到了它们可能产生的不良后果,而是因为它们引起了我不好的联想。对肉食的反感,不是经验作用的结果,而是一种本能反应。从许多方面看,过俭朴的生活,吃简陋的食物,都显得更加美好;尽管我从来没有做到这一点,可为愉悦我的想象力我还是在这方面做出过努力。我认为,如果一个人真是想要把他更高尚更诗意的官能保持在最好的状态,他便会特别倾向于忌吃肉食或过多的食物。我在柯比和斯彭斯[①]的著作中发现,昆虫学家们讲述了一个颇有意义的事实,他们说:"一些处在其最佳状态中的昆虫,尽管长着食物器官,却从不使用它们。"他们还将下面这一点定义为昆虫的一项"普遍的规律,即几乎所有处在这一状态下的昆虫都比它们在幼虫期时吃得少。贪食的毛毛虫在变成蝴蝶……贪婪的蛆在变成苍蝇时",只需一两滴蜂蜜或其他的甜饮料便满足了。

[①] 威廉·柯比(1759—1850)和威廉·斯彭斯(1783—1860),《昆虫学入门》一书的作者。

蝴蝶双翼下的腹部依然是其幼虫时的形状,这就是诱发它吞噬昆虫的原因。一个饕餮之士是一位仍处在幼虫状态的人;有些国家整个都处在那一状态之下,这些民众没有幻想,没有想象力,它们那巨大的肚腹暴露了它们。

既要提供和做出简单洁净的饭食,又要不拂逆我们的想象力,这确实很难。不过,我认为,在给我们的身体摄入食物后,我们的想象力也是需要滋养的,身体和精神应该坐在同一张餐桌上。或许,这一点可以做到。适量吃些水果,不会让我们为自己的胃口感到羞愧,也不会妨碍我们进行有价值的追求。可要是在你的菜肴里添加额外的佐料,那将会毒害你。靠吃丰盛的饭菜而活着,并不值得。大多数人在让别人看到自己正亲手准备着这样的饭菜时——不管是肉食,还是素食——都会觉得有些不好意思,其实即便是别人每天为他们做这样的美味,他们也应感到羞愧才是。唯有这种情况① 得到改变之后,我们才有可能变得文明,绅士和淑女们才能成为真正的男人和女人。这无疑意味着我们应该做出相应的变化。要问为什么想象力不能与肉类和脂肪相调和,也许是徒劳的。我只要知道它们之间不能调和就够了。说人是食肉动物,是不是一种谴责呢?的确,他能够(实际上他也是这么做的)在很大程度上以猎获其他动物为生,可这是一种很悲惨的方式——任何一个套过兔子或杀过羊的人都可能对此有所了解——那个教会大家接受一种更单纯更健康饮食的人,将被视为人类的恩人。无论我个人在这一方面做得怎么样,我都毫不怀疑,在人类逐步发展的过程中,放弃食肉的习惯是其命运的一部

---

① 指靠吃丰盛的饭食而活着。

分，这就像野蛮人在接触到文明人之后必然会摒弃各部落之间人吃人的习俗一样。

如果一个人听从其天性的指引——它虽说微弱，却真实而又持久——他真的看不出这一天性将把他带到怎样极端的甚至是疯狂的境地；但是，随着他变得越来越坚定和自信，他会走上他的天性所指引的那条路。一个健康人所坚定持有的反对声音，无论其多么微弱，都最终会战胜人类的种种陈规陋习。唯有当天性将其导入独辟的路径之后，一个人才有可能遵循他的天性。尽管导致的结果是身体的羸弱，可几乎没有人会对这样的一个后果表示遗憾，因为这是一种与更为高尚的原则相一致的生活。如果白天和夜晚都是那般美好，令你日日无比欢欣地去迎接它们，如果生活像鲜花和香草那样散发着芬芳，充满着活力和光明——那么，你就成功了。自然万物都在向你表示祝贺，此时的你有理由为自己祝福。最伟大的成就和最有价值的事物往往最少得到人们的认可。我们很容易怀疑这些成就和价值是否存在。我们不久便忘掉了它们。其实，它们才是最真实的存在。或许，最令人震惊的、最为真实的事实，还从未在人们中间宣布过。我日常生活中的真正收获，如同早晨和傍晚之微妙的色泽一样，难以捉摸和描述。它是我握住的一点儿星尘①，是我抓住的一截彩虹。

然而，就我个人而言，我从来没有过那种神经质的洁癖；如果必要的话，我有时可以吃下一只油炸老鼠。这么多年来我一直乐于喝白开水，就像我更喜欢自然的天空而不喜欢吸食鸦片者的

---

① 字面意义指的是从太空落到地球上的宇宙灰尘，在这里，也可以指一种魔术般的或如梦的感觉。

天堂一样。我宁愿总是保持头脑的清醒，虽说人们陶醉自己的方式多得不可胜数。我相信水是智者唯一的饮料，葡萄酒就不是那么高贵的液体，想一想吧，一杯热咖啡会破灭一个早晨的希望，一杯茶会破灭一个夜晚的希望！在受到它们的诱惑时，我堕落得多深啊！甚至音乐都可能令人迷醉。这样的一些因素看起来微不足道，却毁灭过希腊和罗马，同样也可以毁灭英国和美国。在一切醉人的佳品中，谁不愿意为他呼吸的空气陶醉呢。我之所以颇为郑重其事地反对长时间持续地强体力劳动，是因为这会迫使我吃喝更多抗饿的食物和饮料。不过，说实话，我觉得自己如今在这些方面已经不是那么太认真了。我不再怎么做餐前餐后的祷告，不再祈求祝福，这不是因为我比以前有智慧了，而是——不管这多么令人感到遗憾，我还是不得不承认——随着岁月的流逝，我变得淡漠和不太在乎了。或许，这些问题只是在人年轻的时候才会去考虑，就像人在年轻时大都喜欢诗歌一样。我的实践，"子虚乌有"，而我的见解写在这里了。不过，我并不认为自己是《吠陀经》里所说的那种特权人士，"凡笃信无所不在的天神之人，都可以食用世间任何存在之物"，这就是说，他不必过问他吃的是什么，或者谁在为他准备食物。不过，即便如此，正如一位印度评论家所说的那样，《吠陀经》也是将这一特权的使用限制在"危难之时"。

谁不曾偶尔从他的食物中得到过一种无法言说却又与其胃口无关的满足呢？想到我能从通常较为粗鄙的味道中得到心灵上的感悟，通过我的味觉获得灵感，想到我吃的在山坡上摘的浆果曾滋养过我的天性，我就不免感到激奋。"心不在焉，"曾子曰，

"视而不见，听而不闻，食而不知其味。"[①] 一个真正能品出其食物味道的人，绝不可能是饕餮之士；而不能辨识其味的则一定是暴食者。一个清教徒吃他的黑面包屑，可以像市议员吃甲鱼那样津津有味。玷污了一个人的倒不是进入他口中的食物，而是进食时他的胃口。问题的关键不是食物的质量也不是数量，而是对口腹之乐的沉迷；那时，吃下去的食物已不是为维持我们的肉体或是给精神生活以灵感，而是为滋养我们身体中的寄生虫。如果说猎人对鳄鱼、麝鼠或其他类似的野味情有独钟，那么，优雅女士们则酷爱小牛蹄冻肉，或是来自海外的沙丁鱼，他们可以说是巾帼不让须眉。前者吃的在池塘里，后者吃的在罐头里。令人不解的是，他们如何，你和我如何，能够过这种黏糊糊的兽类般的生活，只知道吃吃喝喝呢。

我们的一生中，都异常注重道德。善与恶之间从未有过一刻的休战。善是唯一一种永远不会失败的投资。奏响于人世间的竖琴乐音，之所以能打动我们，正是由于它坚持以善为本。竖琴是宇宙保险公司为推荐宇宙法则的旅行推销员，我们小小的善行是我们支付的保险费用。尽管年轻人到后来会变得冷漠，可宇宙的法则不会，它们会永远站在最敏感的人那一边，聆听每一缕和风的倾诉，因为它的的确确在那里，听不到它的人是不幸的。我们每拨动一根琴弦，或移动一下琴挡，美妙的道德之音便会使我们震撼。许多刺耳的声音，远远听去像是音乐，它们是对我们卑微生活的一种辛辣有力的讽刺。

[①] 梭罗翻译的《礼记·大学》。

我们能意识到我们体内的动物性，每当我们高尚的天性沉睡时，它就会醒来。它卑下，贪图官能享受，我们或许不能将它完全清除；它就像寄生虫那样，甚至在我们健康地活着时，也占据着我们的身体。也许，我们可以避开它，但却永远改变不了它的本性。我担心，它也拥有自身的健康；我们可能会无恙，但是不会纯洁。前几天，我捡到一头猪的下颌骨，从上面坚固的白牙齿和獠牙，可看出一种动物性的健康和活力，与精神上的全然不同。这类牲畜能够成功地存活，凭靠的不是节制和纯洁。孟子说："人之所以异于禽兽者几希，庶民去之，君子存之。"① 如若我们达到至纯的境界，谁知道那会导致一种什么样的生活呢？要是我认识一位智者，他能教我变得纯洁无瑕，我会立即去寻访他。《吠陀经》里说，控制我们的情感和我们身体外在的感官，多多行善，是心灵能接近上帝必不可少的条件。精神在刹那之间是能够渗透和支配身体的每个器官和它们的功能的，这样一来，形式上最粗鄙的官能享受也能嬗变为纯洁和虔诚。生成的力量，在我们放松自己时，会使我们变得放纵和不洁，当我们加以节制时，又会振作和激励我们。贞洁是人性之花的绽放。所谓天赋、英雄主义、神圣等，只是其结出的各种各样的果实。一旦圣洁的通道打开，人们便会涌向上帝。我们的圣洁激励我们，我们的不洁又使我们沮丧。确信他身上的动物性在一天天消亡，而神性在一天天增加的人，是有福的。或许，人唯一应当引以为耻的，就是与其低贱、兽性的本能同流合污。我担心我们只是像

---

① 梭罗翻译的《孟子》。

农牧之神福纳斯和山林之神萨梯①那样的神和半神,是神与兽的结合,是充满欲望的生物,可以说我们的生活本身就是我们的耻辱。

> 幸福啊,既囚禁起他的兽群②,
> 又释放了他的思想的人!
> ……
> 他能驱使马、羊、狼和所有的野兽!
> 相较于其他动物,他还不是蠢驴一头,
> 不然,人不仅是一群猪猡,
> 还将是那些令人堕落
> 令人暴怒疯狂的魔鬼。③

所有官能上的享受本质上都是一样的,尽管其形式多种多样。所有的纯洁也都一样。一个人不论是吃、喝、同居和酣睡,都是出于同一意念。它们都是同一种欲望,我们只需看一下一个人是如何做其中任何一件事情的,便会知晓他在多大程度上是个官能主义者。不洁不能与纯洁为伍。当一只爬行动物在它的一个洞口受到攻击时,它便会出现在另一个洞口。若你想保持贞洁,就得学会节制。那什么是贞洁呢?一个人怎么才能知道他是否贞洁呢?他是不会知道的。我们听说过这一美德,但我们不知道它是什么。我们只是道听途说,人云亦云罢了。智慧和纯洁来自努

---

① 福纳斯,农牧之神,古罗马神话中一个半人半兽的形象;萨梯,山林之神,古希腊神话中具有人形,但有羊的尾、耳、角等,欲望强烈,喜爱狂欢。
② 应该是指人的兽性。
③ 引自英国诗人约翰·多恩(1572—1631)的《致爱德华·赫伯特爵士》。

力；无知愚昧和官能享受来自怠惰。对于学生而言，官能主义是一种懒惰的思维习惯。不洁的人，一般来说，都是懒惰的人，他整日坐在火炉旁，或是躺卧着晒太阳，即便一点儿也不累，也要歇着。如果你想避开不洁和罪愆，那就全身心地去工作吧，就是清理马厩也行。人的本性很难克服，但是我们必须战胜它。要是你还不如一个异教徒圣洁，不能放弃一些东西，如果你不能更虔诚一些，那么，即便你是个基督徒，那又有什么用呢？我知道不少被人认为是异教的宗教体系，它们里面的戒律令读者感到了羞愧，促使读者去做出新的努力，尽管只是跟礼仪的举行有关。

在谈论这些事情时，我有些犹豫，这倒不是因为它们的主题——我并不在乎我的言辞有多么不雅——而是因为在提到它们时，总会暴露出我的不洁。我们可以毫无顾忌地谈论一种官能上的享受，而对另一种缄默不语。我们已经堕落到不敢直白地讲出人类本性的一些必要的功能。在更早些的年代，在一些国家里，人们都是带着敬意谈论人的每一项功能，法律对其也做出了相应的规定。对于印度教的立法者来说，没有任何事情琐屑到不值得关注，尽管它可能与现代人的趣味相冲突。立法者教导人们应该如何去吃、喝，如何同居，如何大小便，等等，使卑微的事情不再显得卑微。他不会将这些称为琐屑，来为自己开脱讲解它们的责任。

每个人都在以他自己特有的风格，为他所崇拜的神明，建造着庙宇，这座庙宇就是他的身体，他不能弃之而去，去修建什么大理石的殿堂。我们都是雕刻家和画师，我们所使用的材料就是我们的血肉和骨骼。任何崇高的品性都会使一个人的体貌特征变得姣好，任何卑劣和官能上的享受都会使这些特征变得粗俗。

九月的一个傍晚，农夫约翰在一天辛勤的劳作之后，坐在了自家门前，脑子里仍思忖着他的活计。在洗过澡之后，他坐下来，好让自己的脑瓜子想一些事情。那是一个很凉爽的夜晚，他的一些邻居担心会有霜降。他刚思考了不一会儿，便听到有个人在吹笛子，这笛声跟他的心绪很是吻合。他还在想农活上的事。然而，尽管他的脑子里还在琢磨着这些农事，尽管他硬让自己对它们盘算和计划着，可这一切又好像都跟他不相关似的。至多也就是他肌肤上不断被拂去的皮屑。但是，传入他耳中激荡着他心府的笛声，则来自一个与他耕作的环境完全不同的世界，唤醒了他身上沉睡着的官能。笛声荡漾消逝在远方，他所居住的街道、村庄和那个州似乎也随着笛声远去了。有一个声音对他说——当有高尚的生活在前面向你招手时，你为什么要留在这里，过这种卑微的苦役般的生活？这些同样的星星照耀的不是这里，而是别处的田野。——可是怎么才能离开这个环境，真的能移居到那儿去呢？他所能想到的只有去实践一种新的俭约生活，让他的思想降落进他的肉体，以拯救它，并且让他自己越来越值得尊敬。

动物邻居

有的时候，我和一个朋友结伴去钓鱼，他从镇子另一头穿过村庄来我家。为了晚餐而钓鱼跟一起享用晚餐一样，都是一种社交活动。

隐士[①]。我不知道世界现在在干什么。三个钟头了，我连蝗虫飞过香蕨木的声音都没有听到过。鸽子都还在它们的窝棚睡觉——连羽翼的扇动声都没有。此刻，从林子那边传过来的是不是农场主午休的号角声呢？雇工们要收工回来吃他们煮熟的咸牛肉、苹果酒和玉米粉面包了。人们为什么要让自己这么操劳呢？不食者，不需要工作。我不知道他们到底收获了多少东西。谁愿意住到那里去呢，小狗博斯叫得让人根本无法思考？噢，还有家务活儿！在这晴好的天气，你得待在家中擦亮门的把手，把浴缸刷洗得干干净净。最好是没有房子，没有家。比方说，住到一个空心的树干里，这样一来，再不用操心晨访、晚宴的事情！来敲你门的，唯有啄木鸟。啊，到处是人群。那边的太阳也太热了

[①] 梭罗在此称自己是隐士。

点儿。在我看来，人们有些过深地陷入世俗的生活中去了。我渴了喝山泉水，饿了架子上有自己做的黑面包。——听！我听见树叶在簌簌作响。是不是村子里哪一条饿了的猎犬忍不住出来寻觅猎物了？或是那头丢失的猪在这林子里瞎跑，那一天的雨后我还见过它的蹄印？它快速地过来了，我的漆树和多花蔷薇在战栗。——噢，诗人先生，是你吗？你觉得今天的世界怎么样呢？

诗人①。看那些云彩，它们悬浮在天空中的样子多美！这是我今天看到的最为壮观的景象。在以前的绘画中从未见过这样的景色，在别的国家也没有看到过——除了西班牙的海岸。这是地地道道的地中海的天空。我想，既然我还得谋生，今天还没有吃饭，那就去钓钓鱼吧。这是一个很适合诗人的营生。这是我学过的唯一一门行当。走，让我们一块儿去钓鱼吧。

隐士。我接受你的邀请。我的黑面包很快要吃完了。我很高兴一会儿跟你一块儿去，可眼下我正在做严肃的思考，我想，我已经接近尾声了。让我独自再待上一会儿。不过，为了不耽误时间，你利用这点时间去挖鱼饵吧。由于就近的土地不够肥沃，这附近的蚯蚓已经很少了，蚯蚓在这儿几乎要绝种了。在一个人还不是太饿的时候，挖蚯蚓跟钓鱼差不多一样有趣。今天，这活儿你得独自一个人干了。我建议你到那边的花生地去挖，你能看见那边有金丝桃在摇曳吗？我想，我敢向你担保，你每挖起三块草皮总能发现一条蚯蚓，只要你在草根中间仔细地寻找，就像你锄草时那样。如果你愿意再走远一点，也不失为明智之举，因为我发现好鱼饵的多少几乎是你所走距离的平方。

---

① 指此时也住在瓦尔登湖边的诗人埃勒里·钱宁。

隐士独白。让我看看，我刚才想到哪儿了？我已接近心智这一框架了。世界处在这一角度。我是该去天堂，还是钓鱼？如果将这次的冥想很快结束，我还会有另一个这样美好的机会吗？我已经比以往任何时候都更加接近事物的本质。我的这些思想恐怕再也回不到我的脑子里来了。要是吹口哨有用的话，我就吹口哨把它们召回来。当这些思想给我们提供了什么建议时，我们说我们会对它加以考虑的，这么说是明智的吗？我的思绪并没有留下任何轨迹，我再也找不到那条路径了。刚才我正在想什么呢？这可真是个灰蒙蒙的天气。让我来试试孔夫子的这三句话，也许它们能帮我找回刚才的思路。我不知道那是悲伤，还是即将出现的狂喜。记住，这样的机会从来都只有一次。

诗人。怎么样了，隐士，我是不是回来得太快了？我挖到十三条完整的，另外还有几条身体被铲断了的或是个头太小的蚯蚓。不过，这些短的钓小鱼还是可以的，它们不至于把整个鱼钩都包起来。这些村里的蚯蚓都太大了，银鱼可以用挂在鱼钩上的蚯蚓饱餐一顿，却仍看不到钩子露出来。

隐士。那么，好吧，让我们出发吧。我们去康科德钓好吗？只要水位没有涨得太高，那儿钓鱼是非常不错的。

为什么正是我们看到的这些事物构成了世界？为什么正是这些物种的动物做了人类的邻居，就好像唯有老鼠才能填补起这缝隙似的？我认为，皮尔佩公司[①]让动物得到了最好的利用，因为从某种意义上说它们都是可以承载的动物，可以承载一部

[①] 当时美国一家专门出版儿童读物的图书公司。

分我们的思想。

出没于我屋子里的，不是那种常见的据说是从国外引进来的老鼠，而是一种在村子里见不到的当地的野老鼠。我给一位著名的自然学家送去一只这样的老鼠，他对它很感兴趣。我盖房子时，有只老鼠在我的房子底下做了个窝，当时我还没有铺上第二层地板，地上的刨花也没有清扫出去，它在我吃午饭的时候常常会跑出来，捡我掉在地上的饭粒吃。在这之前，它也许从来都没有见到过人。很快它就跟我熟稔起来，跑来爬到我的鞋子和衣服上。它的动作跟松鼠很相似，像松鼠一样它能三跳两跳地便轻易爬上墙。后来，有一天当我把胳膊肘支在凳子上时，它便顺着我的袖子爬到了我的怀前，在包着晚餐的纸边绕来绕去。此时，我把手中的晚餐拿得紧紧的，藏来躲去地跟它捉迷藏，最后，我吃得只剩下一块奶酪，夹在我的拇指和食指间，它上来坐在我的手心里，一点一点地啃着吃，奶酪吃完后，像苍蝇那样擦了擦它的脸和爪，然后扬长而去。

不久，一只燕雀飞到我的屋子里来筑巢，一只知更鸟于长在屋旁的一棵松树上搭窝。到了六月，生性羞怯的鹧鸪（拉丁学名 Tetrao umbellus）带着一群她的雏鸟，从我屋后的林子里出来，经过我的窗前，她一边走一边像个母鸡那样咯咯地叫着，呼唤着她的小鸟，看她那举止神态，俨然就是母仪森林的鸟王。当你走近时，只要得到来自母亲的一个信号，这群雏鸟便会一哄而散，犹如一阵旋风将它们席卷而去。它们像极了枯萎的枝叶，许多旅人会无意间踩到一窝小鸟，然后，会听见母鸟呼呼地飞过，听到她焦急的呼叫和哀鸣，或是看到她将她的翅膀拖在地上，以吸引旅者的注意，让他不至于怀疑其身边有群雏鸟。有时候，母鸟会让她的羽毛蓬松起来，在你面前翻滚、打旋，使你一时看不清楚她到底是一种什么鸟儿。小鸟们则静静地蹲伏在地上，常常是把它们的头藏在一片叶子下面，一心只听从它们母亲从远处发来的指令，即便你靠近它们，它们也不会再跑动从而暴露自己。你甚至可能踩到它们，或是眼睛有那么一刻落到它们身上，而未能发现它们。在这个时候，就是我把它们拿在手中，它们也只听从它们的母亲和它们的本能，毫无所动地蹲卧在我手里，一点儿也不害怕。它们的这一本能是如此完美。有一次，当我把它们再放回落叶上时，有一只小鸟不小心侧翻了身子，过了十分钟以后，我发现它还以这样一个姿势待在鸟群里。它们不像大多数种类的小鸟那么稚嫩，它们发育得甚至比小鸡还要好，还要早熟。它们的眼睛大大地睁着，恬静的眼神里充满成熟却又天真的神情，看了着实令人难忘。似乎所有的才智都是从它们的眼睛里映射出来的。它们的眼神流露出的不仅是稚嫩纯真，而且还有经验中提炼出的智慧。这样的眼睛不是在鸟儿出生时才有的，而是跟它们所映照的天空一样久远。这些林子里再没有可与它们相媲美的宝石①。旅人常常对这口如此清澈的水井视而不见。无知或莽撞的猎手经常在这种时候射杀它们的母亲，使这些无辜的雏鸟成为某个四处觅食的动物或禽鸟的牺牲品，或是在跟它们如此相似的枯叶中慢慢地烂掉。据说，如果孵化它们出来的是一只母鸡，遇到惊吓时它们便会一哄而散，于是，它们就这样被永远地丢失了，因为它们绝不可能听到母鸟召集它们同

---

① 喻指小鸟的眼睛，后面的"水井"也喻指鸟儿的眼睛。

来的呼叫。这些就是我的母鸡和小鸡。

这一点也令我惊讶：有多少生物尽兴而又自由自在地——尽管是隐秘地——生活在这些林子里，间或还到村镇附近去觅食。然而，除了猎人，却再没有人意识到它们的存在。水獭竟然也能如此恬静地栖居在这儿！它长得足有四英尺长，差不多有个小孩子那么大，不过，却几乎没有一个人曾瞥过它一眼。我曾经在我屋子后的林子里看到过浣熊，我似乎在夜里仍然听到它们的哀鸣。到了正午时，我通常会停下豆田的耕种，到树荫下面休息一两个小时，吃自己带来的午饭，然后在泉水旁看上一会儿书，这泉水是从离我豆田半英里之外的布里斯特山底下冒出来的。去到那儿，要经过几块低洼的草地，里面长满了小油松，草地过去是一大片环绕着沼泽地的树林。那里，林荫匝地，幽静极了，在一棵枝繁叶茂的白松树下，有一片干净坚实、坐着很舒服的草地。是我在这里挖出了泉眼，把这清澈的水聚成了一口水井，我可以从里面汲起一桶水，而不至于把水搅浑。在仲夏湖水水温也升高了的时候，我几乎天天去那儿提水。山鹬带着它的幼雏也来这里，在泥地里找虫子吃，有时，母鸟会沿着溪边飞行，离雏鸟约莫一英尺高，而雏鸟则成群地在地面上跑。当母鸟看到我时，它会离开幼鸟，绕着我一圈一圈地飞，渐渐地靠近我，到离我只剩四五英尺时，它会假装翅膀或者腿折了，以吸引我的注意，好让它的小山鹬逃走。其实，那群雏鸟早已按照母鸟的指示开拨了，它们吱吱地叫着，排成一行，穿过沼泽离开了。或者恰恰相反，我只听见小山鹬的啁啾声，却看不到母鸟。还有斑鸠也会落在溪水边，或是在我头顶上方白松的枝条间飞来飞去,间或一只红松鼠从离我最近的树枝上跃下,一副对我好像特别熟悉又好奇的样子。你只需在林子里找一处景色迷人的地方,静静地坐上那么一会儿,林中所有的居住者便会轮番出来,登场亮相。

我还是一些性质不是那么平和的事件的见证者。一天,我走出屋子到我的木柴堆,准确地说应该是我的树桩堆,我看见两只大蚂蚁,一只是红色的,另一只是黑色的,更大一些,几乎有半英寸长,它们两个正激烈地厮打。一旦抓住了对方,它们谁都不会撒手,一个劲儿地搏斗着、角力着,在那些碎木片里不停地翻滚。再往前看,我惊讶地发现,木柴堆里到处都是这样的勇士,这不是决斗,而是一场战争,一场两个蚂蚁族群之间的战争,总是红蚂蚁对黑蚂蚁,而且,常常是两只红蚂蚁对一只黑蚂蚁。在我的木柴场里,满坑满谷的都是这些密尔弥多涅人①的军团,地面上布满了已死的和快要死的红蚂蚁和黑蚂蚁。这是我见过的唯一一场战斗,是鏖战正酣时我踏上过的唯一战场。一场两败俱伤的战争,一边是红色的共和党人,一边是黑色的帝国主义者。到处是拼死搏杀,然而,我却听不到任何声响,人类的战士从未这样决绝地战斗过。我观察到两只蚂蚁在一堆洒满阳光的木块中间正紧紧地搂抱在一起厮杀,现在刚好正午,会一直厮杀到太阳落山,或是生命结束。那只小一些的红蚂蚁像把钳子一样,用自己的身体夹住了它的敌人的前额,在摸爬滚打间,从未有一刻放松过对敌手触须根部的撕咬,在这之前,它已经让对手滚下了木板;而那只更强壮的黑蚂蚁

---

① 密尔弥多涅人,特洛伊战争中,阿喀琉斯麾下古代塞萨里的好战之民。

却是咬着红蚂蚁,使劲地将它甩来甩去,待我走近仔细看时,它已经被黑蚂蚁咬掉了几条腿。它们搏斗时的顽强精神胜过斗牛犬,哪一个都没有丝毫退却之意。很显然,它们的战斗口号是"胜不了,毋宁死"。正在这时,这条木片上出现了另外一只红蚂蚁,它看上去十分亢奋,不是刚刚解决了一个敌人,就是准备来参加战斗;很可能是后者,因为它的肢体都还在;它的母亲一定叮嘱过它,要么凯旋,要么战死沙场,躺在盾牌上让别人抬着回来。或者,它就是个阿喀琉斯,早已怒火中烧,现在前来复仇,或是解救它的帕特洛克罗斯[①]。它远远便看到了这场敌我力量悬殊的战斗——因为黑蚂蚁几乎有红蚂蚁的两倍大——它急速地逼近,在离两位斗士半英寸的地方停下,等待时机;随后,它见机扑向了那只黑蚂蚁,开始在其右前腿根进行撕咬,任凭敌人撕扯自己的腿;于是,现在是三只蚂蚁搏斗在一起了,就像是发明了一种新的黏合剂,使所有的铁锁和水泥等都相形见绌。到了这个时候,要是发现它们双方都各自有管乐队在某块位置较为突出的木片上演奏着它们的国歌,激励落在后面的战士,慰藉将死的勇士,我也不会感到奇怪。看着看着,我自己也不由得激动起来,仿佛这是人类进行的战争似的。你越是这么想,这两者间的区别就越发变得小了。毋庸置疑,在美国历史上,至少在康科德的历史上,从来没有一场战斗可与这一场相提并论,无论是在参战人数或死伤人数上,还是在体现出的爱国主义和英雄主义方面,都是如此。人类世界历史上的战争当数奥斯特里茨

[①] 帕特洛克罗斯,在《伊利亚特》中,阿喀琉斯由于遭到轻视,撤离了战场,后来其好友帕特洛克罗斯遇害,于是,他暴跳如雷,杀死了特洛伊的赫克托耳。

之战①或德累斯顿之战②最为惨烈。康科德战役！爱国者一方有两人阵亡，路德·布兰查德③一人负伤！噢，在这里，每一只蚂蚁都是一个巴特里克④——"开火！为了上帝开火！"——成千上万只蚂蚁都像戴维斯和霍斯默⑤一样战死疆场。这儿没有一名雇佣军。我毫不怀疑，它们和我们的先辈一样都是为道义而战，而不是为了拒缴三分钱的茶税。这次战役的结果，对参战双方来说，至少跟邦克山战役⑥一样重要和令人难忘。

我拿起那三只蚂蚁正在搏杀的木片，把它带回屋子里，放置在我的窗台上，将它们扣在了一个玻璃杯下面，好观察事态的发展。在用放大镜对准了那只红蚂蚁时，我发现尽管它仍然拼命地撕咬着黑蚂蚁的前腿，还咬掉了对方剩下的那根触须，可它自己的胸脯也已经被撕扯下来，体内的器官都暴露在这位黑色勇士的铁嘴钢牙之下了，后者的胸甲显然要厚得多，使它无法穿透。这位受难者眼睛中的黑色眼球闪烁着只有战争才可能激发出的凶光。它们在玻璃杯下面又进行了半个小时的战斗，等我再看时，黑蚂蚁已经把它两个敌人的头颅都咬了下来，那两个还活着的头颅分别悬吊在它身体两侧，犹如挂在它马鞍上

---

① 奥斯特里茨之战，1805年12月，拿破仑在该地歼灭俄奥联军30000余人，获得大胜。
② 德累斯顿之战，1813年，拿破仑在该地大胜俄奥联军。
③ 路德·布兰查德，来自马萨诸塞州艾克顿镇的横笛手，英国在康科德战场开枪后，他可能是第一个受伤的美国人。
④ 1775年4月19日，约翰·巴特里克少校率领500民兵，在康科德桥上成功地打败了英军及其雇佣军，这是美国革命的第一战。
⑤ 艾萨克·戴维斯上尉和阿伯那·霍斯默是这场战斗中阵亡的唯一两位美国人。
⑥ 邦克山战役，此战役发生在1775年6月17日，是美国历史上一场著名的战争，主要由农夫、渔夫和手工业者自发组织起来迎击英军，获胜。

的凶残的战利品,很显然,这两个脑袋还死死地扯着对方,没有松开。黑蚂蚁失去了触须,仅剩的一条腿也断掉了大半截,我不知道它身上还有多少其他的伤,此时的它吃力地挣扎着,想要摆脱它的两个敌人。又过了半个小时,它终于达到了目的。我拿起杯子,它一瘸一拐地爬下了窗台。我不知道,它活过了这场战斗,是否能在老兵医院度过它的残生。不过,我想它以后是不会再有什么大作为了。我无法知道最后到底哪一方胜利了,也不知道它们为什么要进行这场战争,但在那一天剩下的时间里,我感觉我的心情无比激动和痛苦,就像我在自己门前目睹了一场残酷无比、血流成河的人类战争。

柯比和斯宾塞告诉我们,蚂蚁之间的战斗素来为人们所称道,对它们鏖战的日期也多有记载,尽管他们说在近代作家中似乎只有胡博[①]目睹过蚂蚁的战争。他们说"埃尼斯·西尔维乌斯[②]十分详尽地描述过一场发生在一棵梨树树干上的大小蚂蚁之间的激战"。接下来又补充说道:"此战发生在尤金尼斯四世[③]在位期间,在场的有著名律师尼古拉斯·皮斯托林西斯,他非常忠实地记述了这场战斗的全过程。奥劳斯·马格努斯[④]记录了大小蚂蚁之间的另一场交战。在此战中,小蚂蚁取得了胜利,据说它们埋葬了自己士兵的尸体,而将它们的敌人大蚂蚁的尸体留给鸟儿吃掉。这一战事发生在暴君克里斯蒂安二世[⑤]被驱逐出

---

① 皮埃尔·胡博(1750—1831),瑞士自然科学家。
② 埃尼斯·西尔维乌斯(1405—1464),教皇庇护二世的笔名,诗人,历史学家。
③ 尤金尼斯四世,曾于1431—1447年任罗马天主教教皇。
④ 奥劳斯·马格努斯(1490—1558),瑞士天主教牧师和历史学家。
⑤ 克里斯蒂安二世(1481—1559),丹麦、瑞典和挪威的残酷国王。

瑞典之前。"我见证的这场战斗发生在波尔克总统任内①，比韦伯斯特的《逃亡奴隶法》②通过要早五年。

村子里不少狗平日里只是在储藏食物的地窖里追逐鳄龟，可有时候趁主人不注意，也会溜到林子里去活动一下它们笨重的肢体，一会儿闻闻狐狸的洞穴，一会儿嗅嗅土拨鼠的窝儿。也许它们是被哪条杂种狗引到林子里去的，杂种狗身体轻巧，动作灵活，常常在林子里钻来钻去，林中鸟兽至今仍对它们有种本能的恐惧。此时，它们远远落在向导后面，像只斗牛犬似的冲着一只躲到树上的小松鼠狂吠不止，然后，慢吞吞地跑起来，笨重的身子压弯了它身下的灌木丛，还想象着自己正追踪着一只落了单的跳鼠呢。有一次，我很意外看到一只猫沿着湖边的石岸在走，猫一般很少离家跑到这么远的地方来的。这一惊讶之情可以说是相互的。不过，大多数的家猫虽说整日都待在屋子里的地毯上，但到了林子里时还是表现得颇为自如的，从其狡黠和偷偷摸摸的举止看，它们比这儿一般的动物更像是栖息在林子里的动物。一次，当我在林中摘浆果时，遇到一只领着几只小猫的母猫，这些猫野性十足，像它们的母亲一样，见到我都弓起了背，朝着我恶狠狠地叫。几年前，在我还没有住到林子里时，瓦尔登湖附近的林肯农庄有一户人家中有一只"翼猫"，这家主人叫洁廉·贝克先生。当我在1842年6月特地来看望她时（我不确定这只猫是公猫还是母猫，因此用了最常见的阴性代词），她已按照自己的

---

① 波尔克（1795—1849），1845—1849年任美国总统。
② 韦伯斯特（1782—1852）是美国北方自由派人士，支持国会于1850年通过的《逃亡奴隶法》。后于1864年废除。

习惯到林子里捕猎去了。她的女主人告诉我她是在一年多以前的四月份来到这附近的，最后他们家收养了她。这只猫皮毛呈深棕灰色，脖子底下有个白点，四只爪都是白色的，有一条像狐狸那样的毛茸茸的大尾巴；入冬以后，毛长得又厚又长，长得从她身子两侧垂下来，形成了两条十二英寸长、两英寸宽的装饰带。她下巴颏下面的毛像个暖手筒，靠上面的较为松软，下面的却板结得像毡子似的，到了春天，这些附属物便都脱落了。这家人给了我一对她的"羽翼"，到现在我还保存着。这些翅膀上好像并没有薄膜，有人认为这只猫有一部分飞鼠或者其他野生动物的属性，这也不是不可能的，因为根据自然学家的观点，貂与家猫交配，会产生这一多育杂种。如果我要养猫，就养一只这样的猫。为什么诗人的猫不能像他的马那样也长上翅膀呢？

到了秋天，潜鸟（拉丁语学名 Colymbus glacialis）像往常一样会来瓦尔登湖换毛、戏水，在我还没有起床之前，整个林子里就已经回荡着它狂放的笑声了。一听说潜鸟到来的消息，所有康科德镇上的狩猎爱好者都变得激奋起来，他们或乘马车或步行，三三两两，带着专用猎枪、尖头子弹和望远镜赶来。他们像秋天的树叶一样，穿过林子时簌簌作响，至少是十个人在追猎一只潜鸟。一些人守望在湖的这一端，另一些人站在湖的那一端，因为这一只可怜的鸟儿不可能随处可见，如果它从这里潜入水中，一定会从那里冒出来。不过，此时刚好到了十月起风的时节，林中的树叶被吹得沙沙地响，湖面上翻起浪花，再也听不见潜鸟的叫声，看不到它的影子，尽管它的敌人还在用望远镜扫视着湖面，林子里四处回荡着他们的枪声。湖中的波涛翻涌着，愤怒地冲刷着湖岸，坚决地站在了所有水鸟的一边，我们的狩猎者们只得打道回府，回到村镇和商店，去做他们还没有完成的工作。不过，他们获得成功的次数也不少。我早晨提着桶出去汲水时，经常看到一只器宇不凡的鸟儿从离我几杆远的小水湾游出来。要是我划着小船去追赶它，想看看它如何跟我周旋，它便会潜入水中，完全消失在我的视线之外，待我再度见到它时，已过去大半天了。可如果它在湖面上，我还是比它有优势的。若是碰上雨天，它常常就飞走了。

　　十月一个风平浪静的下午，我沿着瓦尔登湖北岸划着小船——因为在这样的天气潜鸟常常像一团团毛茸茸的乳草一样，浮游在水面上——在湖面上搜寻着潜鸟的身影，徒劳地划了一阵子后，突然间，一只潜鸟从岸边向湖心游来，就在我前面几杆远的地方，发出狂放的笑声，暴露了它自己。见我划着船桨追赶它，便潜入水中，可等它再浮出湖面时，我比之前离它更近了。于是，它再度潜入水下，这一次我错估了它要行进的方向，等它出水面时，我俩之间已隔了五十杆的距离，我无形中帮助它拉长了我们之间的距离。它再次发出长长的高亢的笑声，其中不乏得意的成分。它不断地使出一些花招，机巧地变换着方向，我根本无法靠近到离它六杆之内的地方。它冷静地观察着水面，显然是在挑选它要行进的路线，以便等它再次探出头来时会是在最为宽阔的也是离我最远的湖面。它做出决定和执行决定的速度是如此之快，令我吃惊。它立刻把我引诱到了湖中最开阔的地方，这样它便有了更为广阔的活动空间，不至于让我将它逼到死角。当它脑子里在想着什么的时候，我的脑子里也在尽力猜度着它此时的想法。这是在湖中平静的水面上做的一个很有趣的游戏，一个人和一只潜鸟。突然之间，你的对手的棋子消失在棋盘下面，现在的关键是，将你的棋子放置到它的棋子可能会再度出现的地方。有时候，它会出其不意地现身在我的背后，显然它是从我的船底下游了过去。它从来不知道疲倦，一口气可以游出很大一截，而且，游出很远后，又能马上再潜入水下；再聪明的人也无法猜想到，它在这平静的深深的湖水下面会急速地游向湖的什么地方，因为它有能力潜入到湖底最深处，并在那儿待上好长时间。据说，在纽约一些湖中八十英尺深的水下，有人用本来钓鳟鱼的渔具钓到过潜鸟——尽管瓦尔登湖的水还要深得多。见到这一来自异域的不速之客飞快地游在它们中间，那些鱼群会多么诧异啊！它在水下似乎也和在水面上一样，能很好地把握航向，而且游得更快。有那么一两次，我看到它快要露出水面时激起的涟漪，那是它探出头要侦察一下，然后立刻又潜了下去。后来我发现，与其费力地去测算它可能再次浮出水面的地方，还不如停下船桨，等着它再次出现。因为有许多回我在使劲儿地张望着一个方向的水面时，会蓦然间被它在我身后发出的怪笑惊上一跳。可是，它在如此巧妙地捉弄了我一番后，为什么总是在一探出水面便要用它那大笑声暴露自己呢？难道它那洁白的胸脯还不足以将它暴露给我吗？我想，它的确是只不怎么聪明的潜鸟。我往往能够听到它浮上水面时的响声，因此也就发现了它。一个小时之后，它依然精神抖擞，随心所欲地出没于湖中，比一开始时游得更远。看到它浮出水面露着它光洁的胸脯，游向远处时那副安详镇静的神态（尽管它的脚蹼在水下很快地划着），不免令人一阵惊叹。它经常发出这种魔鬼般的笑声，虽说又有点儿像水禽的叫声。有的时候，当它成功地躲开我，待升上水面已去到离我更远的地方时，它会发出一声很怪异的长啸，或许更像是那种狼的嗥叫，而不是鸟的，仿佛是一头野兽故意将嘴鼻贴在地上发出的嚎声。这就是潜鸟特有的叫声，是我们康科德这儿所听到的最具野性的声音，使得多个林子里都萦绕回荡着它的声响。我想，它是在嘲笑我白费力气，而且对自己的本领充满自信。虽然这个时候天已经阴沉下来，可湖面仍然波平如镜，即便我听不到它发出的声响，也能看到它浮出水面时弄出的水圈。它雪白的胸脯，无风的平静的湖面，都对它不利。当最终从五十杆之外探出头时，它发出了一声它特有的长啸，仿佛在呼唤潜鸟之神来救助它。顷刻间，刮起一阵东风，弄皱了湖面，天上降下蒙蒙雨丝，这不禁让我觉得是潜鸟的祈求得到了回应，它的神祇对我生气了。于是，我任它消失在了已起波澜的湖面。

  在秋天的日子里，我常常一连几个钟头地望着野鸭在湖中央出没，不停地变换着游弋的方向，远远地避开猎手们。要是在路易斯安那河口，它们就无须用这些小花招了。当不得不从湖中飞起时，它们有时会在瓦尔登湖的上空一圈一圈地盘桓，在那样的高度，它们（看上去像是天空中黑色的微尘）能俯瞰到别的湖泊和河流。在我以为它们要飞到别的湖泊时，它们却斜着穿过四分之一英里的上空，落到了湖中一个僻静之处。我不知道，除了安全之外，它们在瓦尔登湖中央游弋还能得到什么，除非它们是出于跟我一样的原因，爱着这汪湖水。

户内取暖

　　十月我去河边的草地摘葡萄，带一回串串的果实做食物，其实，它们的美丽和芳香对我来说更加珍贵。我也赞美那儿的蔓越橘（我并没有摘它们），它们像小小的上了蜡的宝石，又像缀挂在草叶上的亮晶晶、红艳艳的饰物，而农夫们却用糟糕的钉耙来聚拢它们，把平整的草地耙得一片狼藉，毫无顾忌地只是用蒲式耳和美元来衡量蔓越橘的价值，把从草地上掠夺来的果实卖到波士顿和纽约。这些果实注定要被做成果酱，去满足城里爱吃天然野生食品者的口味。屠夫们也在这些草丛里耙找牛舌草，毫不顾及这么做会毁坏了草丛。伏牛花结出的璀璨果实，我同样也只是用来养眼；不过，我会采集一些野苹果来熬苹果酱，这种吃法这块地的主人和过路人还不曾想到过。板栗成熟时，我会将它们储存上半个蒲式耳，留着冬天食用。那个时候，倘佯在林肯一望无际的板栗树林里——如今这些林子都长眠于铁道下面了——真是一件分外开心的事。我肩上背着挎包，手里拿着一根用来撬开板栗壳的棍子，因为我总是等不及霜降时板栗自动开裂。周围的树叶簌簌作响，伴着红松鼠和松鸦响亮的谴责声，我经常偷走它们吃了一半的栗子，因为它们选中的刺果里的果实一定不错。我偶尔也爬到树上，摇晃稍细一些的枝条，把板栗摇下来。我的屋子后面也生长着板栗树，有一棵大的，它的枝叶几乎能遮掩住我的整个屋子，到了开花时节，它看上去就像一个巨大的花束，到处弥漫着它的芳香。不过，这棵树上的果实大部分却是让松鼠和松鸦享用了。成群的松鸦在清晨时飞来，在板栗掉落之前就将它们从刺球里啄出来吃掉了，我把屋后这些树留给它们，自己到较远一些的板栗树林去。这些坚果本身就是面包的一种理想替代品。或许，我们还可以找到许多其他的替代品。有天我在挖蚯蚓的时候，发现了成串的野豆子（拉丁文学名 Apios tuberosa），是土著居民的土豆，一种上好的果实。有人说，我小时候就挖过，也吃过这种果实，我搞不清楚这是真的，还只是我梦到过。自那以后，我常常看见它皱皱的、丝绒般的、红红的花朵攀附在别的植物的梗茎上，却不知道它就是我吃过的那种食物。可惜人们开荒种地差不多快要让它绝种了。它有一种甜甜的味道，颇似冻土豆的味儿，我觉得它煮着比烤着好吃。这种块茎似乎是大自然给予人类的一种暗暗的承诺，在将来的某个时期，她会在这里养育她自己的儿女。在如今这一个牧养的牛儿成群、田野里麦浪滚滚的年代，这种谦卑的植物，尽管它曾是一个印第安人部落的图腾，却已被世人所遗忘，或者说人们注意它只是因为它开花的藤蔓。不过，若是我们让原生的大自然重新统治这片土地，那么，柔嫩、娇贵的英国谷物或将在众多的劲敌面前消失，没有了人为的干预，乌鸦甚至会将最后一颗玉米种子带回西南部印第安人之神明的广阔田野。据说，这玉米种子最早就是乌鸦从那里衔来的；那样的话，现在就要灭绝的野豆子或许将战胜严霜和蛮荒，获得新生，变得繁盛起来，从而证明它自己是土生土长的，恢复其作为古老狩猎部落之食物的重要性和尊严。印第安人的谷物女神和智慧女神想必就是野豆子的发明者和馈赠者，当诗歌的黄金时代莅临这儿时，它的枝叶和成串的果实将会体现在我们的艺术作品中。

九月一日，我看见在湖对岸，靠近水边的一个岬角上，那三棵白杨的白色树干分叉处下方，有两三棵幼小枫树的叶子开始变红了。噢，它们的颜色讲述着多少个故事啊！随着一个星期一个星期地过去，每株枫树都渐渐地显示出它们的本色，它们美滋滋地欣赏着自己映在平静湖面上的倒影。每日清晨，这个画廊的管理者都会拿掉墙上的旧画，换上新的色彩更鲜丽更谐和的画幅。

十月，会有成千上万只黄蜂来到我的住所过冬，在我窗户内侧和头顶的墙上筑巢，有时甚至吓得客人不敢进来。每天早晨，我把冻僵落在地上的黄蜂扫出门外，不过，我并没有费事去把它们都赶走，我甚至因为它们将我的屋子看作它们理想的家而感到庆幸。尽管它们跟我同住一室，可它们从未过多地骚扰过我。后来它们渐渐地消失了，不知到什么犄角旮旯或缝隙里去了，以躲避冬天和刺骨的寒冷。

和黄蜂一样，在十一月份最后进入冬居之前，我常常到瓦尔登湖的东北岸去,因为从油松和石堤那边反射过来的阳光使那儿成了瓦尔登湖的火炉。只要可能,让阳光来晒暖身子总比在屋内炉火旁要舒适和有益得多。夏天就像离去的猎人,它留下的篝火仍散发着余热,就这样,我靠着它温暖了自己。

在动手修烟囱前,我研究了一下泥瓦匠的技术。由于我用的是旧砖,需要先用瓦刀把它们刮干净,这样我对砌砖和瓦刀的性能便有了更多了解。那些旧砖上的砂浆少说已有五十年了,据说时间越久会越坚固,不过,这应该是那种不管真假,人们都喜欢重复的说法。其实,倒是这些说法本身,时间过去得越久会变得越发坚挺和执着,需要用瓦刀砍许多下才能刮除掉这些老生常谈。美索不达米亚许多村庄里的房子,就是用从巴比伦废墟中挖出来的质量很好的旧砖修建的,那上面粘着的灰浆年代更为久远,可能更为坚固。不管怎样,这把纯钢的瓦刀还是给我留下了深刻的印象,它的刃特别坚韧,在我那么多次的猛砸猛砍后都没有卷刃。我的这些旧砖以前就是用在烟囱上的,尽管我在它们上面没有发现尼布甲尼撒①的名字。为了省时省力,减少浪费,我捡回来尽可能多的砌壁炉用的砖;我用湖边捡来的石头填塞进壁炉砖块的缝隙中,我还用从湖边同一个地方找来的白沙做砂浆。我在壁炉这一块花费的时间最多,因为这是房子最重要的部分。的确,我干得非常仔细认真,我早晨从地面开始砌,到了晚上,砌起的砖才离地几英寸高,正好够夜晚睡觉时当枕头,可我记得我的脖子并没有因此而落枕。在

---

① 尼布甲尼撒二世(约前634—约前562),新巴比伦王国国王,在位时修建了巴比伦塔和空中花园。

这之前，我脖子落过枕。就在这段时间，我邀一个诗人来住了两个星期，因此我的屋子逼仄了许多。他带来了一把刀子，尽管我这里已有两把了，我们经常把它们来回地插进土里，以此来擦亮它们。他帮我一起做饭。看到自己一点一点垒起来的烟囱又方正又坚固，我心里很高兴，不由得想，尽管进度是慢了点儿，可这样它可以更经久耐用。从某种程度上说，烟囱是房子里的一个独立结构，虽说立在地面，却穿过屋顶，直插苍穹；甚至在房屋烧毁之后，它有时候依然矗立在那儿，它的重要性和独立性是显而易见的。我开始修它时在夏末，现在已经是十一月份了。

北风一起，湖水开始变凉，但还得几个星期持续地吹刮，才能使它封冻，因为瓦尔登湖太深了。我刚开始在傍晚生起火时，还没给房子抹上泥灰——板壁之间有许多罅隙——烟从壁炉的烟囱里出得特别顺畅。然而，在这间凉爽通风的屋子里，我度过了不少快乐的时光，尽管四壁都是毛糙、带节疤的棕色木板，架在高高的屋顶上的都是带树皮的椽子。待房子抹上泥灰后，我再也没有了之前那样的快感，尽管我得承认屋里确实比从前舒适多了。难道我们住的房子不应该都把屋顶修得高一点儿，高得给人产生朦胧神秘的感觉，入夜后有摇曳的光影在椽、梁间追逐嬉戏？ 这些光影远比壁画或奢华的家具更有利于我们想象力的驰骋。可以说，当我既为遮风挡雨又为取暖而使用它时，我才算真正开始在房子里居住了。我找到一对旧壁炉柴架，有了它们柴火就不会掉进炉膛里，我很高兴看到煤烟把我修的烟囱后膛都熏黑了，我在拨着火苗时心里更是比平时多了一份自得和满足。我的住所很小，几乎连回声都无法产生，可由于它只有一个房间,又远离其他住宅,所以觉得它并不小。一幢房子的所有功能都集中在一个屋子里,它既是厨房、卧室,又是客厅和储藏室,无论是父母还是子女,主人还是仆人,他们在一所房子里所能得到的满足感,我都能享受到。加图说,一家之主(patremfamilias)一定要在他的乡间别墅里拥有"cellam oleariam, vinariam, dolia multa, uti lubeat caritatem expectare, et rei, et virtuti, et gloriae erit",① 意思就是,"一个储存油和酒的地窖,还有许多装物的木桶,这样就可以较为从容地应对以后艰难的日子;这样对他会有好处,会事半功倍,值得他引以为荣"。我在自己的地窖里存放了一桶土豆,大约两夸脱②生了象甲虫的豌豆,我的架子上还有一些大米,一罐糖浆,以及黑麦和印第安玉米粉各一配克③。

有时我梦见一幢能容纳很多人的大房子,它屹立在黄金时代,使用的都是经久耐用的材料,没有华而不实的装饰,它里面只有一个房间,一个巨大、简陋、实用和非常古朴的大厅,没有天花板,也没有抹过墙灰,只有裸露的椽子和檩条支撑着头顶低矮的天穹——将雨雪挡在外面。你跨进门槛,对古代的农业之神萨图恩④行礼后,中柱和双柱架⑤仿佛起立接受你的敬

---

① 此处是拉丁文。
② 夸脱,谷物等容量单位,一夸脱约八蒲式耳。
③ 配克,谷物等容量单位,一配克约两加仑。
④ 萨图恩,罗马神话中,将自己的父亲尤拉纳斯流放后成为宇宙的统治者,又被儿子朱庇特推翻,逃亡罗马,在那里迎来黄金时代。
⑤ 人字架上的中柱,是将一个三角桁架的顶端与底部联系起来的直立结构,双柱架是桁架上不通到顶端的两根直柱。

意。这是一座空荡荡的房子，你必须将一支火把绑在长杆上，才能看见屋顶。在那里，人们可以住在壁炉旁，也可以住在窗台上，还可以在高背椅子上，在这厅堂的一端，或是另一端，如果愿意，人们也可以跟蜘蛛一块儿住到椽子上去。这是一幢你一旦推开外面的门就可以直接进入的房子，再没有别的寒暄客套。疲惫的旅人可以在这里盥洗、吃饭、聊天、睡觉，不再赶路。这是你在暴风雨的夜晚乐于到达的栖息之所，它里面具有一切家用的必需品，再不必操心家务。这个房子里的所有珍宝，你都能一览无余，一个人可能用到的东西都挂在了钩子上。它既是厨房、食品间、客厅，又是卧室、仓库和阁楼。在那里，你可以看到木桶和梯子这样的必需品，也可以看到像碗柜这样用起来很方便的器物，听到壶水煮沸的声音，还可以向替你烹调晚餐的灶台和烘烤面包的炉子表示敬意，必要的家具和用具成了这里主要的装饰物。这里洗了的衣物不必拿出去晾晒，火不会熄灭，对女主人也无须回避，厨师下地窖时也许会让你从活板门那儿移开，这样你不用跺脚就可以知道脚下的地是实的，还是空的。这所房子里面像鸟巢那样敞亮，毫无遮挡，你从前门进去从后门出来，便会看到它里面住着的人。在这儿做客，就跟在自己家里一样自由，不必担心会被摈除在其中八分之七的区域之外，不会被关在一间特别的小屋子里，将你孤零零地囚禁起来，而后告诉你在这里你可以自便。现如今，一家主人不会请你到他的壁炉前，而是让泥瓦匠在他过道的什么地方给你另修一个炉子，所谓的殷勤好客，也不过是与你保持最大距离的一种技巧。他的厨房里好像隐藏着什么巨大的秘密，仿佛他想要毒死你似的。我知道，我曾去过许多人家的住所——本来很有可能被他们依照法令驱我离开的——可我并不觉得我是真正到他们家造访过了。如果顺路的话，我可以穿着旧衣服去拜谒像是住在我描述的这种简朴大厅里的国王和王后，但是，如果我碰巧进入的是一个现代宫殿的话，我唯一想要学会的，就是如何倒着从里面走出来①。

我们在客厅的语言似乎失去了它所有的活力，完全堕落成一种胡言乱语，我们的生活已经远离它的符号，它的隐喻和借喻已显得牵强附会，就像是要把食物放在传送带或小升降机上送到餐桌上一样。换句话说，客厅已远远离开了厨房和工作间。甚至就餐也仅包括一顿饭的寓意。仿佛只有野蛮人才住得离自然和真理足够近，能从它们中间获得借喻。一个远远住在西北边陲或马恩岛②的学者，又怎么可能知道厨房里在议论什么呢？

在我的客人中间，只有一两个胆子大点儿的曾留下来跟我一起吃我做的玉米粥，不过，他们在看见危机就要到来时，却急匆匆地告退了，好像这危机会把我的整个房子都震塌似的。然而，自那以后，我又不知吃了多少顿玉米粥，可我的房子依然好好立着。

直到冰冻的天气到来时，我才给房子抹上灰浆。为此，我乘小船到湖对岸弄来了更白更洁净的沙子，有船这样的运输工具，如果必要的话，就算去比这更远的地方我也愿意。这个时候，我房子的四个面都已经装上了护墙板。钉木条时，我一榔

---

① 宫廷礼仪要求臣民向皇室告别时要倒退出来，而不能背对着他们。
② 又称人岛，位于爱尔兰海上的一个岛屿。

头下去，总能把钉子钉到底，这不但让我觉得美滋滋的，也让我开始雄心勃勃地想着要把灰浆干净利落地从托泥板上抹到墙上去。我突然想起一个特别自负的人的故事，此人常常穿着一身华贵的衣服在村子里游逛，有时还给干活的人们提建议。有一天，他竟然将口头上的提议变成了自己亲自动手，他撸起袖子，拿起一个托泥板，用瓦刀把灰浆弄到托泥板上，然后，他得意扬扬地朝他上方的木板条看了一眼，把托泥板上的灰浆勇敢地一下子摁到了墙上，谁知抹上去的泥浆径直掉进他的怀里，令他尴尬万分。对给房子抹灰浆我是认可和赞同的，它既经济又便捷，能有效御寒，又能使房子显得美观、整洁。我也了解抹灰工可能会遭遇的各种各样的事故。我很是惊讶地发现，砖块的吸水性有多么强，在我还没来得及把泥灰抹平时，灰浆中的水分已被砖头给吸干了，再就是，要新砌一个壁炉，需要用多少桶的水啊。去年冬天，我做了一次实验，我用我们河中盛产的河蚌烧制了少量的石灰，因此，我知道我可以从哪里搞到我需要的材料。如果我愿意的话，我可以在附近一两英里的地方就找到优质的石灰石，然后，自己烧制石灰。

与此同时，瓦尔登湖最背阴、最浅的小水湾里已经结上了一层冰，比整个湖面封冻要早一些，甚至早了几个星期。最开始结的冰特别有趣，也特别完美、坚硬，颜色深而透明，为观察较浅的湖底提供了极佳的机会；因为你可以像湖面上的水黾一样平躺在只有一英寸厚的冰面上，从容地研究一番湖底，湖底与你之间只有两三英寸的距离，就像是看着玻璃板下面的一幅图画，而湖水那个时候也总是平静的。湖底的沙子上有许多凹槽，是某种生物来来回回爬过后留下的痕迹。湖底到处散落着白石英细颗粒形成的石蚕壳，也许那些凹槽就是它们留下的，因为凹槽里有一些它们的残骸，不过，这些沟槽又深又宽，又不太像是它们留下的。最有趣的研究对象还是冰本身，尽管你必须抓住那个最早最有利的时机去研究它。如果你在湖刚结冰后的第二天早晨就去仔细地观察它，你便会发现，很多最初看似是冰层内的气泡，其实是紧挨在冰下面的，而且，还有更多的气泡不断从底部冒上来。此时的冰相对结实，颜色较深，也就是说，你透过冰层能看到下面的水。这些气泡的直径在八十分之一到八分之一英寸之间，看上去非常澄澈和美丽，透过冰层，你能从这些气泡中看到你面庞的映像。每平方英寸的水中有三四十个这样的气泡。在冰层里面，也已经有了些半英寸长的气泡，有窄椭圆形的垂直气泡，有顶尖朝上的尖锥体，更常见的是刚刚冻结的冰里小小的圆气泡，像一串珠子那样，一个紧挨在另一个上面。不过，这些冰体内气泡并不像冰层下面的气泡那么多，那么明显。有的时候，我朝冰面扔石头，试试冰的结实程度，那些砸破冰面下沉的石头给水底带进去了空气，在冰下面形成很大、很明显的气泡。一天，我在四十八小时之后，又去到冰面上的同一个地方，发现那些大气泡仍完好如初。尽管从一块冰凌边上的裂缝里，我清楚地看到冰层又加厚了一英寸，但由于过去的两天天气很暖和，像印第安的夏天一样，湖面上的冰现在不是那么透明了，不能显示出下面湖水的深绿色和湖底，显示出的是不透明的白色或灰色，冰层虽然又加厚一倍，可却不像先前那么结实了，这是因为气泡在受热后膨胀、聚集到一起，不再那么有规则地排列了。它们不再是一个紧挨在另一个的上面，而常常像是从一个包里倒出来的银币，相互交叠在一起，或者像是胡乱填塞进缝隙中的一摞摞的薄片。冰凌之美消失了，此时再想研究湖底为时已晚。因为很想知道我的这些大气泡在新结的冰中占着怎样的位置，我凿取了一块里面含有中型气泡的冰，将它底朝天地翻转过来研究。又有冰结在了气泡的下面和周围，气泡实际上被夹在了两块冰的中间。气泡整个儿是在下面的冰块里，不过，又紧贴着上面的冰块，呈扁平形，或者说有点儿似凸凹透镜的形状，边上是圆的，四分之一英寸厚，直径四英寸。我颇为惊讶地发现，紧贴在气泡下面的冰在很有规则地融化，形成颇似茶碟倒过来的形状，其中间的高度约有八分之五英寸，于是，在气泡与水之间形成了不到八分之一英寸的间隔。在许多地方，这些处在间隔里的小气泡便朝下裂开了，或许，在那些直径足有一英尺的最大的气泡下面，根本就没有冰。我推断，我最初看到的紧贴在冰层下面的无数小气泡，现在也应该冻在冰里了，在某种程度上，它们每一个都像是可以用来点火的聚焦放大镜一样，在融化、腐蚀着下面的冰层。这些小气泡就是微型气枪，是它们促成了冰层的开裂和噼啪作响。

最后，在我刚干完抹墙的活儿时，冬天真的来了，寒风开始在我房子周围呼啸，仿佛在此之前它一直未能得到这么做的许可似的。一到晚上，即便是在白雪覆盖了大地以后，一群群大雁便嘎嘎地叫着，扇动着羽翼，慢吞吞地飞来。它们有的落在瓦尔登湖这边，有的低低地掠过林子和费尔黑文山，朝着墨西哥飞去。有好几次,当我在晚上十点或十一点钟从村里返回家中时,远远听到一群大雁或是野鸭在我的屋后走动,它们踩踏在湖畔林中的枯叶上,发出窸窸窣窣的声响,它们是在那里觅食,在它们慌忙飞走时,我隐约听到领头雁呼唤群雁的嘎嘎声。1845年,瓦尔登湖于12月22日晚上第一次全面封冻,弗林特湖和其他一些较浅的湖泊已在十多天之前就结冻了;1846年,是在12月16日;1849年,大概是12月31日;1850年,大概是12月27日;1852年,是在1月5日;1853年,是12月31日。自11月25日起,大雪便覆盖了整个大地,我的房子周围突然被银装素裹起来。我也蜗居在了自己的壳里,努力让明亮的火苗持久地燃烧在我的屋子里和心田里。我现在到户外要做的事情,就是到森林里把那里的枯木搬回来一些,有时是怀里抱着,有时肩上扛着,有时是每只胳膊下面夹着一棵枯死的松树,把它们拖到我的柴棚。我花了很大力气,拖回了森林里的一道旧篱笆,它曾有过它的辉煌,而现在我把它献给了火神武尔坎[①],用它来烧火,因为它已无法再为界标之神忒耳弥努斯[②]服务。一个人吃着这样的晚餐是多么有情趣的一件事啊,他煮晚饭所用的木柴是他刚刚冒着雪从林子里寻猎来的,不,你可以说是偷来的!他的饼和肉该有多香甜啊!我们镇子附近的森林里有足够的柴火和废木头供我们取暖用,可到现在,它们还未去暖和任何人,有些人甚至认为,把它们留在林子里只会阻碍幼树的生长。此外,湖中还有不少浮木。夏天时,我还发

---

① 古罗马神话中火与锻冶之神,亦称火神。
② 古罗马神话中保护界标之神,亦称护界神。

现了一条木筏,它是在修建铁路期间由爱尔兰人用一些没有去掉树皮的油松原木捆扎而成的。我把扎成这个木筏的部分原木拽到了岸上。在水中浸泡了两年,又在湖边晾了半年后,这些木头依然完好,尽管它们吸水过多,已经干不透了。冬季里的一天,我兴冲冲地将这些木头一根一根地拖到湖的对岸去,差不多有半英里远,我把十五英尺长的原木的一头搭在肩头,另一头放在冰面上,推着它们向前滑行;或者,我用桦树皮把几个木头捆在一起,然后,用一根一端带钩的桦树或赤杨的长树枝,拉着它们过去。虽然被湖水泡得跟铅块一样重,可在烧火时,它们却非但特别耐烧,而且火力很足。不,我认为正因为它们湿透了,所以燃烧得更好,就像浸过水的松脂在油灯里可以烧得更久一样。

吉尔平[①]在描写英格兰住在森林周边的居民时说,"擅入者蚕食森林,在其边缘处建起房屋和篱笆","古代的森林法认为,这是严重的违法行为,应该以侵占公产罪给以严厉惩罚,因为这 ad terrorem ferarum-ad nocumentum forestae[②] 使禽兽惊恐,森林受损"。可以说,我比猎人和樵夫更加关注对动物和森林的保护,好像我就是森林的看守官一样。一旦森林里哪一处着火了,即便是我自己不小心给弄着的,我也会很难过,我的难过会比任何业主的难过都持续得更久,也更难以平复,即

---

① 威廉·吉尔平(1724—1804),英国作家,他走遍英伦三岛,对自己的游历给予诗一般的描述,其文风为后人所效仿。
② 拉丁文,引自威廉·吉尔平的《漫谈森林风景和其他森林风景》,意即使禽兽惊恐,森林受损。

便是业主自己把树砍掉了,我也会感到痛心。我希望,我们的农夫到森林里砍树时,能怀有古罗马人那样的敬畏感,古罗马人为了间疏树木的密度、让光线能射入神圣的林地(拉丁文是lucum conlucare)而砍伐树木时,他们相信这林地是属于某个神灵的。罗马人会献上赎罪的供品,然后祈祷:神啊,无论你是男神还是女神,这森林都是属于你的,请保佑我,保佑我的家人和孩子吧。

即便是在当今,在我们这个刚建立不久的国家,人们对于林木仍然格外看重,认为它比黄金的价值更为持久,也更为普遍。尽管我们人类有了这么多的发现和发明,也没有谁会轻易放弃一堆木头。它们对我们之珍贵,如同它们当年对我们撒克逊和诺曼祖先之珍贵一样。如果说他们用木头造了弓箭,我们则用它造了枪支。米肖①在三十多年前就说过:"在纽约和费城,用作燃料的木材价格几乎相当于,有时候甚至超过于,巴黎最好木材的价格,尽管巴黎这一超大型的首都城市每年对木材的需求量超过三十万捆,而且,在其方圆三百英里之内都是开垦出的农田。"本镇的木材价格也在持续升高,现在的问题是,今年的价格会比去年贵出多少。机械师和商人亲自跑到森林这边来,不为别的,一定是来参加木材拍卖会的,他们甚至愿出高价,以获得搜集伐木工留下的边角料的特权。多少年以来,人类一直都是到森林里去获取燃料和各种艺术的材料:不管是新英格兰人,还是新荷兰人,巴黎人还是凯尔特人②,农民还是罗

---

① 米肖(1746—1802),法国植物学家。
② 凯尔特人,据信为英国最早的居民。

宾汉①,古迪·布莱克还是哈里·吉尔②,世界上大部分地区的王子和农民,学者和野蛮人,他们都同样需要从森林里拾得一些树枝来取暖和烧饭。我也不例外。

每个人打心眼里都对自己的柴火堆有着一份喜爱。我喜欢把我的木柴堆放在窗前,劈柴摞得越高,越能令我想起我劳动时的快乐。我有一把无人认领的斧子,每到冬闲时,我就在我屋子朝阳的那面,用这把旧斧头劈我从豆田里挖回来的树桩。在我耕地的时候,一个赶牲口的人曾跟我说,这些树桩可以使我暖和两次——一次是在我劈开它们的时候,另一次是在它们燃烧的时候,所以说没有任何别的燃料能比木头给我们提供更多的热量。至于那把斧子,有人曾建议我拿到铁匠那儿去"淬淬火",可我自己把这个活做了,并且从林子里找了一根山核桃木,给它安了个斧柄。尽管斧刃不是那么快,至少还能对付着用。

两三块多脂的松木不啻是一件珍宝。想一想现如今仍有多少这样上好的燃料隐藏在大地深处,也是一件令人感兴趣的事。前些年,我常常去一座荒山进行勘探,那里曾经有一片油松林,我在那里挖出了多脂的松树根。它们几乎可以说是坚不可摧。那些树桩都有三四十年了,尽管边材都腐烂了成了腐殖质,树芯里依然好好的,很厚的树皮鳞片,在离树芯四五英寸处,形成一个圆环,与地面齐平。你可以用斧子和铁锹,去开掘这个

---

① 罗宾汉,英国传说中雪伍德森林中的绿林好汉。
② 此处指的是英国著名诗人华兹华斯的名诗《古迪·布莱克和哈里·吉尔》里的一些人物。

宝藏，顺着那黄澄澄的牛脂似的积存——就像你挖到了金矿的矿脉一样——一直往深处挖去。不过，一般情况下，我总是用林中的枯叶来点火，那是我在下雪前就储存在柴棚里的。当伐木工在林子里宿营时，他们总是将青翠的山核桃木劈成细细的棍儿来引火。时不时地，我总要存上一些这样的引火柴。当远处村子里的居民燃起他们的炉火时，我也通过我烟囱里冒出的袅袅炊烟，向野居在瓦尔登山谷中的人们宣布，我也醒来了：

> 袅袅炊烟，你是伊卡洛斯似的鸟，
> 你于腾飞中将你的羽翼融化，
> 你是无声的云雀，黎明的信使，
> 把村舍当作你的巢在它们上空盘绕；
> 你与睡梦和深夜的阴影作别，
> 并把你的行装整好；
> 在夜里你可遮住星辰，在白昼，
> 你可暗了天光，掩起太阳；
> 从炉火边升起吧，炊烟，我的香火，
> 请诸神宽恕这一明亮的火焰。①

　　刚砍回来的坚硬青木，尽管这类木头我用得不多，却比任何其他的木柴更能满足我的需要。冬日下午，我出去散步时，有时会让壁炉里的火继续旺旺地烧着，待三四个小时回来后，火苗儿仍然燃着，发着红红的光儿。虽然我出去散步了，可我

---

① 这是梭罗自己写的诗歌，最初以《烟》为题发表在《日晷》1843年4月号。

的屋子里并没有空着。就好像我还把一个快乐的管家留在家里，是我和炉火一起住在那儿，我的管家通常很可靠。只是有一天，我在外面劈柴火的时候，蓦然想到我最好从窗户上看看房子里会不会着火。我记得，这是我唯一一次心里特别记挂起这类事，于是，我看向屋里，看到一颗火星点着了我的床铺，我跑进去将它扑灭，它在床上已经烧出巴掌大的一块。我的房子所处的位置既向阳，又背风，屋顶也低，因此在任何一个冬日的午后我都能把炉火熄灭了而室内又不至于太冷。

几只鼹鼠住在我的地窖里，吃掉了三分之一的土豆，还在那里用我抹墙剩下的毛发和牛皮纸，搭了个舒适的窝。哪怕最野性的动物也像人类一样喜欢舒服与暖和，它们之所以能活过冬天，也是因为它们未雨绸缪，事先做好了准备。听我的一些朋友说起来，仿佛我住到林子里就是为了让自己挨冻似的。动物们只是在有遮挡的地方做一个窝，然后用它们的身体将它焐热；可人类发明了火，他们建起宽敞的房子，通过烧暖屋子——而不是靠自己的体温——来取暖。在这样的空间里，他可以脱掉厚重的衣服自如地走动，在冬天里享受夏天的气温，通过窗户让阳光透进来，点亮灯火将白昼延长，就这样，他从人的本能那里向前跨出了一两步，有了一些从事各种艺术的时间。尽管被最凛冽的寒风吹久了之后，我的整个身体开始变得有些麻木，可一旦进到我屋子暖和的氛围里，我的各种官能便很快得以恢复，我的生命又会很好地延续下去。然而，在这一方面，最为奢华的住宅却没有什么可以夸耀的，我们也不必劳神去猜测人类最终会不会毁灭。只要从北方刮来的风再狂烈再凛冽一些，就能掐断人的生命线①。在经历了寒冷的星期五②和大雪之冬③以后，我们依然健在。可是，如果再来一个更加寒冷的星期五，或是下一场更大的暴雪，人类在这个地球上也将不复存在。

  第二年冬天，为了节省，我用一个做饭的小炉子取暖，因为我并不拥有这座森林，它不像宽敞的壁炉总是有熊熊的火苗儿。烧饭不再像以前那么富于诗意，仅仅是一种化学反应的过程。在如今使用火炉子的时代，我们不久便会忘记我们从前也曾常常像印第安人那样在火灰里烤土豆的日子。烧炉子，不但占据室内一定的空间，屋子里总有烟味儿，而且，看不到燃烧的火焰，令我觉得好像失去了个伙伴儿似的。在火光中，我仿佛总能见到一张脸。夜晚回到家里，劳作的人们凝望着壁炉里的火苗，常常能净化他们的思想，祛除掉他们在白天积存下的俗世杂念。可我不能够再坐着望着火焰，此时，一位诗人相关的诗句更加有力地回荡在我的脑海：

  永远不要从我这里夺走——明亮的火焰——
  你与我的心心相印和亲密无间，
  除了我的希望，还有什么会如此灿然地升腾？
  除了我的命运，还有什么会在今晚如此低沉？
  受所有人欢迎和热爱的你，

---

① 典出阿特洛波斯，砍断生命之线的命运女神。
② 1810 年 1 月 19 日，新英格兰刮起大风，一夜之间，气温下降到零下五十度，梭罗在日记中两次提到此事，称那一天是"寒冷的星期五"。
③ 可能指的是 1712 年 2 月 17 日那场"大雪"。

为什么会被逐出壁炉和厅宇?
是不是你的存在太过璀璨,
不属于做我们乏味生活中的庸火?
难道你那神秘的光焰不是在与
我们的心灵进行神交?心照不宣?
噢,我们变得安全、强健,炉边的我们
现在再看不到模糊影子的晃动,
也没有什么再令我们欢悦或悲伤,
唯有温暖手脚的炉火——再无别的想望;
在这一堆耐燃的火炭旁
当下可以就座,进入睡乡,
不必担心鬼魂会从幽暗的过去走来①,
借着老林木摇曳的火光跟我们打开话匣子。②

---

① 原文这里是"walked",跟下一行的"talked"是并列的两个谓语,它们的主语都是鬼魂"ghosts",为了押韵,这两行语序倒装,都是把动词放到了诗行的末端。
② 引自美国诗人埃伦·斯特吉斯·胡珀(1812—1848)的诗歌《木材之火》。

以前的居民和冬天的客人

我经历了几场欢快的暴风雪,在炉边度过了不少快乐的冬夜,听着外面狂风肆意地呼号,雪花恣意地飞舞,甚至连猫头鹰都销声匿迹了。连着几个星期我出去散步,除了见到几个偶尔到林中砍木头、用雪橇把木头运回去的村民外,再没碰到过什么人。不过,大风大雪还是帮我的,它们帮我在林中积雪最深的地方开出一条路,这是因为在我穿过林子时,大风很快就将橡树落叶吹刮到我走过后留下的深辙里,枯叶堆积在那儿,吸收着照射进来的阳光,融化了它周围的雪。这样不但我的脚可以踏上干的路面,而且,到了夜晚,它形成的那条黑色线路还是我的向导。至于和人的交往,我只能在脑海中想象一下从前住在这些林子里的人。我镇上的许多同乡都记得,离我房子不远的那条路上,曾经回荡着原住民的欢声笑语,在道路两边的林子里零零落落散布着他们的小菜园和房舍,不过那时,跟现在不一样,这条路还掩蔽在茂密的森林里。我记得,在这条路的一些地方,道两旁的松树都会刮擦到经过的马车,妇女和孩子独自从这条路去林肯时，都感到害怕，常常要一溜小跑一段路。尽管那个时候它只是通往乡村的一条便道，或是那帮伐木人行走的小道，可其多样化的景致却吸引着当时过路的旅客，给他们留下深刻的印象。现在，从村子到树林，中间有一大片开阔的田野，那个时候，这条道要穿过一片里面长着枫树的沼泽地，这一段的路基都是由原木铺就，直至今日，在尘土飞扬的公路下面，还留存着这些原木的遗迹，这条公路是从斯特拉顿，也就是现在的救济院，一直通向布里斯特山的。

在公路那边，我豆田的东面，曾经住着加图·英格拉哈姆，康科德镇的乡绅邓肯·英格拉哈姆先生的奴隶。这位乡绅老爷给自己的奴隶盖了一座房子，并允许他住在瓦尔登湖的林子里。——我这儿提到的加图可不是尤蒂卡[①]的加图，而是康科德的加图。一些人说他是几内亚人。还有人记得他在核桃林里有一小片地，他把核桃树培育成林，想着他老了可能会用得着它们，可没承想最终还是落到了一个年纪轻轻的白人投机商手中。不过，这位投机商如今也同样只占据着一间窄小的居所。加图半埋没的地窖洞口仍然依稀可见，尽管很少有人知道了，因为有片松树林遮挡住了路人的视线。现在，那个地方长满了光滑的漆树（拉丁文学名 Rhus glabra），还有一种最早的秋麒麟草（Solidago stricta）也在那儿繁茂地生长着。

在我的豆田靠近镇子的那个边角上，坐落着一所小房子，是一位叫泽尔法的女人住在那儿，她为镇上的人织亚麻布，整个瓦尔登湖的林子里都回荡着她嘹亮的歌声，因为她拥有一副

---

① 这里指的是死于北非的尤蒂卡的罗马政治家小加图（前95—前46）。

高亢悦耳的嗓音。在1812年的战争中,一群被假释的英兵趁她不在家时放火烧了她的屋子,她养的猫、狗,还有鸡,一起被烧掉了。她过着很苦的非人般的生活。一位常来这些林子里的人记得,一天中午经过她的屋子时,听到她冲着煮沸的锅在喃喃自语:"你们全是骨头,骨头!"我曾经在那儿的橡树林看到过残留下的砖块。

顺着公路一直向前,在我右手边的布里斯特山上住着布里斯特·弗里曼,"一个心灵手巧的黑人",他曾经是卡明斯乡绅家的奴隶——那里依然有布里斯特栽种、看护过的苹果树,现已长成大树老树了,可我觉得它们结出的果实仍有股野苹果和苹果酒的味道。不久前,我在林肯的一个老墓园里读到过布里斯特的墓志铭,他的墓有点儿靠边,挨着一些无名的坟,这些坟里的死者都是在从康科德撤退时阵亡的英国掷弹兵。墓碑上写着他的名字,"西庇阿·布里斯特"——他倒是有资格被称作非洲的西庇阿了——上面还写着"有色人种",好像他是个变色人似的。墓志铭上还特别强调了他死去的日期,这只是以一种间接的方式告诉人们他的确存在过。跟他葬在一起的是他的妻子芬达,芬达热情好客,爱给人算命,令大家开心。——她长得又壮又圆,皮肤黝黑,比所有的夜之子还要黑,这么一个圆滚滚的黑色肉球,在康科德可谓是空前绝后。

沿着小山再往前走,林中老路的左面,是斯特拉顿家族庄园的地界,布里斯特山整个山坡曾经都是他们家的果园,不过,很早以前就被油松给占据了,只剩下一些树桩,在它们的老根上又长出了一些茁壮的野树来。

靠镇子更近些,在公路的另一边挨着树林的地方,坐落着布理德的住宅。这一带因为一个妖怪干出的种种恶作剧而著称,此怪在古老的神话中并没有明确的记载,但在新英格兰的生活中却起到了惊人的作用,像神话中其他所有的人物一样,值得将来的某一天为他写出传记。他扮作一个朋友或雇工,抢劫和杀害了主人一家老小——真是新英格兰的一大怪。然而,历史尚不必记述下这里所上演的悲剧,先让时间以某种方式予以干预,给这些悲剧敷上一层温和、蔚蓝的色泽。还有一个颇为模糊和存疑的传说,说这里曾经有家酒馆,酒馆里有口水井,旅人把这井水兑在自己的饮料里喝,他的马匹也饮这井水。人们在这里相互寒暄,打探消息,然后再踏上各自的旅程。

布理德的小木屋在十二年前还在这里,尽管里面早就没有人住了。他的木屋差不多跟我的一般大。如果我没有记错的话,是一群调皮捣蛋的男孩在选举日的晚上[①]放火烧掉了它。那时,我住在村子边上,刚沉下心来读达文南特的《冈地波特》[②],那年冬天,我老觉得身心疲累——顺便说一句,我真的不知道该将此视作家族的一种遗传病(我有个叔叔在刮胡子时就睡着了,为了不让自己睡着,醒着度过安息日,到星期天时他不得不去地窖里拔土豆上长出的芽),还是由于我要一字不落地精读查尔莫斯[③]的英国诗歌集所致。《冈地波特》征服了我的思维。就在

[①] 1841年5月6日星期三的晚上。
[②] 威廉·达文南特爵士(1606—1668),英国诗人,1638年的桂冠诗人,该诗发表于1851年。
[③] 查尔莫斯(1759—1834),英国剧作家。

我完全沉浸于其中时,暮然间听到火警钟声,救火车火速地朝着那个方向开去,在救火车的前面是往那边跑的大人和孩子们,我在人群最前面,因为我跨过小溪走了捷径。大家都以为着火的地方是林子的最南边——我们以前都去过火场的——是谷仓、商店或者住房,或是所有的这一切都烧着了。

"是贝克的仓库着火了。"有个人喊。"是考德曼的宅子。"另一个人断言说。紧接着,又有烟柱和火星蹿起到林子的上空,好像是屋顶烧得坍塌了,见此大家都呼喊起来:"康科德,都快来救火啊!"救火的马车载着重负,风驰电掣般驶过,上面也许还坐着保险公司的代理,无论出事的地点多远,这些代理都会赶到。救火车的铃声不时地在后面响起,声音响得越来越稳当。走在最后面的,后来听人嘀咕说,是放火并发出警报的那几个人。我们就像真正的理想主义者那样,拒绝我们的感官给自己提供的证据,直到拐过弯后听到噼啪的爆裂声,感受到从墙那边袭过来的热浪,啊,然后最终才意识到我们已抵达火灾现场。近在咫尺的火情冷却了我们的热情。开始时,我们想泼一车水上去救火,可最终还是决定让它继续烧吧,既然已经快烧成废墟了,再去救也无济于事。于是,我们围着救火车站着,相互挤在一起,通过喇叭筒表达着我们的情绪,或者压低嗓门,谈及世人目睹过的所有大火灾,包括巴斯科姆的商店,我们中间一些人还想到,如果我们能带着我们的"救火桶"[①]及时赶到,把所带的水全都泼上去,兴许我们可以把世界末日那场最后的

---

① 手拉的救火车,用于19世纪美国的许多小镇。

大火变成另一场大洪水①。最后,我们没有搞任何恶作剧就撤了——回去睡觉,回去继续读《冈地波特》。说到《冈地波特》,我想摘录它序言里有关智慧是心灵的火药的那一段话——"但大部分人都与智慧无缘,就像印第安人与火药无缘一样"。

第二天晚上,差不多在同样的时间,我碰巧穿过田野又走到了那条路上。听到昨晚着火的那个地方传来低低的啜泣声,我走上前去,发现那是我认识的这个家中唯一的幸存者,他继承了这个家族的美德和邪恶,只有他一个人还对这堆废墟感兴趣。他伏在地上,目光越过地窖的墙壁看着下面还在冒烟的余烬,习惯性地在那儿喃喃自语着。此人整日在遥远的河岸草甸那边干活,一有点儿自己的时间,就会跑过来看看他的父辈和他年轻时的家。他不断变换着位置和角度注视着地窖里面——不过,他一直都是趴在地窖上面——好像有他记着的珍宝就藏在下面的石头缝里,实际上那里除了一堆砖块和灰烬什么也没有。房子是已经烧没了,他的目光在寻找着还可能留下的东西。仅是看到我出现在那儿,便给了他些许的安慰,他趁着夜光指给我看被覆盖住的水井。谢天谢地,这口井怎么也不可能被烧掉的。他顺着墙摸索着,寻找他父亲制作和安装的吊桶竿,还有那个用来把重物系在重端的铁钩——这是他现在能抓住的一切了——他要我相信这可不是一般的提水装置,我伸手去摸了摸。后来,我几乎每天散步时都顺便去看看它,因为一个家族的历史就维系在这件东西上了。

在左面,能够看得见水井和墙根下的丁香花的地方——现

---

① 《创世记》中的挪亚洪水。

在已是一片阔地了——住着纳丁和勒格罗斯。不过,让我们还是回到林肯吧。

比这些住户更加挨近林子深处的,也就是在这条路快抵达瓦尔登湖的地方,是陶工韦曼借住于此,他为镇上的人制作陶器,也留下后人继承了他的手艺。他们的日子过得并不算富裕,活着时都是勉强保留了他们对那块地的使用权。据我读过的郡治安官所写的记录,郡治安官来跟韦曼征税时,往往都是空手而归,为了做做样子,总是拿回"一块碎片",因为再也没有值得拿回去的物品。进入仲夏的一天,我正在地里锄草,一个拉着一车陶器去赶集的人,把马停在我的地头,向我问起有关小韦曼的情况。他老早以前跟小韦曼买过一个陶轮,希望知道他现在怎么样了。我在经文里读到过陶工的泥坯和陶轮,可是从未想到过,我们使用的陶器会不是从过去完好地传下来的,或不是像葫芦那样从什么地方的树上长出来的,听到在我的邻居里便有从事这一塑造艺术的,我心里颇为高兴。

在我之前住在这片林子里的最后一个居民是位爱尔兰人,叫休·克伊尔(我把他的名字拼得够绕口了吧),借住在韦曼的房子里——人们称他为克伊尔上校。据说,他是一名参加过滑铁卢战役的士兵。要是他还活着的话,我一定会让他重温一下他所参加过的战斗。他在这里所干的活儿是挖沟。拿破仑去了圣赫勒拿岛,克伊尔来了瓦尔登森林。我所知道的有关他的一切都是悲剧性的,他是一位很有风度的男子,像一个见过大世面的人,他优雅的谈叶有时会令你觉得无所适从。他仲夏时也穿着大衣,患有震颤性谵妄症,他的脸呈胭脂红色。我刚住到林子里不久,他就死在了布里斯特山脚下的公路上,因此我不记得曾有过这么一个邻居。在他的房子被拆掉之前——邻居们都认为他那里是"凶宅",通常都绕开他的房子走——我造访过那儿。他穿旧的衣服都卷着、窝着,放在垫高了的木板床上,仿佛是他自己躺在那里似的。他的破烟斗置在壁炉旁,而不是"破了的碗放在泉水边"①。

后者绝不可能是他死亡的象征,因为他曾坦诚地告诉过我,虽然他听说过布里斯特山泉,却从未见过它。地板上散落着覆满尘土的纸牌,方块、黑桃、红桃等,一只官方怎么也逮不住的黑羽毛的鸡,像夜一样黑,也像夜一样悄无声息,仿佛在那里默默等待着列那狐②,仍旧还是到隔壁去栖息。屋子后面隐隐约约看得出是个菜园子,可由于其主人患着可怕的震颤病,播种后的菜园从未锄过草。现在已是收获的季节,可园子里长满了罗马苦艾和鬼针草,鬼针草结出的种子粘满我的衣服。一张刚剥下来不久的土拨鼠的皮,摊开挂在后墙上,这应该是他最后一场滑铁卢之战的战利品,只是他再也不需要暖和的帽子和手套了。

现在,只有地面上的一道坑洼能表明这儿曾经是上述那些住宅的遗址,修建地窖的石头如今都被掩埋在了地下,那里向阳的草地上生长着草莓、覆盆子、糙莓、榛子灌木丛和漆树;一些油松和多节的橡树立在原来烟囱所在的地方;在从前的一

---

① 典故来自《传道书》,"银链折断,金碗破裂,瓶子在泉旁损坏,水轮在井口破烂。尘土乃归于地,灵乃归于赐灵的神"。
② 列那狐,狐狸的传统文学名,来自中世纪法国动物故事《列那狐的故事》。

个门阶石那儿长出一棵黑桦树，散发着芳香，正随风摇曳着。有时候还能看见井坑，一眼泉水曾从那里涌出，如今只有萋萋的荒草。也有的井是被深深地掩盖起来，直到将来的某一天才能被发现——当家族的最后一个成员离去时，用一块扁石盖住了井口，现在它上面是厚厚的土和青草。那该是多么伤心的一件事情啊，在盖上井口的同时，眼泪却如泉水般涌出。像被遗弃的狐狸窝巢或是古老的洞穴一样，这些地窖的坑洼，便是于这里忙碌喧嚣地生活过的人们所留存下的一切，他们也曾以这样或那样的方式，操着这样或那样的方言，讨论过"命运、自由意志、绝对先知"等问题。但是，从他们的结论中我所能得出的一切，却只有这样一点，"加图和普利斯特扯过羊毛"，这一点与任何著名哲学学派的历史一样富于启迪意义。

　　这里的屋门、门楣和窗台已经消失了整整有一代人的时光，可生机盎然的紫丁香依然挺拔，一到春天便绽开它芬芳馥郁的花朵，供抚今追昔的旅人采摘。多少年前，孩子们在前院的小块地里亲手种下它，精心地呵护它——如今却长在荒草丛中的残垣断壁旁，把位置让给了新长出的树林子。——它是那个家族的最后一代，是整个家族的唯一幸存者。那些皮肤黝黑的孩子们万万也没想到，他们插在屋后背阴处土壤中的一条上面只有两个小芽眼的细枝，经过他们每日的浇灌，竟会如此牢牢地扎下根来，比他们还要活得长久，比给予它阴凉的房屋本身，比人们的菜园和果园，还要活得长久，在栽它的孩子们长大成人逝世半个世纪之后，它仍在向孤独的漂泊者讲述着他们的故事，依然像它迎来其第一个春天时那样，开得那么灿烂，那么芬芳。它的紫丁香花色依然那么娇嫩、淡雅、欢快。

然而，这个小村庄，看似一棵蛮有希望的小苗，为什么却没能像康科德那样扎根生长，趋于繁盛，而是失败了呢？难道是由于它没有自然条件方面的优势——没有水源？噢，深深的瓦尔登湖，还有布里斯特清凉的山泉，这些人们并没有好好利用充足、有益于健康的水源，而只是用它来稀释他们的酒杯。他们都是嗜酒一族。在这儿，编篮筐、编扫帚、织席子、烘玉米、织布、制陶等行业，难道就不能兴旺发达，难道就不能让荒野像玫瑰一样绽放，让众多的后代从他们的父辈手中继承土地？贫瘠的土壤至少可以防止低地的退化。啊！这些以前的居民留下的记忆一点儿也未能给这里的景致增光添彩，或许，大自然会再次考验人们，以我作为这儿的第一个居民，以我去年春天盖起的木屋作为这个小村庄最老的房子。

我不知道从前是否有人曾于我在的这个地方修过住宅。让我远离那建在更古老城市遗址上的城市，因为建设它的材料都是残砖破瓦，它的花园都是以前的墓地。那里的土地一片枯黄，曾受到过诅咒，说不定在采取必要的措施之前，地球本身就灭亡了。在我这样回忆着时，他们似乎又都住回到了林子里，就这样想着，想着，我睡着了。

整个冬季，我都很少有客人来。在地上的雪积得最厚的时候，一个星期半个月的，也没有一个人敢贸然转悠到我的屋子附近来，不过，我却活得像一只草原上的老鼠那样舒适，或者像牛和家禽一样，据说即便它们被积雪掩埋起来后，什么都不吃，也能活很长的时间；或是像本州萨顿镇那一家早期的定居者，在他外出期间，他家的茅屋遭受了1717年那场最大的暴风雪，整个屋子完全被大雪覆盖，一个路过的印第安人通过烟囱冒出的热气给积雪上融化出的一个窟窿，发现了它，从而解救出他的家人。可没有一个好心的印第安人来关心我，再说，也没有这个必要，因为这所房子的主人就在家里。好大的雪呀！听着多带劲儿啊！那个时候，农夫们不能再赶着马车去林子和沼泽，只好砍掉他房前遮阴的树木，等积雪冻结实了，就去沼泽地里砍，到第二年春天时才发现，原来他们砍树的地方竟然离地面有十英尺高。

积雪最深的时候，从公路到我家之间的那条约半英里长的小径上，便有了一条弯弯曲曲的虚线，在点与点之间有不算小的间隔。如果接下来的一个星期天气平和，我会完全迈着同样的步数，同样的间距，踏着自己之前踩下的足印，往返于这条路，我迈步的认真和精确犹如一对丈量用的测量尺①一样——原来冬天就是这样迫使我们，要我们循规蹈矩的——在这些足印里常常映出天空的蔚蓝色。没有什么天气能阻止我外出散步，我经常在深雪中跋涉八到十英里，去赴一棵山毛榉或黄桦树或是松林中一个好朋友的约会。冰雪压弯松树的枝条，露出它们的顶端，让它们变成了冷杉的形状。当雪在平地上几乎有两英尺厚时，我去爬最高的山顶，每走一步都会碰上树枝，在我头顶又摇出另一场暴风雪。有的时候，我只能手脚并用，连滚带爬地攀向山顶，而那个时候连猎人也都猫在家里过冬了。一天下午，我饶有兴味地观察着一只斑鸮（拉丁文学名Strix

---

① 丈量用的测量尺（dividers），用来丈量地图上的距离。

nebulosa），它栖在一棵白松较低的靠近树干的枯枝上，那时还是大白天，我站着离它不到一杆远。我移动时，它能听到我踩雪发出的声响，但是看不清楚我。在我弄出动静时，它会伸长脖子，直立起它脖颈上的羽毛，睁大眼睛，不过，它的眼睑又会很快合上，随之便打起了盹儿。在注视了它半个小时后，我也受到影响，有了困意，它就这样像只猫——有羽翼的猫——一样半睁着眼睛栖在树上。在它的眼睑之间留着一条窄窄的缝儿，它就借此与我保持着一种若即若离的关系。它半闭着眼睛，从梦乡中望着外面的世界，竭力想弄明白我究竟是一个搅扰了它视线的模糊物体，还只是一粒尘埃。后来，也许是我弄出的声音太大，或是离它太近了，它感到些许的不安，在枝头上懒懒地转动着身体，仿佛不耐烦有人惊扰了它的梦似的。在它飞起，将巨大的翅膀伸展到令人意想不到的宽度，飞过松树林时，它扇动的翅膀却没有发出任何声响。就这样，依凭着对周围环境的敏锐感觉（还有它羽翼的感知力），而不是视觉，它飞翔在暗下来的松树枝之间，最终觅到一处新的地方，在那里平静地等待着黎明的来临。

当我穿过草地走在长长的铁轨辅道上时，一阵阵凛冽的风扑面而来，因为只有在这儿风才可以毫无阻挡地肆虐。待我的左脸冻麻木后，尽管我是个异教徒，还是把右脸再转过去任寒风劲吹。走在从布里斯特山那边下来的车道上，情况也好不了多少。尽管开阔田野上的暴风雪在瓦尔登道路两侧堆积成墙，前一个路人踏出的脚印在半个小时内就会被完全掩埋，我仍像个印第安人那样要到镇上去。待我返回时，地上又覆盖了一层新落下的雪花，我在雪地踉跄前行，猛烈的西北风将粉状的积雪吹刮到道路的急转弯处，没有野兔的踪迹，甚至连草地老鼠细微的足迹都看不到。然而，我却发现，即便是在这隆冬时节，封冻的沼泽地里仍有些暖和松动的地方，那里的青草和臭菘依然泛着多年生草木的翠绿，偶然间有只耐寒的鸟儿在那儿等候着春天的来临。

虽然是大雪纷飞的天气，在我晚上散步返回家中时，还是能踩到一个樵夫走向我屋子时留下的深辙，在我的壁炉旁有他削好的一堆碎木片，屋里有他抽的烟斗的味道。或是哪个星期六的下午我碰巧待在家里时，便听到一个长脸的农夫踏过雪地的沙沙声，他穿过好几片树林来跟我"唠嗑"，此人是少数几个在"在自家农场务农的"人士。他虽说不穿教授的长袍，而是穿着农民的罩袍，可动不动便能从宗教或国家的事务中总结出道德的寓意，就像从他的家畜围栏中拉出一车粪肥那么容易。我们谈到那蛮荒、淳朴的年代，那时的人们在寒冷的天气都是围坐在篝火旁，保持着他们头脑的清醒；在甜点吃完了时，我们试着用牙咬开那些松鼠弃掉的坚果，因为皮壳最厚的坚果里面往往是空心的。

从最远的地方，涉过最深的雪和最狂暴的天气来我住所的，是一位诗人。一个农夫、猎人、士兵、记者，甚至哲学家，都可能被这一切吓住了，但却没有什么能让一个诗人退缩，因为他是受着纯真的爱的驱使。有谁能预知他的来去呢？他的使命随时都可能召唤他，即便是连医生都在睡觉的时候。我的小屋里回荡着我俩纵情的欢笑，也回响着我们认真严肃的话语，这给瓦尔登湖长时间的静谧增添了活力。相比之下,百老汇都显得安静和寂寞了。我俩不时纵声大笑,也许是因为刚说出的一句妙语,要不就是因为正在讲的一则笑话。我们喝着稀粥——这简陋的饭食却兼具欢宴交际和哲学必需的冷静头脑这两个优势——谈论着许多崭新的人生理论。

我不会忘记,在瓦尔登湖的最后一个冬天,我还有一个颇受欢迎的客人,他冒着雨雪,趁着夜色,穿过村子,直到透过林中的树木看到我屋子里闪烁的灯火,他来这里与我一起度过了许多漫长的冬夜。他是最为新锐的哲学家之一——是康涅狄格州将他奉献给了世界——他起初兜售康涅狄格州的商品,后来如他自己所说,是兜售他的思想。今天仍是如此,他弘扬上帝,针砭世人,他的大脑只结果实,就像坚果里会长出果仁一样。我想他一定是世界上最有信仰的人。他的言辞和态度总在表明,世界上的事物每每比人们所了解的要美好得多,随着时代的演进,他会是世上最不可能陷于绝望的人。他眼下没做什么事情。然而,尽管他现在没怎么受到人们的重视,可一旦属于他的时代来临,多数人没认识到的法则产生作用时,家族的主人们和统治者们将都来向他求教。

看不到尊者的人,是多么盲目!①

他是人类真正的朋友,几乎是人类进步事业唯一的朋友了。一个古老的"凡夫俗子",噢,不如说是一位"不朽之人",怀着不屈的信念和耐心,展示着深深地镌刻在人身上的上帝的形

---

① 该句引自托马斯·斯托勒所写的《托马斯·华斯莱传》(1599)。

象,世人们已都成了上帝面目全非、东倒西歪的纪念碑。他用他的友好和智慧拥抱儿童、乞丐、疯子和学者,他对所有人的思想兼收并蓄,并往往能给它锦上添花,增加一些广度和高度。我想,他应该在世界大道上开设一家客店,各国的哲学家都可以到那里去住宿,在他客店的牌匾上应当写上:"招待性情中人,兽性之人免进。拥有闲暇、心境平和与真诚探索正确道路的人,欢迎光临。"他或许是我所认识的人中最理智、最少怪癖的一个;他今天是啥样,明天也会是啥样。从前,我俩曾漫步、聊天,把世界甩在身后;他不属于世界上任何一个机构,他是个生来就自由自在、率性而为(拉丁文 ingenuus)的人。不管我们面朝着哪个方向,大地和天空似乎都完美地衔接在一起,因为景色因他而越发美丽。对于一个身穿蓝色长袍的人来说,最适合做他的屋顶的,就是反映他恬静心境的苍穹。我想象不出他怎么可能会死去,大自然不能失去他。

我们各自把思想摊开来谈,就像将木片拿出来晾干似的,我们坐下来把木片削得尖尖的,一边试着我们的刀锋,一边欣赏着南瓜色松树上那清晰的黄色纹理。我们满怀着虔诚,轻轻地涉水,或是协调地一起拉着渔线,这样思想的鱼儿便不会被吓得从小溪中逃走,也不会害怕岸上的钓鱼者,而是自如地游来游去,就像西边天上飘浮的云彩,那五光十色的云团时而形成,时而消散。[①]我们开始工作,修订神话,润饰寓言,建造着空中楼阁,因为地球上没有给它们打下良好的地基。伟大的

---

① 这一段都是运用比喻来描写他俩之间的思想交流。

观察家！伟大的预言家！啊！与他交谈，不啻是新英格兰冬夜的天方夜谭！啊！我们进行过多少次有意义的热烈的谈话，隐士、哲学家和我提到过的那个老住户，我们三个人，这些谈话的张力似乎在使我的小屋膨胀和晃荡。我不敢说在每一寸的气压上承载着多少磅的重量，它们在我的木屋上撑开了许多缝隙，以至于我事后不得不填塞进大量乏味的东西，以防止屋子漏水，好在我已捡了不少这样的填絮。

还有一个人值得我长久地记住，我去村里他的家中曾与他度过了一段美好的时光，有的时候他也来看我。不过，我后来就不到那边去了。

跟在其他任何地方一样，住在瓦尔登湖湖畔，我有时也期盼着一个永远也不会到来的客人。《毗湿奴往世书》说："傍晚时分，一家之主还应在院子里多逗留一会儿，至少再逗留挤一次牛奶的时间，或者更长一点儿，如果他愿意的话，以恭候客人来访。"我常常恪守这一待客之道，等候的时间足够给一群牛挤完奶，但就是不见我等待的人从镇子里来。

冬季里的动物

湖泊冻结实以后,不仅为去许多地方提供了新的更近的路,而且也提供了从湖面上观察周围熟悉景物的新视野。尽管我经常在弗林特湖划船、滑冰,可在走过它封冻的湖面时,还是觉得它出乎意料地宽阔和陌生,乃至让我想起了巴芬湾[①]。在这一片辽阔雪原[②]的四周——我不记得我以前曾站在过这片雪原上——矗立着林肯的山峦。在冰面上说不清多远的地方,有渔民领着像狼一样的猎狗在缓缓地移动,远远看去像是猎海豹的人,或是爱斯基摩人,或者在雾气弥漫的天气里看去更像是传说中的生灵,我不知道他们该算是巨人还是小矮人。晚上到林肯演讲时,我走的就是冻结了的湖面,这样从我的小屋到演讲室,我无须走任何一条现成的道路,无须经过任何一所房屋。在我途经的鹅湖,住着一群麝鼠,它们的窝儿就筑在冰面上,形成隆起的一块,不过,我路过时却没有见到跑到外面来的麝

---

① 巴芬湾位于格陵兰岛和加拿大巴芬岛之间。
② 指整个封冻的湖面和湖面之外的田野。

鼠。瓦尔登湖,像其他的湖泊一样,上面很少积雪,只是间或有些浅浅的、零零星星的雪堆,所以当其他地方的雪都平均积到两尺深,村民们都被困在街巷里时,瓦尔登湖就成了我可以自由自在地行走的庭院。那儿远离村子的街道,很少能听到雪橇的铃铛声,我在那里滑冰,犹如是在一个被踏平了的巨大的鹿苑里,头顶是橡树和肃穆的松树被雪和冰凌压弯了的枝条。

在冬日的夜晚,白天也不例外,我常常听到不知从多远的地方传来的猫头鹰凄凉而又悠扬的叫声;这声音像是用合适的琴拨敲打冰冻的大地发出的音响。它是瓦尔登森林特有的方言母语,我渐渐地完全熟悉了它,尽管我从未见过正在发出这种声音的猫头鹰。冬夜,往往是一推开门,便听到它的叫声:咕——咕——咕——咕——咕,声音很是响亮,前三个音节的发音像是"你好吗",或者有的时候只是咕咕两声。在刚入冬的一个晚上,那时湖面还没有结冰,大约是九点钟的时候,我被加拿大雁的一声很响的嘎嘎声惊了一跳,我去到门口,它们正从我的屋顶上飞过,扇动羽翼的声响像是林中呼啸的暴风雨一样。它们是要经由瓦尔登湖,飞往费尔黑文山,似乎是受到我屋内灯光的惊扰没有降落,它们的头雁一直以固定的节拍召唤着雁群。突然间,离着我很近的一只大雕鸮,发出一声我在这林中听到过的最为刺耳和响亮的叫声,这是雕鸮在有节奏地回应雁群,仿佛决心要亮出本地鸟音域更宽、音调更响的嗓音,以揭露和羞辱这些来自哈德逊湾①的入侵者,用呜呜的倒彩声将

---

① 哈德逊湾,加拿大中北部的内陆海。

它们驱逐出康科德的地平线。在夜晚本属于我①的这个时辰,你们来惊动我的城堡是什么意思?你们以为我会在这个时间睡觉,以为我的肺活量和音量不如你们的大吗?呜呜,呜呜,呜呜!这是我听到过的最搅扰人心的不谐和之音。然而,若是你有个能辨析音律的耳朵,从这声音里你便能听出这些平原从没听到过的康科德和声。

我还听到瓦尔登湖冰层哔哔剥剥的爆裂声,它是跟我一起睡在康科德这张大床上的一个大块头的伙伴,睡在床上的它似乎心情有些忐忑,想要翻个身,不是被腹胀困扰,就是做了噩梦。我也曾被严霜冻裂地面时发出的响声惊醒,像是一个人赶着一群牲畜撞到我的门上,第二天早晨我推开门时,看到地上有一道四分之一英里长、三分之一英寸宽的裂缝。

在月光溶溶的夜晚,我有时听到狐狸行走在冻硬了的雪地上的声音,这是它在寻觅鹌鹑或是其他猎物,它不时发出像森林里的狗那样急促、凶恶的叫声,仿佛因焦躁而遭受着痛苦,或者想要表达什么,拼力寻求着光明,想马上就变成狗,好在街头自由地奔跑。如果我们考虑到时代的变迁,难道野兽不可以像人类一样,在它们之中也渐渐发展出一种文明吗?在我看来,它们似乎是最初的、穴居的人类,还处在防卫阶段,等待进一步的演进。有的时候,一只狐狸会循着我屋子里的灯光,来到我的窗前,冲着我发出几声狐狸的诅咒,随即又消失在黑暗中。

---

① 这个"我"和后面的三个"我"都是指大雕鸮。

通常，是红松鼠（拉丁文学名Sciurus Hudsonius）在黎明时把我唤醒。它们在屋顶上蹿来蹿去，在墙壁上爬上爬下，好像它们从林子里跑过来就是为了这个目的。在冬天，我会把半蒲式耳只有八成熟的甜玉米穗子扔到我门前的雪地上，然后，饶有兴味地观察各种动物被诱来吃食的情形。在黄昏和夜晚时，常常有兔子来大吃上一顿。整个白天，红松鼠们在我这儿来来往往，它们机灵警觉和滑稽调皮的动作给我带来莫大的乐趣。一只松鼠先是小心翼翼地穿过矮栎丛向我这边靠近，随后，便像地上一片被风吹刮的落叶，飘忽不定地在雪地上奔跑起来，一会儿憋足劲儿往这边快速跑几步，一会儿又向那边跳上许多步，它用后腿立着奔跑的速度令人不可思议，像是在跟谁打赌比赛似的，不过，每一次跑都不会超过半杆远。它会突然停下来，带着滑稽的表情，轻松地翻个筋斗，仿佛万物的眼睛都在看着它似的——这是因为一个松鼠所做的一切动作，哪怕是在最为寂寥、幽深的森林腹地，也都意味着它能像一个舞女那样拥有那么多的观众。它会花很多时间在一些花哨的动作上，要不然这段距离它早就走完了——我从没见过哪个松鼠是规规矩矩走路的。在你还来不及说完杰克·罗宾逊这个名字前，倏忽间它已经站在一棵小油松的树顶，随即像上紧了发条似的，开始责骂起所有想象中的观众。它既像是自言自语，又像是在跟整个宇宙对话——我看不出它为什么要这么做，我想，连它自己也不会知道。最后，它终于来到我屋门外的玉米这里。从中挑了一穗中意的，还是那样蹦蹦跳跳，按照原来很不固定的三角函数似的路线，蹿到我窗前木柴堆最顶上的木块上，在那里，它能看到我的脸,随后,它在那儿坐了下来,连着几个小时地啃着玉米棒子,时不时给自己换上一个新的,起初是狼吞虎咽,把啃过一半的棒子丢得到处都是;后来它变得越发挑剔起来,玩起了它的食物,只吃玉米粒中最内里那一点点,那个玉米棒子本来是被它用一只爪子压在木块上的,因它的爪子不小心松了一下而滑落到了地上,那个时候的它会用一种犹豫不定的滑稽表情望着掉下去的穗子,仿佛在怀疑它是否也有生命,一时定不下来是去捡起它,还是重拿一个,或者溜之大吉为妙。它一会儿想着玉米,一会儿又侧耳倾听,听听是不是有什么动静。就这么着,这个冒冒失失的小家伙在一个上午浪费了许多个玉米棒子。最后,挑了个更长更丰满、个头儿比它自己还大的穗子,将它很是平衡地背在身上,带着它返回林子——就像老虎驮着一头水牛——走着同样的之字形的路线,几步一停,好像不堪重负似的,一边走,身上的玉米粒一边往下掉,掉落的玉米在地上呈现出垂线和横线交织形成的对角线,然而,它仍是那么坚决地不惜一切代价要把它带回去。——真是一个莽撞又任性的小家伙,它就这样把玉米带到了它的窝里,也许是带到了离地面有四五十杆的松树顶端,之后,我发现林子里到处都洒落着玉米芯。

再后来,来了冠蓝鸦,它们刺耳的叫声在离这儿还有八分之一英里时我便听到了,在抵近时它们变得小心起来,开始悄然地躲躲藏藏地从一棵树飞到另一棵树,还衔起松鼠掉落的果仁。然后,它们栖到油松枝头,试图急急地吞下对它们的嗓子眼来说有点儿太大的果仁,结果噎在喉咙里,费了老大的劲儿才吐出来,接着花了差不多半个钟头的时间,用喙使劲反复地啄。它们表现得像贼一样,我对它们尊重不起来;而松鼠则不然,尽管一开始有些腼腆,可到后来它们就好像是吃和带走它们自己的东西一样了。

与此同时,还来了一群一群的山雀,它们拾起松鼠丢弃的碎屑,飞到就近的树枝上,用爪摁住碎屑,用它们小小的喙一点儿一点儿地啄着,就像啄树皮里的一条虫子一样,直到碎屑小到能通过它们那纤细的喉咙。一小群山雀天天到我窗前的柴堆里觅食,或是吃我门前的残羹剩饭,它们一边吃一边隐约发出一种跳跃不定的啁啾声,犹如冰块在杯子里叮当作响,或者是发出一种明快的嗨嗨声,更难得的是,遇上温暖如春的天气,从树林边上会传出它们在夏日里才发出的菲比声①。它们变得跟我熟悉起来,有一天一只山雀飞到我正抱着的一捆柴火上,毫不害怕地啄着我怀里的柴火。有一次,我在给村里的菜园子锄草时,一只麻雀曾飞到我的肩头,并在那里停留了一会儿,我觉得,在那一刻,我比佩戴上任何肩章都更感荣耀。最后,松鼠也渐渐跟我熟悉起来,有时为了抄个近路,会从我的鞋子上爬过去。

当地面尚没有完全被大雪覆盖时,还有当冬天快要结束、我南山坡上和柴堆附近的积雪开始融化时,鹌鹑会在早晨和傍晚从林子里飞出来到我这儿觅食。不管你在林子里的哪一边转悠,都会有鹌鹑冷不丁地扇动着翅膀飞起,震落高枝和枯叶上的雪,这洒落下的雪花在阳光中看上去像是金色的尘埃一样。

---

① 梭罗在 1852 年 3 月 10 日的日记中,提到"山雀的菲比声"。

寒冷的冬天吓不到这勇敢的鸟儿。鹤鹑常常被积雪覆盖,据说"它们有时会一头扎进松软的雪堆里,就这样在雪里面待上一两天"。日落时分,它们飞出林子吃田野中野苹果树的幼芽,那时我也会惊扰到它们。每天晚上,它们都要到固定的几棵树上去,狡猾的猎人便在那里等着它们,远处挨着林子的苹果园为此也没少遭殃。不管怎么说,我为鹤鹑能有食物吃而感到高兴。以幼芽和晨露为食的它们,当然是大自然自己亲生的鸟儿。

在冬天昏暗的早晨和短暂的下午,我有时听到一群在林子里搜寻的猎犬在狂吠,它们无法抑制自己追猎的本能,时而传来的猎人的号角声表明有猎人跟在后面。树林里再次响起猎犬的吠声,可并没有狐狸蹿到湖边的开阔地,也没有反过来追逐它们的猎人阿卡同的猎狗群[①]。傍晚的时候,我看到猎人们返了回来——他们的雪橇后面拖着一条作为战利品的狐狸尾巴——在找过夜的地方。他们告诉我,如果狐狸躲在冰冻的土下面不出来,它会是很安全的,或者,如果它顺着直线跑,没有猎狐犬能追得上它。但是当它把追逐者们远远地甩在后面时,它会停下来休息,倾听,直到他们再追上来,它跑时总是绕着圈儿再跑回老地方,猎人们往往就在那儿等着它。不过,它有时会在一堵墙上跑,在跑出许多杆之后从另一边跳下墙,它似乎也知道水能阻断它的气味。一个猎人跟我说,他曾看到一只被猎犬追赶的狐狸冲进瓦尔登湖,那时封冻的湖面上已有了许多浅浅的小水洼,它在湖面上跑了一截后又折回岸上。不久猎犬追

[①] 希腊神话中一个偷看过阿尔忒弥斯洗澡的猎人,被变成了一只雄鹿,后来被自己的猎狗追逐吃掉了。

了上来,可它们再嗅不到狐狸的气味了。有时候,一群自行追踪的猎狗会经过我的门前,绕着我的房子转圈,旁若无人地吠叫着,追逐着,像染上了疯狂症似的,其他任何东西都不能让它们放弃追猎。它们就这样转着圈儿,直到找到狐狸新近活动的轨迹,一只聪明的猎狗就会这样不惜一切代价地去找到狐狸的踪迹。一天,一个从莱克星顿[①]来的人到了我的小屋,向我打听有关他的猎狗的消息,他的狗跑出去独自追猎已经一个多星期了,还没有回来。不过,我担心,尽管我跟他说了那么多,他也并没有比此前明白多少,因为每次当我要回答他的问题时,他总是打断我的话问我:"你在这儿做什么呢?"他丢了一条狗,可却找到了一个人。

有个说话总是干巴巴的老猎人,每年水温最暖时都要来瓦尔登湖洗浴一次,那时,他也会来看望我。他告诉我说,许多年前的一个下午他带着枪在瓦尔登树林子里巡查,在他走到韦兰德路上时,他听到猎狗传来的吠声,不久有只狐狸越墙进到这条路上,然后,转眼之间又从公路对面的墙上跃了出去,他飞速的子弹也没能触到它。紧跟着,一条老猎狗和它的三条小狗追了上来(它们是自行追猎的),随后再次消失在林子里。那天傍晚,当他在瓦尔登湖南面的树林里休息时,听到费尔黑文山方向传来猎狗的叫声,它们仍在追踪那只狐狸。它们朝这边来了,它们追猎时响彻树林的吠声听着越来越近,一会儿在威尔草地那个方向,一会儿又在贝克农场那个方向。有很长的时间,他静静地站在那里,聆听着这悦耳的叫声,对一个猎人的

[①] 莱克星顿,康科德东部的一个小镇。

耳朵来说，这是最美的音乐了。就在这时，那只狐狸突然出现了，它轻盈地穿过肃静的林间小径，足音完全被树叶发出的簌簌声掩盖，它跑得又快又轻，一直绕着转圈儿，把它的追逐者远远地抛在了后面。此时，它跳上林中的一块岩石，直直地坐着谛听，恰好背对着猎人。有片刻工夫，恻隐之心抑制住了猎人举枪的胳膊。不过，这只是刹那间的心绪，眨眼间他已举起了猎枪，扣动了扳机！——狐狸应声从石头上滚下来，死在了地上。猎人仍站在他原来的地方，听着猎狗的动静。它们正往这边赶来，现在，林中每条小道上都回荡着它们的狂吠声。终于，老猎狗嘴鼻贴着地面出现在猎人的视线里，它像是中了魔似的嗅着它周围的空气，随后径直冲向那块岩石；可在看到死去的狐狸时，它突然停止了追猎，仿佛一下子被惊呆在了那儿，后来，它默默地围着死狐狸绕起圈子；它的小狗崽也一个个到了，像它们的母亲一样，因这一神秘的死亡怔住了。这时，猎人走上前来，站到了它们中间，这个秘密就这样被解开了。在他剥狐狸的皮时，猎狗们都静静地等在那儿，之后，跟着挂着狐狸尾巴的雪橇走了一段，便又转身回到林子里去了。那天晚上，一个韦斯顿的乡绅到康科德猎人的小屋来打探他猎狗的消息，说他的猎狗从韦斯顿的林子里自行跑到这边来追猎已经有一个星期了。康科德的这位猎人跟他讲了自己所知道的情况，并说愿意把这张狐狸皮送给他，但这位乡绅谢绝了他的好意，兀自离去了。那天晚上，他没能找到他的猎犬，不过，到了第二天，他听说它们涉过河后在一个农民家里待了一夜，今天一大早在农民家里饱餐一顿后离开了。

给我讲这个故事听的猎人还记得一位叫山姆·纳丁的人,此人经常在费尔黑文山崖猎熊,然后用熊皮去换康科德镇上的朗姆酒。山姆·纳丁曾告诉他说,他甚至还在那里见过麋鹿。纳丁有一条很有名的猎狐犬,名叫布尔格因——他把它念成了布金——给我讲故事的猎人曾借过他的这条狗。镇上有个老生意人兼上尉、镇书记和法庭代表,在他的"流水账"里,我发现了如下记录:1742—1743年,1月18日,"约翰·梅尔文,贷方,灰狐皮一张,零镑二先令三便士";现在这儿已经见不到灰狐狸了;1743年2月7日,希西家·斯特拉顿"用半张猫皮贷款零镑一先令四个半便士";这里的猫自然是指猞猁了,因为斯特拉顿曾是参加过法兰西之战的一位中士,不会通过捕获不那么高贵的动物而得到信用贷款的。鹿皮也能贷款,每天都有出售。有个人至今还收藏着在附近这一带猎杀的最后一只鹿的鹿角,另一个人给我详细地描述了他叔叔参加过的一次狩猎活动。从前,这里的猎人为数不少,而且是很快乐的一族。我清楚地记得,有个长得很消瘦的人,名叫尼姆罗德[①],他从路边的树上随手摘下一片树叶,就能用它吹出很优美、奔放的曲调,如果我没有记错的话,比任何狩猎号吹出的音都好听。

在有月光的深夜,我有时于林中小径会碰到四处寻觅着什么的猎狗,这时它们常常像是害怕我似的躲开我,静静地立在矮树丛中等着我走过去。

松鼠和野老鼠会争抢我储存下的坚果。我房子周围有几十棵油松,树干直径从一英寸到四英寸不等,去年冬天它们被老

[①] 尼姆罗德,《圣经》中一个英勇的猎户,后来用它泛指猎人。

鼠啃了——一个挪威似的冬天,积雪又厚覆盖大地的时间又长,它们不得不啃吃大量的松树树皮,以弥补它们其他食物的不足。夏天的时候这些树还活着,看上去长得挺旺盛,有的足足长高了一英尺,尽管这些树干上的树皮都被完完整整地啃掉了一圈,可在下一个冬天到来时,它们都无一例外地全死掉了。说起来也真怪,一个老鼠就这样把一棵松树作为它的一顿美餐,转着圈儿啃树干,而不是上下啃。不过,为了减少森林密度,它们这么做也许是必要的,不然的话,林子里的树木会长得太繁密了。

这儿的野兔子(拉丁文学名 Lepus Americanus)不怎么害怕人。有只兔子整个冬天都住在我房子下面的洞里,与我只隔着一层地板,每天早晨我起床时,它也急匆匆地离开,匆忙之中它的头往往撞到我的木头地板上,砰,砰,砰,猛不丁地惊我一跳。它们常常在黄昏时来到我的门前,吃我扔到屋外的土豆皮,它们身体的颜色跟大地的颜色太接近了,当它们卧着不动时,我很难辨识出它们。暮色中,一动也不动地卧在我窗外的兔子,我有时看得见它,有时就看不见它了。晚上,我把门一打开,它们就会吱吱地叫着跳起来。近处看它们,只会激起我对它们的同情。有天晚上,一只兔子卧在我门前离我只有两步远的地方,最初它吓得身子都在发颤,可它又不想挪动。一个可怜的小东西,瘦得皮包骨,耷拉的耳朵,尖尖的鼻子,短短的尾巴,纤细的爪子。好像大自然中再没有什么高贵的物种,只剩下这种丑八怪了。它大大的眼睛看上去挺年轻,却没有生气,甚至有些肿胀。我朝前迈了一步,它嗖地一下跃起就跑向雪地里,跑动中它的身体和四肢都很优美地舒展开来,转眼间就跑到森林里去了——这一野性的自由的筋肉,体现了大自然赋予它的活力和尊严。它之所以那么精瘦,看来不是没有原因的。这就是它的天性。(有人认为,野兔的学名 Lepus 是来自 levipes,就是蹄疾如飞的意思。)

没有兔子和鹌鹑的乡野,还算什么乡野?兔子和鹌鹑是最为单纯、最为土生土长的动物。它们属于古老的目科动物,无论在古代还是现代,都为人们所熟知。它们与大自然是同一种颜色,同一种实质,与树叶和大地有着最近的亲缘关系——它们二者之间亦是如此。不管它们是长翅膀的,还是长腿的。一只兔子或是鹌鹑从你身边跑过或飞过去时,你都不能算是看到了一只野生动物。它只是大自然的一种生物,犹如簌簌作响的树叶一样自然。无论发生怎样的革命,鹌鹑和兔子今后肯定还会像这片土壤上任何真正土生土长的生物一样,繁衍兴旺下去,如果森林砍伐掉了,随后长出的幼芽和灌木丛也会给它们提供藏身之处。连兔子都活不了的地方,一定是真正贫瘠的乡野。我们的树林里到处都是这两种动物,在每片沼泽附近,都能看见鹌鹑或兔子出没,四周布着牧童用树枝做的篱笆和用马鬃做的圈套。

冬天的瓦尔登湖

　　我从一个寂静的冬夜醒来，觉得有个问题曾萦绕在我的脑际，在睡梦中我一直徒劳地想要给予回答：什么——如何——何时——何地？然而，黎明时分，承载着万物的大自然从我宽敞的窗子上望了进来，她面上一副安详满足的神情，她的唇边没有挂着任何问题。我醒了，面对的是已有了答案的问题，面对的是大自然和白昼。大雪深深地覆盖着整个田野，有些幼小的松树点缀其间，我屋子所在这面山坡似乎在说，向前！大自然不提出任何问题，也不回答我们凡人提出的任何问题。她很早以前就做出了决定。"噢，王子，我们怀着赞美之情放眼世界，并将这宇宙奇异多样的景象传递给灵魂。夜晚无疑会遮掩这伟大创造的一部分，不过，白昼的到来又会向我们揭示出这一杰作，它甚至从大地延伸至浩瀚的太空。"

　　接着，我开始上午的工作。首先，我拿着斧子和水桶去找水，如果这已不再是梦的话。在经历了一个寒冷、大雪纷飞的夜晚后，要找到水，还真少不了一个探测杖。平日里瓦尔登湖水波涟涟，每一丝风都能吹皱它的水面，倒映出一片光与影，可一到冬天就结上一英尺或是一英尺半厚的冰，载荷最重的马车队也能在冰面上通过，上面或许还会覆盖上同样厚的雪，以至于再难分辨出哪里是湖泊哪里是田野。与周围山中的土拨鼠一样，瓦尔登湖一合上眼帘，就会冬眠三个多月。站在大雪覆盖的冰面上，感觉就像站在群山环绕的草地中，我先要铲去上面一英尺厚的雪，然后再凿开一英尺厚的冰，打开了脚下的一扇窗户，我跪下来喝水，看着这鱼儿们的幽静厅堂，那里有着像是透过地面的玻璃窗照进去的柔和的光，铺满细沙的湖底跟夏天时一样亮晶晶的，那里没有一丝的波澜，始终一片宁静，犹如黄昏时琥珀色的苍穹，这倒是跟水中居民那一冷静平和的性情很一致。天堂在我们头顶，也在我们脚下。

  一大清早，在一切还冻得脆生生的时候，人们便携带着渔具和简单的午餐来到湖上，把他们的渔线放到冰层下面的湖水里去钓梭鱼和鲈鱼。这些喜欢乡野的人跟其镇上的同乡们不一样，他们本能地追寻着不同的生活方式，相信着不同的权威，在他们的来来往往中把各个城镇衔接在一起，不然的话，它们之间会割裂开。他们穿着厚实的羊皮大衣，坐在湖岸边枯黄的橡树落叶上吃着午餐，就像城里人精通于书本上的知识一样，他们对大自然有着深刻的了解。他们从来没有跟书本打过交道，他们所做的要比他们所知道所能讲出来的多得多。他们实践过的许多事情，据说还尚不被人知晓。比如说，这儿就有一位用长大的鲈鱼做鱼饵的。你看着他的桶子所产生的惊奇，就像你看着夏天的湖水一样，仿佛他将整个夏天都锁在了他的家里，或者说他知道夏天退隐到哪儿去了。哦，老天爷，数九寒天他从哪里钓到这么多鱼的啊？噢，自泥土冻硬后，他就从烂木头中去找虫子，于是，他钓到了这些鱼。他自身的生活已深深融入大自然中，这一深度远非自然学家们所能研究透彻的。他本人就是自然学家研究的对象。后者用刀子轻轻地揭去苔藓和树皮，寻找虫子；而前者用斧子劈开木头，但见苔藓和树皮四下飞溅。他靠剥树皮为生。这样的人倒有资格捕鱼，我愿意看到大自然在他身上展现。鲈鱼吃虫子，梭鱼吃鲈鱼，渔民吃梭鱼，这样，生命链中的所有缺口都被填补上了。

当我在雾天绕着湖转悠时，一些更为粗犷的渔民有时采用的较为原始的捕鱼方法，会引起我的兴趣。他把赤杨树枝条架在冰面上凿开的一些窄小的洞口上，这些洞口之间相距都是四五杆左右，跟湖岸也是一样的距离，他将渔线的一头拴在一根棍子上，以免渔线被拉到水里，把松松的渔线穿过一根比冰面高出一英尺多的赤杨树枝杈上，再把渔线上拴上一片干橡树叶，在树叶沉下去时，便表明鱼咬钩了。若是你绕湖走上半圈，便会看到这些赤杨树枝条之间隔着差不多的距离，在雾气中时隐时现。

啊，瓦尔登湖的梭鱼！每当我看到它们躺在冰上，或是游在渔民给它们于冰面上凿出的小水洼里时，我总是惊讶于它们的稀世之美。它们仿佛是寓言中的神秘之鱼，街市上，乃至于林子里，都很少见到，就像阿拉伯对我们康科德人的生活是全然陌生的一样。它们具有超凡脱俗、亮丽耀目的美，这种美使它们跟我们街市上名噪一时的灰白色鳕鱼和黑鳕形成天壤之别。

它们不像松树那么绿，不像岩石那么灰，也不像天空那么蓝；在我看来，它们的颜色更罕见，像花朵，像宝石，它们俨然就是珍珠，是瓦尔登湖湖水动物化了的晶核和水晶。它们当然就是地地道道、彻彻底底的瓦尔登；它们本身就是动物界的小小瓦尔登①，瓦尔登教派的信徒。梭鱼在这儿被人捕到，着实令人感到意外——这一游弋在阔大幽深的泉水中的神奇鱼儿，这一游弋在瓦尔登公路车水马龙之下金翠色的鱼儿。我从未在市场上见到过这种鱼，它在那儿保管会吸引人们的眼球。被捕上来后，只需抽搐扭动几下，它们水中的魂魄便离它们而去，像一个凡人寿数未到就升入寥廓的天堂一样。

我很想给有些认为是无底的瓦尔登湖的人探究出它的湖底，于是，在1846年年初湖面的冰还未融化之前，我用罗盘、链条和测深绳对它进行了一番仔细的勘探。关于瓦尔登湖有底还是没有底，流传着许多说法，当然，这些说法本身也都没有什么根据。令人奇怪的是，长期以来，人们竟然相信这个湖没有底的说法，谁都没有认真去勘察一下。有一次我在这一带散步时，一下子就路过了两个这样的无底之湖，许多人认为，瓦尔登湖没有底，是一直穿透到地球另一边的。有一些人伏在冰面上好长时间，看过虚幻模糊的冰层，眼睛里可能也罩上了水汽，又担心趴在冰上冻得感冒了，于是，匆忙得到结论说，他们看到了一些巨大的洞，"如果有人往里面塞草的话，能塞进去一马车

---

① 12世纪法国商人彼得·瓦尔多（卒于1218年）因为反对教皇的权威和多种礼仪，于1184年被逐出教门，遭受迫害。梭罗用拉丁词尾-ensis来一语双关，-ensis意为某地居民，也即瓦尔登湖居民。

的干草"，这些大洞无疑就是冥河的源头，地狱的入口。另有些人带着五六十磅重的秤砣，拉着一马车的绳子，从村子里来到这儿，却一无所获。他们把五六十磅重的秤砣闲置在一旁，一直往水中放绳子，徒劳地测量着，其实，真正无法丈量的是他们的好奇心。但是，我可以确切地告诉读者，瓦尔登湖有个结实的湖底，湖的深度虽然非同寻常，但也并非不合常理。我使用一根鳕鱼线和一块一磅半重的石头，很容易就测出了湖的深度。根据手上吃劲的力度不同，我能准确地判断出石头离开湖底和在下面受到浮力的时间。瓦尔登湖最深的地方，准确地说，是一百零二英尺。自那以后，湖水又上涨了五英尺，因此现在总深度为一百零七英尺。这么小的面积，湖水却能达到这样惊人的深度，无论人们如何遐想，都不能让这深度减少一英寸。如若所有的湖泊都很浅呢？难道这不会对人的思想产生影响吗？我心中很是感激，瓦尔登湖竟能如此深邃，如此纯净，成为一个伟大的象征。只要人们相信事物的无限性，就会有人认为一些湖泊是无底的。

有个听说我测出了瓦尔登湖深度的工厂主，认为这不可能是真的，因为以他对堤堰的了解，湖底的沙子不可能堆积在如此陡峭的坡度上。然而，那些最深的湖泊，其深度并不像多数人认为的那样会与它们的面积成正比，如若把它们的水抽干，看到的也不会是很深的沟谷。它们不同于群山之间形成的那种杯状物。就拿瓦尔登湖来说，若与它的面积相比，它可谓非常之深了，可从湖中心的垂直剖面来看，差不多也就像个浅盘那么深。多数湖泊在水抽干后，所留下的就像是一片草地，并不比我们通常所见的草地低洼多少。威廉·吉尔平对景物的描写令人赞叹,对景物的观察一般也很准确,有一次他站在苏格兰法恩湖湾①的岬角上,对法恩湖这样描述道:"这是一个咸水湾,深六十到七十英寻(1英寻等于1.828米),宽四英里,长约五十英里,四面环山。"后来,他进而评论说:"如果我们能在大洪水刚刚泻完就看到它,或是大自然以某种灾变使它诞生,于洪水还未冲刷下来之前看到它,那一定会是多么可怕的一条深壑啊!"

> 巍巍群山高耸入云,而宽阔
> 深陷的谷底又显得多么深邃,
> 其间奔腾着滔滔河水。②

不过,我们前面已经提到过,从垂直的剖面看,瓦尔登湖只是个浅盘子,如果我们使用法恩湖最短的一条直径,用相应的比例来估算,那么,法恩湖的深度将要比瓦尔登湖浅上四倍。若是把水抽干了,人们对法恩湖之深壑的敬畏一定会减弱不少。毫无疑问,许多明媚的山谷和它们周围的玉米田正是坐落在这些水位退去后的"可怕的深壑"上的,要说服那些在这方面没有任何知识的居民相信这一事实,还需要地质学家的洞察力和远见卓识。一双好奇的眼睛,常常能够在低于地平线的山峦间发现一个原始湖的堤岸,后来平原的逐渐升高也不一定能掩盖这个事实。不过,常在公路上干活的人都知道,凭借阵雨后积

---

① 法恩湖湾,位于苏格兰高地地区南部,为游览胜地。
② 英国著名诗人弥尔顿《失乐园》第7卷第288—290行。

成的水洼，最容易找到低洼之处了。这意味着，只要稍微施展一下我们的想象力，它就比大自然潜得更深，升得更高。因此，我们或许会发现，海洋的深度若是跟它的宽度比较起来，将会显得微不足道了。

在利用瓦尔登湖冰层的回声进行测量时，我能比测量没有封冻的港湾更精确地确定出湖底的形状，瓦尔登湖湖底十分平整、规则，这一点令我很是惊讶。在它的最深处，有几英亩的湖底，甚至比任何在阳光下耕作的土地还要平坦。举个例子来说，我随便挑选了一道线，在三十杆以内，其深度的差异都不超过一英尺。总的来说，在靠近湖心一带，无论是朝哪一个方向，我都可以预先算出在一百英尺以内深度的变化不会超过三英寸。有人说，甚至像瓦尔登湖这样平静的沙底湖，也会有深邃、危险的洞穴，但如果真是这样，湖水的流涌也早已冲平了湖底的坑洼。瓦尔登湖湖底如此平整，与湖岸和周围的山峦又吻合得如此天衣无缝，我越过湖面进行声测，也能测出远处的一个岬角，通过观察湖对岸，便可以确定它的方位。岬角变成了沙洲和浅滩，谷地和峡谷变成了深潭和沟渠。

在我用十杆比一英寸的比例画出瓦尔登湖的平面图，并标出一百多个声测的结果时，我发现了一个惊人的巧合。注意到表示湖最大深度的数据出现在地图中央，我用尺子在全图最长的地方竖着画了一道线，然后在全图最宽的地方横着画了一道线，我惊讶地发现这两条线正好在湖水最深处那一点相交了，尽管湖的中心处很平坦，湖岸的边线却很不规则，而最长处和最宽处的数据是通过测量湖湾得来的。我对自己说。这个用来测量湖泊和水洼的方法是不是也同样适用于测量海洋的最深处呢？是不是也可以用来测量山的高度呢，既然高山被视作倒过来的山谷？我们知道，一座山的最窄处并不是它最高的地方。

在瓦尔登湖的五个湖湾中，我用声音测量过三个了，它们的出口处都横着一道沙洲，它们的水很深，这样，湖湾实际上是扩大了的湖泊在陆地上的延伸——这一延伸既是横向的也是纵向的——形成了一个盆地或是独立的湖，两个岬角的走向正好勾勒出沙洲的轨迹。每个海港的入口处也都有一个沙洲。从比例上看，湖湾口的宽度大于它的长度，沙洲里的水要比湖湾里的水深，这样，已知湖湾的长度和宽度，以及周围湖岸的特点，就几乎已经有了足够的要素，可以得出一个适用于所有情况的公式。

在这一经验的基础上，为了看看我仅凭借对湖面轮廓和湖岸特点的观察所推测出的湖中最深点是否精确，我测绘了一幅白湖的平面图。白湖占地大约四十一英亩，跟瓦尔登湖一样，湖中没有岛屿，没有可见的进水口或出水口；在最宽处那条线接近于最窄处那条线的地方，两个相对的岬角之间离得最近，而两个相对的沙洲则相距较远。我在离最窄处那条线较近，但仍然是在最长处那条线上标出一个点，作为湖的最深处。我发现，湖中最深的地方是在离开这一点的一百英尺处，比我预想的更远一些，比我预测的只深了一英尺，也就是六十英尺。当然啦，如果有溪流注入，或是湖中有岛屿，那么，情况会更为复杂一些。

若是我们掌握了所有的自然法则，那么，我们也许只需要一个事实，或是对一个实际现象的描述，便能推断出在这一事实上的一切具体结果。而现在我们仅仅知道几个法则，我们的结论往往片面且无效，这当然不是因为大自然混乱无序或没有规则，而是因为我们不了解推断过程中那些最基本的元素。我们对于法则与和谐的认识（观念）往往局限于我们所观察到的个例，然而，那一产生于众多看似矛盾、实际上却颇为一致的法则（我们对它们尚不了解）中的和谐，才更为神奇。我们所观察到的那些具体的法则，就像一个旅人眼中山的轮廓，他每走一步，景色都会发生变化，尽管山体绝对只有一个形状，但却有无数个侧影。就是将它劈开，或是钻透了，也无法理解它的整体性。

我从瓦尔登湖观察到的，也同样适用于伦理学。这是平均律。这种两条对径的方法不仅可以指导我们探求星系中的太阳和人的心灵，而且，可以就一个人的具体日常行为和他生命波动并集后的长度和宽度，画上两条通向他的湖湾和入口的线，那两道线的相交点便是他性格的最高点或最深处。或许，我们只需知道他湖岸的走向，以及他附近的乡村和环境，就能推演出他的深度和他暗含的底蕴。如果他的四周像阿喀琉斯的海岸[①]一样，都是高山峻岭，它们的峰顶遮天蔽日，并都被映射在他的胸怀中，那么，这些山便说明他也有相应的深度。而一个地势较低又平坦的湖岸则证明他的内心是肤浅的。就我们的身体而言，一个宽阔、突显的大脑门，表明此人有着相应的思想深度。在我们每道水湾的入口处都有一道沙洲，或者说特别的倾

[①] 希腊英雄阿喀琉斯生于希腊东北部多山的塞萨里。

向。每个沙洲在某一季节会成为我们的港湾，我们被滞留在那儿，部分被陆地包围着。一般而言，这些特别的倾向①并非一时的心血来潮，它们的形状、大小和走向是由岸边的岬角决定的，即由古老地壳上升的轴线决定的。当这些沙洲由于受暴风雨、潮汐和水流的影响而逐渐增高，或者说，水位下降，沙洲露出水面时，那一起先只是思想停靠的一个岸边小水湾，就变成一个单独的湖，跟海洋分隔开来，思想因此也获得了它自己特有的条件——或许，从一个咸水湖变成了淡水湖，变成了淡水海、死海，或沼泽。在每个单独的生命诞生之时，我们是不是可以设想，有一道这样的沙洲在某个地方浮出了水面。实事求是地说，我们都是一些非常笨拙的航海家，我们的思想往往时不时地停靠在没有港口的海岸，只熟悉一些诗歌中的小海湾，或是驶向公共港口，进入科学那一枯燥的码头，在那里，我们的思想只是为了重新适应这个世界，没有大自然的潮头赋予它们②独特的个性。

我没有发现瓦尔登湖有进水口和出水口，除了雨、雪和蒸发以外，虽说用一个温度计和一条绳子，说不定就可以找到出入口，因为有水流入湖中的地方，夏天时那里的湖水会最凉，冬天时会最暖。1846年和1847年采冰人来这里开凿冰块，有一次被送上岸来的冰块被岸上垛冰块的人拒收了，由于冰块的厚度不够，不能跟其他冰块整齐地码在一起。采冰人由此发现，湖中有一小片冰面，其厚度比别处的要薄两到三英寸，这令他

---

① 参考前面的"在我们每道水湾的入口处都有一道沙洲，或者说特别的倾向"。
② 指我们的思想。

们想到在那里也许有个入水口。他们还指给我看湖上的另一个地方,认为这儿的湖下面有个"浸洞",湖水通过这个洞口,经过山底下渗漏到了山那边的一片草地里,他们把我推到一个冰块上面看湖中的那个洞。这是在水下十英尺处的一个小洞,不过,我以为在未找到比这更大的洞之前,根本无须去堵什么洞。有个人建议说,如果确实存在着这么一个"浸洞"的话,要想证明它与草地之间的联系并不难,只要在下面的洞口撒上一些有颜色的粉末或锯末,然后在草地的出口那边装上一个滤网,这滤网便会留住一些水流过时带来的颗状物。

我测量时,十六英寸厚的冰层于轻风的吹拂下,像水一样在微微地波动。众所周知,冰面上不能使用水平仪。我把水平仪置在岸上,对准立在冰上的一根有刻度的木杆进行测量,我发现在离岸边一杆远的地方,冰面波动的最大幅度竟有四分之三英寸,尽管冰层看上去与湖岸是牢牢地冻结在一起的。在湖中心,这一波动的幅度可能会更大。谁知道呢,如果我们的仪器再精密一些,也许还能测出地壳的波动呢。我把测量仪的两条腿立在岸上,第三条支在冰面上,当从第三条腿的视角观察时,冰面上几乎不易察觉的起伏,都会在测量湖对岸的一棵树时出现几英尺的差别。为了测量湖水深度,我在冰上凿洞,由于积雪很深,使得雪下的冰层下沉,冰面上厚厚的积雪下面积了三四英寸的湖水。冰洞一凿好,积水便马上开始流向这些冰窟窿,水一直流了两天的时间,形成了很深的溪涧,把周围的冰都磨光了,湖面也因此变得干爽了。积水通过冰窟窿流进湖里后,使冰面升高,让它浮了起来。这就有点儿像在船底凿个洞,让船里的水流出去。当这些冰窟窿又被封冻,雨随之而降,最后在整个湖面又结上一层鲜亮、光滑的薄冰。冰里面会出现美丽、斑驳的黑色形体,它们是由于积水从各个方向流向中心通道时形成的,看上去像是个巨大的蜘蛛网,你也可以称它为冰花环。冰面上有时会有一些浅浅的水洼,我能从中看到自己的两个身影,一个站在另一个的头顶,一个在冰上,另一个在树上或是山坡上。

还在寒冷的一月,雪和冰仍厚厚地覆盖着大地和湖面时,深谋远虑的大财主便从村子里出来为冰镇他夏天的饮料凿取冰块了。于眼下穿厚大衣、戴大手套的一月份,诸多事务都还需要操心考虑时,便预想到七月的炎热和干渴,这份精明真是令人印象深刻,甚至让人觉得可悲!也许是他在今世尚没有积攒下足够的财富,以为其来世的夏天冰镇饮料吧。他在湖面上凿呀,锯呀,他揭起鱼儿们的屋顶,把它们赖以生存的冰凌和空气拉走,用铁链和木桩像捆木头那样把冰块固定在马车上,趁着冬日晴好的天气,运往过冬的地窖里,储存在那儿以备夏天之用。在它们经过街市时,远远望去,瓦尔登湖的冰块俨然凝固成了蔚蓝色。这些凿冰人是快乐的一族,他们喜欢插科打诨,开玩笑,我到他们中间时,他们常邀我一起锯冰,我总站在坑下拉锯。

1846年到1847年的冬天,这里来了上百个"极北乐土之民"①。一天早晨,他们蜂拥到瓦尔登湖,运来许多车看似很

---

① 古希腊神话中,居住在阳光普照、四季常春之地的人,被称为"极北乐土之民"。

笨拙的农具，雪橇、犁、条播机、铡草机、铁铲、锯子、耙子等，每个人还携带着一根尖头的双股杖，这双股杖在《新英格兰农业杂志》或《农事杂志》上都不曾有过记载。我不知道他们来是不是要播种冬黑麦，或者是最近从冰岛引进了什么谷物种子。因为没有看到他们运来肥料，我判断他们是打算跟我一样只把土地浅耕一遍，也许他们认为这里的土层很厚，而且也休耕了足够长的时间。他们说，让他们做这一切的是位乡绅，这位乡绅想让他的财富翻上一番，据我所知，他的资产现在已有五十万了，不过，为了让他的财富再增加一倍，他宁愿在这寒冬腊月的天气把瓦尔登湖仅有的一件外套——它自己的肌肤——剥下来。他们说干就干，犁耕，耙地，磙压，开沟，做得头头是道，仿佛他们一心要将这里打造成一个模范农场似的。可就在我睁大眼睛看他们把什么种子播撒到田垄里去的时候，我旁边的那一伙人却突然开始钩起这处女地的沃土，钩起的土奇怪地抖动了一下——因为这里的土壤很有弹性——径直落到沙地上和水里去了，稍后装上雪橇就拉走了。于是，我猜想他们一定是在沼泽里挖泥炭。就这样，他们每天伴着火车的汽笛声来来去去，在我看来，他们就像极地的一群雪鸟，往返于此地与北极的什么地方。不过，有的时候，瓦尔登老媪也会报复，有一次一个赶车的雇工跟在他的马车后面走着，滑进了地上的一道裂缝，一直朝着冥府坠去。之前那么勇敢的一个人，突然间变得奄奄一息，几乎丢了性命，他很高兴能到我的屋子里烤烤火，承认火炉子还是有它的价值的。或者，有的时候，冻得硬邦邦的泥土会啃下犁铧的一块钢，要不就是铁犁嵌在田垄里，不得不刨开冻土才能取出来。

确切地说,每天都有上百个爱尔兰人,在美国佬监工的带领下,从剑桥①来这边凿冰。他们把冰凌切割成一个个的方块,用的办法众所周知,无须再描述,这些冰块被雪橇运上岸以后,很快被拉到一个储冰的平台上,然后,再用驮马拉的抓钩、滑轮和索具,像码一桶一桶的面粉那样,把冰块一块块、一排排整齐地垒到冰垛上去,好像一座要给直冲云霄的方尖塔打下的坚固塔基。他们告诉我,如果天气好的话,他们一天能凿出一千吨冰块,这相当于大约一英亩冰面的产出。就像在陆地上那样,冰面上被碾出深深的车辙和"浅洼",这是因为雪橇总行在同一个道上形成的,马匹都是在挖成木桶似的冰槽里吃燕麦。他们垛起的冰堆每一面的高度有三十五英尺,其体积是六十到七十英尺见方,他们在最外层的冰块之间塞上干草,防止空气进入;因为如果有风(尽管也不是那么冷的风)吹进去的话,它就会在冰垛的外层风蚀出很大的窟窿,使得这儿支撑不稳,那儿又少了支点,最终导致冰堆坍塌。最初,这冰垛看上去像一座宏大的蓝色要塞或是瓦尔哈拉神殿②;不过,当他们开始在冰块缝隙中间塞进去粗糙的干草,干草上又挂上白霜和冰凌时,看上去倒像是一座饱经沧桑、覆满苔藓的苍凉废墟了,它是用蓝色大理石为冬神建造的住宅,这位冬神就是我们在历书中见过的那位老人③——这就

---

① 剑桥,查尔斯河上的小镇,在康科德东面十五英里处。
② 北欧神话中奥丁神接见战死者英灵的殿堂。
③ 19世纪50年代的《老农历书》在一月份那一页上,把冬天描绘成了一个老头儿。

是他的棚屋，仿佛他也打算跟我们在这儿一起消夏似的。据他们估算，有百分之二十五的冰到达不了目的地，有百分之二或百分之三的冰会在车上耗损掉。不管怎么说，这冰堆的很大一部分，其命运都会与人们的初衷完全不同。这是因为有的时候冰块保存得不好，没有达到预期，里面进去了太多空气，或者由于其他原因，未能到市场上。这一在1846年至1847年间垒起的冰垛，估计至少有一万吨，最终用干草和木板遮盖了起来。尽管在第二年的七月份掀掉了它顶上的木板，拉走了一部分，剩余的冰块就那么暴露在阳光下，但它仍然挺过了那个夏天和来年的冬天，直到1848年的九月份才完全融化。于是，瓦尔登湖又收回了它的一大部分湖水。

瓦尔登湖的冰，像它的水一样，近看是绿色的，可远看便是一种美丽的蓝色了，你很容易就能把它跟河水结的白冰区别开来，或者与一些湖泊浅绿色的冰（站在四分之一英里的地方看）区别开来。有时，在这些硕大的冰块中会有一块从车上滑落到村子的街道上，像一块巨大的蓝宝石一样在那里躺上一个星期，成为所有过路人关注的对象。我注意到，瓦尔登湖有个地方的水是绿色的，可一旦结了冰以后，哪怕是从同样的角度看，它泛出的也是蓝色。所以，有的时候，在冬天瓦尔登湖冰面上的坑洼里会积有一些与它本身颜色一样的泛绿色的水，但是到了第二天坑洼里的水便冻成蓝色的了。或许，这水和冰的蓝色，是它们中间所包含的光与空气造成的，越是透明的水和冰，越是发蓝。冰是个很有趣的值得人们去思考的主题，人们告诉我说，他们有一些冰块已在弗莱西湖冰库存放了五年之久，质量仍与最初时一样好,为什么一桶水几天就腐臭了,而冻结的水却永葆新鲜呢?为此,人们总是说,这也就是情感与理智之间的区别了。

就这样,我从屋子的窗户里看着这上百号人像农人那样忙碌着,连着忙乎了十六天,使用的工具有牛马、车辆,还有各种农具,组成了一幅在历书第一页上所看到的那样的画面。当我这样凭窗远眺时,我常常想起云雀和收割者的寓言,或是那个播种者的故事,等等。现在,那些凿冰人都已经走了,也许再有三十天的时间,从这同样的窗口,我看到的就是瓦尔登湖像海水一样绿的洁净的水了。它映衬着白云和林木,在孤寂中向蓝天蒸发着它的水汽。再也看不出有人曾在那儿站立过的痕迹了。或许,我将听到寂寥的潜鸟在潜入水中时或梳理羽毛时的大笑声,或是看到孤寂的渔夫在小船中垂钓,仿佛一片飘落的浮叶,默默望着他在波纹中的倒影,在那里的冰面上曾有上百人稳稳当当地劳动过。

就这样,从查尔斯顿到新奥尔良①,从马德拉斯到孟买到加尔各答②,那些酷热难耐的居民仿佛会到我的井里来饮水似的。整个上午,我将我的智力沉浸、沐浴在《薄伽梵歌》那恢宏博大的宇宙哲学③当中,自它诞生以来,已经过去了许多个神年④,与其相比,我们的现代世界及其文学似乎显得过于羸弱和微不

---

① 分别在南卡罗来纳和路易斯安那。
② 新英格兰的冰运往印度的三大城市,马德拉斯、孟买、加尔各答。
③ 梭罗在另一个场合,也用同样的词形容过《薄伽梵歌》。
④ 在印度的时间循环中,一神年等于人的三百六十年。

足道。我怀疑，那一哲学与以往的一种存在状态有关，它的崇高和辉煌已离我们的观念非常遥远。我放下书本，到井边去喝水，噢！我在那儿遇见了婆罗门的弟子，梵天、毗湿奴和因陀罗[①]的僧侣，他仍然坐在恒河边上的庙堂里读着他的《吠陀经》，带着他的干粮和水钵，住在一棵树下。我碰到他的弟子来为他的主人汲水，我们俩的水桶好像在同一口井里有过碰撞。于是，瓦尔登湖纯洁的水与恒河的圣水融合在了一起。乘着轻快的风，瓦尔登的湖水流过古希腊罗马神话中的亚特兰蒂斯和赫斯珀里得斯的神奇岛屿，像汉诺环航似的，从德那第岛、蒂多雷岛和波斯湾的入口前漂过，融入印度洋的热带风暴，最后在亚历山大只听说过名字却无缘驻足的港口登陆。

---

① 印度教三大神，梵天、毗湿奴和因陀罗。

春天

由于凿冰人凿开了湖面大片大片的冰层,所以瓦尔登湖会提前解冻,即便是在寒冷的天气,被风吹起的水波也会浸蚀它周围的冰凌。不过,那一年瓦尔登湖的情况并非如此,因为她很快就披上了一件厚厚的新衣。瓦尔登湖非常深,而且没有别的水流进来腐蚀它的冰层,所以,它总比周围其他的湖解冻要晚。我从没有听说瓦尔登湖的冰在冬天化过,1852 年至 1853 年的冬天是个例外,那对湖泊来说都是个严峻的考验。瓦尔登湖通常在 4 月 1 日左右开冻,比弗林特湖和费尔黑文湖要晚上一个星期或十天,冰层先从北边和最早封冻的浅水域开始融化。瓦尔登湖比它附近的水域更能体现这一季节的绝对演进过程,最少受到气温骤变的影响。三月连续几天的严寒天气,可能会在很大程度上阻断其他湖泊的解冻,而瓦尔登湖的水温却几乎持续在提高。1847 年 3 月 6 日,我把温度计插入瓦尔登湖中心处,水温为 32 华氏度,也即冰点,靠近岸边的水温是 33 华氏度。同一天,在弗林特湖中心处,水温是 32.5 华氏度。在离岸几杆远的浅水区，一英尺厚的冰层下面，水温是36华氏度。弗林特湖的深水区与浅水区的温差高达3.5华氏度，而且，它的很大一部分水域都比较浅，这便说明了它为什么会比瓦尔登湖开冻要早得多。在这一时节，浅水处的冰层比湖中心的冰要薄好几英寸。而在隆冬时，湖中心的水最暖，因此那里的冰也最薄。同样的道理，夏天在岸边蹚水时，我们一定感觉到了湖岸边的水是多么暖和，那里的水只有三四英寸深，稍稍往里一点儿，水就会凉一些。同样，在湖中心，其表层的水也要比湖底的水暖和得多。春天的太阳不仅通过增加空气和大地的温度来施加影响，而且，太阳本身的热量也将穿透一英尺多厚的冰层，从浅水处传到湖底并从湖底反射上来，渐渐变暖的水开始融化下面的冰层，与此同时太阳还更为直接地从上面融化着它，使它变得凹凸不平，也使冰中的气泡同时向上和向下散开，直到冰层完全变成蜂窝状，最后，消失在一场突如其来的春雨中。冰像树木一样里面也有纹理，当冰开始融化，或者开始变成蜂窝状时，不管它处在怎样的位置，冰中的气泡与水面总是垂直的。有湖底的岩石和木头贴近湖面的地方，那些覆盖在这些岩石和木头上的冰会薄得多，常常由湖底反射上来的热量便把它们融化了。我听说，剑桥有人在一个较浅的木头池子里做过冻冰实验，尽管也有冷空气在池子下面循环，这样，上下两面都可以接触到冷空气，可太阳从池底反射上来的热量远远抵消了这一优势。当冬天的一场暖雨融化了覆盖在瓦尔登湖冰面上的积雪，在湖中心留下一片黑色或透明的坚冰时，在靠近岸边的地方，湖面会出现一条易碎却又很厚的白冰带，有一杆多宽，这是由湖底折射上来的热造成的。另外,正如我说过的,冰层里的气泡本身对融化最下面的冰起着凸透镜的作用。

一年四季的更迭,天天在湖泊里小规模地上演着。一般来说,每天早晨,浅水比深水的地方会更快变得暖和起来——虽说也暖不到哪里去——到了夜晚,它又会更快地凉下来,直到第二天早晨的到来。一天可说是一年的缩影。夜晚是冬天,早晨和傍晚是春天和秋天,中午是夏天。冰层的开裂声和轰隆声表明了气温的变化。1850年2月24日,于寒夜后迎来一个格外怡人的早晨,我前往弗林特湖度过这一天,在到达后我惊讶地发现,当我用斧头击打冰面时,冰面发出锣鼓一样的回响声,能传到方圆许多杆以外的地方,我敲打的仿佛是一个绷紧了的鼓面。当太阳越过山岭斜射到湖上,这时的冰层受到这一光线的影响,在日出的一个小时后湖面开始隆隆作响,像一个刚睡醒的人一样,它伸展着腰身,打着哈欠,逐渐地变得越来越躁动,这种状态要持续三到四个小时。正午时会休息一段时间,然后快到晚上当太阳要收回其热力时,它会继续隆隆地响上一阵子。天气正常时,湖泊每日会很准时地鸣响它的傍晚礼炮。中午时,冰面充满了裂缝,空气也变得不再那么有弹性,这个时候敲击湖面,它便不再发出回响,或许连个鱼儿和麝鼠都吓不着了。渔夫们说,"湖泊发出的轰隆声"会惊吓到鱼儿,影响它们咬钩。瓦尔登湖不是每晚都发出隆隆声的,我不能确切地说出在什么时间它会发出雷鸣声,尽管我察觉不出天气中的细微变化,可瓦尔登湖行。有谁能想到,这么冷冰冰,这么厚实的一个庞然大物,竟会如此敏感?然而,它自有着它的规律,它的雷鸣也是遵循着这一规律，该鸣响的时候一定会鸣响，就像春天枝条会抽出嫩芽一样。整个大地充满活力，并且长满了突触，即便最大的湖泊也能像温度计里的水银一样，敏锐地捕捉到大气环境的变化。

吸引我到林子里去住的一个原因是，这样我就有闲暇和机会看着春天一步步来临。湖中的冰终于开始出现蜂窝状，我走在上面，脚后跟会陷进去。雨、雾和变暖的太阳渐渐融化了积雪。能感觉得到白天变长了，我知道，不必再增添柴火我便能安然度过这个冬天。因为已经不再需要烧旺火了。我悉心留意着那些最早报道春天莅临的信号，聆听飞鸟偶尔发出的鸣啭，或是花栗鼠的吱吱声，因为它储存的食物已快要见底，或者是看土拨鼠从它冬天的窝里大胆地跑出来。3月13日，在我听到知更鸟、歌雀和红翼鸫的鸣啼后，湖面上的冰几乎仍然有一英尺厚呢。随着天气逐渐转暖，湖水并没有明显地把冰融化掉，不像河里的冰已经开裂，随着流水漂走了。虽然湖岸边已经化开了半杆远的冰，可湖中央的冰层还在，只是变成了蜂窝状，水浸透到了里面，在它有六英寸厚时，你还可以踩在上面。然而，或许第二天的一场暖雨和接踵而来的大雾，湖面上的冰就会整个儿消失，随着雾气全都在世间蒸发了。一年冬天，我在冰面完全消失的五天前，还走到过湖心。1845年，瓦尔登湖是4月1日完全开冻的；1846年，是3月25日；1847年，是4月8日；1851年，3月28日；1852年，4月18日；1853年，3月23日；1854年，是4月7日左右。

我们这些生活在极端气候中的人，对与河、湖解冻和气候变化有关的一切事件,都特别感兴趣。在天气变暖时,那些住着离河流近的人们晚上常听到冰开裂时发出的如同大炮般震耳的轰鸣声,仿佛它浑身上下的冰的锁链全都被挣断,几天之内,河面的冰便消失得无影无踪。由此引起的大地震颤,惊醒了鳄鱼,它开始从淤泥中爬了出来。有位老者,一直密切观察着大自然,似乎对大自然的运行了如指掌,就好像在他还是个孩子时她①就曾被置在造船架上,他帮助一起安装过她的龙骨,如今他已完全成熟,即便活到玛土撒拉②的年龄,恐怕也再难获得比他现在更多的自然知识了。他告诉我说——听到大自然竟也能令他感到惊奇,我不免有些诧异,因为我原本以为他们俩之间不存在任何秘密——入春后的一天,他带着猎枪,坐上小船,打算去打一两只野鸭。草地上还覆着冰凌,可河中的冰却早已融化得没了踪影,他从他住的地方萨德伯里③一路顺流而下,抵达费尔黑文湖,他意外地发现,几乎整个湖面上都还覆盖着一层坚实的冰。那一日天气很暖和,看到这么大的一片湖仍结着冰,他很惊讶。因为看不到有野鸭,他把小船藏到湖中一座小岛的北面(或者说后面),自己隐蔽在小岛南边的灌木丛中,等着野鸭出现。岸周边融化了三四杆的湖面,一汪平静的暖洋洋的湖水,湖底是泥浆,湖中的野鸭喜欢待的水域,他觉得可能很快就有鸭子过来了。隐伏在那儿半个钟头之后,他突然听到一声低沉而且好像来自远方的声响,然而,却又特别恢宏,令

---

① 指大自然。
② 玛土撒拉,据《创世记》说:"玛土撒拉共活了九百六十九岁。"
③ 萨德伯里,紧靠康科德西南面的小镇。

人难忘。不同于他以往听到过的任何声音,渐渐地,那声音显得越来越阔,越来越响,仿佛它想要有一个响彻天宇、永远留在人们记忆里的终章,那是一种奔腾澎湃的呼号,在他听来,就像是有一大群飞禽马上要降落在这儿似的。于是,他握紧枪,兴奋地一跃而起,然而,令他惊讶不已的是,当他隐伏在那里的时候,整个湖的冰面已经移动了,正朝着岸边漂过来,他刚才听到的声音就是冰层的边沿撞击到湖岸时发出的声响——开始时还是轻轻地触碰,掉下一些冰碴,可到后来它却高高地拱起,整个儿撞向了小岛,飞溅起满天的冰凌,之后,才安静了下来。

终于,升到中天的太阳把它的光线直射下来,和暖的风吹散了雨雾,融化了雪堆。驱散了雾气的太阳向着下面褐白相间、明暗交错的景色露出笑靥,于薰香似的烟霭中,旅人们徜徉于小岛与小岛之间,千百条小溪的潺潺乐音怡人心脾,它们的脉络里充溢着冬天的血液,这血液正随着小溪一起流向远方。

我往村子里去时中途要经过一段铁路,这段铁路旁有一道深堑,正在融化的泥沙沿着深堑流下时,在其两边的沟壁上呈现出各种各样的形状。观察它们是我的一大乐事,这一现象以如此大的规模出现很不寻常,尽管自发明铁路以来,包含同样材料的、新裸露在外的堤堰数量增加了很多。这一材料就是精细程度不同、色泽多样绚丽的沙子,里面还常常掺和着少量的黏土。当霜冻于春天,有时甚至是冬季的融雪天降临时,沙子会像岩浆一样从山坡上流下来,有时会从雪中倾泻而出,流到以前从未有过沙子的地方。无数的小溪相互重叠,相互交织,展现出一种杂交物的品性,一半遵循着水流的规律,一半遵循着植被的规律。沙子往下流淌的时候,看上去就像是多汁的树叶和藤蔓,形成了一英尺或一英尺多深的泥糊糊的枝状物,从上面看下去,它像是锯齿状或鳞片状的排列整齐的苔藓,或者它会让你想起珊瑚、豹掌或鸟爪,想起大脑、心肺或腑脏,以及各种排泄物。这真的是一种奇形怪状的植被,它的形状和颜色,我们在青铜器皿上见到过仿制的,这是一种比毛茛叶、菊苣根、常春藤、葡萄藤或者其他植物叶子更古老更典型的建筑学上的装饰叶纹。或许,在某些情况下,注定会成为未来地质学家的一个难解之谜。整个深堑给人的印象是,仿佛它是一座将其所有的钟乳石都裸露在外的岩洞。各种颜色绚烂的沙子令人赏心悦目,包括各种不同的铁的颜色,棕色、灰色、黄色和红色。奔泻的沙流抵达坡底时,便铺展开来,成为浅滩,分别流淌的小溪此时失去了它们那半圆锥形状,渐渐变得更为平坦和宽阔,由于得到了更多的水分,它们汇聚到一起,直到形成一片颇为平整的沙滩,色彩依然多样、绚丽。这时,你还能从中分辨出植物的原始形态。最终,待到了水中时,它们变成堤岸,正像在河口形成的那些沙洲,而植被的形态则消失在了波纹形的水底。

有的时候,在春季的一天中,整个高达二十到四十英尺的堤岸,都会被这沙流或叶状物所覆盖,有时覆盖堤岸的一侧,有时是两侧,绵延四分之一英里。这种沙叶[①]之所以引人注目,是因为它的出现太过突然。当我看到在一个小时之内,一侧的

---

① 指流沙。

堤岸依然如故——因为太阳总是先照到一侧的堤岸——而另一侧的堤岸则覆满了这馥郁葱茏的叶饰时,不禁会产生一种特别的感觉,仿佛自己是站在那个创造了世界和我的艺术家的实验室里——来到了他仍在工作的现场,他正以旺盛的精力,在这一侧的堤堰上尽情挥洒着他最新的设计。我仿佛觉得自己更接近地球的内脏,因为这一颇似叶状体的沙流很像动物身体的内脏。于是,你预感到在这些沙子里会发现植物叶片。怪不得地球用叶子来表达它的外在形状,并以这样的理念而劳其神。原子早已学到这一法则,并因其而孕育创造。我们头顶的树叶于这里发现了它的原型。无论是地球,还是动物,在它们体内都有一片湿润的厚叶片(lobe),这个词特别适用于肝、肺和脂肪瓣。从外表上看,是一片薄薄的干叶(leaf),好像字母 f 和 v 是受挤压发出的干瘪的 b。叶子(lobe)的词根是 lb,柔软的 b 音(单叶,或 B,双叶),流音 l 在后面推动 b 音。地球(globe)一词的 glb 中,g 这个音对喉部的功能尤为意味深长。鸟儿的羽毛和翅膀是更干燥、单薄的叶子。这样,你也便从泥土里笨拙的幼虫蜕变为羽翼轻盈的蝴蝶。我们的地球在不停地超越和改变着自己,也逐渐在其轨道的运行中长出了翅膀。就是冰在开始冻结时也是精致的水晶叶片状,好像它先是流进了水生植物的叶子在水面镜子上压下的模子。整棵树本身也只是一片叶子,河流是更为阔大的叶片,它们的叶质和大地交织在一起,乡镇和城市是它们叶腋上的虫卵。

太阳落下后,沙子便停止流动,可一到早晨这些沙子又开始了,在移动中分离出一条又一条的分支。也许,你在这里会看到血管是如何形成的。如果你观察仔细的话，你会发现从那一正在融化的主体中渗出一条软化的沙流，其顶端像一滴水珠，像人的手指头，缓缓地盲目地朝着下面流淌，直到后来随着太阳的升高，获得更多的热量和水分，它中间流淌最快的那一部分遵守着连最惰性的部分也遵循的法则，终于跟后者分道扬镳，形成了自己弯弯曲曲的渠道或动脉，从中可以看到有一条银色的溪流，发着闪电般的光，从软浆似的枝叶阶段进入另一个阶段，而且，不时地被沙流吞没。在流淌中，沙子是那样迅疾、完美地应对着出现的情况，利用沙流体中最好的材料，筑起它渠道清晰的边沿，所有这一切都太神奇了。这就是河流的源头。水中沉淀的硅质可能就是骨骼系统，更精致一些的土壤和有机物质则是肌肉纤维和细胞组织。人是什么，不就是一团融化了的泥土，人的手指头不就是一滴凝固了的水珠。手指和脚趾从融化的躯体中流了出来，达到它们自身的极致。有谁知道，在更加适宜的环境中，人类的身体会扩展成什么样子呢？人的手难道不就是一片撑开的棕榈叶①，上面有它的叶片和经络？耳朵可以想象为一种苔藓，拉丁文为 umbilicaria，垂在头的两侧，也有叶片，或者说还有滴状物。嘴唇——字源是 labium，大概是来自 labor 这个词——是洞穴般的嘴巴上下两边的重叠物。鼻子显然是一种凝固了的滴状物或钟乳石。下巴颏是更大点儿的一滴，是面庞持续往下流滴的结果。脸颊是从眉毛下滑到脸的山谷，被两侧的颧骨挡住后对称着左右扩散。植物叶子上的

---

① 梭罗在此处一语双关，英文中的棕榈（palm）还可做手掌解释。

每一片圆圆的叶垂，也是一颗厚厚的缓缓流淌着的滴状物，尽管它们大小不一。叶片是叶子的手指，它有多少叶片，就会流向多少个方向，更多的热量或者其他更有利的影响，会使它流得更远。

由此看来，这面山坡①似乎阐明了大自然运行的一切原理。地球的创造者只是获得了一片叶子的专利权。有哪一位商博良②能为我们破译出这一象形文字，让我们能够翻开新的一页？这一现象比葡萄园的葱茏和丰饶更令我感到振奋。诚然，它是有点儿分泌排泄的性质，没完没了的一堆一堆的肝、肺和肠子等，仿佛地球将其五脏六腑都翻了出来。不过，这至少说明大自然是有内脏的，而且，还是人类的母亲。这是从冻土里结出的霜花。这是春天。它先于满眼披绿、姹紫嫣红的春天，就像神话先于有韵律的诗歌。我不知道还有什么能比它更能荡涤冬天的烟气和消化不良。它使我相信，地球依然身在襁褓之中，向四处伸展着其婴孩的手指头。光秃秃的额上在长出新毛发。天地间没有什么无机之物。这些叶状堆③像炉渣一样沿着堤岸堆积着，表明大自然内部"烧得正旺"。地球不只是已逝历史的一个片段，更像一本书的页码那样一层一层地叠着，主要供地质学家和古物专家进行研究。它更是鲜活的诗歌，犹如一棵树的绿叶，先于开花和结果的时节——不是已成为化石的地球，而是

---

① 指这一流沙堤堰的内壁。
② 商博良（1790—1832），法国语言学家，埃及学家，根据刻有希腊文字、埃及象形文字及通俗文字的罗塞塔石碑铭文破译出象形文字。
③ 指沙流。

一个活生生的地球。与地球这一伟大的中心生命相比,一切动植物的生命只不过都是它上面的寄生物罢了。它的阵痛会把我们的躯壳从坟墓中刨出。你可以熔化你的金属,将其浇铸在你能打造出的最好的模子里;它们却永远不会像那些融化了的沙土所流注成的形状那样,令我激动不已。不只是地球,而是建立在它上面的一切制度,都像是陶工手中的泥巴,有很强的可塑性。

不久,不只是这些堤岸,而且,每一道山岗、每一片平原和每一处洼地里,都有霜花破土而出——像冬眠的走兽从洞穴中钻出——伴随着音乐,寻找着海洋,或是乘着云朵迁徙到别的地方去。温言款语的融化之神,比抡大锤的雷神托尔[①]更有力量。前者融化冰雪,后者只是把它砸成了碎片。

大地上的雪已消融了一部分,几日来和暖的天气使地面也变得干爽了些。此时,新年伊始初露端倪的柔嫩景象,与熬过严冬的苍凉植物的庄肃之美可谓相映成趣,别有一番情致——长生草,麒麟草,半日花,以及那些淡雅的野草,往往比夏日里显得更加醒目和饶有情趣,仿佛它们的美唯有到此时才能臻于成熟似的。甚至还有羊胡子草,香蒲,毛蕊花,狗尾草,绒毛线菊,白色绣菊,以及别的硬茎植物,这些都是款待最早飞来的鸟儿的用之不竭的粮仓——都是些美好的青草,至少是大自然于冬季寡居时穿着的衣服。特别是羊毛草那禾束似的拱顶更令我觉得可爱。它把夏天带到我们冬天的记忆里,是艺术喜爱描摹的形式之一,这些植物王国里的形式像天文学一样对人

---

① 托尔,古代北欧神话中的雷神,主神奥丁的儿子。

类思想的发展产生过影响。这是一种古老的风格，比希腊人和埃及人还要古老。冬日里的许多现象使人联想到一种难以表达的柔嫩和纤细的雅致。我们常常听人们把冬天之王描述为一个粗暴、狂烈的君王，然而，他却是以恋人的温情，整饬着夏日的秀发。

　　随着春天的临近，红松鼠进到我的房子下面，在我坐着写作和阅读时，它们两个一拨地就在我脚下的地板底下，发出叽叽喳喳、吱吱嘎嘎的声音，或者发出一些长嘶短鸣我从未听到过的怪叫声。我要是跺脚，它们只会吱吱呀呀得更高，好像在它们这么做着恶作剧时早已将顾忌和害怕置于脑后，誓要抗拒人对它们的任何阻止。"不，你管不着——吱吱——吱吱。"它们全然罔顾我的抗议，或者说压根儿就没有意识到我这抗议的分量，开始发出一阵咒骂声，叫我难以招架。

　　飞来了报春的第一只麻雀！这一年从更加崭新的希望开始！从已消雪和湿润的田野那边，隐约传来知更鸟、歌雀和红翼鸫银铃般的鸣啭，真像是冬天最后的雪花飘落时的丁零声。在这样美好的时光里，历史，编年史，传说，以及所有文字记载的启示录，又算得了什么？小溪在向春天唱着颂歌和欢乐颂。于草原上低飞的白尾鹞，已开始在寻觅泥土中最先苏醒过来的生命。各个山谷里到处响着融雪的滴答声，湖里的冰也在快速融化。小草像春天之火覆满了山坡——春雨带来了一片新绿[①]——仿佛地球在从内里散出热，迎接着太阳的归来。只是它

[①] 此处原文是拉丁文，"et primitus oritur herba imbribus primoribus evocata."。

的火焰是绿色,而不是黄色。那是永恒青春的象征,那草叶啊,犹如长长的绿色丝带,从草地里一直流向夏天,虽然其间有霜冻的阻隔,可不久便再次砥砺而行,挺起去年干草的嫩茎,从下面顶出新的生命。它的生长势如破竹,犹如泉水从地下涌出。青草和泉水差不多有着同样的功能,因为在植物生长的六月当小溪干涸时,草叶就是它们的渠道,年复一年,牛羊都是啜饮这永久的绿色泉水,到了秋天割草人会及时为它们收割这冬天的口粮。人死后不啻是落叶归根,从其根部会长出青青的草叶,直到永远。

瓦尔登湖在迅速融化。贴着北岸和西岸的湖面,已经出现约有两杆宽的水道,东岸这边冰化开得更多一些。有很大的一片冰已经跟主体断开。一只歌雀在湖岸边的灌木丛里啼唱着——咻咻,咻咻,咻咻——叽叽,叽叽,叽叽,喳喳——吱吱,吱吱,吱吱。它这也是在帮忙破冰①。冰层边缘处形成的长长曲线,有多优美啊,它们与湖岸的曲线相呼应,却又比后者规则得多!因为最近出现短期的严寒天气,湖面又冻得异乎寻常的坚硬了,并且出现了波纹状,像宫殿里的地板似的。向东去的风徒劳地吹过冻结的湖面,直至抵达远处荡漾的微波。这一道缎带似的水面,在阳光下闪着璀璨的光,这是瓦尔登湖洋溢着欢欣和青春的那一部分面庞,仿佛在诉说着湖里鱼儿和岸边沙子的快乐——银色的粼粼波光犹如雅罗鱼灿灿的鳞片,好像整个瓦尔登湖就是一条活蹦乱跳的鱼儿似的。这就是冬天和春天的对照。瓦尔登湖曾经死去,现在又活了。只是,正如我

---

① Crack the ice,双关语,打破冰层,另一个意思是搭讪,开始交谈。

说过的，今年春天，瓦尔登湖化得更慢一些。

从暴风雨和冬天到温暖和煦的天气，从昏暗、怠惰的日子到明亮、充满活力的时光，这是一个万物称颂和令人难忘的转折点。似乎一切都在这一瞬间完成。春光蓦然间洒满了我的屋子，尽管那时已近傍晚，冬天的云层依然没有散去，从屋檐上还淅淅沥沥地滴下冻雨。我看向窗外。啊！昨日还是灰色寒冰的地方，现在已是一汪透明平静、充满了希望的湖水，恍若是在夏日的一个傍晚，湖心倒映着夏夜姣好的苍穹，尽管这样的景致现在的天空并没有，只不过它仿佛跟遥远的地平线那边已心有灵犀。我听见远处有只知更鸟在鸣啭，我觉得这是几千年来我第一次听到，即便再过好几千年，我也不会忘记它的鸣啼——它的歌声一如既往，还是那么甜美、悠扬，那么富于活力。

噢，傍晚的知更鸟①，在新英格兰一个夏日将尽的时刻！要是我能找到它栖息过的那个枝丫！我指的是那一个它，那一个枝丫。至少这一只不是美国知更鸟②。我房子周围的油松和橡树丛，本来一直耷拉着的枝条，却突然间恢复了它们的本色，显得鲜亮、翠绿，挺拔和富于生气了，仿佛经过了这场雨的洗涤一下子恢复了元气。我知道雨是下不来了。你只要看看林中的任何一根枝条，或是看看你的柴火堆，就知道冬天过去了没有。夜色渐浓时，低飞过树林的雁群的叫声惊动了我，它们像疲惫的旅人从南方的湖泊姗姗来迟，终于能够一吐心中的怨气，给

---

① 这一句和后面几句是作者对一年夏末曾听到过的那只知更鸟的回忆。
② 美国迁徙画眉，统称知更鸟，学名 Turdus migratorius。

彼此以安慰了。站在屋门前，我能听到它们羽翼的扑棱声。在飞往我房子这边时，蓦然看到我室内的灯光，于是，它们戛然噤声，盘桓着降落在瓦尔登湖。随后，我进来，关上门，开始在林中度过我的第一个春夜。

清晨，我从门口透过雾气观望雁群，它们游弋在五十杆以外的湖中央，它们偌大的身躯和欢闹的场景，使得瓦尔登湖看去像个供它们嬉戏的人工湖。待我来到岸边时，听着它们头雁的一声招呼，便看到它们都扇动着巨翼一块儿飞起，排成队列，在我头顶绕了几圈后（我数了数，一共二十九只），径直飞往了加拿大。每隔一阵子它们的头雁便会发出叫声，引领着它们到泥泞的湖泊去吃早餐。一小群野鸭也应声而起，跟在那些叫声更响的近亲后面朝着北面飞去。

有一个星期，我于雾蒙蒙的早晨总能听到一只孤雁在林中盘旋、寻觅，呼唤着它的同伴，它仍然栖息在这片树林里，这林子几乎要容纳不下它们这么大的生灵了。到了四月，有鸽子一群一群地飞来，随后，我听到灰沙燕在我房前的空地上啁啾，这倒不是因为镇上灰沙燕太多，可以匀给我一些，我想它们一定是特别古老的一族，在白人到来之前，就住在树洞里了。几乎世界上的所有地区，乌龟和青蛙都是这一季节的先驱和信使，鸟儿啼唱着，扑扇着亮闪闪的羽翼飞翔，植物在抽芽、开花，和风吹拂，调节着南北两极的轻微摆动，保持着大自然的平衡。

四季更替轮回，每个季节对我们来说都是最好的，春季的来临更像是宇宙从混沌中诞生和黄金时代的实现。

Eurus ad Auroram Nabathaeaque regna recessit,
Persidaque, et radiis juga subdita matutinis.
东风退回到极地和纳巴泰王国,
波斯和山脊都沐浴在晨光之下。

……
人类诞生了。究竟是造物主为了一个
更美好的世界,用神的种子造了人;
还是最近刚从太空分离出来的地球,
保留了一些与天堂同源的种子。①

  一场润物细无声的春雨便能让草地平添好几分绿意。同样,美好思想的涌现也会使我们的前景变得更为光明。如果我们总能活在当下,利用好发生在我们身上的每一个偶然事件,就像青草坦然承认落在它身上的最细小的露珠给予它的滋养。不把我们的时间浪费在对已错失的机会的悔恨上(我们将此称为我们的职责)。春天已经来临,而我们仍在冬天徘徊。在一个春光明媚的早晨,所有人的罪过都可以得到宽恕。在这样的一个日子,邪恶会罢手。有这样温馨和暖的太阳照耀着,最恶的坏人也可能回心转意。只要我们自己恢复了纯真,自然便能看到邻居们身上的纯真。你认识的邻居也许昨天还是个小偷、酒鬼、好色之徒,你昨天还只是可怜他、鄙视他,对这个世界感到绝望,可这春天的第一个早晨,太阳用它明亮、温暖的光,重新创造了这个世界,你碰见你的邻居正在静心地工作,发现他衰

---

① 梭罗翻译的奥维德的《变形记》。

竭、淫逸的血管里洋溢着祥和与快乐,他在祝福着新的一天,以孩童般的纯真感受着春天的影响,你会忘掉他所有的过失。他不仅周身充溢着美好的意愿,甚至还具有了一种试着想要表达的神圣品性,尽管像婴孩的本能一样,可能是盲目和徒劳的。少顷,南山坡上没有了粗俗笑声的回荡。你会发现从他多节瘤的外皮上正顶出美好的嫩芽,他正尝试着迎接他的新生,其清新欲滴犹如最嫩的幼芽。即便是他,也能享受他主人的快乐①。为什么狱卒还不打开监狱的大门——为什么法官还不撤掉他的案子——为什么牧师还不让会众离去!这是因为他们都不遵从上帝给予他们的提示,不接受上帝慷慨赐予所有人的宽宥。

"牛山之木尝美矣,以其效于大国也。斧斤伐之可以为美乎?是其日夜之所息,雨露之所润,非无萌蘖之生焉。牛羊又从而牧之,是以若彼之濯濯也。人见其濯濯也,以为未尝有材焉,此岂山之性也哉。

"虽存乎人者,岂无仁义之心哉。其所以放其良心者,亦犹斧斤之于木也。旦旦而伐之,可以为美乎?其日夜之所息,平旦之气,其好恶与人相近也者几希?则其旦昼之所为,有梏亡之矣。梏之反复,则其夜气不足以存,夜气不足以存,则其违禽兽不远矣。人见其禽兽也,而以为未尝有才焉者,是岂人之情也哉。"②

最初建起的黄金时代,虽没有复仇者,

---

① 典故出自《马太福音》,"可以进来享受你主人的快乐"。
② 梭罗翻译的《孟子》,译自鲍狄埃的法文译文《孔子和孟子》。原文见《孟子·告子上》。

也没有法律,却保持着诚信和公正。
不施刑法,没有恐惧;也没有惩戒的言辞
镌刻在青铜匾上;没有哀求的民众
害怕法官的判词;也不必担心有人报复。
山上砍下的松树还没有造成船,
没有跨洋过海,远航到国外,
除了自己的海岸,再没有见过别的海港。
……
唯有永恒的春天,唯有温馨的和风
吹拂着天然生长的花卉。①

4月29日,我去九亩地角桥②钓鱼,站在摇曳的凌风草和藏匿着土拨鼠的柳树根旁边,我听到了一种很特别的嘎嘎声,有些像男孩用木棍敲打发出的声音。我抬头一看,但见一只非常轻盈非常优雅的鹰,有点儿像夜鹰,在像波浪那样一起一伏地飞翔,一会儿升起,一会儿又下降一两杆的高度,它展开的羽翼在太阳的映射下,像缎带、像海贝的内壳一样,闪着熠熠的光。这一景象让我想起了猎鹰的训练,以及这一运动高贵的情致和诗意。在我看来,它似乎可以被称为灰背隼,不过,我并不在意它叫什么。这是我见过的最美最棒的飞翔。它不像蝴蝶那样只是扑棱着翅膀,也不像老鹰那样一味地滑翔,而是充满自信地娴熟地运用着空气的浮力,嘎嘎地叫着,先是向上飞

---

① 梭罗翻译的奥维德的《变形记》。
② 九亩地角桥,在康科德镇西南部。

呀，飞呀，随后又自如、优美地下落，像风筝那样翻着筋斗，然后又扶摇直上，仿佛它从来没有着过地似的。整个天宇都没有它的伴侣——它独自在空中嬉戏——只要有清晨和供它驰骋的苍穹，它就再也不需要别的。它并不孤独，却使它下面的大地显得孤寂了。那孵化了它的母亲，它的同类，它天堂的父亲，在哪里呢？它是天空之骄子，它与大地之间的联系，似乎仅是在过去的某个时间它曾作为一颗鸟蛋存在于岩崖的罅隙中。或者，它的巢本来就建在云端的一角，是由彩虹的丝带和晚霞编织而成，又有从大地升腾而起的轻柔的仲夏雾霭衬托着。某朵峭壁般的云彩便是它现在的鹰巢。

此外，我还钓到不少罕见的金色、银色和黄铜色的鱼，它们看上去就像一串珠宝似的。啊，这一早春时节的每个清晨，我都漫步在这些草原上，从一个山丘徜徉到另一个山丘，从一棵柳树根转悠到另一棵柳树根，我跟旷野中的河谷和树林一样，都沐浴在如此清纯、明媚的阳光里，这光芒甚至能唤醒死者，如果真像有些人认为的死者是睡在坟墓中的话。这是对永恒与不朽的强有力的佐证。万物都必须生活在这样的光照里。噢，死亡，你的毒针在哪里？坟墓啊，你的胜券又在哪里？

如若周围的环境中没有了尚未开发的森林和草地，我们的乡村生活将会停滞不前。我们需要旷野的滋补——有的时候，需要跋涉在有山鸡和鹭鸶出没的沼泽之中，聆听沙锥鸟的啼声，闻一闻簌簌作响的莎草的味儿，那里唯有更具野性、更孤寂的飞禽筑巢，还有水貂肚皮贴着地在陆上爬行。在我们认真探索和学习一切事物的同时，我们也希望事物都是神秘的，有待进一步的探求，希望陆地和海洋仍处在原生态，因为不可测性，仍未被我们勘测和丈量。我们永远不可能穷尽了大自然。我们必须从大自然的景观中不断汲取力量，目睹永不枯竭的大自然的活力，无限广袤和寥廓的地貌，海岸与海滩的沉船，荒原中的活的和腐朽的树木，还有孕育雷霆的云层和造成洪灾的一连下了三个星期的滂沱大雨。我们还需要看到我们在超越自身的局限，看到某些生命在我们从未踏足过的地方自如地徜徉。当目睹秃鹰吞噬令我们恶心和反感的腐肉，并从这一饮食中获得健康和力量时，我们应当感到欣喜。在通往我屋子的小径旁有片洼地，那里死了一匹马，这迫使我有时不得不绕道走，尤其是在空气特别沉闷的晚上，不过，作为对我的补偿，这也向我证明了大自然强大的胃口和其无法被侵害的健康。我喜欢看到大自然充满生机和活力，让各样物种成为相互捕杀和追猎的对象。那些柔弱的生命组织可以像果肉那样安静地被夺去生命——蝌蚪被苍鹭一口吞掉，乌龟和蛤蟆在路上被碾轧；有的时候，还会有血雨腥风！既然这么容易发生偶然事故，我们就不能对此太过在意。在一个聪明人看来，世界和宇宙是无辜的。毒药未必有毒，伤痛也未必就能致命。同情怜悯是站不住脚的。它定会转瞬即逝。它的诉求不可变为陈规。

五月初，在瓦尔登湖周围林子里的橡树、山核桃树、枫树和其他树木，都纷纷抽出嫩枝嫩芽，像阳光一样给周围的景致增添了一道亮色，尤其是在多云的天气里，仿佛太阳冲破迷雾，影影绰绰地照耀到了这里和那里的山坡上。五月三日和四日，我在湖中看见了一只潜鸟，五月的第一周，我听到夜鹰、褐矢嘲鸫、韦氏鸫、美洲小鹟、曲文雀和其他鸟儿的鸣啼。在这之前，我早就听到了林鸫的啁啾。菲比霸鹟①也早已来过一次，从我的门窗中望进来，看看我的住所是否适合做它的窝，它扇动着翅膀，收拢起鸟爪，悬浮在空气中，仔细打量着我的屋子。没有多久，北美油松硫黄似的花粉便覆盖了湖面，岸边的石头和朽木，足够你装上满满几大桶。这就是我们听说过的"硫黄雨"。在迦梨陀娑②的戏剧《沙恭达罗》中，我们就曾读到过"莲花的金粉染黄了小溪"的句子。就这么着，季节更迭，进入了夏天，人们漫步在越长越高的草丛中。

我在林中第一年的生活就这样结束了，第二年的经历与第一年相似。我最终是于1847年9月6日离开的瓦尔登湖。

---

① 菲比霸鹟，北美东部鸟类，在仓库和屋棚中找地方做窝。
② 迦梨陀娑，印度诗人及剧作家。

结束语

　　对于病人，医生会明智地建议他换换空气和环境。感谢上帝，这儿并不是整个世界。新英格兰不长七叶树，嘲鸫的啼声在这里也很少听到。大雁比我们更像是世界公民。它们在加拿大吃早餐，在俄亥俄州吃午饭，晚上到南方的河口去梳理羽毛，甚至连野牛在某种程度上也跟随着季节，它们先是啃吃科罗拉多草原的青草，待到黄石山的草长得更翠绿更甜美时，便迁徙去那边。然而，我们却以为只要将铁路栅栏拆掉，在我们的农场周围垒起石墙，我们就给生活划定了界线，我们的命运也随之决定了。当然，如果你被选为镇上文书，那么，你今年夏天便去不了火地岛，不过，你仍然可以到地狱烈火国去。宇宙远比我们所看到的要广大得多。

　　我们应该像充满好奇的乘客一样，经常去眺望一下船尾的景色，不要像愚蠢的水手们，整个航程中只顾着捡拾填补船缝的麻絮。地球的另一端不外乎是我们同类的家园，我们的航行只不过是绕了一个大圈而已,医生开出的药方仅能治标。一个人匆匆忙忙地跑到南非去追逐长颈鹿,可这显然不是他要追捕的猎物。请问,如果可能的话,一个人会花费多长时间去追猎长颈鹿呢?沙锥鸟和山鹬也是很稀罕的猎物。不过,我相信,瞄准自己才是更崇高的狩猎。

> 将你的目光望向内里,你将发现
> 你心中有一千个领域尚未被发现。
> 逐一地对它们进行勘查,
> 做个自我宇宙学的专家。

　　非洲代表什么?西方又代表什么?我们的内心在图表上难道不是空白一片?尽管被发现之后,它可能像海岸一样证明是黑色的。我们找到的,会不会是尼罗河、尼日尔河、密西西比河或是环绕这片大陆西北通道的源头呢?这些是与人类息息相关的问题吗?难道富兰克林①是唯一一个迷失的人吗,他的妻子曾那么真诚地寻找他?格林内尔先生②知不知道他自己身处何方?最好还是做探测你自己溪流和海洋的蒙哥·帕克③、刘易斯、克拉克④

---

① 富兰克林爵士(1786—1847),英国探险家,海军少将,率领官兵130人,于西北航道的探险中遇难。
② 亨利·格林内尔(1799—1874),纽约富商,曾资助寻找遇难的富兰克林那一批人。
③ 蒙哥·帕克(1771—1806),苏格兰探险家。在第二次尼日尔河探险中与布萨土著发生冲突,溺水身亡。
④ 梅里韦瑟·刘易斯(1774—1809)和威廉·克拉克(1770—1838)是美国探险家,两人率队进行首次直达太平洋西北岸、横贯大陆的考察活动。

和弗罗比舍①。还是去探索你自己的南极和北极吧,如果必要的话,备好充足的咸肉。堆积如山的空罐头盒将作为你远航天外的标志。人们发明了腌肉,难道仅仅是为了储存肉类吗?不是的,你要做一个哥伦布,去探求你内心的新大陆和新世界,开辟出新航道——不是贸易的而是思想的新航道。每个人都是一个王国的君主,与其相比,沙皇的帝国只不过是弹丸之地,是冰川退去后留下的一座山丘。可是,有些人虽说也爱国,却没有自尊,往往牺牲掉伟大的东西而去俯就于卑微。他们热爱自己将来要埋葬于其中的那块土地,却对赋予其躯体以活力的精神毫无感知。爱国主义只是他们头脑中造出的幻想。浩浩汤汤、耗资巨大的南海探险②,其意义不就间接证明了这样一个事实。在道德世界里同样存在着许多陆地和海洋,而每个人只不过是这一道德世界里一道尚未被他自己探求过的地峡或入口。另外,也间接证明了乘坐一艘政府的船只(有五百人之众),经历严寒和暴风雨,穿过食人族之地,航行数万海里,这一切还是要比独自探索他内心的海洋——他自己的大西洋和太平洋——容易得多。

Erret, et extremos alter scrutetur Iberos.
*Plus habet hic vitae, plus habet ille viae.*③

让人们去远航,去考察异邦澳大利亚人。

---

① 马丁·弗罗比舍(约 1535—1594),英国航海家、探险家,三次试图找到西北通道。
② 此处指 1038—1848 年美国海军对南太平洋和大西洋的探险远征。
③ 引自罗马诗人克劳狄(约 370—404)的《维罗纳老人》。

我心中装的更多是神,他们装的更多是路。

周游世界,到桑给巴尔①去清点猫科动物并不值得。不过,在你尚没有更好的事情做之前,不妨先这么去做,或许,你能发现一个"辛姆斯之穴"②,通过它最终进入地球内部。英国和法国,西班牙和葡萄牙,黄金海岸和奴隶海岸③,都是这一内心世界的前沿,可这些国家的港口却没有一艘船敢于驶向远海,尽管从这些地方出发,毫无疑问都可以直达印度。即便你会说所有的语言,熟悉所有民族的风俗,即便你能比别的旅行家们走得更远,能更适应所有的气候,能让斯芬克斯气得用头撞石头,但你还是要遵循老哲学家的箴言,去探求你自己的内心世界。这么做需要眼光和勇气。唯有失败者和逃兵才去打仗,唯有懦夫才逃离亲朋应征入伍。现在就起航,驶往西边最遥远的地方,不在密西西比河或是太平洋停留,不是驶向古老的中国或日本,而是经一条切线西行,直达那一领域④,不管盛夏还是严冬,白天还是夜晚,日落还是月落,最后,哪怕地球也陨落了。

据说米拉波⑤曾经去拦路抢劫,"为的是验证一下,一个人要让自己正式反对社会最为神圣的法律,到底需要多大的勇气"。他声称"一个打仗时的士兵,他所需要的勇气还不及抢劫

---

① 桑给巴尔,今坦桑尼亚东北部。
② 约翰·克利夫斯·辛姆斯(1779—1829),英国人,曾论证地球是空心的。
③ 黄金海岸和奴隶海岸指的是西非的几内亚湾北岸,从16世纪到18世纪因盛产黄金和奴隶而著称。
④ 应该是指人的内心世界。
⑤ 米拉波伯爵(1749—1791),法国大革命时期君主立宪派领袖之一,演说家,政治家。

者的一半"——"荣誉和宗教从来都阻拦不了一个深思熟虑、意志坚定者的决心"。在世人看来，这是很有大丈夫气概的。可就算它不是绝望之举，也令人觉得有些无聊。一个理智的人通过遵循更为神圣的法则，便常常发现自己与所谓的最神圣的社会法则处在了正式对立的位置，根本无须凭借刻意越轨来测试他的决心。一个人并非要对社会采取反对的态度，而是通过遵从他自身存在的法则，找到一种合适的方式，以坚持他自己的态度，这绝不意味着要对一个公正的政府持反对态度，假如他碰巧遇到了这样一个政府的话。

就像我去到山林时一样，我现在离开山林也有着同样充分的理由。我似乎觉得，自己还有好几种生活要过，再不能为这一种匀出更多的时间。我们是多么容易不知不觉地就蹈入某种固定的路线，为自己踏出一条因循守旧的路子。我住到林子里还不到一个星期，便从我屋子到湖边踩出了一条小径，尽管现在已经过去五六年了，这条小径仍然清晰可见。我想，在我以后也许有其他人也走过它，从而保持了它的畅通。大地表层很是松软，较容易留下人们的足迹，人们思想脉络的轨迹亦是如此。可以想见，世上的公路已被磨损得何等破旧不堪、尘土飞扬，可以想见，传统和惯例之车辙印已被碾轧得有多深！我不想去到船舱下面，我宁愿站在世界的甲板上、站在桅杆前航行，因为在那里我能更好地观望月光和山峰。我不想现在就下到客舱里。

从我的实验中，我至少悟出这么一点：如果一个人能充满自信地朝着他梦想的方向前进，努力按照他所想象的那样去生活,那么,他就会获得他在通常岁月中意想不到的成功。他将放下一些事情,越过一道无形的界限,更为自由、普遍的新法则将开始在他周围和内心建立。或者,旧的法则会在更加自由的意义上得到扩张,对它的阐释也会更加有利于他,使他能够生活在一种更高的存在秩序里。他越是简化他的生活,宇宙的法则就显得越是简单,孤独将不是孤独,贫穷也不是贫穷,懦弱也不再是懦弱。倘若你已在空中建起楼阁,你的工作也没有白做,就让那些楼阁暂且待在那儿。现在,便在它们的下面打上地基。

英国和美国提出了一个荒唐可笑的要求,那就是,你说话非得让他们听得懂。无论人也好,伞菌也好,都不可能是这样的。仿佛这一要求还很重要,似乎没有他们,也就没有人能理解你了。仿佛大自然只支持一种理解模式,它不能同时既供给鸟儿又供给四足动物,既供给飞禽又供给爬行动物,似乎老牛能听得懂的"嘘""吁"等吆喝都是最好的英语。仿佛唯有愚蠢,才是安全的。而我主要担心的却是,我的表达不够超前,不够出格,不能越出我日常生活经验的狭隘局限,从而无法恰当地表达出我所坚信的真理。出格!这要看你如何界定正常。迁徙的野牛到另一纬度去寻找新的草场,它们的行为不会比一头在挤奶时踢翻水桶、跳过牛栏去追逐它的牛犊的奶牛更加越轨。我希望能够在什么地方不受限制地发表言论,就像一个在清醒时刻的人对着同样在清醒时刻的人们讲话。因为我确信为了给一种真正的表达奠定基础,我就是再怎么使用夸张的手法也不会过分。有哪一个听过了美好乐曲的人,还会再担心他的讲话太过铺陈，会言过其实呢？考虑到未来和可能发生的事情，我们应该生活得十分轻松，不必事先界定一切才是，我们所擘画的蓝图也该相应地模糊和朦胧一些，恰如我们的影子对着太阳也会升腾起一丝不易察觉的蒸汽。我们言语中不确定的真实性，会不断暴露出我们后面陈述的不恰当性。它们的真实性瞬间被解构，留存下来的唯有其字面的标识。表达我们信仰和虔诚的言辞具有不确定性，然而，对于卓越的天性来说，它们仍然像乳香一样充满芳香，富于意义。

为什么总是把我们的认知降低到最愚钝的程度，并且美其名曰共识？最常见的感识是人们睡觉时的感识，他们表达它的方式是打鼾。有的时候，我们倾向于将智力超常的人和智力低下的人混为一谈，因为我们只能理解欣赏前者三分之一的智慧。有些人起得早了，会对朝霞的红色横加挑剔。我听说，"他们认为迦比尔①的诗篇有四种不同的含义：幻觉，精神，才智和吠陀经典的通俗教义"。然而，在我们这个地方，一个人的作品只要有多于一种意义的解释，就有可能遭到人们的非议。在英国致力于根治土豆之腐烂的时候，我们是不是也应该努力去医治医治在当下传播得更为广泛和更为致命的大脑的腐烂呢？

我并不认为自己已经达到了晦涩难懂的境界，如果在我这些书页中所发现的致命缺陷，不过只是跟瓦尔登湖冰中的瑕疵相类似的话，那我就该感到庆幸了。南方的客户们不喜欢瓦尔登湖冰的那种蓝色（这是其纯净的证明），认为它混浊，宁愿购买剑桥那种含着草味儿的白色的冰。人们所喜爱的纯净，就像

---

① 迦比尔（1440—1518），印度神秘派诗人。

环绕着地球的雾气，而不是雾气之外那一蔚蓝色的天空。

一些人在我们的耳边聒噪，说我们美国人以及一般意义上的现代人与古代人比起来，甚至与伊丽莎白时代的人比起来，都是智力上的侏儒。然而，这么比较有意义吗？一条活着的狗，胜过一头死了的狮子。难道一个人因为他属于矮人族就要去上吊自杀，而不是勠力去争当那个最高的矮人？让我们每个人都做好自己的事情，努力去成为那个最好的自己。

为什么我们要那么急切，那么不顾一切地去追求成功呢？如果一个人没有跟他的伙伴保持同样的步调，那或许是因为他听到了不同的鼓点声。让他的步伐去跟上他听到的乐音，不管这乐音是什么样的节拍，或在多么遥远的地方。至于他能否像一棵苹果树或橡树那样快速地成长，这并不重要。难道他应该将自己的春天变为夏天吗？如果我们成长所需要的那些事物的条件尚不成熟，那么，我们又能用什么样的现实来代替它呢？我们不应该被搁浅在虚幻的现实之中。难道我们要费力不讨好地在我们的头顶搭起一片蓝色玻璃的天空，尽管建成后，我们仍会翘首瞩望那一高高在上的真实苍穹，仿佛前者并不存在似的？

库鲁城里有一位艺术家，他特别喜欢追求完美。有一天，他突然想到要做一根手杖。考虑到一件作品之所以不完美是与时间这一因素有关，但一件完美的作品却又是不计时间代价的，于是他对自己说，这根手杖一定要制作得十全十美，即便我这一辈子再也不做其他任何事情了。他即刻着手去森林里找木材，一心要找到最适合做手杖的木头。他就这么寻摸着，一根一根地筛选着,渐渐地他的朋友都离开了他,他们在自己的工作中变老,死去,但是这个时候的他依然没有变老。他目标和决心的专一,以及他超乎寻常的虔诚,于不知不觉中赋予了他永驻的青春活力。由于他丝毫不与时间妥协,时间也只好靠边站,因不能征服他而躲在一旁叹息。还没等他找到一块完美的材料,库鲁城已成了一片废墟,他坐在废墟中一个土堆旁削着一根木棍上的树皮。在他还没有把它削制成形时,坎大哈①王朝便终结了。用这根棍子的尖头,他在沙土上写下了那个种族最后一个人的名字,接着又继续他的工作。待他把手杖磨平、抛光时,卡尔帕②已不再是北斗星。在他还没有给手杖安上金箍、没在其顶端镶嵌上宝石时,梵天③已醒来睡去好几回。可为什么我要在讲述的中间停下来提及这些事情呢?当他为这件作品完成了最后画龙点睛的一笔时,这位艺术家突然惊讶地发现,这手杖蓦然间成了梵天最精美的艺术品。在制作手杖的过程中,他创造了一种新的体系,一个比例匀称协调的世界。在这个世界中,旧的城市和王朝都已消亡,取而代之的是更为美好和辉煌的新城市和新王朝。此时,他看着他脚前依然新鲜的木屑堆幡然体悟到,就他和他的作品而言,先前流逝掉的时间不过是一种幻觉,其实,失去的时间只是一瞬间,是梵天头脑中一颗火星落下来点燃了凡人头脑中的火种的一瞬间。他挑选的材料至

---

① 1748—1773年阿富汗的首都。

② 在印度梵文中意为"劫"。古印度传说世界经历若干万年毁灭一次,重新再生,这一周期成为一劫。

③ 梵在一天结束时睡眠。他的一夜等于他的一天(人间的四十三亿两千万年),一日一夜长达八十六亿四十万年。

纯至美，他的艺术至纯至美。那么，所得到的结果怎么可能不完美呢？

我们能赋予事物各种表象，到头来都不会像真理那样使我们受益。唯有真理能经受得住时间的考验。大部分时候，我们都没有身处我们该在的位置，而是处在一种虚假的位置上。由于天性中的弱点，我们设想出一种情况，并将我们自己放置于其中，因此我们同时处在两种情况当中，要想抽出身来便加倍地困难。理智、清醒的时候，我们只关注事实，关注实际情况。讲我们不得不讲的话，而不是去说场面上该说的话。真理要比自欺欺人好得多。缝纫匠汤姆·海德在施以绞刑前被问及他是否有什么想要说的话，他说："告诉裁缝，记得在动手缝第一针之前，先在线上打个结。"至于他同伴的祈祷，早已被他忘在了脑后。

无论你的生活多卑微，也要勇敢地去面对它，而不是躲避它，抱怨它。其实，它并不像你本人那么糟糕。在你最富有的时候，它显得最为可怜。爱挑剔的人就算去了天堂，也要挑刺。热爱你的生活吧，不管它多贫穷。即便是在济贫院里，你也可能会有一些快乐、激奋和感到荣耀的时光。映照在贫民窟窗户上的夕阳跟照耀在富人家窗户上的一样明亮。到了春天时，穷人门前的雪也一样会早早地消融。我发现，一个思想恬静的人即使在济贫院里也可以像在宫殿一样，过得心满意足，快快乐乐，无忧无虑。在我看来，镇上的穷人似乎常常过着最为独立自由的生活。或许，他们能毫无顾忌地接受救济，便是他们具有过人之处的一种表现。大多数人认为他们不需要接受镇上的资助，然而，他们却往往通过不诚实的手段养活自己，相较而言，他们这么做应该说更不光彩。像园中的芳草，比如说鼠尾草那样去培育清贫吧。不要让自己一味地去追求和得到新人新物，无论是衣服，还是朋友。翻找旧人旧物，回到他们那里去。东西是不会变的，是我们在变。卖掉你的衣服，保留你的思想。上帝将看到你并不需要与人结伴，即便我一整天像个蜘蛛一样待在顶楼的角落里，只要有我的思想与我相随，世界对我来说就依然是那么的阔大。哲人说："三军可夺帅也，匹夫不可夺志也。"①不要那么急切地去寻求发展，不要让自己接受来自多方的影响，这些都是白费功夫。谦卑犹如黑暗，会露出天国的亮光。贫穷和卑微的阴影聚拢在我们周围，"噢！可是天地万物却拓宽了我们的视野"。常常有人提醒我们，即便是得到了克罗伊斯②的财富，我们的宗旨也不会变，我们的生存方式依然如旧。此外，如果贫困使你变得拮据，比如说你没有钱买书籍和报纸了，那么，你只不过是被限制在了最有意义、最最本质的经验当中，你不得不跟糖分和淀粉含量最高的物质打交道。越是切入肌肤的生活③越甜蜜。这样，你没有闲暇去做无聊之事。下层的人绝不会因为上层人的慷慨施舍而失去什么，多余的财富只能购置来多余的东西。灵魂的必需品，都不需要用钱去买。

我住在一堵铅墙的一隅，这墙里面掺入了一点儿铜铝合金。

---

① 出自《论语·子罕》。
② 克罗伊斯，公元前6世纪小亚细亚西部吕底亚王国的国王，人们认为他是最富有的人。
③ "Life near the bone"，译者认为这一表达用在这里可能是指穷困的生活。

在我午休的时候,常常有一种嘈杂的丁零当啷的声音从外面传到我的耳朵里。这是我同时代人的喧腾声。邻居跟我说他们跟一些著名绅士淑女的奇遇,还有在宴会上见到了哪些名人,可我对这些事情还不及我对《每日时报》的内容感兴趣。他们的兴趣和交谈大都与服饰和行为举止有关,但呆鹅就是呆鹅,不管你如何打扮它。他们给我讲加利福尼亚和得克萨斯,英国和印度,讲佐治亚或是马萨诸塞州的某某大人物,所有这一切都是昙花一现,过眼云烟,直到我听得忍不住要像马穆鲁克①的军官一样,从他们的院子里一下子跳出来。我乐于找到自己的方位——不是立于醒目的位置,招摇过市,而是如果可能的话,跟宇宙的创始人比肩而行——不是投身于这一躁动不安的、碌碌无为的 19 世纪,而是若有所思地站在或坐在一旁看着它缓缓而过。人们这是在庆祝什么呢?他们都参加了一些组织的委员会,随时期待着有什么人来做演讲。上帝只是今天的司仪,韦伯斯特是他的发言人。对于那些强烈地吸引着我的美好东西,我都喜欢去评估和探索,去向它们靠拢——不是抓着秤杆,试图减轻它们的分量——不是去设想出一种情况,而是接受既成事实,沿着自己唯一能走的那条道前行,没有任何力量能阻挡我。还没有打好基础就着手去建拱门,这并不能令我满意。让我们不要玩孩子们在薄冰上赛跑的游戏。无处不有坚实的地基。我们读到过,有位旅人问他身边的男孩,他前面的这片沼泽有

---

① 原指 1250—1517 年统治埃及的军人集团成员,出身奴隶,后来泛指奴隶。据传 1811 年在埃及一次大屠杀中,有一位马穆鲁克的老爷翻墙跳到马上,得以逃脱。

没有硬实的底。男孩回答说有的。可旅人的马刚踏进去就陷到了马肚子那里,于是他对那孩子说:"你不是说这片沼泽的底很硬吗?""是的,"后者回答,"可你还得再陷进去这么深,才能到达硬底呢。"社会的沼泽和流沙也是如此,然而,只有成熟的男孩才懂得这个中奥妙。我们所想所说所做的事情,也唯有在极其难得的巧合中才是有益的。有的人愚蠢地往板条和灰浆里钉钉子,我才不会那么做呢,如果我那么做了,我晚上会睡不着觉。给我把斧子,我会首先弄清楚壁板上的纹路。灰浆靠不住。要把钉子顺着木纹结结实实地钉进去,钉到底,这样即便你睡到半夜醒了,想到你白天做的活计也不会有遗憾——就算把缪斯女神给弄醒了,你也不会觉得难为情。这么做,上帝才会帮你的忙,也只有这么做,你的忙上帝才能帮得上。每一颗敲进去的钉子都应该是宇宙这台机器上的又一颗铆钉,而你则正在做着这样的工作。

相较于爱情、金钱和名声,我宁愿要真理。如果我是坐在一张摆满美味佳肴的桌前,受着阿谀殷勤的款待,但却没有真诚和真理,我会饿着肚子离开这冷漠的宴席。这样的待客方式跟冰点心①一样,让人觉得凉冰冰的,乃至于再也无须用冰块来冰镇饮料了。他们和我谈起葡萄酒的年份和酿酒地的名声,而我想到了一种年代更久远,味道更醇、更鲜的酒,其产地也更值得称道,可他们这儿却没有,而且也买不到。这种格调,这豪宅,这庭院,这"娱乐"的方式,在我看来一文不值。我去拜谒一位国王,但他让我在大厅等候,行为举止像是个完全不

---

① 冰点心,用加糖的果汁或加了糖和香精的奶油、牛奶或乳蛋糕冻成的甜食。

谙待客之道的人。我有个邻居住在一个树洞里,他的举止风度却像个真正的帝王。我要是拜访他,受到的招待一定会好得多。

我们还打算在我们的门廊里待多久,就这样坐着侈谈无聊、陈腐的德行?任何行动都会使这些德行相形见绌。就像一个人以长久忍受苦难的精神开始一天,然后雇了个人去锄他的土豆,下午再带着预先想好的种种善意去实践基督教的谦恭和仁爱!想一想中国的夜郎自大和人类停滞不前的自满吧。这一代人托庇余荫,庆幸自己是杰出一脉的最后子嗣。在波士顿、伦敦、巴黎和罗马,他们遥想着自己悠久的传承,扬扬自得地谈论着他们这一脉在艺术、科学和文学方面的进步,还有哲学学会的各种记录和对伟人们的颂词!这是老好人亚当在对自己的美德孤芳自赏。"是的,我们成就了伟大的业绩,咏唱了神圣的颂歌,这些都将永载史册。"也即被我们口口相传。

古代亚述①的博学之士和伟人们,他们现在都去了哪里?我们都是多么年轻的哲学家和实验家啊!在我的读者中间,还没有任何一个人是过着完整的人类生活的。在人类种族的生命中,现在的岁月也许仅是春天的月份。如果说我们已经患过七年之痒,我们还没有见过康科德的十七年蝉。我们只是熟悉了我们生活的这一星球的表层。大多数人还不曾掘到地下六英尺深的地方,也没有向上跃起过那么高。我们不知道我们身在何处。再说,我们差不多有一半的时间都在酣睡。然而,我们却认为自己有智慧,已经在地球上建立起了秩序。确实,我们是深刻的思想家,我们是有远大抱负的精灵!我看着一条虫子在森林

---

① 亚述,古代东方一个奴隶制国家,位于亚洲西部。

地面上的松针间爬行，极力想要避开我的视线，我不禁问着自己，它为什么会有这谦卑的想法，把它的脑袋藏起来呢？或许，我能帮助到它，把一些令人鼓舞的消息传递给它的种族。它也让我想起了站在我——不啻是一只人类昆虫——头顶上那个更伟大的恩主和智者。

新奇的事物层出不穷地涌入这个世界，而我们却容忍难以置信的迟钝和麻木。我只需提一下，在那些最开明的国度里，人们还在听着什么样的布道。这里面的确还有诸如快乐、伤心等之类的词，可它们只构成赞美诗中的叠句，用鼻音哼唱出来，其实，我们相信的还是平庸和卑微。我们认为我们能改变的只是我们的衣着。人们说，大英帝国的版图非常辽阔，受世人尊重，美利坚合众国是一流的强国。我们不相信，倘若每个人的心中都有一片大海，它的潮起潮落能够让大英帝国像个木片一样漂浮起来。谁知道下一次从地里出来的蝗虫是哪一种？我所在的这个国家的政府不像英国政府那样，是在晚宴之后的喝酒闲聊中构建起来的。

我们的生命犹如河中的流水一样。今年的水也许会涨到前所未有的高度，淹没干旱已久的高地。这一年甚至可能会是多事之秋，将淹死我们所有的麝鼠。我们居住的地方并非一直都是陆地。在离海岸很远的内陆，我见到很早以前——远在科学还未开始记录洪灾之前——于溪流冲刷下的堤堰。每个人都听说过在康科德盛传的那个故事，一条健硕、美丽的虫子从苹果木旧餐桌的一块干爽的活动面板里爬了出来。这张餐桌在一家农夫的厨房里已经摆放六十多年了，先是在康涅狄格州，后来到了马萨诸塞州——从树木的年轮上看得出来,那个虫卵在六十多年前那棵苹果树还活着时就存活在树干里了,据说它是偶然受到水壶热气的影响才孵化出来的。听了这个故事,有谁不会更加相信复活和不朽的力量呢?那美丽且身着双翼的生命年复一年地埋藏在那一层又一层干朽的木头芯里,最初是在绿油油的活树的木质里,到后来活木渐渐风干,变成坟墓似的硬壳。这家人节日时坐在桌前,吃惊地听着这条虫子啃咬着爬了出来,谁能想到这条生着双翼的昆虫会从一个最不起眼的二手家具中破壳而出,终于享受到了美好夏日的生活!

我并不是说,约翰或是乔纳森① 便能认识到这一切。然而,明天的特性在于,仅是时间的流逝绝不能给它② 带来黎明。使我们的眼睛变得看不见的光,对我们而言就是黑暗。唯有我们醒过来时,黎明才会到来。来日方长,太阳只不过是一颗晨星罢了。

---

① 约翰、乔纳森是英美人常用姓名,此处分别指英国人和美国人。
② 指明天。"morrow"后面的关系代词"which"代指明天。